HEYNE
BÜCHER

Das Buch

Caro suchte im gleichförmigen englischen Landleben, was sie als Tochter kalifornischer Hippies immer vermißt hatte: Stetigkeit. So kam sie zu Robin Meredith, heiratete in eine Pachtbauernfamilie hinein. Weil sie selbst keine Kinder bekommen konnte, adoptierten sie und ihr Mann die kleine Judy, deren leibliche Mutter in Südafrika lebt.

Als Caro an einem Gehirntumor stirbt, erschüttert ihr Tod den Gleichlauf des äußerlich so friedlichen ländlichen Familienlebens. Im Leben eine Fremde, die nicht so recht heimisch werden konnte, eine ›eigenartige Person‹, scheint es nun, da sie tot ist, als hätte sie in der Familie vieles zusammengehalten und einen Hauch von Freiheit in dieses bodenständige Leben gebracht. Vor allem ihr Schwager, der ehrgeizige, unruhige Joe, vermißt Caro und wird von allen am wenigsten mit den neuen wirtschaftlichen Verhältnissen fertig, in denen es mittelständische Farmer schwer haben. Sein Freitod schließlich erschüttert die Familie noch mehr als Caros Tod. Einzig Zoe, die rothaarige, unkonventionelle Fotografin aus der Stadt, eine Freundin von Caro und Robin, ist ein bunter Vogel im Alltag der verunsicherten Familie. Sie ist es, die den Meredith' Mut macht und sie zum Sprechen bringt, die sich sonst nur wortkarg ihrer Arbeit widmen.

»Joanna Trollope versteht es, die einfache und alltägliche Geschichte einer Farmersfamilie so zu erzählen, daß sie uns bis ins Mark erschüttert.« *Sunday Times*

»Ein Roman von geradezu brutaler Weisheit ... Zweifellos nicht Joanna Trollopes unbeschwertester, aber ganz sicher ihr bisher bester Roman.« *Daily Telegraph*

Die Autorin

Joanna Trollope wurde im englischen Gloucestershire geboren, wo sie mit ihrem Mann heute wieder lebt. Nach Jahren im auswärtigen Dienst und im Lehrfach veröffentlichte sie 1987 ihren ersten zeitgenössischen Roman. Mit ihren modernen psychologischen Frauenromanen ist sie eine der erfolgreichsten englischen Autorinnen. Im Wilhelm Heyne Verlag sind bisher acht ihrer Romane erschienen.

JOANNA TROLLOPE

# DIE NÄCHSTEN VERWANDTEN

*Roman*

Aus dem Englischen
von Christel Wiemken

WILHELM HEYNE VERLAG
MÜNCHEN

HEYNE ALLGEMEINE REIHE
Nr. 01/10805

Die Originalausgabe
NEXT OF KIN
erschien 1996 bei Bloomsbury, London

*Umwelthinweis:*
Das Buch wurde auf
chlor- und säurefreiem Papier gedruckt.


Wilhelm Heyne Verlag GmbH & Co. KG, München
Printed in Germany 1999
Umschlaggestaltung: Atelier Ingrid Schütz, München,
unter Verwendung des Originalumschlags von Kai Eichenauer
Satz: Pinkuin Satz und Datentechnik, Berlin
Druck und Bindung: Elsnerdruck, Berlin

ISBN 3-453-14760-X

http://www.heyne.de

FÜR SAMUEL, CHARLOTTE UND THOMAS

# ERSTES KAPITEL

Bei der Beerdigung seiner Frau wurde Robin Meredith von einer Frau mit einem Paisley-Kopftuch, die er nicht gleich wiedererkannte, gefragt, ob er nicht dankbar wäre, zu wissen, daß Caro jetzt sicher bei Jesus sei. Er nahm allen Mut zusammen, den er in diesem Moment aufzubringen vermochte, und sagte nein, das Gefühl habe er nicht. Dann ging er aus der Kirche hinaus in den Regen und betrachtete das schwarze Loch, in das Caro gesenkt werden sollte.

»Keine Einäscherung«, hatte sie gesagt. »Ich möchte, daß es ordentlich geschieht. Messinggriffe. Sarg in voller Länge. Auf dem Friedhof.«

Das war so ziemlich die einzige Anordnung, die sie getroffen hatte, und auch das einzige Eingeständnis, daß sie im Sterben lag. Auf den Oberkanten des Lochs lagen Planken, über die lange schwarze Gurte zum Absenken des Sargs gelegt worden waren.

»Geht's?« fragte Robins Tochter. Sie stand dicht neben ihm, berührte ihn aber nicht.

»Besser, seit ich da heraus bin«, sagte er und meinte die Kirche.

»Mir auch.«

Es entstand eine Pause, und dann sagte Judy: »Aber Mum hat sie gemocht.« Ihre Stimme bebte.

»Ja«, sagte Robin. Er streckte eine Hand aus, um eine ihrer Hände zu ergreifen, aber sie steckten beide tief in den Taschen ihres Mantels, ihres langen, schwarzen Londoner Mantels, der, wie all ihre Kleidungsstücke, davon kündete, wie weit sie sich ganz bewußt vom Land entfernt hatte, auf dem sie aufgewachsen war.

»Du hast nie ...«, zischte Judy plötzlich.

»Pst ...«

Die Sargträger, mit kummervollen Mienen und linkisch bis an die Grenzen der Karikatur, trabten schwerfällig auf sie zu. Sie trugen Brillen und orthopädisch anmutende Schuhe. Die in respektvollem Abstand folgende Trauergemeinde begann, sich zu einem stummen Kreis aufzufächern. Robins Eltern, sein Bruder und seine Schwägerin, der Melker von der Farm und seine Frau, Caros Freundinnen, Leute aus dem Sozialberatungs-Büro, in dem sie gearbeitet hatte, der Mann, dem der Dorfladen gehörte, die Frau mit dem Paisley-Kopftuch.

Judy fing wieder an zu weinen. Sie ließ Robin allein und lief auf ihren hohen Absätzen unsicher durch das nasse Gras zu der Stelle, wo ihre Tante Lyndsay stand. Lyndsay legte einen Arm um sie. Robin schaute kurz auf und sah, daß seine Mutter ihn auf die gelassene, leicht neugierige Art musterte, wie sie es sein ganzes Leben lang getan hatte, so, als könnte sie sich nie recht erinnern, wer er war. Er schaute wieder hinunter auf den Sarg, jetzt fast zu seinen Füßen, in dem Caro lag. Er sah nicht lang genug aus, bei weitem nicht. Caro war schließlich fast eins achtzig groß.

Der Vikar von Dean Cross, ein kleiner, erschöpfter Mann, der vier Gemeinden zu betreuen hatte und es ablehnte, jemals Urlaub zu machen, trat ans Grab, während seine Frau einen schwarzen Regenschirm über ihn hielt.

»Gesegnet sind die Toten, die im Angesicht Christi sterben«, sagte er ohne sonderliche Überzeugung. Er schlug sein Gebetbuch auf, und seine Frau bewegte den Schirm so, daß ein Schauer von Tropfen auf die geöffnete Seite fiel.

»Mitten im Leben«, las er gereizt, »sind wir vom Tod umfangen. An wen können wir uns um Hilfe wenden, außer an Dich, o Herr, der Du uns zu Recht zürnst ob unserer Sünden?«

Robin warf wieder einen Blick auf Judy. Sie und Lyndsay weinten jetzt beide, und sein Bruder Joe hielt einen riesigen gelben Schirm über sie, auf den in Schwarz ›Mid-Mercia Farmers' Cooperative‹ aufgedruckt war. Joes Gesicht war starr, und er schaute direkt geradeaus; sein Blick ging über das Grab, über den Gedanken an Caro hinaus.

»Wir haben unsere Schwester Carolyn Gottes gnädiger Obhut anvertraut«, sagte der Vikar, »und nun übergeben wir ihren Leib der Erde ...«

Wenn er, dachte Robin plötzlich, jetzt »Erde zu Erde, Asche zu Asche, Staub zu Staub« sagt, dann springe ich über das Grab und schlage ihn nieder.

»... in der sicheren und gewissen Hoffnung der Auferstehung zum ewigen Leben durch unseren Herrn Jesus Christus, der starb, begraben wurde und für uns auferstanden ist.«

Der Sarg sank, in seinen schwarzen Gurten schlingernd, in die Erde.

»Ehre sei Ihm auf ewig und immerdar.«

Die Sargträger traten zurück, rollten die Gurte auf. Robin schloß die Augen.

»Gott wird uns den Pfad des Lebens weisen.«

Er öffnete sie wieder. Judy trat vor und bückte sich, um einen Strauß Primeln auf den Sarg zu werfen, und dann machte die Frau mit dem Paisley-Kopftuch eine rasche Bewegung und warf eine künstliche Orchidee hinterher, deren Plastikstiel auf dem Deckel klapperte.

»In Seiner Gegenwart herrscht das vollkommene Glück«, sagte der Vikar, »und zu Seiner Rechten die ewige Freude.«

Glück, dachte Robin mutlos. Freude. Er griff nach seiner schwarzen Krawatte und zupfte an ihrem Knoten. Er haßte Krawatten. Er haßte sie ebenso, wie er Kirchen haßte. Der Vikar musterte ihn über das Grab hinweg, fast erwartungsvoll. Robin nickte ihm kurz zu. Erwartete der Mann von ihm, daß er sich bedankte?

»Ihm, der imstande ist, uns vorm Fallen zu bewahren«, sagte der Vikar und sah Robin unverwandt an. »Ihm, dem einzig weisen Gott, unserem Heiland, gebühren Herrlichkeit und Majestät, das Reich und die Macht, jetzt und für alle Zeiten. Amen.«

»Amen«, murmelten alle.

»Gut gemacht«, sagte Dilys, Robins Mutter.

Harry, sein Vater, trat näher.

Er betrachtete seinen Sohn und dann, kurz, das offene Grab seiner Schwiegertochter. Seltsame Frau. Amerikanerin. Schien nie imstande gewesen zu sein, sich wirklich für die Farm zu interessieren, und trotzdem … Harry schluckte. Er hatte das Gefühl, daß es für Robin vielleicht ein obskurer und ablenkender Trost wäre, wenn er erwähnte, daß seine neue Motoregge mehr als 6000 Pfund kosten würde, aber dann dachte er, besser nicht. Jedenfalls nicht jetzt.

»Judy hat es schwer getroffen«, sagte Dilys, die ihre behandschuhten Hände locker verschränkt hatte. Sie warf einen Blick auf ihren jüngeren Sohn. »Und Joe auch.«

Robin sagte scharf. »Caro war Judys Mutter. Und meine Frau. Nicht die von Joe.«

Dilys musterte ihn.

»Ich nehme an«, sagte sie, gelassen und hartnäckig, »daß es fast noch schlimmer ist, wenn man adoptiert wurde. Dann kann man nur noch auf den nächsten Verlust warten.« Sie verstummte, schaute zum Grab und sagte dann in dem Ton leicht verächtlichen Mitleids, den sie für alle reservierte, die nicht wirklich zu ihrer eigenen Familie gehörten: »Arme Carolyn.«

Robin bohrte die Hände in die Manteltaschen und zog den Kopf ein.

»Ich gehe und hole Judy. Wir sehen uns auf der Farm zum Tee.«

»Ja«, sagte Dilys. »Ja.«

Harry beugte sich vor und berührte leicht Robins Arm.

»Kopf hoch, Junge.«

Zwei Monate bevor Caro eingewilligt hatte, seine Frau zu werden, hatte Robin Tideswell Farm gekauft. Harry hatte nicht angeboten, ihn finanziell zu unterstützen, und Robin hatte ihn auch nicht darum bitten wollen. Mit dem Erlös aus dem Verkauf eines kleinen Cottage, das er eine Welle zuvor in der Absicht erworben hatte, darin zu wohnen, und einem riesigen Bankkredit hatte er diese 200 Morgen sanft zum Fluß Dean hin abfallendes Land gekauft und das Farmhaus, ein Steingebäude aus dem siebzehnten Jahrhundert mit unschönen Anbauten aus der Viktorianischen Zeit. Die Gebäude hinter dem Haus waren fast völlig verrottet gewesen, überschattet von einer riesigen, dem Einsturz nahen Scheune und ohne festen Untergrund für Vieh. In jenen ersten Monaten, vor einem Vierteljahrhundert, hatte Robin selbst Beton geschüttet, jeden Tag, von morgens bis abends, und fast immer allein.

Das Land erwies sich, wie er gehofft hatte, als brauchbar für den Anbau von Futter für das Vieh; Gras auf den tiefer gelegenen Flächen, Mais auf den höheren. Im Frühjahr, wenn die Weiden, die die Ufer des Flusses säumten, frische, weiche wedelartige Blätter trugen, sah die Landschaft für kurze Zeit hübsch aus; und wenn der Winter feucht war, stieg der Fluß so weit an, daß er bis zu einem Viertel des Landes überschwemmte, und Höckerschwäne erschienen paarweise und verliehen der Gegend eine beeindruckende, fast parkähnliche Atmosphäre. Aber zu anderen Zeiten – und Caro Meredith hatte das sehr bitter empfunden – waren die Felder nichts als Land, Flächen aus Erde und Gras, unterteilt von unordentlichen Hecken und Zäunen mit häßlichen, der Zweckmäßigkeit halber verzinkten Metallgattern, die Zugang gewährten zu dem schlammigen Morast, den das Vieh und die Räder der Traktoren hinterließen.

Das Haus stand ungefähr in der Mitte zwischen dem Fluß und der Nebenstraße, die der Milchtanker täglich entlangfuhr, um den Sammelbehälter neben dem Melkstall zu leeren. Zu ihm gelangte man über einen leicht abfallenden Weg, der entweder morastig oder staubig war und an dessen Rändern Robin in einem Anfall früher Begeisterung abwechselnd gewöhnliche und Blutbuchen gepflanzt hatte. Am Ende des Weges führte auf der einen Seite eine betonierte Fläche in den Hof; auf der anderen Seite ging es durch ein Holztor mit fünf Riegeln, ständig offengehalten durch einen bemoosten Stein, zu einem runden, mit Kies bestreuten Platz vor dem Haus. In der Mitte des Vorplatzes stand eine Sonnenuhr, auf deren Sockel eine Metalltafel genietet war. ›Zähl die heiteren Stunden nur‹ war darauf eingraviert. Caro hatte sie dort aufgestellt. Es war ihr erstes Weihnachtsgeschenk für Robin gewesen.

Jetzt stand die Zufahrt voller Autos. Über die Ligusterhecke hinweg, die sie vom Wirtschaftshof trennte, tönte das stetige Klappern und Surren aus dem Melkstall, in dem ein Aushilfsmelker, ein tüchtiger Mann mit verdrossener Miene, den die örtliche Jobvermittlung geschickt hatte, die Nachmittagsarbeit verrichtete. Robin, der, seine Beerdigungskrawatte auf halbmast, an der Tür stand, um die Leute zu begrüßen, unterdrückte den Drang, hinüberzugehen und nachzusehen, ob die Arbeit anständig erledigt wurde und ob Gareth, der Melker von Tideswell, tatsächlich das Loch in dem Hochdruckschlauch geflickt hatte, wie es ihm aufgetragen war.

Hinter ihm, in dem düsteren Eßzimmer, das er und Caro nur selten benutzt hatten, war auf Meredith-Familientischdecken, ausgeliehen von Dilys, ein gewaltiges Beerdigungsessen aufgebaut. Judy, deren rotes Haar verstrubbelt war und die immer noch ihren schwarzen Mantel trug, schenkte Tee ein, und Lyndsay reichte ihn herum, die Zukkerdose in der freien Hand. Es lag eine Atmosphäre unterdrückter Erregung im Raum angesichts des Essens, eines altmodischen, kindhaften Teezeit-Essens auf Deckchen aus dekorativ durchbrochenein weißen Papier, die Dilys nach Tideswell mitgebracht hatte in der entschlossenen Erwartung, daß sie auch benutzt würden.

Judy, vollauf damit beschäftigt, die Pekannuß- und Schokoladenplätzchen zu backen, die so unabdingbar zu Caros amerikanischem Repertoire gehört hatten, hatte herausfordernd gesagt, daß ihre Mutter nie Tellerdeckchen benutzt hätte.

»Aber dies ist eine Beerdigung«, sagte Dilys. »Eine Familien-Beerdigung. Da muß alles seine Ordnung haben.«

Sie betonte das Wort ›Familie‹. Sie hatte mehrere Kuchen gebacken – riesige, vollkommene Obstkuchen, auf denen Kirschen glitzerten, makellose bleiche Biskuittorten, dekoriert mit unwahrscheinlich symmetrischen Stücken von kandierten Früchten. Das Gebäck stand in hygienischen

Plastikbehältern auf dem Küchentisch, beängstigend professionell dargeboten, unbeirrbar in der Tradition der Landfrauen, für die alles Nicht-Hausgemachte ein Graus ist.

»Eine Familien-Beerdigung, meine Liebe.«

Sie hatte Judy angesehen, ihre hochgewachsene Gestalt, die sie von beiden Eltern hätte geerbt haben können, wenn sie ihre wirklichen Eltern gewesen wären; ihr wirres rotes Haar und das breitflächige, blasse Gesicht, bei dem dies eindeutig nicht der Fall war. Robin war so dunkel wie einst Harry und hatte das schmale, scharfgeschnittene Gesicht von Dilys' eigenem Vater. Und Caro war völlig braun gewesen – braunes Haar, braune Augen, eine blaßbraune Haut, sogar im Winter. Keine englische Haut, hatte Dilys immer gedacht, und ganz bestimmt keine Meredith-Haut. Sogar Joes Frau Lyndsay, mit all dem blonden Haar und diesen hellen Augen, wie sie keine Meredith je gehabt hatte, besaß eine Haut, die der von Dilys selbst nicht unähnlich war – zarte, klarfarbige Haut. Aber Judy sah wie keine von ihnen aus. War keine von ihnen.

»Zieh deinen Mantel aus, meine Liebe«, sagte Dilys jetzt.

»Mir ist kalt«, sagte Judy. »Mir ist kalt vom Weinen.«

»Laß sie, Ma«, sagte Joe. Er legte Judy einen Arm um die Schultern. »Laß sie. Kümmere dich um den Vikar.«

Judy sagte mit einem wütenden Flüstern: »Ich möchte nie so begraben werden.«

»Ich auch nicht.« Er zog seinen Arm zurück. »Ich will verbrannt und verstreut werden. Vor allem verstreut.«

Sie griff nach der riesigen, zweihenkeligen braunen Teekanne, ausgeliehen vom Gemeindesaal von Dean Cross.

»Auf der Farm?«

»Keine Angst«, sagte Joe. »Im Fluß. Nicht auf der verdammten Farm.«

Neben ihnen sagte Robin: »Wer ist die Frau mit dem Kopftuch?«

Joe griff an Judy vorbei und nahm sich ein Stück Kuchen von einem Teller.

»Cornelius. Eine Mrs. Cornelius. Hat das alte Chambers-

Haus gekauft. Reich und überspannt. Caro hat sie öfters besucht.«

Robin sah ihn an.

»Ach, wirklich? Weshalb? Und woher weißt du das?«

Joe zuckte die Achseln und hielt eine Hand unter die andere, um die Kuchenkrümel aufzufangen.

»Keine Ahnung. Sie hat es eben getan. Sie hat eine Menge Leute besucht.«

»Sie mochte Leute«, sagte Judy fast wütend. »Sie *mochte* sie. Alle möglichen Leute.« Sie schoß einen Blick auf Robin ab. »Das weißt du doch.«

Er schaute von ihr fort über den Tisch hinweg, den er aus einer verfallenen Hühnerfarm am anderen Ende der County gerettet hatte – Mahagoni, neunzehntes Jahrhundert, mit hübschen gedrechselten Beinen, als Hühnersitzplatz in einer Scheune benutzt –, und sah seine Mutter mit dem Vikar sprechen; Mrs. Cornelius unterhielt sich mit Gareth' Frau Debbie, und seine Schwägerin Lyndsay, die wie gewöhnlich Kämme in ihre wolkigen Haarmassen zurückschob, sprach mit drei Frauen, mit denen Caro zusammengearbeitet hatte, kompetenten Frauen in den Vierzigern, kompetenten Frauen in kompetenter Kleidung. Er dachte für einen Moment an den Melkstall, und Sehnsucht nach möglicher Erlösung flackerte kurz auf. Dann dachte er an das, was Judy gerade gesagt hatte. »Das weißt du doch«, hatte sie gesagt, als wäre es eine Anklage, »das weißt du doch«, als hätte er in nur einer Woche, der Woche, seit Caro im Hospital in Stretton an einem Gehirntumor gestorben war, vergessen, wie sie gewesen war, was sie geliebt und gehaßt hatte, was sie gewesen war. Das Problem ist, dachte Robin, während er seinen Blick von Lyndsays Haar löste und ihm erlaubte, durch die schlecht geputzten Fenster hindurch zu dem feuchten Frühjahrshimmel hinauszuschweifen, daß es zu früh ist. Es ist zu früh, sich zu erinnern, weil sie noch nicht fort ist. Jedenfalls das, was von ihr übrig war. Was nicht Jahre zurückging. Er streckte Judy seine Tasse hin.

»Bitte«, sagte er.

»Niemand von Carolyns Angehörigen?« fragte der Vikar Dilys. »Niemand aus Amerika?«

Dilys bot ihm ein Sandwich an.

»Ihr Vater ist tot. Und ihre Mutter sitzt im Rollstuhl. Zwei Schlaganfälle. Dabei ist sie noch nicht einmal siebzig.«

Der Vikar, der Kuchen vorgezogen hätte, den er zu Hause nie bekam, nahm ein Sandwich.

»Geschwister?«

»Nicht, daß ich wüßte.«

»Traurig, nicht wahr«, sagte der Vikar und betrachtete betrübt sein Sandwich, »wenn man in einem Land stirbt, das nicht das eigene ist, und ohne jemanden von zu Hause.« Dasselbe hatte er am Abend zuvor zu seiner Frau gesagt, und sie hatte entgegnet, daß das den Missionaren der Viktorianischen Zeit ständig passiert wäre. In ihrer Stimme hatte ein Anflug von Sehnsucht gelegen. Sie hatte gewollt, daß er Missionar wurde, und als er das entschlossen zugunsten eines Daseins als Landpfarrer abgelehnt hatte, war sie darangegangen, ihre eigenen Bindeglieder zu christlichen Gemeinden in Afrika zu schmieden. Das Wohnzimmer im Pfarrhaus von Dean Cross war voll von afrikanischem Kunsthandwerk, Masken und Holzfiguren und Perlenvorhängen in Rot und Schwarz. Der Vikar hätte Aquarelle von Schiffen vorgezogen.

»Sehr traurig«, sagte Dilys, wobei sie nicht an Caro dachte, sondern daran, wie furchtbar es wäre, wenn sie, Dilys, fern von Dean Place Farm sterben müßte, fern von Leuten, die die Meredith' kannten.

»Ich war nie in Amerika«, sagte der Vikar. Er schaute auf den nächsten Kuchen.

»Ich auch nicht«, sagte Dilys.

»Aber manchmal hatte ich das Gefühl, etwas darüber zu wissen. Durch Carolyn.«

»Oh?« sagte Dilys. Sie musterte Lyndsay, wollte, daß sie aufhörte, sich so angeregt zu unterhalten, und sich statt dessen am Herumreichen beteiligte. Es war wichtig, daß man nach Beerdigungen aß und trank, damit man sich erinnerte, daß man lebte. Sie hoffte, daß Robin an den Sherry gedacht hatte.

»Ja«, sagte der Vikar. Er dachte an die vielen Male, wo Caro in seinem Arbeitszimmer gesessen und ihn gebeten hatte, Möglichkeiten der Anpassung für sie zu finden, Möglichkeiten, sich zu arrangieren, ohne sich völlig unterwerfen und ihre tiefsten Instinkte opfern zu müssen.

»Sie sind gute Leute«, hatte er zu ihr gesagt, die Meredith' meinend.

»Was ist gut? Keine Ehebrecher und Bedrücker der Schwachen zu sein?«

»Integrität zu haben«, hatte er gesagt. »Und Prinzipien. Sie tun ihre Pflicht.«

Sie hatte traurig erwidert: »Aber das reicht nicht, oder?«, und als er stumm geblieben war, hatte sie wiederholt: »Oder? Tut es das?«

Jetzt betrachtete er Dilys, das gewellte graue Haar, das gebürstete dunkle Kostüm, wie sie sich voll und ganz darauf konzentrierte, daß das Beerdigungsessen in schicklichen Bahnen verlief.

Er sagte, fast ohne es zu wollen: »Nein, das tut es nicht.«

Dilys hörte es nicht. Sie machte mit ihren gepflegten, geschickten Hausfrauenhänden über den Tisch hinweg eine Bewegung in Richtung Robin, eine kleine Geste des Trinkens.

»Sherry«, formulierte sie. »Zeit für den Sherry.«

Später, auf der Fahrt zurück zu ihrem modernen Ziegelsteinhaus am Rande von Dean Place Farm, sagte Lyndsay: »Wir hätten Judy mitnehmen sollen.«

»Das hätten wir nicht tun können«, sagte Joe. »Dann wäre Robin allein geblieben.«

Lyndsay zog die Kämme aus ihrem Haar und steckte sie zwischen die Zähne. Dann neigte sie den Kopf, so daß ihr das Haar nach vorn ins Gesicht fiel. Joe hatte recht. Natürlich hatte er recht. Dennoch hatte Robin etwas an sich, was zu seiner Einsamkeit beizutragen schien, einen drängte, daß man ihn ihr überließ, einerlei, was man tat – oder nicht tat –, um ihm zu helfen. Irgendwie hatte sie sich ihn immer allein vorgestellt, allein fahrend, allein arbeitend, allein auf dem Markt in Stretton stehend und zusehend, wie sein Vieh durch den Ring ging. Außerdem war er von den Meredith' der einzige, der Viehwirtschaft betrieb. Harry und Joe waren Ackerbauern, genau wie Harrys Vater und Großvater vor ihnen, Pächter derselben 250 Morgen, auch wenn das Eigentum an dem Land im Laufe der Jahre von einer Einzelperson auf eine Firma übergegangen war, einen Industriebetrieb, der Anfang der siebziger Jahre, als die Landpreise niedrig waren, mehrere Farmen erworben hatte. Robin mochte kein Pächter sein. Robin hatte kaufen wollen.

»Laß ihn«, hatte Harry gesagt. »Ich kann ihn nicht hindern, aber ich werde ihm auch nicht helfen.«

Aber als Joe ein Haus gebraucht hatte für sich und Lyndsay, hatte Harry es bezahlt. Er hatte eine Abmachung mit dem Besitzer des Landes getroffen, und Lyndsay hatte die Pläne begutachten müssen, die ausgerollt auf dem Tisch von Dean Place Farm lagen.

»Hausarbeitsraum«, hatte Dilys gesagt und auf die Skizze gedeutet. »Nach Süden hinaus. Das wird ein hübsches Haus.«

Lyndsay nahm die Kämme aus dem Mund und schob sie wieder in ihre Haarmasse. Jetzt, da sie an Robin dachte, kam ihr der Gedanke, daß auch Joe einsam war, auf seine Weise. Sie wußte nie genau, was er dachte, ob er glücklich war oder traurig. Sie wußte, daß es ihm gefiel, wenn er erfolgreicher war als andere Farmer in der näheren Umgebung, aber das war nicht Glück, das war lediglich Triumph im Wettbewerb. Daran war nichts Ungewöhnliches, jedenfalls nicht in dieser Gegend. Es mochte schwierig sein, Joe zum Reden zu bringen, außer auf einer rein praktischen Ebene, aber die meisten Farmer waren so; die meisten Farmer, die sie kannte, *redeten* nicht. Nicht so, wie Frauen redeten. Oder zumindest manche Frauen. Dilys sprach auch nicht auf diese Art. Sie redete, genau wie Harry und Joe, über das, was vor sich ging auf der Farm und im Dorf. Glück und Unglück waren für Dilys, dachte Lindsay, wie das Wetter; Gefühle, die eintraten oder auch nicht, die unvorhersehbar waren und die, vor allem, ertragen werden mußten. Hätte Dilys, wie die meisten Ehefrauen, jemals einen Moment erlebt, in dem sie Harry am liebsten erwürgt hätte, würde sie darauf gewartet haben, daß er wieder verging, genauso, wie man darauf wartete, daß der Regen aufhörte. Wenn man zu Dilys ging und sagte, man könne es nicht richtig erklären, aber man habe das unabweisbare Gefühl, am Ende seiner Kräfte zu sein, dann schlug sie vor, man solle Chutney machen oder ein paar Decken waschen. Das Leben mußte durchgestanden werden, große Brocken schob man einfach hinter sich, notfalls unverdaut. Das Leben war nicht dazu da, daß man mit ihm kämpfte; dafür gab es die Farm.

»Verbeiß dich nicht hinein«, pflegte Dilys zu Lyndsay zu sagen. »Und grübele nicht.« Hatte sie das je zu Caro gesagt?

»Wird er zurechtkommen?«

»Robin?« sagte Joe. »Im Laufe der Zeit, nehme ich an. Im Laufe der Zeit ...«

Lyndsay sagte schüchtern: »Du hast Caro auch sehr gemocht, nicht wahr?«

Es gab eine kleine Pause, dann sagte Joe: »Sie hat Dinge verändert. Weil sie Amerikanerin war.«

Joe war ein Jahr lang in Amerika gewesen, nach dem Landwirtschafts-College. Harry hatte offensichtlich nicht von ihm erwartet, daß er im Laufe dieses Jahres ernsthafte Arbeit leistete – Robin hatte es stumm zur Kenntnis genommen –, also hatte Joe nach Belieben die großen Entfernungen durchmessen und nur gelegentlich in Bars und Speiselokalen und auf Farmen gejobbt, um sein Weiterziehen zu finanzieren. Einmal, verführt von einem Mädchen und den Bergen von Colorado, hatte er daran gedacht, vielleicht für immer zu bleiben, aber nach ein paar Wochen hatte er sich allem Anschein nach an sein Vermächtnis erinnert, zwischen Land und Landschaft unterscheiden zu können, und von Denver aus angerufen, daß er Weihnachten wieder zu Hause sein würde.

Das war der Zeitpunkt gewesen, an dem Robin verkündet hatte, daß er Viehwirtschaft betreiben wolle. Eines Abends, beim Essen in der Küche von Dean Place Farm, hatte er gesagt, er habe einen Entschluß gefaßt, er würde losgehen und eine Herde Milchkühe anschaffen und vielleicht auch ein paar Fleischrinder. Harry hatte Messer und Gabel hingelegt und im harten Gleißen der Deckenlampe, das zu dämpfen Dilys keine Veranlassung sah, weil es praktisch zum Arbeiten war, seine Frau angesehen. Dann hatte er, viel weniger intensiv, Robin gemustert und Messer und Gabel wieder aufgenommen.

»Hast du alles durchgerechnet?« sagte er.

»Ja.«

Dilys hatte ihm eine Schüssel mit gebuttertem Kohl gereicht.

»Joe wird bald heimkommen«, sagte sie.

»Ich weiß.«

Robin wartete darauf, daß sein Vater oder seine Mutter sagten, daß auf Dean Place Farm nicht genügend Platz da sei für alle drei Meredith-Männer, aber sie taten es nicht. Er nahm einen Löffel Kohl und sagte, entschieden gröber, als er eigentlich wollte: »Ich möchte es tun, und ich mache Platz für Joe.«

Harry brummelte in sich hinein. Wo Joe hingehen würde, war das Hauptthema der meisten Gespräche zwischen ihm und Dilys gewesen, seit Joe nach Amerika abgereist war.

»Ich habe ein Grundstück gefunden. Das Land ist nicht allzu schlecht, aber auf dem Hof ist viel zu tun. Ich muß einen Melkstall bauen.«

Harry schaute wieder auf, kauend.

»Wir haben nie Vieh gehabt. Nie.«

Robin sagte: »Aber ich möchte welches haben.« Er dachte daran zu sagen: »Und ihr könnt sehen, welche Profite darin stecken«, aber er wollte weder das Schicksal herausfordern, noch seinen Vater provozieren. Statt dessen sagte er: »Ich habe einen Kredit bekommen. Und einen Käufer für das Cottage gefunden.«

Dilys stand auf, um ein großes Stück Käse und ein Glas mit Mixed Pickles auf den Tisch zu stellen. »Wir wünschen dir Glück, mein Junge«, sagte sie gelassen und lächelte ihn an, als hätte er ein Problem für sie gelöst und als hätte sie von Anfang an gewußt, daß er das tun würde.

Joe kam heim, brachte für eine kurze Zeit die aufregende Aura von Amerika mit und traf Robin dabei an, wie er mit ein paar gemieteten Maschinen eine Güllegrube aushob. Außerdem stellte er fest, daß Robin eine Freundin hatte, ein hochgewachsenes, braunhaariges Mädchen in Jeans und Cowboystiefeln, das im Farmhaus Fensterrahmen strich.

»Sie ist natürlich Amerikanerin«, sagte Dilys. »Sie haben sich bei den Young Farmers kennengelernt.«

Dilys war mit der Buchhaltung beschäftigt, die Rechnungshefte und Belege waren auf dem Küchentisch ausgebreitet, festgehalten von den Marmeladengläsern, in denen sie das Kleingeld für den Haushalt aufbewahrte – Eiergeld, Zeitungsgeld, Geld für die Kollekte in der Kirche und für Schuhreparaturen.

»Macht einen netten Eindruck.«

Joe fand sie sogar mehr als nett. Sie hatte etwas von der Freiheit an sich, die auch ihn für kurze Zeit befallen hatte wie ein Seefieber, diese Art, immer unterwegs zu sein, immer auf der Suche. In den ersten Wochen nach seiner Rückkehr versuchte er, gemeinsam mit ihr Fensterrahmen zu streichen, um durch das Zusammensein mit ihr Amerika in seinem Blut zu behalten, aber sie schickte ihn hinaus, damit er Robin half, oder nach Hause, damit er seinen Platz neben seinem Vater einnahm. Sogar später, als sie und Robin verheiratet waren, blieb sie für Joe etwas Besonderes, eine Erinnerung daran, daß es Orte gab, wo das Leben anders verlief als seines, Orte, wo Möglichkeiten in der Luft lagen wie Sauerstoff.

Jetzt sagte Lyndsay, durch die Windschutzscheibe starr geradeaus schauend in die feuchte Düsternis des frühen Abends: »Ich habe sie nie wirklich kennengelernt. Ich meine, wir kamen miteinander aus, aber wir standen uns nicht nahe.«

»Sie war älter«, sagte Joe. »Sie und Robin waren vierundzwanzig Jahre lang verheiratet. Judy ist schließlich schon zweiundzwanzig.«

Die Lichter ihres Hauses kamen plötzlich zum Vorschein, als die Straße zwischen den Hecken eine Biegung machte. Mary Corriedale, die in einer Papierfabrik in Stretton arbeitete und in einem Bungalow in Dean Cross wohnte, würde dasein und die Kinder zu Bett bringen. Rose lag bestimmt schon in ihrem Bettchen und schleuderte Spielsachen auf den Fußboden, wütend darüber, daß der Tag zu Ende war, und Hughie würde seinen Schlafanzug und seine Froschpantoffeln tragen und von Mary verlangen, daß sie ihn bewundere, während er mühsam auf einem Bein balancierte, seine neueste Leistung.

Arme Caro, dachte Lyndsay plötzlich mit einem Anflug echten Bedauerns, arme Caro, die keine eigenen Kinder bekommen konnte. Was hätte sie selbst getan, wenn sie herausgefunden hätte, daß sie keine bekommen könnte? Oder Joe? Da sie soviel jünger war als Joe, hatte sie immer angenommen, daß sie einfach Kinder haben konnte, wenn sie sie wollte. Und so kam es.

»Hat Robin es gewußt?« fragte Lyndsay. »Hat Robin es gewußt, bevor er sie geheiratet hat, daß sie keine Kinder bekommen konnte?«

»Das weiß ich nicht«, sagte Joe. Er steuerte den Wagen von der Straße herunter und auf die betonierte Fläche vor ihrem Haus. »Ich weiß es nicht. Ich habe ihn nie gefragt. Nach solchen Dingen fragt man nicht.«

Der Melkstall war still, feucht und ordentlich nach dem letzten Ausspritzen für heute. Die Schläuche und Metallröhren der Melkmaschinen waren neben den großen Milchbehältern aus verstärktem Glas aufgehängt – auf einigen von ihnen waren, wie Robin mit unerbittlichem Blick feststellte, noch Kotspritzer, und die Rinnen und Rippen des Fußbodens vor den Boxen schimmerten naß und sauber. In der Grube zwischen den Boxen lag der Schlauch locker aufgerollt, wie Robin es verlangte, die Flaschen mit Jod und Glyzerinspray standen auf den Stufen, die in die Grube hinabführten, die Haltestangen hingen in einer Reihe an der Wand am hinteren Ende. Im Winter, wenn der Fluß hoch genug anstieg, wurde die Grube überschwemmt, und er und Gareth wurden dann beim Melken durch hohe Gummistiefel stark behindert und fluchten ständig.

Er schaltete die Leuchtstoffröhren aus, überprüfte den Milchtank und ging in die Scheune. Hier war es dunkel, abgesehen von dem trüben Licht, das ein paar schwache, an die Balken geschraubte Lampen verbreiteten. Die meisten Kühe hatten sich in ihren Boxen hingelegt, mit dem Kopf zur Wand, und ihre großen schwarzweiß gescheckten Körper füllten den Raum zwischen den Stangen. Einige standen noch, die Hinterbeine außerhalb des Strohs und in der Güllerinne; andere waren so klein, daß es ihnen gelungen war, sich umzudrehen, ihren Kot am Kopfende fallen zu lassen und darin zu stehen. Er mußte Gareth daran erinnern, Kalk zu streuen.

Draußen auf dem Hof, wo einige der Kühe ihre ziellosen Tage ziellos zu verbringen beliebten, saßen zwei der Stallkatzen auf dem Futtertrog, der die Überreste der täglichen Futterration aus gehäckseltem Weizenstroh enthielt, mit dem der Mais gestreckt wurde. Die Katzen flüchteten, als er herankam, und schlichen durch die Dunkelheit in die Futterkammer, in der die Schädlinge lebten, die ihre Beute waren. Robin schaute zum Himmel empor. Der Mond schien, aber er hatte weiche Konturen, was auf Regen schließen ließ, und ein paar Sterne waren zu sehen. Bei den Verrichtungen des Tages hatte er nicht die Zeit gehabt, den Wetterbericht zu hören, diese tägliche Obsession. Er schnupperte intensiv. Der Wind wehte nur leicht, aber es lag Regen darin, und der würde bald kommen.

Er kehrte durch die Scheune und den Melkstall zurück auf den Betonstreifen, der zur Hintertür des Hauses führte, an der die Hauskatze wartete, eine vorwiegend rostfarbene Schildpatt, die hineindurfte, weil sie stubenrein war, keine unerwünschten wilden Eigenschaften hatte und eine gute Mausefängerin war. Robin blieb stehen, um seine Stiefel auszuziehen und ihren Kopf zu kraulen.

»Hi«, sagte er.

Sie schnurrte höflich, wölbte sich unter seiner Hand und schoß dann voraus, als er die Tür öffnete.

Judy saß immer noch am Küchentisch, wo Robin sie zwanzig Minuten zuvor verlassen hatte. Sie hatte das Abendbrotgeschirr weggeräumt und war dann zu ihrem Stuhl zurückgekehrt; jetzt saß sie da, die Ellenbogen auf dem Tisch, und starrte in das Glas Rotwein, das Robin ihr eingeschenkt hatte. Sie schaute nicht auf, als er hereinkam.

Er schob seine bestrumpften Füße in Hausschuhe.

»Alles in Ordnung«, sagte er.

»Gut.«

»Hundertzehn im Moment. Ich versuche, die Friesen weiter auszubauen. Drei sollen nächste Woche kalben.«

Judy sagte, immer noch in ihren Wein starrend: »Was passiert, wenn es Bullenkälber sind?«

»Das weißt du doch«, sagte Robin. Er schenkte sich selbst etwas Wein ein und ließ sich ihr gegenüber nieder. »Du bist hier aufgewachsen.«

»Ich habe es vergessen.«

»Sie kommen auf den Markt.«

»Und dann?«

»Auch das weißt du. Sie werden als Zuchtvieh verkauft oder kommen ins Schlachthaus. Sofern sie nicht irgendeinem Widerling in die Hände fallen, der sie auf eine vierzigstündige Reise nach Italien schickt.«

»Mum hat mir einmal gesagt, daß eines der ersten Dinge, die sie über die Farmarbeit gelernt hätte, die Tatsache war, daß die männlichen Tiere jeder Spezies zu nichts nutze sind außer als Samenlieferanten. Und wegen ihres Fleisches.«

Robin sagte nichts. Er drehte sein Glas zwischen den Fingern. Das Abendessen war schwierig gewesen, vor allem, weil er nicht wußte, was Judy von ihm wollte. Einmal hatte sie, während sie den Auflauf, den Dilys gemacht hatte, auf ihrem Teller herumschob, gesagt: »Ich weiß nicht einmal, ob wir um dieselbe Person trauern.«

»Natürlich nicht«, hatte er gesagt. Eine Situation wie diese erschien ihm völlig klar und durchaus nicht überraschend, aber er hatte sie beleidigt, weil er nicht auf den angedeuteten Vorwurf eingegangen war. Sie hatte ihm ihren Kummer verweigert, als könnte er ihn beschmutzen, indem er versuchte, daran zu rühren, wobei er ihn unweigerlich mißverstehen würde.

Jetzt sagte sie: »Dad ...«

»Ja?«

»Ich möchte dich etwas fragen.«

»Ja?«

Ihr Mund bebte.

»Hast du sie geliebt? Hast du Mum geliebt?«

»Ja.«

Sie sagte: »Das hast du zu schnell gesagt.«

Robin stand auf, stützte seine Hände auf den Tisch und sah Judy an.

»Ich glaube nicht, daß ich im Moment etwas sagen kann, was dich befriedigt.«

Sie schaute zu ihm hoch.

»Wenn du sie geliebt hast ...«

Er wartete.

»Wenn du sie wirklich geliebt hast ...«

»Ja?«

»Weshalb bist du dann so wütend?«

# ZWEITES KAPITEL

Carolyn Bliss war in einem kleinen, enteneiblau gestrichenen, abblätternden Holzhaus in Sausalito auf der Marin-County-Seite der Golden Gate Bridge in San Francisco zur Welt gekommen. Ihr Vater war Maler, ein friedfertiger, zielloser Mann, der Pot rauchte und dessen Gefühl für die Relativität des Moralischen so stark war, daß er sich, wie Carolyns Mutter meinte, noch nie für irgend etwas entschieden hatte. Sie kam von weiter nördlich an der Küste, aus einem eintönigen kleinen Ort an der Grenze zum Staat Washington, aus einer Familie von kräftigen, hochgewachsenen skandinavischen Siedlern. Caros Wurzeln lagen in der Landwirtschaft. Die Mutter wollte mit dem Maler und ihrem Kind nach Oregon zurückkehren und einen Weinberg bestellen, ein kleines, zwölf Hektar großes, mit Cabernet-Sauvignon-Reben bepflanztes Stück Land. In Caros Kindheit war das blaue Haus angefüllt mit Handbüchern über Weinbau, Broschüren über Beschneidetechniken, Fotos von Trauben, die gereift im Ernte-Sonnenschein herabhingen.

Caro wuchs mit dem starken Eindruck auf, daß das Leben – und damit die Welt und die Zukunft – auf der anderen Seite der Golden Gate Bridge lag. Die Skyline von San Francisco schimmerte über die Bucht hinweg wie die Türme einer mythischen Traumstadt, eines Ortes, der sich, wenn man ihn nur erreichen konnte, als der ganz persönliche Gral erweisen würde. Das Gerede ihrer Mutter über Oregon festigte noch das Gefühl, daß das blaue Haus nur ein Ausgangspunkt war, nicht mehr als ein Aufzuchtnest, und daß nichts hinter ihm steckte, weder buchstäblich noch im übertragenen Sinne; vor ihm lagen die lockende Bucht und die Brücke und die Stadt. Das war die einzige Realität. Im Sommer füllte sich die hübsche Küste rund um das blaue Haus mit Leuten, die dort Ferienwohnungen besaßen, Leuten mit Kindern, deren Väter den Winter nicht von Pot berauscht am Ufer verbrachten und den Fischern im Wege herumstanden und deren Mütter segelten und schwammen und Grillpartys veranstalteten, anstatt das ganze Jahr hindurch in der Erde hinter dem blauen Haus herumzuhacken, als wären sie entschlossen, ihr Produktivität mit Brachialgewalt abzuringen.

Ein oder zwei Wochen lang herrschte milde Euphorie, als Caros Vater ging. Er verschwand einfach, nahm seine Farben mit, seinen Vorrat an Marihuana, das er auf einer der Rodungen seiner Frau mühsam selbst angepflanzt hatte, und die paar Dollars, die sie für den Weinberg in Oregon beiseite gelegt hatte. Die Polizei setzte seinen Namen auf die endlose Liste der Vermißten, aber vielleicht hatte sie das Gefühl, daß weder seiner Frau noch seiner Tochter besonders daran gelegen war, daß er aufgefunden wurde, und nach ein paar Monaten ging man, ohne viele Worte darüber zu verlieren, einfach davon aus, daß er, selbst wenn er noch am Leben war, nicht zurückkehren würde. Caro besaß eines seiner Aquarelle, ein kleines blaues Rechteck von Meerwasser, und manchmal betrachtete sie dieses Stück Wasser und fragte sich, ob er darin war, friedlich auf dem Grund der Bucht lag mit einem Joint in der einen und einem Pinsel in der anderen Hand. Sie vermißte ihn nicht. Er hatte nicht genug von sich wissen lassen, um vermißt zu werden.

Carolyns Mutter verkaufte den Rest der Pachtzeit für das blaue Haus an eine chinesische Familie aus San Francisco, die es für den Sommer haben wollte, und zog mit ihrer Tochter nach Norden. Caro war elf. Irgendwo auf dieser Reise legte sich die Mutter eine Freundin zu, eine zähe kleine Frau namens Ruthie, die den Traum von einem Weinberg zu teilen schien. Sie kauften einen ramponierten Wohnwagen, möbelten ihn so auf, daß sie darin schlafen konnten, und vier Jahre lang fuhr Caro auf der Suche nach den zwölf Hektar durch den Nordwesten Amerikas. Irgendwann im Verlauf dieses Herumreisens kam ihr der Gedanke, daß sie nie die Golden Gate Bridge in die Zukunft überquert hatte, so daß sie, obwohl definitiv fort von Marin County, dennoch nach wie vor im Bann des blauen Hauses stand und darauf wartete, daß das Leben ernstlich anfing.

Sie mochte Ruthie nicht. Während ihrer kurzen Schulbesuche sagten Mädchen ihres Alters, daß Ruthie und Caros Mutter miteinander schliefen. Caro sah keinerlei Anzeichen dafür, aber sie hütete sich, genau hinzuschauen, ebenso wie sie sich hütete, die blauen Essensmarken von der Wohlfahrt zur Kenntnis zu nehmen und das Leben ihrer Mutter und Ruthies als Wanderarbeiterinnen, Rebenbeschneiden im Januar, Erbsenpflücken im Juni, die knochenbrechende Ernte im Spätsommer. Sie belegte eine Ecke des Wohnwagens für sich selbst mit Beschlag und verteidigte sie heftig, malte endlos Bilder von Häusern mit Gärten und Palisadenzäunen, Apfelbäumen und Hundehütten: Häuser, die ganz eindeutig umgeben waren von sämtlichen Attributen eines seßhaften Lebens.

Als sie fünfzehn war, reichte es ihr. An einem glutheißen Tag spät im August flocht sie ihr Haar zu einem dikken Zopf, zog saubere Sachen an, die sie geplättet hatte, indem sie sie unter ihre Matratze legte und dann darauf schlief, und ging los, um die Frau des Farmers, für den ihre Mutter und Ruthie gerade Mais enthülsten, zu fragen, ob sie diesen Winter über im Farmhaus bleiben und im nahegelegenen Harrisburg regelmäßig zur Schule gehen könne. Sie würde sich ihren Unterhalt verdienen, sagte sie, das Haus putzen, sich um die Hühner kümmern, abwaschen und auf die Kinder aufpassen. Die Frau des Farmers schaute erschöpft von ihrer Horde von fünf Söhnen unter neun Jahren auf und sagte ja. Es folgte ein fürchterlicher Krach. Ruthie versuchte, sie im Wohnwagen einzuschließen, und ihre Mutter nahm ihr die Schuhe weg. Aber Caro zog noch vor Monatsende ins Farmhaus um und betrachtete ihr karges Schlafzimmer, in dem jede Oberfläche mit Staub von den Feldern bedeckt war, mit tiefster Befriedigung.

Dort blieb sie ein Jahr. Als es um war, zog sie zur Familie einer Schulfreundin, danach, für die Abschlußklasse, zu einer Lehrerin, die an der High-School Geschichte unterrichtete. Zwei- oder dreimal jährlich tauchten ihre Mutter und Ruthie mit dem Wohnwagen an diesen verschiedenen Adressen auf und wurden mit Keksen und Kräuterbier oder Pizza und kalorienarmer Cola traktiert, bis Caro beschloß, daß sie sich lange genug in ihr Leben gedrängt hatten, und sie wieder fortschickte. Sie wurden einander mit zunehmendem Alter immer ähnlicher, von schroffem Wesen und wie Männer redend. Keine von ihnen schlug je vor, daß sich Caro ihnen wieder anschließen und in ihre Ecke des Wohnwagens zurückkehren sollte. Wenn sie es getan hätten, dann hätte sie sich rundheraus geweigert.

Als sie achtzehn war, erhielt sie ein Stipendium für ein Grafikstudium an einem Kunst-College in Portland, da sie etwas von den künstlerischen Fähigkeiten ihres Vaters geerbt hatte, überlagert von ihrem entschlossen verteidigten Verlangen nach Ordnung. Aber in Portland gefiel es ihr nicht, und sie stellte fest, daß ihr auch das Studium nicht sonderlich gefiel, und es begann sie der Gedanke zu verfolgen, daß sie sich am falschen Ort befand, um im simpelsten geografischen Sinne irgendwohin zu gelangen, daß sie, wenn sie nicht nach Süden zurückkehrte und diese verdammte Brücke überquerte, nie ein wirkliches Leben führen und nie eine Zukunft haben würde und daß sämtliche Anstrengungen, die sie als Heranwachsende unternommen hatte, um sich einen Weg nach vorn zu bahnen, weggeworfen wären.

Sie verkaufte den größten Teil ihrer Habe, um einen Fahrschein für den Fernbus zurück nach Kaliformen kaufen zu können und noch ein paar Dollar übrig zu haben. In Sausalito stattete sie dem blauen Haus – jetzt grellrosa gestrichen – einen kurzen Besuch ab und marschierte dann mit ihrem Rucksack den ganzen Weg über die Golden Gate Bridge in die Stadt. Sie brauchte siebenundzwanzig Minuten. Danach – und ermutigt von der Erinnerung an die freundliche Aufnahme, die sie bei den Lehrern in Harrisburg erfahren hatte – fuhr sie in Etappen per Anhalter hinaus zur Universität von Berkeley und besorgte sich einen

Job in einem der Futon-Läden, von denen es hier zwischen Banken und Buchhandlungen und Lieferanten von Hippie-Perlen, Ginseng und magischen Pilzen wimmelte.

Zwei Dinge von allergrößter Bedeutung widerfuhren Caro als Folge ihrer Arbeit in dem Futon-Laden. Das erste war, daß sie sich mit einem englischen Ehepaar anfreundete, einem Professor für Semantik und einer Physikerin, die im Rahmen eines akademischen Austauschprogramms ein Jahr in Berkeley verbrachten. Sie kamen in den Laden, um zwei Futons für ihre Wohnung zu kaufen, als Schlafgelegenheiten für ihre heranwachsenden Kinder, die gelegentlich zu Besuch kamen, und in dem großen, hellen Laden, zwischen den blaßfarbenen, stummen Bettrollen bildete sich eine Freundschaft, die dazu führte, daß Caro zuerst zum Essen und danach für die Wochenenden zu ihnen in die Wohnung kam.

Das zweite war Caros erste Beziehung. Ihr Geliebter war ein japanischer Student, der samstags vormittags im Laden arbeitete und hin und wieder an den Bestellbüchern mit dem Manager, der nicht japanisch sprach und nicht alle Rechnungen verstand. Der Student hieß Ken. Er war groß für einen Japaner, aber immer noch erheblich kleiner als Caro, und sie liebten sich im Lager hinter dem Laden auf Futons, die wegen Fabrikationsfehlern, vor allem an den Nähten, an die Fabrik zurückgeschickt werden sollten. Sie empfand seine Haut und sein Haar als besonders attraktiv und auch seine Höflichkeit. Er begleitete sie in die Studentenklinik, damit sie ihr allerestes Rezept für die Pille bekam. Sie begann zu glauben, daß sie tatsächlich die Brücke überquert hatte.

Doch dann wurde sie krank. Anfangs fühlte sie sich nur müde und elend, was sie darauf zurückführte, daß sie sich erst an die Pille gewöhnen mußte; doch dann wurde es immer schlimmer, und ihre Regel blieb aus. Ihr war nicht mehr nach Liebe zumute, und Ken, obwohl nach wie vor höflich, machte ihr klar, daß er kein Interesse daran hatte, nur mit ihr auf den fehlerhaften Futons im Lagerraum zu liegen und zu rauchen. Er zog sich ein wenig zurück, verkündete dann, er müsse sich ein anderes Ventil für seine natürlichen Impulse suchen, und verschwand zu einem anderen Samstagsjob, in einer Sushi-Bar, wo er in einer grünen Weste und mit dazu passender Fliege an der Kasse saß und die Dollars der Gäste in Empfang nahm.

Drei Tage nach seinem Verschwinden wurde Caro bei der Arbeit ohnmächtig. Als sie zu sich kam, sagte sie, die Schmerzen wären grauenhaft, und fiel abermals in Ohnmacht. Sie wurde ins Krankenhaus gebracht, wo Tests ergaben, daß ihre Eileiter infolge einer chronischen Entzündung, bewirkt durch eine Infektion, verstopft waren und daß die gleiche Entzündung beide Eierstöcke schwer in Mitleidenschaft gezogen hatte. Sie wurde sofort operiert, informiert, daß sie nun leider unfruchtbar sei, und entlassen, um sich auf einem der Futons, die sie dem englischen Ehepaar verkauft hatte, zu erholen.

Sie waren gut zu ihr. Sie war, sagten sie, im gleichen Alter wie ihre älteste Tochter, die an einer englischen Universität Jura studierte, von der Caro noch nie gehört hatte, Exeter, und das allein erregte schon das Mitgefühl der beiden. Sie pflegten sie gesund, verschafften ihr einen Job in der Buchhandlung des Studentenzentrums und schenkten ihr dann zu ihrem zwanzigsten Geburtstag ein Economy-class-Ticket nach London und zurück. Sie hatten Freunde und Verwandte in England, bei denen sie wohnen konnte, sagten sie, und sie würde eine Chance haben, ihr Leben und ihr Land aus einer anderen Perspektive zu betrachten. Es würde ihr helfen, Klarheit in ihre Gedanken zu bringen. Für Caro war es das außerordentlichste Geschenk, das sie je bekommen hatte, nicht nur wegen seiner Großzügigkeit, sondern auch deshalb, weil es zu beweisen schien, daß trotz Ken und trotz der Operation – deren Konsequenzen ihr bis jetzt kaum dämmerten – die Verheißung der Golden Gate Bridge immer noch galt.

Im April 1971 traf Caro mit einem bescheidenen Koffer voller Kleidungsstücke und einer Liste von Adressen in England ein. Sie verbrachte zehn Tage mit Verwandten ihrer

Wohltäter in einem Vorstadthaus in der Nähe von Richmond Park und reiste dann weiter, um in einer chaotischen Studentenunterkunft außerhalb von Exeter zu wohnen – einem gemieteten Farmhaus, in dem das warme Wasser nur lauwarm war und der Strom immer wieder ausfiel. Der Kulturschock, den beide Orte auslösten, war immens. Selbst die Sprache schien mehr zu trennen, als daß sie verband. Drei Wochen lang ertrug Caro das unvorstellbar laute Gerangel spielender englischer Studenten, das sich in jeder Hinsicht von der drogenbenebelten Laxheit ihrer Kommilitonen in Berkeley unterschied; dann erkundete sie, einen gestelzten Dankesbrief in ihrer schlichten amerikanischen Handschrift hinterlassend, die Geheimnisse des englischen Eisenbahnsystems, um zu ihrer dritten Adresse zu gelangen, einer Farm in den Midlands.

Es war ein großer Betrieb, in dem Schweine und Rinder gezüchtet und Obst und Gemüse für eine Reihe von Läden angebaut wurden. Die Familie, die ihn leitete – Vater, Mutter, erwachsener Sohn und zwei Töchter –, hatte die Physikerin in Berkeley gekannt, seit sie ein kleines Mädchen gewesen war. Die Mutter der Farmersfrau, inzwischen verstorben, war ihre Patin gewesen. Sie akzeptierten Caro, als tauchten an jedem Tag der Woche hochgewachsene, heimatlose amerikanische Mädchen ohne ein besonderes Ziel bei ihnen auf, und bezogen sie, ohne viel Aufhebens davon zu machen, in ihr Leben und ihre Arbeit ein.

Im Gegensatz zu den Studenten in Exeter redeten sie nicht pausenlos. Sie sprachen, wenn es erforderlich war, über Dinge, die ihren Alltag, das Leben auf der Farm, betrafen. Das paßte Caro. Da sie, seit sie fünfzehn war, immer am Rande des Lebens anderer Leute gelebt hatte, hatte sie es sich angewöhnt, selbst nicht viel zu reden, als ob Reden bedeutete, daß sie sich ins Rampenlicht drängte, ins Zentrum der Aufmerksamkeit von Leuten, von denen sie abhängig war und die sie deshalb nicht durch falsches Benehmen verärgern durfte. Selbst vor dieser Zeit war Caros Kindheit nicht von vielem Reden geprägt gewesen. Ihr Vater hatte sich, wenn überhaupt, durch seine Malerei artikuliert, ihre Mutter durch angestrengte praktische Tätigkeit, ständig bemüht, romantischen Träumen eine Art Realität abzuringen. Auf diesem großen landwirtschaftlichen Betrieb in den englischen Midlands fand Caro vieles, was ihr vertrauenswürdig erschien. Behutsam sich ihren Weg durch den ungewohnten Tagesablauf und das merkwürdige Essen ertastend, begann Caro unwillkürlich, sich zu entspannen.

An manchen Abenden und an den Wochenenden nahmen der Sohn des Hauses und seine Freundin – eine Tierärztin, die sich auf Schweine spezialisiert hatte – Caro mit zu Veranstaltungen der örtlichen Gruppe der Young Farmers. Sie hörte sich Vorträge über Farm-Management an, nahm an Wettbewerben über das Beurteilen von Vieh teil und verbrachte unzählige Abende im Pub, wo sie es lernte, Darts zu werfen; sich an das warme, starke englische Bier zu gewöhnen, gelang ihr nicht. Es waren oft dieselben Begleiter, nett, fröhlich und gesund, eine Gruppe junger Leute von einer Art, die Caro bisher noch nie erlebt hatte. Für das Leben in der Stadt hatten sie kaum ein Nicken übrig. Sie waren die Landwirtschaft betreibenden Kinder von Landwirtschaft betreibenden Eltern; für die meisten von ihnen war der Entschluß, sich dem Land zu widmen, im Grunde gar kein Entschluß gewesen, sondern vielmehr das Akzeptieren des ihnen vorherbestimmten Lebenswegs. Wenn sie sich in den verräucherten Pubs und Clubs umschaute, hatte Caro das Gefühl, daß sie, die Nomadin, endlich zur Ruhe gekommen war zwischen Seßhaften, Leuten, die sich eher durch ihre Umgebung identifizierten als durch Persönlichkeit oder Beruf. Und zu ihrer Überraschung gefiel ihr das.

Robin Meredith beobachtete sie fünf Wochen lang, bevor er sie ansprach. Selbst hoch gewachsen, war er beeindruckt von ihrer Größe und von ihrem exotischen Akzent. Sie war anders gebaut als die englischen Mädchen, und sie setzte ihren Körper und ihre Hände anders ein. Er hatte gehört, daß sie als Angestellte im Farmladen von Thripps End arbeitete, also nahm er an, daß sie zu der herumwandernden Gemeinde internationaler Studenten gehörte, die sowohl die Heimkehr zu ihrer Familie als auch Zukunftsüberlegungen immer wieder aufschoben. Als er ihr schließlich ein Glas Most spendierte, fand er heraus, daß sie weder Studentin war noch arbeitete. Sie war nach England gekommen, sagte sie, weil andere Leute es vorgeschlagen hatten und weil sie so freigebig gewesen waren.

»Weshalb?« fragte er.

Sie zuckte die Achseln. »Damit ich mich umsehe, nehme ich an. Um dort drüben von hier drüben aus zu betrachten.«

»Weshalb?« fragte er noch einmal.

Sie hatte eine Weile geschwiegen und in ihr Glas geschaut. Dann sagte sie, mit ihrer frisch gewonnenen Selbsterkenntnis: »Vielleicht, um herauszufinden, ob ich wirklich eine Nomadin bin.«

Er wußte nicht, was sie meinte, lud sie aber trotzdem zu Ausflügen ein. Er fuhr sie durch die Landschaft, zeigte ihr Farmen und Felder und speziell für die Aufzucht von Fasanen angepflanzte Wälder. Er ging mit ihr ins Kino, wo er seinen langen Oberschenkel an ihren drückte, aber nicht ihre Hand hielt, und zur jährlich stattfindenden Pferdeschau, wo sie die ersten Zigeuner ihres Lebens sah, und dann auf den Gipfel von Stretton Beacon, wo er ihr das Land zeigte, das vor ihnen lag wie eine Karte, wohlgeordnet und gezähmt von dieser Höhe aus, die landwirtschaftlichen Flächen gesprenkelt mit den Dächern, Schornsteinen und Türmen der Dörfer. Dort oben, im Wind, küßte er sie und erzählte ihr, daß er zu Hause ausziehen und sich eine eigene Herde von Milchkühen anschaffen wolle.

»Da unten«, sagte er und zeigte auf die grauen Windungen des Flusses Dean, der sich unterhalb von ihnen entlangschlängelte. »Da unten.«

»Ich habe noch nie eine Kuh angefaßt«, sagte Caro.

»Ich werde mit zwanzig anfangen«, sagte er. »Zwanzig. Ich werde einen Fischgräten-Melkstall bauen.«

Sie schaute auf die unter ihnen liegende Landschaft. Sie hatte schon hübschere gesehen, dramatischere, kraftvollere. Aber hatte sie je eine Landschaft gesehen, die Menschen so wohlwollend anzubieten schien, in ihr zu leben, sie zu nutzen? Hatte sie etwas gesehen, was so fügsam, so einbeziehend, so harmonisch war? Und es lag einfach da, zu ihren Füßen, zwanzig oder dreißig Quadratmeilen friedlichen, formbaren Landes, das sich nicht gegen den Menschen wehrte, nicht gequält wurde von extremem Wetter und Erdbeben, sich nicht unglaublicher Entfernungen wegen entzog. Es war eine Welt dort unten, eine vollständige Welt aus Mensch, Land und Tier unter einem nicht bemerkenswerten, nicht bedrohlichen englischen Himmel. Caro schob die Hände in die Jackentaschen und schloß die Augen. Wie sollte sie, mit nichts zur Verfügung als sich selbst, die Chance gestalten, hier bleiben zu können?

Eine Woche später fuhr Robin sie zur Tideswell Farm. Sie inspizierten das Haus und die verkommenen Außengebäude, und sie gingen über die verwahrlosten Felder hinunter zum Fluß, wo Enten, Bläßhühner und Moor-Schneehühner im Schilf schwatzten. Es war Ende März, die Weiden waren von gelbgrünem Frühlingsdunst umgeben, und am gegenüberliegenden Ufer pflügte ein Traktor gleichmäßige Furchen, wie Cordsamt, in die rotbraune Erde.

»Wie findest du das Haus?« fragte Robin.

Caro beobachtete den Traktor. Im Kielwasser des Pfluges kreiste eine dekorative Möwenschar über der umbrochenen Erde. Robins Haus war für sie fast zu fremdartig, als daß sie eine Ansicht darüber hätte haben können, so alt, so solide mit seinen Steinmauern, so weitläufig mit seinen schauerlichen Anbauten aus der Viktorianischen Zeit, diesem Flur mit den mosaikartig verlegten Fliesen in Rot und Ocker, dem Zimmer mit dem Erkerfenster und der hölzernen Kaminverkleidung wie in einer gotischen Kirche.

»Ich weiß es nicht«, sagte sie. »Ich habe nichts, womit ich es vergleichen könnte.«

»Macht das etwas aus?«

Sie sah ihn an.

»Nein«, sagte sie langsam, »ich glaube, das tut es nicht.

Es ist nur so, solange man reist, stellt man Vergleiche an. Ganz unwillkürlich. Das ist es, was all die Unterschiede bewirken. Das ist es, was man denkt.«

Er griff in die Weide über ihren Köpfen und brach einen langen, glatten, biegsamen Zweig ab.

»Welches war der beste Ort, an dem du je gelebt hast?«

»Oh«, sagte sie. »Den habe ich noch nicht gefunden. Ich bin immer noch auf der Suche.«

Robin bog den Zweig zu einem Kreis, einer Weidenkrone, und schleuderte ihn übers Wasser wie einen Diskus.

»Du brauchst nicht weiterzuwandern«, sagte er. »Das brauchst du nicht.«

Sie sah ihn an. Sie betrachtete sein grobes, fast schwarzes Haar und seine unnachgiebigen Züge, seine Cordhose und seine Stiefel und die abgetragene Allwetterjacke mit dem um die Ohren herum hochgestellten Kragen. Sie dachte: Kenne ich ihn? Und dann, fast gleichzeitig: Wen habe ich je gekannt?

Er drehte sich um und sah sie an.

»Ich habe gesagt, du brauchst nicht weiterzuwandern. Nicht mehr.« Er deutete über die Felder in Richtung Haus. »Du könntest hier leben. Du hättest hier einen Ort, an dem du leben könntest. Du könntest ...« Er verstummte, und dann sagte er: »Du könntest mich heiraten.«

# DRITTES KAPITEL

Velma Simms stand in der Küche von Tideswell Farm am Ausguß und wusch Robins Frühstücksgeschirr ab. Caro hatte einen Geschirrspüler aufstellen lassen, aber Velma benutzte ihn nie. Sie tat es nicht, weil ihr zuwider war, daß er Strom verbrauchte. Aus dem gleichen Grund zog sie den mechanischen Teppichkehrer dem Staubsauger vor und erledigte alle Arbeiten im Dämmerlicht. In ihrer Sozialwohnung galt der Stromzähler, der grollend mit Münzen gefüttert werden mußte, als böswilliger, ihr von den Behörden aufgezwungener Haushaltsgott. Velma empfand alles, was sie tun konnte, ohne sich der Tyrannei des elektrischen Stroms zu unterwerfen, als einen persönlichen Sieg über eine Macht der Dunkelheit.

Hinter ihr, am Küchentisch, saß Gareth und verzehrte ein Specksandwich. Debbie hatte ihm gestern am späten Abend einen Stapel davon für den heutigen Vormittag zurechtgemacht, und Gareth hatte sich angewöhnt, sie nach dem ersten Melken zu essen, in der Küche der Farm, um nicht nach Hause gehen zu müssen. Zu Hause, das war ein Ziegelstein-Cottage mit drei Zimmern, eine Dienstwohnung, die Robin für seinen Vorgänger gebaut hatte, nur ein paar hundert Meter entfernt, aber die Farmküche war eine Abwechslung gegenüber seiner eigenen, und die tägliche Viertelstunde in ihr bedeutete, daß er über alles auf dem laufenden blieb. Als Caro noch lebte, war er nur ungern hineingegangen, weil er das vage Gefühl hatte, in ein Territorium einzudringen, das sowohl auf mysteriöse Weise weiblich als auch verboten war. Manchmal hatte er in seinem Overall und ohne Schuhe an der Schwelle gestanden und Caro etwas ausgerichtet, was sie an Robin weitergeben sollte – über eine Kuh, die Mastitis hatte, oder daß der Fachmann für die künstliche Besamung nicht erschienen war –, aber er war nie weiter vorgedrungen. Er war immer wieder von dem Kühlschrank beeindruckt. Während er mit Caro sprach, konnte er den staunenden Blick nicht von ihm abwenden, diesem riesigen, zweitürigen amerikanischen Ding, so groß wie ein Kleiderschrank.

»Den solltest du sehen«, sagte er zu Debbie. »In dem könnte man ohne weiteres zwei Männer unterbringen.«

Jetzt saß er da, wandte ihm den Rücken zu und kaute. Seit Caro nicht mehr da war und das höhlenartige Innere des Kühlschranks nur noch Robins bescheidene Vorräte enthielt, hatte er seinen Zauber verloren. Seine Hauptaufgabe bestand jetzt darin, Velma zu provozieren, sie dazu zu bringen, daß sie eine oder, besser noch, beide Türen öffnete. Sie haßte es, die Türen zu öffnen, weil dann das Licht anging.

»Stromverschwendung!« pflegte sie zu kreischen und schlug sie wieder zu, fast bevor sie die Milch herausgeholt hatte.

»Er will nichts Gekochtes essen«, sagte Velma und stellte eine Corn-flakes-Schüssel ins Tellergestell. »Als sie noch lebte, hat er sich immer ein warmes Frühstück gemacht, aber jetzt will er nicht mehr. Überall im Haus stehen Becher mit kaltem Tee herum, die er vergessen hat, und ständig diese Corn-flakes.«

»Besser als die Flasche«, sagte Gareth. Er musterte Velma von hinten. Sie trug purpurfarbene Leggins, einen schwarzen Pullover – der nicht lang genug war – und türkisfarbene Turnschuhe. »Meine besten Sachen«, wie sie sagte. Ihr Hinterteil, fand Gareth, erinnerte ihn an das seiner Mutter.

»Für ihn bedeutete sie die Welt«, sagte Velma entschlossen. »Die Welt.«

»Wirklich?« sagte Gareth. Der Robin, den er kannte, war seiner Ansicht nach nicht die Art von Mann, für den etwas oder jemand die Welt bedeutete. So weit würde er nie gehen. Er wollte lediglich, daß die Dinge funktionierten, Arbeiten anständig erledigt wurden. Wenn Debbie sich beklagte, was sie häufig tat, daß alles, woran er, Gareth, denke, die Kühe seien, dann sagte er, das müsse er schließlich, oder etwa nicht? Mit Robin, der ihm Tag und Nacht im Genick saß, blieb ihm ja nichts anderes übrig, oder etwa doch? Debbie wollte, daß er aufhörte, als Melker zu arbeiten, und statt dessen aufs College ging und ein paar modernere Dinge lernte, den Umgang mit Computern und Buchführung. Sie wollte ihn in der Verwaltung einer Farm sehen, nicht in einem verdreckten Overall und mit Händen und Armen, die den halben Tag in etwas gesteckt hatten, worüber sie nur ungern nachdachte. Aber Gareth mochte Kühe. Er hatte nichts gegen die lange Arbeitszeit, und er hatte nichts gegen Robin. Und der Gedanke an Computer versetzte ihn in Panik.

»Wo ist er hin?« fragte Velma.

»Zu einer Versammlung wegen der Milchquoten.«

»Völliger Blödsinn, dieser Quotenkram.«

»Ja«, sagte Gareth. Er stand auf und knüllte die Folie, in die Debbie seine Sandwiches eingewickelt hatte, zu einem Ball zusammen. Er sagte: »Merkwürdig hier jetzt, findest du nicht?«

Velma nahm ihre Hände aus dem Ausguß und trocknete sie mit einem Geschirrtuch ab. Sie ließ den Blick durch die Küche schweifen, über die hellen, satten amerikanischen Farben, den extravaganten Kühlschrank, das Poster einer riesigen, weit ausladenden Brücke, schwarz gegen den Sonnenuntergang fotografiert, mit der Aufschrift ›California Dreaming‹.

»Sie war hier nie zu Hause«, sagte Velma. »Nicht wirklich. Genau wie die Schwester meiner Mum. Die ist nach Neuseeland gegangen, um einen Schafzüchter zu heiraten, und hat sich doch nie eingewöhnt. War krank vor Heimweh bis zum Tag ihres Todes, hat sich immer zurückgesehnt. Aber meine Tante«, fuhr Velma fort, während sie eine Handvoll Löffel abtrocknete, »hat wenigstens gewußt, wonach sie sich sehnte. Ich glaube nicht, daß das bei unserer Madam hier der Fall war.«

»Wer ist das?« fragte Gareth. Es wurde Zeit, daß er wieder an die Arbeit ging und die drei Kühe, um deren Füße er sich kümmern mußte, in den Pferch aus Metallstangen brachte, damit er sie sich ansehen konnte; aber diese Unterhaltung hatte etwas merkwürdig Verlockendes an sich.

Und jetzt konnte er durch das Fenster hinter dem Umriß der am Ausguß stehenden Velma einen Landrover auf dem Hof sehen.

»Joe«, sagte Velma. Sie zupfte ihren Pullover herunter. Ein gutaussehender Mann, Joe.

»Was will der denn hier?«

Velma ging zur Küchentür und durch den Raum, in dem die Stiefel aufbewahrt wurden, auf den Hof hinaus.

»Er ist nicht da!« schrie sie Joe zu.

»Macht nichts ...«

Er betrat hinter ihr die Küche, wie Gareth in einen dunkelblauen Overall und Arbeitsstiefel gekleidet.

»Morgen, Gareth.«

Gareth nickte. Er griff nach seiner Thermosflasche und seinem Exemplar der Tageszeitung, die er bevorzugte, teils wegen ihrer ausführlichen Fußball-Berichterstattung und teils wegen der täglichen Busenfotos. Debbie hatte auch einmal einen Busen gehabt, aber der schien verschwunden zu sein, auf allmähliche und verwunderliche Weise geschrumpft, als ihre drei Kinder eines nach dem anderen geboren wurden. Ein Jammer, wirklich.

»Ich mache mich wieder an die Arbeit ...«

»Ja«, sagte Joe.

Velma kehrte in die Küche zurück und fragte: »Kaffee?«

»Nein danke«, sagte Joe. »Ich bin nur gekommen, um nach etwas zu suchen.« Er verstummte, und dann sagte er: »Oben.«

»Ich zeige Ihnen ...«

»Nein«, sagte Joe. Er streckte eine Hand aus, wie um Velma zurückzuhalten. »Ich weiß, was es ist. Ich kenne mich hier aus. Bis später, Gareth.«

Sie sahen zu, wie er die Küche verließ.

»Ziehen Sie Ihre Stiefel aus«, rief Velma.

Er stapfte, mit den Stiefeln, die Treppe hinauf.

»Was, zum Teufel ...«

»Ich weiß es nicht«, sagte Velma. »Ich hätte ihn nicht hinauflassen dürfen. Aber ich konnte ihn ja schlecht aufhalten. Schließlich ist er Robins Bruder ...«

»Pst ...«, sagte Gareth. Er schaute nach oben, und auch Velma tat es. Im Zimmer über ihren Köpfen bewegte sich Joe in seinen Stiefeln langsam über die Dielenbretter, dann hielt er an.

»So eine Unverschämtheit!« sagte Velma. »Er ist in ihrem Zimmer! Was, zum Teufel, tut er da?«

Die Schritte setzten wieder ein, sehr langsam und bedächtig.

»Er ist in ihrem Zimmer!« sagte Velma noch einmal. »In Caros Zimmer. Ich war nicht mehr darin, seit sie von uns gegangen ist. Nur zum Staubwischen und so. Ich gehe besser hinauf und ...«

»Nein«, sagte Gareth. Er legte eine Hand auf ihren Arm. »Laß ihn.«

»Aber er ...«

»Du weißt nicht, was er da oben will«, sagte Gareth. »Er nimmt bestimmt nichts mit. Vielleicht ...«

»Ja?«

»Laß ihn einfach in Ruhe«, sagte Gareth. Er drückte ihren Arm und ließ ihn dann los. »Wenn er etwas im Schilde führen würde, wäre er bestimmt nicht frech wie Oskar hier hereingekommen. Also laß ihn in Ruhe.«

Er ging auf die Tür zu, mit der zusammengerollten Zeitung und der Thermosflasche unter dem Arm.

»Bis später, Velma.«

Sie griff wieder nach ihrem Geschirrtuch und schüttelte den Kopf, als müßte sie sich von beunruhigenden Vibrationen befreien.

»Komisch«, sagte sie.

In Caros Schlafzimmer lehnte sich Joe an das Fußende ihres Bettes und betrachtete die Stelle, an der sie gelegen hatte. Er hatte sie dort gesehen, etliche Male, während des schnellen und beängstigenden Fortschreitens ihrer Krankheit, in einem gestreiften Nachthemd, das Haar einseitig geflochten, damit sie bequem liegen konnte. Das heißt, solange sie noch Haare hatte. Vor der Behandlung.

Er hielt sich an der polierten Holzstange fest und starrte auf die Rundung des Kissens unter dem rot-weißen Quilt. Er wußte nicht mit Bestimmtheit, weshalb er hier war, nur, daß er einem plötzlichen Impuls nachgegeben hatte, sich von Caro zu verabschieden, ihr zu erklären – ohne etwas zu sagen, nur dadurch, daß er in ihrem Schlafzimmer war –, daß seine geistige Abwesenheit von ihrer Beerdigung, von allem, was mit der Tatsache ihres Todes zusammenhing, nicht das geringste mit ihr zu tun hatte. Es hatte mit etwas wesentlich Dunklerem und Bestürzenderem zu tun, einer Angst, die Joe in dem Moment ergriffen hatte, als Robin aus dem Krankenhaus in Stretton anrief und sagte, daß Caro vor zwanzig Minuten gestorben war – und die er seither nicht wieder losgeworden war. Als er am Grab stand und den gelben Schirm über Lyndsay und Judy hielt, hatte er etwas gefühlt, was Panik sehr nahe kam. Seither hatte er dieses Gefühl von Zeit zu Zeit immer wieder gehabt, hatte sich dabei ertappt, wie er den langen Umweg durch Dean Cross fuhr, um nicht am Friedhof vorbeizukommen, und Lyndsay jedesmal beinahe anblaffte, wenn in einem Gespräch Caros Name fiel. Vor zehn Minuten, auf der Straße zwischen Dean Place und Tideswell heimwärts fahrend, hatte Joe diese Panik so heftig gespürt, daß er für den Bruchteil einer Sekunde fast das Bewußtsein verloren hatte.

»Ich nagle es fest«, sagte er laut zu sich selbst und umklammerte das Lenkrad. »Ich fahre hin, gehe in ihr Zimmer und nagle es ein für allemal fest.«

Aber ihr Zimmer bot ihm nichts. Es war ordentlich, fast karg, möbliert mit einer zufälligen Kollektion von Gegenständen, die sie im Laufe der Jahre bei Auktionen erstanden hatte; gepflegten, fast steifen Dingen. Nichts in diesem Zimmer wies auf Robin hin, keinerlei Anzeichen dafür, daß er das Bett mit der Patchworkdecke mit ihr geteilt hatte. Aber es gab auch sonst kaum Anzeichen von irgend etwas, am wenigsten, was Joe so inbrünstig zu finden gehofft hatte – ein Anzeichen von Leben.

»Caro«, sagte er ins Leere.

Nichts regte sich. Er trat ans Fenster, schaute hinaus auf

den Hof – ein Ausblick, für den sie sich vermutlich entschieden hatte – und sah auch dort nichts, nicht einmal Kühe. Ihr Fortsein hatte etwas buchstäblich Unerträgliches an sich, etwas zutiefst Grausames und auch etwas Unabwendbares. Er legte die Stirn an die Fensterscheibe. Es war die Unabwendbarkeit, die so grausam war. Ohne Caro hier, ohne ihr lebendiges Selbst als Beweis für diese andere Welt, dieses andere Leben voller Hoffnung und Bewegung, das sie mit sich herumgetragen hatte wie eine Aura, konnte das Verhängnis seinen Lauf nehmen. Er schluckte schwer. Irgend etwas an Caro, etwas daran, wer sie war, woher sie kam, hatte ihm das Gefühl vermittelt – warum, zum Teufel, hatte es das getan? –, daß er dem Schicksal entgehen, daß er – wenn er immer weiterrannte – schneller sein würde.

Sie hatte ihm sogar das Gefühl vermittelt, daß Geld keine Rolle spielte, daß seine scheinbare Fähigkeit, die Finanzen der Farm zu verwalten, nicht mit ihm durchging. Er hatte mit ihr nie offen über seine Ängste gesprochen, über die heimlichen Kreditaufnahmen, über seine Neigung, zu glauben, daß es sich automatisch irgendwie auszahlen würde, wenn er mehr Geld ausgab, aber er hatte es angedeutet. Und sie hatte ihn angelächelt. Sie hatte dieses gelassene, aber wissende Lächeln gelächelt und gesagt, er solle sich wegen des Kurzfristigen keine Sorgen machen; das Kurzfristige war immer voll von Schocks, es war das Langfristige, auf das man sich konzentrieren mußte. Und jetzt war sie verschwunden und mit ihr der Trost des Langfristigen, und nun stand er mit den Schocks allein da.

Er löste seine Stirn von der Scheibe und rieb darüber. Unter ihm, auf dem Hof, tauchte in einiger Entfernung Gareth auf, der zu beiden Seiten je eine Kuh am Strick führte. Robin war gut darin, Kühe an den Strick zu gewöhnen, und hatte eine Vorrichtung konstruiert, die einer herumwirbelnden Wäscheleine ähnelte und mit der die Jungtiere so gezähmt wurden, daß sie sich führen ließen. Er sagte, das sei von Vorteil, wenn man sie bei einer Vorführung zeigen oder verkaufen wolle, eine wohlerzogene Kuh habe mehr

Aussichten, das Auge eines Käufers auf sich zu ziehen. Robin ... Was würde Robin denken, wenn er jetzt nach Hause käme und Joe im Schlafzimmer seiner Frau vorfände, ohne daß dieser ihm eine Erklärung dafür geben konnte? Und es gab keine Erklärung, nicht wahr, jedenfalls keine handfeste, keine, die man einem mißtrauischen Bruder auftischen konnte, der schließlich ein Recht darauf hatte, auf jede beliebige Art in seinem Kummer zu schwelgen. Während er, Joe, der lediglich der Schwager der verstorbenen Frau war, ein Ehemann und Vater lebendiger Menschen, ein solches Recht nicht hatte. Überhaupt kein Recht, keinerlei Ansprüche außer diesem Gefühl, das ihn so verstörte: daß sie auf irgendeine Weise den Schlüssel zu seiner Zukunft in der Hand gehabt und ihn, als sie gestorben war, mitgenommen hatte.

Er ging hinaus auf den Treppenabsatz. Im Haus war es sehr still. Velma würde nach wie vor in der Küche sein und so tun, als wüsche sie ab, in Wirklichkeit aber darauf warten, daß Joe herunterkam und eine Erklärung abgab. Velma war nicht zur Beerdigung gekommen. Sie sagte, sie gehe nie zu Beerdigungen, sie könne sie nicht ausstehen. »Schaurig«, sagte sie. »Wenn man tot ist, ist man eben tot. Beerdigungen sind widerlich.« Joe fragte sich, was sie zu Robin gesagt haben mochte, wenn sie überhaupt etwas gesagt hatte. »Tut mir leid, von Ihrem Verlust zu hören« oder: »Ich werde sie vermissen, das steht fest« oder einfach: »Soll ich ein neues Glas Kaffee besorgen? Das hier ist fast leer«?

Auf der anderen Seite des Treppenabsatzes stand Robins Tür offen. Sein Bett war gemacht, zumindest halbwegs, aber auf den beiden Holzstühlen, die Joe sehen konnte, türmten sich Kleidungsstücke, und auf dem Fußboden lagen Schuhe und Zeitungen herum und zerfledderte Exemplare von landwirtschaftlichen Zeitschriften. Wirklich seltsam. Robin war immer so ordentlich gewesen. Auf der Kommode an der gegenüberliegenden Wand stand ein Foto von Caro, eine Schwarzweißaufnahme von ihr, wie sie an der Pforte lehnte, die vom Garten auf das fünfzehn Morgen große Feld führte, auf das die Kälber gebracht wurden, dicht beim Haus, wo man sie ständig im Auge behalten konnte. Aus dieser Entfernung konnte Joe das Foto nicht deutlich sehen, aber Caros Haar schien lose herunterzuhängen, und sie hatte etwas Kariertes an.

»Ist alles in Ordnung?« rief Velma.

Sie stand am Fuß der Treppe, mit einem Staubtuch und einer Sprühdose Möbelpolitur.

»Haben Sie gefunden, was Sie gesucht haben?«

»Nein«, sagte Joe. »Habe ich nicht. Aber es spielt keine Rolle.«

Sie sagte: »Dann sollten Sie jetzt herunterkommen.«

Er stieg, von ihr beobachtet, langsam die Stufen hinunter.

»Robin wird zum Mittagessen wieder dasein ...«

»Ja.«

»Ich werde ihm ein Stück Kalbfleisch- und Schinkenpastete hinstellen«, sagte sie. Und dann: »Ich kümmere mich um ihn.«

Zu Hause, dachte Joe, würde Lyndsay dabeisein, das Mittagessen für ihn und die Kinder zuzubereiten, das ordentliche, gewissenhaft zusammengestellte Essen, wie sie es ihm jeden Tag kochte, mit reichlich Gemüse. Sie würden am Küchentisch sitzen, er, Lyndsay und Hughie, Rose in ihrem Kinderstuhl, und sie würden Cottage-pie essen oder einen Auflauf oder mit Käse überbackene Kartoffeln, und Lyndsay würde versuchen, sich mit ihm zu unterhalten und Hughie zum Reden zu ermuntern. Sie würde sich bemühen, ihn davon abzubringen, daß er das Radio einschaltete, um die landwirtschaftlichen Nachrichten und den Wetterbericht zu hören. Sie sagte, das könne er den ganzen Tag über hören, im Landrover oder auf dem Traktor; die Mahlzeiten seien dazu da, daß man etwas voneinander habe und sich unterhalte. Rose konnte noch nicht sprechen, aber das machte sie dadurch wett, daß sie laute Rufe ausstieß und mit dem Löffel auf das Eßtablett ihres Kinderstuhls schlug. An Joes dunkleren Tagen sprach vieles zu Roses Gunsten.

»Ich verschwinde jetzt«, sagte Joe zu Velma.

Sie schaute zu ihm auf. Ihrer Ansicht nach hatte er von jeher etwas von dem jungen John Wayne an sich gehabt, dieses schroffe Wesen. Sie sagte: »Sie könnten es mit einem Lächeln versuchen, Joe. Das Leben muß weitergehen.«

Er schwieg einen Moment, bedachte sie mit einem flüchtigen Lächeln, das sich nicht einmal in die Nähe seiner Augen ausbreitete, dann ging er an ihr vorbei und hinaus auf den Hof.

Robins Pastete lag unter einem Stück straffgezogener Plastikfolie neben dem Salzstreuer, der Pfeffermühle und einem Laib Brot, der unter einer Gazehaube steckte. Dilys hatte Caro mehrere dieser Hauben geschenkt. Sie sollten das Essen in der Speisekammer vor Fliegen schützen, aber Caro hatte sie ebenso wenig benutzt wie die Speisekammer selbst, weil sie alles Verderbliche in dem großen Westinghouse-Kühlschrank aufbewahrte, den Robin ihr, als sie zwölf Jahre verheiratet waren, über einen Importeur in London besorgt hatte.

Die Hauskatze hatte ganz offensichtlich mit Gewalt versucht, an die Pastete heranzukommen, aber es war ihr nicht gelungen. Jetzt saß sie auf dem Stapel Zeitungen neben der Hintertür, den Robin bei nächster Gelegenheit zu den Recycling-Tonnen bringen wollte, und wartete darauf, wie sich die Dinge entwickeln würden. Robin deutete auf den Teller.

»Das ist meins«, sagte er.

Die Katze tat so, als hätte sie es nicht gehört. Sie musterte ihn. Robin betrachtete die Pastete. Sie hatte die abstoßende Blässe von zubereiteter Nahrung, die bei Zimmertemperatur stehengelassen wird, weil Velma es lieber riskierte, daß sie verdarb, als, wie sie glaubte, Strom zu verbrauchen, indem sie sie in den Kühlschrank stellte. Robin zog die Plastikfolie ab und roch daran. Von der Pastete ging ein starker Geruch aus, nicht gerade ranzig, aber stechend. Er nahm den Teller, trug ihn hinüber zu dem Stapel Zeitungen und stellte ihn daneben auf den Boden.

»Alles für dich«, sagte er.

Er ging an den Kühlschrank und holte ein Stück Käse heraus. Er schien nur von solchem Zeug zu leben, Käse und Corn-flakes, Sachen, die Masse hatten und einfach waren. Als er noch klein war, hatte Dilys eine Hauskuh gehalten, die all die Butter und den Käse lieferte, die sie gegessen hatten, und die entrahmte Milch wurde zum Brotbacken verwendet. Jetzt kaufte Dillys Käse und Brot fertig wie alle anderen Leute auch. Das Halten einer Hauskuh war hoffnungslos unwirtschaftlich.

Velma hatte eine Liste mit Botschaften auf den Tisch gelegt.

»Mann von der Farmentwicklungsbehörde hat angerufen. Sagte, Sie wüßten Bescheid, um was es geht. Gareth sagt, neue Güllepumpe ist eingetroffen, und er hat vier brünstige Kühe. Händler war wegen des Düngers da. Habe gesagt, er soll Mittwoch wiederkommen. Joe war hier, aber ich weiß nicht, was er wollte. Morgen früh kommt der Doktor, deshalb wird es später. Wohnzimmerschornstein muß gefegt werden.«

Robin stellte das Radio an, hörte die Vorhersage von starkem Westwind, die er bereits auf dem Heimweg gehört hatte, und stellte es wieder ab. Er hob die Gazehaube von dem Brotlaib und betrachtete ihn. Was hatte Joe gewollt? Was hatte er gewollt, was er nicht am Telefon hätte sagen können? Er griff nach dem Brotmesser und begann, dicke, gleichmäßige Scheiben von dem Laib abzuschneiden. Die Versammlung war deprimierend gewesen, wie solche Versammlungen heutzutage fast immer, seit die großen Molkereien Umsatzeinbußen im letzten Halbjahr verkündeten und die Regierung mit ihren Gesundheitsrichtlinien die Öffentlichkeit drängte, weniger Milchfett zu konsumieren. Er hätte nicht zu der Versammlung zu gehen brauchen, um das zu erfahren, und sich auch kein Salz in die Wunden seiner Verletzlichkeit reiben lassen müssen. In den frühen Jahren seiner Arbeit war er überzeugt gewesen, es geschafft zu haben, die Gewinne aus der Herde hatten sich Jahr für Jahr verdoppelt, so daß es eine kurze und berauschende Zeit lang so ausgesehen hatte, als würden die Kreditschulden, die ihm den Schlaf raubten, dahinschmelzen wie Zukker. Schöne Hoffnungen, dachte er jetzt, während er Käse zwischen die Brotscheiben legte, schöne Hoffnungen, bei ständig steigenden Unkosten, den 13 000 Pfund plus Haus für Gareth, Kühen, für die er jährlich für mehrere hundert Pfund Futter zukaufen mußte, Zinsen ... Und jetzt dieses kalte, nasse Frühjahr, das bedeutete, daß der Mais erst sehr spät aufgehen würde. Er nahm einen einzigen Bissen, dann legte er das Brot hin. Es schmeckte nach nichts und fühlte sich staubtrocken an.

Draußen auf dem Hof war alles ruhig. In einer Stunde würde Gareth wiederkommen, um die Kühe in den Sammelpferch zu treiben. Dann würde er sich den Umkreis der Scheune und alle betonierten Flächen vornehmen und mit einem großen, am Traktor befestigten Gummischaber den Kot und Harn entfernen. Der Traktor war uralt, Robins allererster, schon aus dritter Hand, als er ihn kaufte. Für die Summe, die er damals für diesen Traktor bezahlt hatte, bekam man heutzutage nicht einmal einen Traktorreifen. Er mochte Altes, zum Beispiel die erfahrenen Kühe, die oft einen fürchterlichen Dickkopf hatten, aber zu jedem Melken in dieselbe Box gingen, regelmäßig wie ein Uhrwerk und immer in dieselbe Box in der Scheune. Sie hatten eine Autorität an sich, die die Jungtiere beruhigte. Aus genau diesem Grunde steckte er immer gern ein paar dieser alten Mädchen zwischen die Jungen, obwohl ›alt‹ kaum das richtige Wort für sie war. Er hätte sich gern vorgestellt, wie sie dreizehn oder vierzehn Jahre hinter sich brachten, was ihre natürliche Lebenszeit war, aber heutzutage wurden sie nur selten älter als fünf Jahre.

Die Kühe beobachteten ihn mit der Friedfertigkeit, die aus Vertrautheit erwächst, als er in seinen Landrover stieg und an ihnen vorbei auf den Wirtschaftsweg zum Fluß einbog. Wegen der Frühjahrsregen waren die Leute von der Umweltbehörde in Unruhe geraten, weil sie befürchteten, daß Gülle in den Fluß gespült werden könnte, und wenn es nicht die Umweltbehörde war, dann waren es irgendwelche Gesundheits- und Sicherheitsvorschriften, die ihn unweigerlich zwangen, Geld auszugeben, das er nicht besaß.

»Ich habe kein Geld«, hatte Caro zu ihm gesagt, vor so vielen Jahren am Ufer des Flusses. »Keinen Cent.«

»Ich auch nicht.«

»Aber …« Sie hatte auf die Felder gezeigt, die hinter ihnen anstiegen, dorthin, wo das Haus zwischen den zerfallenden Nebengebäuden stand.

»Ich leihe es mir«, hatte er, sie verstehend, gesagt. »Alles bis auf 6000 Pfund. Jeden zusätzlichen Penny.«

Er steuerte den Landrover von dem Weg hinunter und hielt vor einer Pforte an, die zu einem Feld führte. Das Feld, dicht am Fluß, hatte bis Anfang März unter Wasser gestanden und lag jetzt kahl und verhungert aussehend da, wartete auf Wärme, damit neues Gras wachsen konnte. Leihen! Das war nur der Anfang gewesen. Geld leihen war zu einer Lebensform geworden, Geld leihen für Tiere, für Gerätschaften, für Gebäude, für Traktoren und Dünger und Melkmaschinen, alles auf Raten und schon veraltet, bevor sie abgezahlt waren.

»Melk selbst«, hatte Harry immer und immer wieder gesagt. »Spar dir den Melker. Wozu brauchst du für eine Herde von dieser Größe einen Melker?«

Wegen Caro, hätte die Antwort gelautet, aber Robin hatte sie nie ausgesprochen. Er hatte es nie getan, weil es in gewisser Hinsicht nichts mit Caro zu tun hatte. Sie hatte ihn nie gebeten, ihr und Judy mehr Zeit zu widmen, im Gegensatz zu Lyndsay; sie hatte nie erklärt, daß sie sich ausgeschlossen fühlte von seinem anstrengenden, hingebungsvollen, unerbittlichen Farmerdasein. Er war es gewesen, der es gewollt hatte, der Melker, die er sich im Grunde nicht leisten konnte, eingestellt hatte, um zumindest den Versuch zu unternehmen, ein Teil von Caros Leben zu sein, ihr zur Verfügung stehen zu können, für sie etwas anderes zu sein als nur ein Farmer, und sei es auch nur für ein paar Stunden.

»Weshalb willst du eine Farm haben?« hatte sie ihn anfangs gefragt, und er hatte, fast schüchtern, erwidert: »Weil ich gern Dinge zustande bringe«, und sie hatte ihn lange Zeit mit einer Art stiller Sorge gemustert, die er überhaupt nicht begreifen konnte.

Er stieg aus dem Landrover und ging über das Feld zur Hecke auf der gegenüberliegenden Seite – die neu verflochten werden mußte, wie ihm auffiel. Durch das Feld zog sich ein kleiner Bach, kaum mehr als ein Graben, der von dem Abhang unterhalb der Güllegrube bis zum Fluß verlief. Die Grube mußte vergrößert werden, das wußte er, das war schon seit über einem Jahr fällig, genau wie die Installation einer neuen Schmutzwasser-Pumpe. Als nächstes würde ihm die für den Fluß zuständige Behörde im Nacken sitzen, und Bußgeldbescheide würden zu dem Stapel von Rechnungen hinzukommen, die er in einem Plastikkarton in der Küche aufbewahrte und denen er nur dann Aufmerksamkeit schenkte, wenn die letzten Mahnungen kamen.

Caro hatte nie die Farmbücher geführt. Er hatte sie Dilys unter größten Schwierigkeiten entrissen, hatte gehofft, daß Caro sie übernehmen würde, lernen würde, was Futter und Wasser und Bullensamen kosteten, so daß die Farm für sie zu einer Realität wurde, daß sie das, was seine Sache war, auch zu der ihren machte. Doch sie hatte abgelehnt, sanft, aber bestimmt.

»Aber du könntest es lernen ...«

»Nein«, sagte sie lächelnd. »Das könnte ich nicht.«

Sie hatte ein Zimmer für ihn zurechtgemacht, als Farmbüro, einen schmalen Raum wie ein Stück Korridor, im Erdgeschoß, mit einem Fenster, von dem man auf die Zufahrt hinausblickte, und darin eigenhändig Regale für ihn angebracht, hatte Vorhänge und Kissen genäht und Ablagekästen hingestellt, als wollte sie ein Kind davon überzeugen, daß Hausaufgaben Spaß machen. Gehorsam hatte er zwanzig Jahre lang, bis zu Caros Tod, den Papierkram der Farm auf das schmale Zimmer beschränkt, hatte sich dorthin zurückgezogen, um Verlautbarungen des Landwirtschaftsministeriums zu lesen und Marktberichte und Artikel über neue Fütterungsmethoden und, wenn es sich gar nicht vermeiden ließ, um Schecks auszuschreiben. Sie kamen aus einem Scheckbuch, auf dem ›Tideswell Farm Account‹ stand. Caro hielt es für eine Art Sparschwein. Robin wußte, daß es nichts anderes war als ein Verzeichnis seiner Schulden.

Er erreichte die Hecke und zwängte sich hindurch, um einen Blick auf den Bach zu werfen. Das in seinem engen Bett dahinströmende Wasser sah sauber genug aus, aber das besagte nicht viel. Es war durchaus möglich, daß durch die durchnäßte Erde Gülle eingesickert war, und das wollte er lieber selbst herausfinden, bevor die Behörde es diensteifrig an seiner Stelle tat. Er wußte nicht, was er unternehmen sollte, wenn er entdeckte, daß er tatsächlich den Fluß verschmutzte. Aber schließlich wußte er im Augenblick in gar keiner Angelegenheit, was er unternehmen sollte.

Er richtete sich auf und schaute an der Hecke, die sich weit dahinzog, entlang zu dem Punkt am Horizont, wo sich die Dächer der Farm vor dem hartnäckig grauen Himmel abzeichneten. In den Wochen seit Caros Tod war er ständig grau gewesen, Tag für Tag, hatte sich aufs Gemüt gelegt und die ausgekühlte Erde nicht erwärmt. Außerdem hatte es geregnet, genau wie am Tag ihrer Beerdigung, kalter, heftiger Regen, der das Ausbringen von Dünger verhindert und Robin, auf irgendeiner obskuren Ebene, das Gefühl eingeflößt hatte, daß er aus dem Tritt geraten war, daß er bestraft wurde.

Judy hatte ihn beinahe beschuldigt, er hätte ihre Mutter nicht geliebt. Er hatte es abgestritten, schlecht, nicht, weil er seinem Leugnen selbst nicht geglaubt hätte, sondern weil die Geschichte so weit zurückreichte, so kompliziert war. Vielleicht hätte er, ungeachtet seiner Müdigkeit von Herz und Seele nach der Beerdigung, versuchen müssen, Judy eine Erklärung zu liefern, sich zumindest bemühen müssen, ihr zu beschreiben, wie sehr er Caro einst geliebt hatte und daß er nicht sagen konnte, wann diese Liebe einen falschen Weg eingeschlagen hatte und dann auf ihm geblieben war. Das wußte er selber nicht. Wenn er zurückblickte auf diese Jahre des Bemühens, in das er, wie er glaubte, sein ganzes Herz gelegt hatte, des Bemühens um Caro, hatte er lediglich das Gefühl, daß es einen Moment gegeben hatte, in dem ihm bewußt geworden war, daß es ihm gefiel, auf sich allein gestellt zu sein und die Unmöglichkeit, sie zu verstehen, völlig gelassen und sogar gleichmütig hinzunehmen. Judy würde das vermutlich Verrat nennen; das war die Art von Sprache, deren sie sich bediente, eine trotzige, unglückliche Sprache. Aber er war überzeugt, daß hinter dem, was er getan hatte, kein Betrug steckte, kein Verrat oder böswilliges Im-Stich-Lassen, nur das Bemühen, mit jemandem zu leben, den er erwählt hatte und von dem sich nun herausgestellt hatte, daß er seinen Erwartungen nicht im geringsten entsprach und außerdem ganz und gar unlenksam war.

Er begann, langsam am unebenen Ufer des kleinen Baches entlangzuwandern, mit gesenktem Kopf, den Blick auf den Schlamm und das Wasser gerichtet. Judy hatte behauptet, er wäre wütend. Nun ja, in gewisser Hinsicht war er das, auf eine komplizierte, aus Jahren des Kampfes und der Anstrengungen erwachsene Art. Die Wut über spezielle Dinge, zum Beispiel darüber, daß Caro es unterlassen hatte, ihm, bevor sie verheiratet waren, zu sagen, daß sie keine Kinder bekommen konnte, oder daß sie aus heiterem Himmel verlangt hatte, er solle die Krankenhausrechnungen für ihre Mutter in Amerika bezahlen, war längst verraucht. Oder etwa nicht? Aber er war wütend wegen ihrer Krankheit, darüber, daß jemand auf diese verheerende, entstellende Weise sterben mußte, eine schleichende Grausamkeit, die fast alle anderen furchtbaren Grausamkeiten dieser Welt in den Schatten stellte. Aber war er wütend auf sie, weil sie ihn verlassen hatte, indem sie starb, und weil sie ihn, bevor sie ihn verließ, in diesem langen Leben einer Form der Gemeinsamkeit ohne Inhalt unterworfen hatte? War es das? Er streckte eine Hand aus und ergriff einen geschmeidigen, in der Hecke emporgeschossenen Wildtrieb, bog ihn entschlossen um und flocht ihn zwischen die Stämme, die ihm am nächsten standen. Nein, deshalb war er nicht wütend, und wenn doch, dann war das nur ein Nebenprodukt der Tatsache, die ihn wirklich bis ins Mark getroffen, ihm wirklich den bittersten Schmerz und die schlimmste Kränkung bereitet hatte. Und das war, daß sie ihn nie geliebt hatte, trotz all seiner Bemühungen nicht und nicht einmal ganz am Anfang. Und was noch mehr ist, dachte er jetzt – hat sie es überhaupt jemals versucht?

Er schaute den langen Hang hinunter zum Fluß, der dunkel und glänzend zwischen den schlammigen Ufern dahinströmte, jetzt, nach den verheerenden Überflutungen, mit schartigem Umriß. Ein Stück rechts von der Stelle, wo seine Hecke ans Ufer stieß, begann die unregelmäßige Reihe von Weiden, die sich auf ihre seltsam orientalisch anmutende Art übers Wasser reckten und beugten. Es war am Rande einer dieser Weiden, daß er Caro einen Heiratsantrag gemacht und gesagt hatte, sie könne in seinem Haus leben, weil er geglaubt hatte, indem er das sagte, würde sie wissen, daß er für sie sorgen wollte. Er hatte es getan. Sogar nach ihrem Rückzug in das kleine Schlafzimmer über der Küche hatte er immer noch für sie sorgen wollen. War das Liebe gewesen? Judy würde es Besitzgier und männliche Herablassung nennen, aber hätte sie recht damit? War nicht das Verlangen, zu umsorgen und zu beschützen, selbst im Angesicht des Todes vieler Vertrautheiten, in Wirklichkeit eine Form von Liebe?

Er machte sich entschlossen auf den Rückweg den Hang hinauf. Verschmutzung war sein Problem, *mußte* sein Problem sein, er durfte sich nicht ablenken lassen durch dieses vergebliche Forschen in der Vergangenheit, das Öffnen von Türen zu Räumen, die Caro gerade verlassen hatte, das Beschreiten von Wegen, von denen sie abgewichen war, bevor er sie erreicht hatte. Trauer, hatte der Vikar bei einem seiner kurzen, verlegenen Besuche nach der Beerdigung zu Robin gesagt, nimmt viele Formen an, und er müsse immer daran denken, daß selbst die bestürzendsten Reaktionen vollkommen normal seien.

»Vollkommen«, hatte er gesagt und war aufgestanden, um anzudeuten, daß das Gespräch zu seiner großen Erleichterung beendet war. »Sie brauchen sich keinerlei Vorwürfe zu machen.«

Robin musterte ihn so stumm, wie er es bei der Beerdigung getan hatte.

»Die Antwort«, hatte der Vikar gesagt, während er die Zugschnur seines dunkelblauen Anoraks fest um die Taille zurrte, »ist in Ihrem Fall vermutlich Arbeit. Arbeit ist ein großartiges Heilmittel. Arbeit ist häufig die Antwort auf die Probleme der Seele.«

Er streckte Robin seine Hand entgegen. Robin stand langsam auf und ergriff sie für eine bloße Sekunde.

»Das weiß ich«, hatte er gesagt. Seine Stimme war voller Verachtung, die zu verhehlen er sich nicht im mindesten bemühte. »Das habe ich mein ganzes Leben lang gewußt.«

# VIERTES KAPITEL

Durch das Fenster hinter ihrem Büroschreibtisch konnte Judy Meredith eine schmutzigweiße Mauer sehen, die Ecke eines Balkons, der zu klein war, als daß jemand darauf hätte stehen können, und auf dem jemand eine unscheinbare Pflanze in einem Plastiktopf sich selbst überlassen hatte, eine weitere Mauer, aus braunen Ziegelsteinen, und ein T-förmiges Stück Himmel. Der Himmel war der einzige Bestandteil dieses Ausblicks, der sich jemals veränderte, und in den Wintermonaten schien nicht einmal er sich diese Mühe zu machen. In der Tat war dieses Stück Himmel im letzten Winter, während ihre Mutter starb, offensichtlich entschlossen, den unerbittlichen Druck auf Judys Leben zu reflektieren, indem es ständig dunkel war, sogar mittags, und entweder Regen ausschüttete oder damit drohte.

Judys Schreibtisch bestand aus blaßgrauem Kunststoff mit dazu passendem Monitor und einer in die Oberfläche eingelassenen Computertastatur. Auf dem Computer redigierte sie Artikel für die Innenarchitektur-Zeitschrift, für die sie arbeitete. Manchmal durfte sie sogar selbst einen Artikel schreiben, über das Zinngeschirr der Shaker oder das neuerwachte Interesse an den Streifen und Karos des achtzehnten Jahrhunderts. Auf ihren letzten Artikel hin, den sie im Grunde für Caro geschrieben hatte und dessen Thema die Anfertigung von Quilts in Amerika gewesen war, hatte sie einen Postbeutel mit 27 Briefen von Lesern erhalten, die ihr gratulierten und mehr erfahren wollten, und von der Chefredakteurin eine freundliche Notiz auf einer der butterblumengelben Karten, die ihre Spezialität waren. Judy hatte die Karte aufgehoben, um sie Caro zu zeigen, wenn sie übers Wochenende nach Tideswell fuhr, aber zu diesem Wochenende war es nicht gekommen, statt dessen erhielt sie am Donnerstag abend Robins Anruf, sie solle unverzüglich ins Krankenhaus von Stretton kommen.

Als sie nach der Beerdigung in die Redaktion zurückgekehrt war, hatte Judy die gelbe Karte zerrissen und in ihren grauen Kunststoff-Papierkorb geworfen. Sie erinnerte sie zu stark ans Mitteilenwollen.

Außer dem Computer gab es auf Judys Schreibtisch eine Reihe von Ablagekästen, einen Stapel der letzten Ausgaben der Zeitschrift, einen Becher, den ihr eine Porzellanmanufaktur in der Hoffnung auf Reklame zugeschickt hatte, mit einem Muster aus klassischen Säulen, den sie zum Aufbewahren von Stiften benutzte, ein Foto von Caro und eins von Tideswell Farm, von unten her aufgenommen. Es war Sommer, und auf der Weide im Vordergrund tummelten sich Kälber. Eine kleine Gestalt in der Ferne, neben der Scheune, war vermutlich Robin, konnte aber auch Gareth sein. Caro hatte Judy das Foto geschickt, kurz nachdem sie nach London gegangen war, und ›Home, Sweet Home!‹ auf die Rückseite geschrieben. Jetzt fragte sich Judy, ob das Ausrufezeichen vielleicht ironisch gemeint war.

Der Schreibtisch war ordentlich. Beiderseits von ihr arbeiteten zwei weitere Redakteurinnen an Schreibtischen, auf denen ein gewaltiges Chaos herrschte. Papier, Kaffeebecher, Vasen mit verwelkten Blumen, Fahnenabzüge, leere Keksschachteln, Stoffmuster und ein Konfetti aus kleinen gelben Memos waren willkürlich über die Tischplatten verstreut, und aus dem Chaos schienen die Monitore gelassen herauszuragen wie Periskope. Während Caro im Sterben lag, hatten die Benutzerinnen dieser Schreibtische, Tessa und Bronwen, Judy mit Aufmerksamkeiten und kleinen Geschenken überschüttet, als wäre sie selbst eine Kranke, hatten ihr Blumen mitgebracht und Obst und Tortenstücke in Papiertüten. Jetzt, da Caro tot war, lähmte sie das Nichtwissen, was sie statt dessen tun sollten, und deshalb taten sie gar nichts, vermieden es, Caros Foto anzusehen, und flüsterten in ihre Telefone, als bezeugten sie, indem sie sich verlegen zurückzogen, Respekt und Mitgefühl.

»Wie blöde«, sagte Zoe.

Zoe war Judys neue Mitbewohnerin. Sie war in der Woche nach der Beerdigung aufgetaucht, auf Empfehlung einer Schwester von Judys letzter Mitbewohnerin. »Sie ist großartig«, hatte sie gesagt. »Du wirst sie mögen.«

Sie hatte dunkelbraunes, weinrot gefärbtes und sehr kurz geschnittenes Haar. Ihre gesamte Habe wurde in Tragetaschen und Pappkartons die vier Treppen zu der Wohnung hochgetragen, mit Ausnahme einer fuchsienroten chinesischen Seiden-Steppdecke, aus der, als sie entrollt wurde, zwei hölzerne Reiher von mindestens halber Lebensgröße zum Vorschein kamen.

»Ich koche nicht«, hatte sie zu Judy gesagt. »Kann es nicht. Also kein Curry-Gestank.«

Judy hatte ihr gleich am ersten Abend von Caro erzählt.

»Ich kann nicht anders. Ich kann an nichts anderes denken. Ich habe das Gefühl, als stünde überall auf mir ›Meine Mutter ist gerade gestorben‹ geschrieben. Wahrscheinlich sollte ich es überhaupt nicht erwähnen. Die Leute scheinen Angst zu haben, ich könnte es tun, und sind dann schrecklich verlegen. Meine Kolleginnen tun einfach so, als wäre ich nicht da, bis ich es hinter mir habe und alles wieder normal ist.«

»Wie blöde«, sagte Zoe. Sie musterte Judy. »Du siehst ziemlich ramponiert aus.«

»Ich kann nicht schlafen. Ich bin ständig müde, aber schlafen kann ich nicht.«

»Das ist der Kummer«, sagte Zoe. Sie stellte die Reiher zu beiden Seiten des blockierten Kamins in dem kleinen Wohnzimmer auf. »Nur der Kummer. Schlimmer als Streß. Stört es dich, wenn sie hier stehen?«

»Ist schon einmal jemand gestorben, der dir nahegestanden hat?«

Zoe wendete den Blick von den Reihern ab und richtete ihn statt dessen auf Judy.

»Mein Vater.«

Judy schien unter physischem Mitgefühl zusammenzusacken.

»Oh …«

»Vor drei Jahren. In Australien. Er hat meine Mutter verlassen, als ich acht war, deshalb habe ich ihn nie richtig gekannt. Wir haben zwei Tage miteinander verbracht, als ich siebzehn war, und meine Mutter ist völlig ausgeflippt. Aber ich bin trotzdem gegangen, und er war großartig. Eine *Wucht*. Während dieser ganzen zwei Tage hat er kein einziges schlechtes Wort über meine Mutter gesagt. Und dann ist er einfach abgereist und gestorben, der Mistkerl. Ich könnte ihn dafür umbringen.«

Damals hätte Judy am liebsten gesagt: »Ich bin adoptiert worden«, hatte es aber mit immenser Selbstbeherrschung unterdrückt. Wenn sie es gesagt hätte, dann wäre ihr wieder eingefallen, was Caro zu ihr gesagt hatte, als sie fünf war und gerade in die Schule gekommen: »Also, Judy, ich habe dich erwählt. Ich habe dich *erwählt*.« Und das würde die Tränen wieder fließen lassen. So mitfühlend Zoe als Mitbewohnerin auch zu sein versprach, man konnte ein solches Verhältnis nicht damit beginnen, daß man in Tränen ausbrach.

Jetzt, an ihrem Schreibtisch sitzend und vorgeblich an einem Artikel über den Landsitz einer Modeschöpferin in der Bretagne arbeitend – in ihm standen große weiße Sofas, wie sie für Judy dem um praktische Erwägungen unbekümmerten Maßstab der sehr Reichen entsprachen –, starrte Judy auf die Liste, die Zoe ihr gegeben hatte. Sie war in Zoes auffälliger, ziemlich kindlicher Schrift auf einen langen Streifen aus grünem Papier geschrieben, und darüber stand ›Kummer‹ in Großbuchstaben. Darunter, ein Wort präzise unter dem anderen, hatte Zoe geschrieben: ›Gram, Qual, Weh, Leid, Schmerz, Pein, Elend, Unglücklichsein, Marter, Gebrochenes Herz, Zerreißprobe, Schock, Depression, Mutlosigkeit, Seelenqualen‹.

»Deshalb fühlst du dich so schlecht«, hatte Zoe gesagt und Judy die Liste in die Hand gedrückt. »Daraus besteht dein Kummer. Und das sind nur *ein paar* der Symptome.«

Judy hielt die Liste ein Stück von sich entfernt.

»Wozu brauche ich die?«

»Weil du den Dingen ins Auge schauen mußt, damit es dir bessergeht. *Allen* Dingen.«

Caro hätte das nicht gesagt. Caro hätte gesagt: »Du mußt

weitermachen. Etwas anderes gibt es nicht, mein Liebling, nur weitermachen. Nimm deinen ganzen Mut zusammen und mach weiter.« So hatte sie nach den zwei gescheiterten Beziehungen geredet, die Judy gehabt hatte, seit sie nach London gekommen war; und beide waren nichts Großartiges gewesen, mehr Produkte von Judys Hoffnungen als der Realität, und beide waren von den Männern beendet worden.

»Tut mir leid, Judy, tut mir wirklich leid. Du bist toll, aber ich …«

»Judy, ich bin noch nicht reif für diese Art von Beziehung. Es liegt nicht an dir, es ist nur so, daß ich keine Bindungen eingehen kann, noch nicht …«

Beide Male war sie sofort nach Hause zu Caro gefahren und hatte gegen sich selbst gewütet, wegen ihrer Größe und ihres roten Haars, ihrer Unangepaßtheit und ihres Adoptiertseins und alles anderen, das sie in sich überschlagenden Gedanken als Gründe dafür ersinnen konnte, daß zuerst Tim und dann Ed einfach fortgegangen waren – langsam, zugegeben, und voller Vorwände und Entschuldigungen, aber eben *fort*. Caro hatte, wie Judy sich erinnerte, zugehört, wie sie immer zuzuhören pflegte, aber dann hatte sie mit ihrer ruhigen, langsamen Stimme, die nichts von ihrem kalifornischen Charakter verloren hatte, nur gesagt, Judy müsse einfach ihre Kerze wieder anzünden und weiter in die Dunkelheit hineingehen. Caro liebte dieses Bild von einer Kerze. Sie benutzte es ständig. Sogar, als Judy noch klein war, hatte sie ihr gesagt, sie habe eine Kerze in sich, die niemand ausblasen könne, *niemand.* Es sei ihre Kerze. Wenn Caro nur gewußt hätte, dachte Judy, wie sie, Judy, sich bemüht hatte, ihr zu glauben, zu spüren, und sei es auch nur für einen Moment, daß sie über eine innere Flamme verfügte, die sowohl unauslöschlich war, als auch ihr ganz allein gehörte. Aber alles, was sie spürte, war, daß sie Caro gegenüber irgendwie versagt hatte, und die Tatsache, daß zwei völlig belanglose junge Männer wie Tim und Ed ihr den Laufpaß geben konnten, war, so unlogisch das auch war, eine Art Beweis für dieses Versagen.

Nach Tim und Ed hatte sie es mit einer Vamp-Phase versucht, sich die Lippen grellrot geschminkt und mit Männern geschlafen, die sie kaum kannte. Davon erzählte sie Caro nichts; im Gegenteil, sie hatte das Gefühl, daß sie sich, wenn sie schwieg, irgendwie von Caro würde lösen können und von dem belastenden Gedanken, ihre erwählte Tochter zu sein, aber trotzdem nicht ihre eigentliche Tochter. »Wir streiten nicht miteinander«, hatte Caro einmal über sich und Judy zu Lyndsay gesagt, »wir tun es einfach nicht.« Schon damals hatte sich Judy gefragt, ob das Nichtstreiten ein Merkmal – ein fast fatales Merkmal – der Höflichkeit in ihrem Verhältnis war, einer Höflichkeit zwischen der Erwählerin und der Erwählten. Sie erinnerte sich, daß Lyndsay sie sehr eingehend gemustert hatte. Lyndsay war damals mit Hughie schwanger gewesen und trug ein Umstandskleid, das Caro für sie genäht hatte, aus cremefarbener Baumwolle mit kleinen, steifen blauen Kornblumen. Caro war sehr großzügig gewesen, als Lyndsay schwanger war.

Aber diese Liste … Judy nahm den grünen Streifen zur Hand und betrachtete ihn. Sie konnte nicht sagen, warum, aber er beeindruckte sie. Er war nicht eigentlich gefühllos, aber erfreulich frei von der dämlichen, besorgten, *bekümmernden* Art, auf die ihre Kolleginnen sie ansahen, wenn sich im Fahrstuhl oder neben dem Wasserspender zufällig ihre Blicke begegneten. Zoes Liste war praktisch, fast munter. Sie schien zu erklären, daß diese Gefühle unfehlbare Begleiterscheinungen dieses Zustands waren und daß mit einem etwas nicht in Ordnung war, wenn man sie *nicht* hatte. Nur ein verkorkster Typ, schien Zoes Liste zu besagen, würde all diese Dinge nach dem Tod der Mutter *nicht* empfinden. Versagen – eine Empfindung, die Judy schmerzlich vertraut war – lag in der Tat darin, daß man darauf bestand, seine Kerze brennend zu halten in einer Zeit, die man eigentlich am richtigsten und sinnvollsten in tiefster Dunkelheit verbringen sollte.

Judy legte die Liste mit einem Anflug von Respekt beiseite und wendete sich wieder ihrem Computer zu. Die Modeschöpferin erklärte, es breche ihr jedesmal das Herz, wenn sie ihr Paradies in der Bretagne verlassen und in ihren Laden in der Bond Street zurückkehren müsse. »Niederschmetternd«, sagte sie. »Es gibt kein anderes Wort dafür. Es ist herzzerreißend.« Judy war sehr in Versuchung, in Klammern einen sardonischen Satz hinzuzufügen über die Wirkung, die dieses Geständnis auf die loyalen Kundinnen der Modeschöpferin haben mußte, die bisher vermutlich immer davon ausgegangen waren, daß ihre Kleider der Mittelpunkt ihres Lebens waren, und deren Garderobe außerdem das bretonische Haus mit den weißen Sofas bezahlt hatte. Sie warf einen Seitenblick auf Zoes Liste. ›Marter‹ stand da, ›Gebrochenes Herz, Zerreißprobe‹. Sie starrte auf den Monitor.

»Du blöde Kuh«, sagte sie laut zu der Modeschöpferin. »Du dämliche, blöde Kuh!«

An diesem Abend brachte Zoe, als sie von ihrer Arbeit als Assistentin eines Fotografen nach Hause kam, eine Spinattorte in einer Pappschachtel mit.

»Ich bin darüber gestolpert. Sie sind mit dem Preis um anderthalb Pfund heruntergegangen, weil der Laden geschlossen werden sollte. Haßt du Spinat?«

»Nein«, sagte Judy. »Nur Steckrüben.«

Seit sie selbst nach Hause gekommen war, hatte sie zwei Gläser Weißwein getrunken und eine halbe Packung Cracker gegessen, die seltsamerweise unappetitlich und appetitanregend zugleich waren. Das hatte sie vor den Fernsehnachrichten getan, auf die eine Spiel-Show gefolgt war und eine Sendung, in der bewiesen wurde, daß Pflanzen Gefühle haben. Sogar Steckrüben?

»Guter Tag?« fragte Zoe. Sie war, genau wie Judy, ganz in Schwarz gekleidet, aber jungenhaft, mit schweren Stiefeln und einer Motorradjacke.

Judy verzog das Gesicht.

»Nicht gut, aber vielleicht nicht ganz so miserabel. Ich habe den Auftrag, einen Artikel über Marmor zu schreiben.«

»Flure?«

»Und Wände. Und Badezimmer und Küchen und zweifellos auch kuschelige kleine Marmor-Schlafzimmer.«

Zoe hielt ihr die Schachtel hin.

»Soll ich die heiß machen?«

»Ja.«

»Ich weiß nicht, wie man den Herd einschaltet.«

Judy stemmte sich in einem Schauer von Crackerkrümeln aus ihrem Sessel hoch.

»Du bist hoffnungslos.«

»Das sagt mein Boß auch immer. Ich glaube, ich werde Abendkurse besuchen und Spanisch lernen.«

»Wozu?«

»Dann kann ich losgehen und meine eigenen Fotos von Eseln und heißen Dörfern machen, anstatt nur auf all das Zeug aufzupassen, während jemand anders künstlerische Aufnahmen von Mülltonnen und U-Bahn-Zügen macht.«

Judy ging in die Küche, die sehr klein war und die sie Caro zu Ehren kaliforniengelb gestrichen hatte, aber ziemlich schlecht, so daß das frühere Königsblau noch durchschimmerte. Zoe hatte der Küche seit ihrer Ankunft nichts hinzugefügt, keinen Becher, keinen Löffel, kein Poster. Sie kaufte sich jeden Tag Essen zum sofortigen Verzehr und nahm es zu sich, wo sie gerade war, oft im Stehen. Sonst trank sie Leitungswasser aus einem von Judys Bechern.

»Magst du keinen Kaffee?«

»Doch. Natürlich.«

»Aber …«

»Ich würde losgehen und dir so viele Liter kaufen, wie du haben willst«, sagte Zoe. »Ich habe nur keine Lust, welchen zu machen.«

Judy schaltete den Herd ein und schob die Torte auf einem Blech in den Backofen.

Sie rief: »Möchtest du ein Glas Wein?«

Zoe erschien mit Judys Packung Cracker an der Tür.

»Ich trinke nicht.«

»Himmel. *Wirklich* nicht?«

»Ich mag den Geschmack nicht. Judy …«

»Ja?«

»Hast du einen Freund?«

Pause.

»Nein«, sagte Judy. Und dann: »Aber du hast doch bestimmt einen.«

Zoe nahm einen Cracker.

»Ja. Aber es funktioniert nicht. Es läuft einfach nicht. Es ist nicht einmal sonderlich interessant. Er heißt Ollie.«

»Wie eine Eule«, sagte Judy und goß sich mehr Wein ein.

»Nein. Eher wie ein überfahrener Storch. Er war nett zu mir, als mein Dad gestorben ist.« Sie warf Judy einen direkten Blick zu. »Was ist mit deinem Dad?«

Judy sagte rasch: »Er ist Farmer.«

»*Farmer?* Wow.«

Judy öffnete Schränke, sie suchte nach Tellern.

»Wieso wow?«

»Nun ja, ein *Farmer.* Ich meine, die meisten Väter arbeiten bei Versicherungen und Banken, mit Computern und solchem Zeug. Nicht mit Traktoren. Ich brauche keinen Teller.«

»Er ist Milchfarmer. Er hat Kühe.«

»Wo?«

»In den Midlands. Ein Stück Richtung Wales.«

»Bist du dort aufgewachsen?«

»Ja.«

»Kannst du melken?«

Judy sagte kurz: »Dafür gibt's Maschinen.« Sie bückte sich, öffnete die Backofentür und legte einen Finger auf die Torte.

»Also ist dein Vater jetzt, wo deine Mutter tot ist, ganz allein auf dieser Farm?«

»Da ist Gareth. Und da sind Joe und Lyndsay. Und Granny und Grandpa.«

»Das hört sich an, als würdest du vom Postboten sprechen«, sagte Zoe. »Weshalb bist du so sauer? Weshalb redest du so, als könntest du all diese Leute nicht ausstehen?«

Judy schloß die Backofentür und drängte sich mit ihrem Weinglas an Zoe vorbei ins Wohnzimmer.

»Ich gehöre nicht zu ihnen. Das habe ich nie getan, aber das war okay, solange Mum lebte, weil sie auch nicht zu ihnen gehörte. Es ist nicht zu Hause, es ist einfach der Ort, an dem ich meine Kindheit verbracht habe. Jedenfalls den größten Teil davon.«

»Dann bist du adoptiert worden?«

Judy nickte nachdrücklich.

»Das ist eine Menge, stimmt's?« sagte Zoe. »Adoptiert worden zu sein und dann seine Mutter zu verlieren, das ist eine große Last für einen einzelnen Menschen. Was ist mit deiner richtigen Mutter?«

»Sie lebt in Südafrika. Sie schickt mir Geburtstagskarten mit Proteas darauf und berichtet über das Wetter.«

Zoe stellte die Crackerschachtel auf den Fußboden und baute sich vor Judy auf.

»Du mußt dieses ganze Chaos in den Griff bekommen«, sagte sie. »Du mußt es irgendwie schaffen, deine Arme darumzulegen. Es hat keinen Sinn, so zu tun, als existierte es nicht.«

»Ich gehöre nicht zu ihnen. Du hast keine Ahnung von Farmerfamilien. Sie sind anders. Sie halten zusammen wie Pech und Schwefel, um zu ihnen zu gehören, muß man in sie hineingeboren sein.«

»Kann ich einen Blick darauf werfen?« sagte Zoe.

Judy starrte sie an.

»Worauf?«

»Auf diese Farm. Auf deinen Dad und die Kühe und das alles.«

Judy sagte: »Willst du damit sagen, daß du nach Tideswell fahren möchtest?«

»Ja.«

»Übers Wochenende?«

Zoe zuckte die Achseln.

»Ich denke schon.«

»Die Torte verbrennt«, sagte Judy plötzlich und schob sich an ihr vorbei.

Von der Küche aus rief sie. »Sie ist verdammt langweilig, die Farm. Dort gibt es nichts außer Feldern und Kühen.«

»Nichts ist *wirklich* langweilig«, sagte Zoe, dann setzte sie nachdenklich hinzu: »Ausgenommen vielleicht Ollie. Darf ich mitkommen?«

Judy erschien auf der Schwelle, die halbe Torte auf einem Teller, die andere Hälfte in der Pappschachtel, in der sie eingetroffen war. Letztere hielt sie Zoe hin.

»Okay.«

Zoe ließ sich auf Judys Sessel nieder und balancierte die Pappschachtel auf den Knien.

»Wie ist dein Dad?«

»Groß. Dunkelhaarig. Mürrisch.«

»Mürrisch ...«

»Die meisten Farmer sind mürrisch.«

Zoe sagte, indem sie die halbe Torte in der Hand hielt und ein Stück aus der Mitte herausbiß: »Können wir am Wochenende hinfahren?«

»Okay.«

»Rufst du an? Rufst du deinen Vater an?«

Judy stellte ihren Teller auf einen Stapel Zeitschriften. Sie hatte Robin seit zehn Tagen nicht mehr angerufen, obwohl sie sich an jedem dieser zehn Tage eindringlich bewußt gewesen war, daß sie es eigentlich tun müßte. Sie stellte sich die Küche von Tideswell Farm vor und Robin, der darin zu Abend aß – Dosensuppe vielleicht oder etwas, was Dilys gekocht hatte –, und wie das Telefon läutete und er mit einem leisen Murmeln der Verärgerung aufstand, um den Hörer abzunehmen, und seine Lesebrille absetzte, um mit ihr die Stelle zu markieren, bis zu der er in einem Artikel in einer Farmerzeitschrift gekommen war, in dem es darum ging, wie man problematische Jungkühe zum Kalben brachte. »Ja?« würde er schroff ins Telefon sagen. »Ja? Tideswell Farm.« Wie würde er auf ihre Bitte reagieren? Und vor allem, wie würde er auf Zoe mit ihrem weinroten Haar und den von Silberringen starrenden Fingern reagieren, wenn sie ihn mit ihren großen, durchdringenden Augen musterte?

»Ich mache keine Umstände«, sagte Zoe. »Ich kann überall schlafen.«

»Das ist es nicht ...«

»Hör zu«, sagte Zoe kauend. »Ich werde mir eine Rückfahrkarte für den Bus kaufen, und wenn ich eine Katastrophe bin, verschwinde ich nach nur einer Nacht. Okay?«

Judy nickte. Sie sagte, als wollte sie mangelnde Gastfreundschaft wettmachen: »Es gibt einen Fluß dort. Und ganz in der Nähe einen hohen Berg. Manchmal ist es recht hübsch ...«

»Ruf ihn einfach an. Ruf deinen Vater einfach an und sage: ›Ich bringe eine Freundin mit.‹ Warum tust du es nicht? Warum tust du es nicht jetzt gleich?«

Robin war vor den Neunuhrnachrichten des Fernsehens eingeschlafen. Außer dem Karton mit den Farmpapieren hatte er nach Caros Tod auch den Fernseher in die Küche gebracht und einen zusätzlichen elektrischen Heizofen. Er hatte den Fernseher so aufgestellt, daß er ihn von seinem gewohnten Platz an dem großen Tisch in der Mitte aus sehen konnte, und abends, während er versuchte, die Pasteten und Stews zu essen, die Dilys ihm durch Velma oder Joe bringen ließ, schlief er oft im Sitzen ein und wachte ungefähr zwanzig Minuten später mit seinem Kopf auf einem abgewinkelten Arm wieder auf, das inzwischen erkaltete Essen auf seinem Teller. Aber wenn er den Abend dann schließlich aufgab, sein Essen der Hauskatze überlassen und seine gewohnte letzte Runde durch die Scheune mit den wiederkäuenden und dösenden Kühen gemacht hatte, konnte er nicht schlafen. Wenn er endlich sein Bett erreicht hatte, fiel er hinein, hundemüde, mit lahmen Gliedern, und in stillen Nächten hörte er das stetige ferne Schlagen der Kirchturmuhr von Dean Cross, die eine vergangene Stunde nach der anderen markierte. Das Muster sah so aus, daß er schließlich, eine halbe Stunde bevor um Viertel vor fünf der Wecker schrillte und ihn fast aus dem Bett warf, in tiefen, traumlosen Schlaf versank. Im schwachen Licht der Dämmerung in seinem Schlafzimmer wartete die Erinnerung an Caro auf ihn, genau wie im Badezimmer und auf der Treppe zur Küche, und dann begleitete sie ihn hinaus auf den Hof und zum Traktor, der im Futterschuppen vor der großen, rauhen braunen Wand aus Mais untergestellt war. Nicht an ihr Gesicht und auch nicht an ihre Stimme erinnerte er sich, nur an irgendeine Essenz von ihr, fragmentarisch, unverwechselbar und schmerzlich. Und tot, sagte er sich immer und immer wieder. *Tot.*

Als das Telefon läutete, war Robin in einer Schlafgrube versunken, die erfüllt war von dem dumpfen Widerhall der Fernsehnachrichten. Er kam an die Oberfläche wie durch dickes Öl und saß dann einen Moment da, starrte auf den Bildschirm und fragte sich, wieso sich während eines Interviews mit dem Außenminister niemand die Mühe machte, an ein beharrlich klingelndes und störendes Telefon zu gehen. Langsam dämmerte ihm, daß das Telefon sein eigenes war, das Mobiltelefon, das er gekauft hatte, als Caro krank wurde, das er ständig mit sich herumgetragen hatte und das jetzt auf dem Tisch unter verstreuten Zeitungen und einem alten Pullover schrillte.

»Ja?«

»Dad ...«

»Judy«, sagte er.

»Tu nicht so überrascht ...«

»Entschuldigung«, sagte er. »Ich habe geschlafen. Ich bin über Grannys Fischpastete eingeschlafen.«

Es entstand eine Pause. In London wurde Judy von Zoe beobachtet, und in Tideswell wartete Robin, vom Fernsehen beobachtet, darauf, daß Judy sagte: »Wie geht es dir?«

»Ich wollte nur fragen ...«

»Einen Moment«, sagte Robin. »Ich kann dich nicht verstehen. Ich stelle eben den Fernseher leiser.« Als er zurückkehrte, sagte er: »Was kann ich für dich tun?«

»Darf ich kommen? Darf ich dieses Wochenende kommen?«

»Natürlich!« sagte er. Er hatte das Gefühl, daß seine Stimme zu herzlich klang. »Wunderbar.«

»Und eine Freundin mitbringen ...«

»Eine Freundin?«

»Meine neue Mitbewohnerin. Zoe. Sie ist Fotografin.«

»Warum nicht«, sagte Robin. »Warum nicht.«

»Gut.«

»Eine Fotografin?«

»Ja. Wir kommen am Freitag. Mit dem Bus nach Stretton.«

»Ich hole euch ab«, sagte Robin. »Laß mich wissen, mit welchem Bus ihr kommt, dann hole ich euch ab.«

»Danke. Ich gebe dir Bescheid. Tu – tu nichts, mach dir keine Umstände ...«

»Velma kann die Betten beziehen«, sagte Robin. »Und Granny kann bestimmt für drei kochen anstatt für einen.«

»Also dann bis Freitag«, sagte Judy.

»Ja. Ja«, sagte Robin, der sich plötzlich der Unzulänglichkeiten dieses Gesprächs bewußt geworden war. »Bis Freitag.«

Er legte das Telefon wieder beiseite. Mit einer abrupten Gefühlsaufwallung dachte er: arme Judy, arme, arme Judy, mit einem Vater wie mir, einem Vater, den sie verachtet, weil er die falschen Einstellungen hat, die falschen Gefühle hegt. Sie hatte sich ihr ganzes Leben lang gegen ihn gesträubt, als hätte sie, sogar schon als Kleinkind, gewußt, daß er dazu verdammt war, für sie immer ein Fremder zu bleiben, ein alles mißverstehender, unsympathischer Fremder, der ihr oft Furcht einflößte und manchmal sogar Abneigung. Vom Augenblick ihrer Ankunft in Gestalt eines wachsamen, rothaarigen, acht Monate alten Babys war es Joe immer viel leichter gefallen, mit ihr umzugehen, als er, Robin, es konnte. Joe schien ihr gegenüber ganz locker zu sein und konnte sich mit Caro auf eine Art über sie unterhalten, die Robin unmöglich war. Er erinnerte sich, wie er Joe eines Tages auf dem Küchenfußboden angetroffen hatte, in seinem Overall, wo er Judy mit den Armen hoch in die Luft stemmte, und sie hatte vor Begeisterung gekreischt und mit den Beinen gestrampelt. So etwas hatte Robin nie getan, weil er wußte, daß ein derartiges Verhalten nicht seinem Wesen entsprach. Aber er hatte versucht, Judy vorzulesen, ihr Dinge auf der Farm und in den Hecken zu zeigen, ihre kleine, gespreizte Hand auf die breite, feuchte

Nase einer Kuh zu legen. Jedesmal hatte sie ihn verspannt ein paar Minuten gewähren lassen, und dann gewann immer ihre Entschlossenheit die Oberhand, zu Caro zurückzukehren, und sie wehrte sich gegen seine Arme, mit denen er sie umschlang, und verschloß ihr Gesicht und ihre Augen vor ihm.

Aber dann deutete Caro an – und ihre Andeutungen waren so unmißverständlich wie anderer Leute Erklärungen –, daß Robin sein Denken und Fühlen schon lange vor ihrem Eintreffen vor Judy verschlossen hatte. Caro hatte auf ihre stille Art verkündet, daß sie gern ein Kind adoptieren würde, und erst nachdem Robin verblüfft und verwirrt gefragt hatte, weshalb sie das tun wolle, hatte sie gesagt, daß sie gern ein Kind hätte, und da sie selbst keines bekommen konnte, müßte es eben auf diesem Wege sein.

Als sie das sagte, stand sie neben dem ersten Kühlapparat, den Robin im Melkstall installiert hatte. Das war typisch für sie, nicht bis zum Essen zu warten, wenn sie ihm etwas Wichtiges mitzuteilen hatte, sondern sich statt dessen auf die Suche nach Robin zu machen, wo immer er gerade sein mochte, und ihm dort auf ihre seltsam ruhige Art zu sagen, was sie gerade zu sagen hatte.

Er hatte sie angestarrt, und seine Hände waren von dem Meßgerät heruntergesackt, als wäre ihre Verbindung zu seinem Gehirn unterbrochen worden.

»Du kannst keine Kinder bekommen?«

»Nein«, sagte sie. Sie stand vor ihm in ihrem Baumwollhemd, ihren Jeans und ihren Cowboystiefeln, ein rotes Band um das untere Ende ihres zu einem Zopf geflochtenen Haars. »Ich hatte eine Operation, als ich neunzehn war, als Folge einer Infektion. Ich bin unfruchtbar.« Sie breitete die Hände aus. »Nichts funktioniert.«

Er versuchte, sich zu beherrschen, auf diese Bombe wenigstens halbwegs zivilisiert zu reagieren, aber statt dessen brüllte er: »Warum hast du mir das nicht gesagt, bevor wir geheiratet haben? Warum nicht?«

»Ich dachte, du wolltest mich heiraten und nicht mein Gebärpotential.«

»Das wollte ich, Caro, das wollte ich wirklich, aber ...« Er verstummte, von fassungsloser Bestürzung zum Schweigen gebracht.

Sie sagte, seine unausgesprochenen Gedanken in Worte fassend: »Aber alle normalen Männer möchten Kinder haben. Alle normalen Frauen bekommen Kinder. Stimmt's? Ist es das, was du meinst?«

»Ich wollte nicht sagen, daß du nicht normal bist, das habe ich nicht gemeint ...«

»Aber ich bin nicht normal. Früher war ich es, aber jetzt nicht mehr. Ich bin bloß immer noch normal genug, um mir ein Kind zu wünschen. Das ist alles.«

Er fragte abermals, jetzt fast flüsternd: »Warum hast du mir das nicht gesagt?«

»Ich habe nicht daran gedacht. Ich wollte hierbleiben und nicht mehr herumwandern müssen, und ich habe nicht daran gedacht.«

»Meinst du nicht, du hättest es tun müssen? Meinst du nicht, du hättest auch an mich denken müssen?«

Sie überlegte einen Moment, und dann sagte sie, nicht gefühllos: »Vielleicht.«

Daraufhin hatte er wieder gebrüllt. Er hatte gebrüllt, daß sie ihn getäuscht habe, daß es unmöglich sei, mit jemandem verheiratet zu sein, der nur an sich selbst denkt, daß es keinen Erben geben würde für Tideswell, seine Farm, die er mit seinen eigenen Händen, seinem eigenen Geld erschaffen hatte. Und dann hatte er gebrüllt: »Ich will nicht adoptieren!«

»Es ist die einzige Möglichkeit, ein Kind zu bekommen«, sagte sie. »Willst du wirklich, daß wir kein Kind haben?«

Er hatte sich von ihr abgewendet und die Hände flach gegen die Wand des Melkstalls gestemmt, wo die blaßblaue Farbe, mit der er ihn gestrichen hatte, bereits abzublättern begann.

»Ich weiß es nicht«, sagte er. Und dann, kläglich: »Ich habe einfach immer geglaubt, daß wir eines bekommen würden, sobald du dich eingewöhnt hättest. Ich glaube, ich habe einfach nur gewartet, daß du dazu bereit bist.«

»Aber ich bin dazu bereit«, sagte sie gelassen hinter seinem Rücken. »Deshalb rede ich ja mit dir über eine Adoption. Ich bin jetzt bereit für ein Kind.«

Er schloß die Augen. Er dachte daran, wie sie sich liebten – sie ergriff beim Sex nie die Initiative, gab sich ihm aber fast immer bereitwillig hin – und wie er dabei die ganze Zeit immer nur die eine Sache im Kopf gehabt und sie etwas ganz anderes gewußt hatte. Es hatte keinen Sinn, sie noch länger anzubrüllen, wütend zu sein; sie hatte etwas von der Unerbittlichkeit mancher Naturgewalten an sich, die keine anderen Gesetze kennen als ihre eigenen. Er löste seine Hände von der Wand.

»Okay«, sagte er.

»Du möchtest es?«

»Nein«, sagte er zwischen zusammengebissenen Zähnen. »Das meine ich nicht. Ich meine, da du es ohnehin tun wirst, geh los und tu es. Aber erwarte nicht von mir, daß ich schon jetzt Anteil nehme. Ich kann nicht von einer Sache überzeugt sein und dann im Handumdrehen eine andere akzeptieren. Ich kann nicht ...«

Er brach ab.

»Was kannst du nicht?«

Er drehte sich langsam um und sah sie an.

»Was sonst hast du mir nicht gesagt?«

Sie sagte: »Du weißt alles. Das habe ich einfach vergessen. Robin, ich möchte eine Tochter haben. Ich möchte zu gern eine Tochter haben.«

Er öffnete den Mund, um zu sagen, daß er kaum etwas über Mädchen wußte, dann machte er ihn wieder zu. Welchen Sinn hatte es, etwas zu wiederholen, was in den letzten zwanzig Minuten so unmißverständlich klargeworden war? Er wußte nichts über Mädchen, überhaupt nichts. Er wußte nicht, was sie wollten, weil er sich nicht einmal vorstellen konnte, was sie dachten. Aber er wollte es. Als er an diesem Sommernachmittag im Melkstall stand und Caros glattes braunes Gesicht betrachtete, hätte er alles darum gegeben, sie verstehen zu können, zu wissen, weshalb sie manche Dinge auf so beeindruckende Art tat und andere ebenso bedeutsam unterließ. Und dann überkam ihn Verzweiflung, eine große schwarze Welle der Verzweiflung, daß er nie ein Kind von ihr bekommen würde, daß sie nicht einmal dies gemeinsam tun konnten, und er wendete sich von ihr ab und ging durch den Melkstall hinaus auf den Hofplatz, auf dem die Kühe darauf warteten, gemolken zu werden.

Arme Judy. Was für ein Start war das für ein Kind, selbst für ein Kind, das zuerst so sorglos gezeugt und dann mit so offenkundiger Erleichterung aufgegeben worden war? Robin stand vom Küchentisch auf und versuchte, eine Art Ordnung in das Chaos zu bringen, damit nicht soviel da war, worüber sich Velma am Morgen hinsichtlich seiner seelischen Verfassung aufregen konnte. Wie die Dinge standen, lagen die Lebensgewohnheiten, die er seit kurzem angenommen hatte, für sie geradezu auf einem Präsentierteller. Velma. Er mußte ihr eine Nachricht schreiben, daß sie für die Mädchen die Betten beziehen und Handtücher herauslegen sollte. Gähnend, die Lesebrille ins Haar hochgeschoben, machte sich Robin daran, in dem Durcheinander nach einem brauchbaren Stück Papier zu suchen.

# FÜNFTES KAPITEL

Rose wehrte sich gegen ein sauberes Latzhöschen. Ihr Gesicht war scharlachrot vor Entrüstung unter dem Glorienschein blonder Locken, der ihr einen so irreführenden Anschein von Friedfertigkeit verlieh. Sie strampelte und kreischte in Lyndsays Armen.

»Lästig«, sagte Hughie. Er trug einen Piratenhut aus steifem schwarzem Papier, den er im Kindergarten gebastelt hatte, und beobachtete seine Schwester.

»Sehr«, sagte Lyndsay.

»Nah, nah, nah!« kreischte Rose.

»Kann sie nicht einfach mit ihrer Windel herumlaufen?«

»Nein«, sagte Lyndsay und schob eines der heftig strampelnden Beine in die Hose, »weil Judy kommt, mit einer Freundin, und Judy hat Rose diese Hose zu Weihnachten geschenkt.«

Hughie betrachtete den mit Rosen bedruckten Stoff der Hose. »Ist das nicht nur etwas für Mädchen?« Er beugte sich vor, wie um seine Worte zu unterstreichen. »Ich würde nichts mit Blumen anziehen.«

»Das brauchst du auch nicht. Rosie, du bist ein *Teufel.*« Sie bog das immer noch brüllende Kind über ihren rechten Arm und zog ihm die Hose übers Hinterteil.

»Ich glaube, ich war ein braves Baby«, sagte Hughie.

»Ja, das warst du.«

Er bückte sich und hob die graue Plüschrobbe auf, die er, zu Joes Erbitterung, überall mit sich herumschleppte.

»Er ist doch erst drei«, sagte Lyndsay, »und mit Rose …«

»Er ist ein kleiner Junge«, sagte Joe. »Kein Baby mehr.«

Hughie klemmte sich die Robbe unter den Arm und steckte den Daumen in den Mund.

»Hughie …«

»Ich muß«, sagte er um seinen Daumen herum.

»Das wird Daddy nicht gefallen.«

Er sah sie an, immer noch am Daumen lutschend, dann machte er kehrt und trabte entschlossen aus dem Zimmer. Sie hörte ihn den kurzen Flur zu seinem eigenen Zimmer entlanggehen, dann klappte die Tür hinter ihm zu. Jetzt würde er sich, wie sie wußte, mit dem Piratenhut auf seinen Knautschsessel setzen, die Robbe an sich drücken und lutschen und lutschen.

Rose, die das Protestieren satt hatte, strampelte jetzt, weil sie losgelassen werden wollte. Sie war ein kräftiges, untersetztes Kind mit der Farbe und dem Körperbau der Meredith'. Dilys hatte ein Foto von Joe gezeigt, an seinem ersten Geburtstag aufgenommen, auf dem er einen Spielanzug mit Matrosenkragen trug und Rose verblüffend ähnlich sah. Besonders groß war die Ähnlichkeit, wenn sie lächelte, was sie oft tat. Strahlender Sonnenschein oder Gewitter, das war Rose. Wenn es nur, dachte Lyndsay, als sie daranging, Roses schmutzige Windel und die abgelegten Kleidungsstücke wegzuräumen, in letzter Zeit in Joes Leben ein bißchen mehr Sonnenschein gäbe, nur ein bißchen mehr Fröhlichkeit, einen Funken Humor. Aber er schien außerstande, etwas abzuschütteln, was an ihm zerrte, ihn niederdrückte und bewirkte, daß er zu Hause stumm und unzugänglich war.

Es war, als nähme ihn etwas vollständig in Anspruch, etwas Bitteres und Unabwendbares, das ständig auf seinem Denken lastete. Ein paarmal hatte sie versucht, mit ihm zu reden – schüchtern, weil sie nichts von der Farmarbeit verstand –, ob er geschäftliche Probleme habe, Geldsorgen, Schulden.

»Nein«, hatte er gesagt, tonlos und fest. »Nein. Nichts dergleichen.« Er hatte fast wütend geklungen. »Überhaupt nichts dergleichen.«

Lyndsay ließ Rose den Flur entlangkrabbeln, auf das Gatter zu, das sie am Hinunterfallen hinderte und an dem sie gern lautstark rüttelte, und ging ins Badezimmer, um sich zurechtzumachen. Sie betrachtete sich im Spiegel über dem Waschbecken und sah ihre besorgten Augen, wobei ihr einfiel, daß sie unbedingt optimistischer dreinschauen mußte. Aber sie war besorgt. Mit Joe verheiratet zu sein, hatte ihr weit mehr Anlaß zur Besorgnis gegeben, als sie sich je vorgestellt hatte; im Gegenteil, sie hatte angenommen, die Heirat mit einem um fünfzehn Jahre älteren Mann würde eine gute Versicherungspolice gegen Sorgen sein. Er wirkte so selbstsicher, so gelassen, so groß und beruhigend und erwachsen. »Stark und schweigsam«, hatte Lyndsays Mutter gesagt, was als Kompliment gemeint gewesen war.

Jetzt war die Schweigsamkeit das Problem. Lyndsay ließ ihr Haar herunter und bürstete die helle Masse, dann türmte sie die obere Hälfte mit Hilfe von Kämmen wieder auf. In den letzten paar Wochen hatte es nur ein Gespräch gegeben, in dem es, ganz entfernt, zur Sache gegangen war, und das war so unbefriedigend, fast surreal gewesen, daß es ihre Besorgnis nur vergrößert hatte. Vor zwei Tagen hatte sie, als er nach dem Mittagessen seine Stiefel wieder anzog, zu ihm gesagt: »Joe. Joe, *bitte.* Was ist los mit dir?«

Er hatte etwas gebrummelt und an den Schnürsenkeln gezerrt.

»Hast du Sorgen? Was plagt dich?«

»Nichts.«

»Doch, da ist etwas. Du redest kaum mit uns, und abends sitzt du wie ein Zombie vor dem Fernseher. Ist es die Farm?«

Er zuckte die Achseln und stand auf. Lyndsay schoß an ihm vorbei und stellte sich mit dem Rücken vor die Tür. Sie fragte abermals: »Ist es die Farm?«

Joe schloß die Druckknöpfe an seinem Overall.

»Kann sein.«

»Oh, Joe, bitte sag es mir. Es spielt keine Rolle, was es ist, aber *sag* es mir!«

Er streckte die Hände aus und ergriff ihre Schultern. Dann schob er sie sehr sanft, aber entschlossen von der Tür fort.

»Ich habe es immer zu leicht gehabt«, sagte Joe, ohne sie anzusehen. »Immer. Und jetzt ist es schwer mit der Farm.«

Sie rief. »Wegen Caro? Weil Caro gestorben ist?«

Er musterte sie einen Augenblick lang durchdringend, dann legte er die Hand auf den Türknauf und drehte ihn.

»Keine Ahnung«, sagte er ungeduldig. »Woher soll ich so etwas wissen?«

Und dann hatte er die Tür geöffnet und war, fast im Laufschritt, hinausgegangen.

Lyndsay öffnete die Tür des Badezimmerschränkchens und holte eine Dose mit grauem Lidschatten und einen Pinsel heraus. Sie hatte eine Ausbildung zur Kosmetikerin absolviert und, als sie Joe kennenlernte, von einem eigenen Geschäft geträumt. Noch nie in ihrem Leben hatte sie sich zu jemandem derartig hingezogen gefühlt – womit er seinen Lebensunterhalt verdiente, war ihr völlig egal. Das Bewirtschaften einer Farm, von dem sie keine Ahnung hatte, schien eine wundervolle Idee zu sein; er war so gut darin, der erste Farmer in ihrem Bezirk, der dreieinhalb Tonnen pro Morgen geerntet hatte; er würde den ganzen Tag dasein, sie würde ihn sehen, bei ihm sein. Aber die Wirklichkeit entpuppte sich anders. Er war nie da. Sie spürte, fast von Anfang an, daß sie keinen Anspruch auf ihn erheben konnte. An ihrem ersten Weihnachten, ihrem allerersten gemeinsamen Weihnachten, war er den ganzen Tag draußen gewesen und hatte gedüngt, weil das Wetter und der Zustand des Bodens richtig waren. Als sie protestierte, hatte er gesagt: »Ich kann es nicht vergeuden, Lyn. Ich kann die Zeit und das Geld nicht vergeuden.«

Sie holte einen anderen Pinsel aus dem Schränkchen, den für die Lippen. Es war beruhigend, das zu tun, sich diesem vertrauten Ritual des Schminkens und Schattierens hinzugeben. Auf dem Flur lärmte Rose und hämmerte gegen das Treppengatter, aber es machte ihr Spaß, sie genoß den Lärm. Lyndsays Mutter sagte, Rose wäre außer Kontrolle. Sie hat recht, dachte Lyndsay, während sie mit dem Pinsel die Rundung ihrer Unterlippe nachzog. Rose war außer Kontrolle, sehr weit außerhalb, aber das war Joe auch, ihr wundervoller Joe, der ganz einfach ihre Welt war – und sie hatte in beiden Fällen nicht die geringste Ahnung, was sie dagegen tun sollte.

Von ihrem Küchenfenster aus beobachtete Dilys, wie Judy in Robins Wagen auf den Hof von Dean Place Farm fuhr und ziemlich ungeschickt neben dem Schuppen anhielt, in dem Dilys früher das Hühnerfutter aufbewahrt hatte. Auf dem Hof von Dean Place hatte es einst von Hühnern gewimmelt, vierzig oder fünfzig Exemplare seltener Rassen wie Welsummers, Leghorns und Old Dutch Bantams. Dilys hatte bei Geflügelschauen Preise gewonnen, vor allem mit ihren Black Orpingtons. Aber diese geschäftigen Zeiten waren seit langem vorüber. Jetzt lag der Hof kahl und gefegt da, lediglich im Sommer dekoriert mit zwei Kübeln voll scharlachroter Geranien, auffällig sowohl wegen ihrer Farbe als auch wegen ihrer peniblen Ordentlichkeit.

Judys Freundin wirkte auf Dilys sehr merkwürdig. Sie stieg aus dem Auto aus und schaute sich dann interessiert um, den Kopf mit dem kurzgeschnittenen Haar in diese und jene Richtung drehend. Sie trug diese Leggins, die Dilys, wenn sie sie an Leuten aus dem Dorf sah, so beklagte, und ein seltsames Top, halb Jacke, halb eine Art Tunika, das Dilys an das Bild des Rattenfängers von Hameln erinnerte, das sie als Kind einmal in einem illustrierten Buch mit Gedichten gesehen hatte. Judy trug schwarze Jeans, einen langen grünen Pullover und um den Hals einen Schal, der aussah wie aus Gaze. Dilys sah Judy gern in Grün. Ihrer Ansicht nach war Grün eine angemessene Farbe für Rothaarige. Außerdem war es nett, Judy mit einer Freundin zu sehen, und sogar sie, Dilys, hatte gelernt, daß man in der modernen Welt nicht wie früher nach dem Äußeren urteilen konnte und abwarten mußte, bis sich Leute zu erkennen gaben. Das heißt, wenn sie es wollten.

Sie ging zur Hintertür und öffnete sie, begleitet von Harrys altem Springer-Spaniel, der jetzt, da seine Zeit der Jagdausflüge lange zurücklag, zum Haushund befördert worden war.

»Granny«, sagte Judy. Sie beugte sich vor, um Dilys zu küssen, und erhaschte den Geruch nach Wäsche und Mehl, der zu Dilys gehört hatte, solange sich Judy zurückerinnern konnte. »Das ist Zoe.«

»Hallo, meine Liebe«, sagte Dilys. Sie streckte eine Hand aus.

»Hallo«, sagte Zoe. Sie lächelte. Sie hatte den größten Teil des Wochenendes gelächelt. »Hier ist es toll«, sagte sie immer wieder zu Judy. »Oder etwa nicht? Weshalb findest du es nicht toll?«

»Kommt herein«, sagte Dilys. »Ich habe gerade den Kessel aufgesetzt.«

»Wir haben schon Tee getrunken«, sagte Judy. »Bei Lyndsay.«

Dilys warf ihr einen Blick zu.

»Habt ihr Joe gesehen?«

»Nein. Er war bei der Arbeit. Weshalb?«

Dilys sagte: »Er wirkt ein bißchen deprimiert, das ist alles.« »Ich mache mir fürchterliche Sorgen«, hatte sie am Abend zuvor zu Harry gesagt, während sie ihre abendliche Tasse Tee aufgoß. »Wirklich. Er ist meilenweit fort. Das ist unnatürlich.«

Sie legte den Deckel auf die Teekanne.

»Nicht, daß es auf der Farm etwas gäbe, worüber er sich Sorgen machen müßte. Schließlich führe ich die Bücher und müßte es deshalb wissen.« Sie hob die Kanne. »Die Bilanz stimmt. Wie sie es schon immer getan hat.«

Sie ging voraus in die Küche. Auf einem Ende des langen Tisches lag eine blaukarierte Decke, und darauf stand ein Teller mit fächerförmig angeordneten Stücken Butterkuchen.

»Granny, ich glaube nicht ...«

»Ich bin sicher, daß ihr auch eine weitere Tasse Tee vertragen könnt«, sagte Dilys. Sie sah Zoe an und deutete mit einem kleinen Nicken in Richtung Butterkuchen. »Den habe ich heute morgen gebacken.«

»Großartig«, sagte Zoe. »Ich esse hier den ganzen Tag. Ich habe zweimal gefrühstückt, also sehe ich nicht ein, weshalb ich nicht auch zweimal Tee trinken sollte.« Sie ließ sich am Tisch nieder und deponierte ihre Ellenbogen bequem auf die blaukarierte Decke. »Ich habe noch nie in meinem Leben Tee als Mahlzeit zu mir genommen.«

»Welchen Eindruck hattest du von deinem Vater?« fragte Dilys Judy und goß kochendes Wasser in die braunglasierte Kanne mit einer Blumenbordüre auf cremefarbenem Untergrund, die Judy so vertraut war, daß es fast weh tat, sie anzusehen.

»Das weiß ich wirklich nicht«, sagte Judy. »Es läßt sich schwer sagen. Er ist sehr mager.«

»Ich schicke ihm jeden Tag eine warme Mahlzeit hinüber«, sagte Dilys vorwurfsvoll. »Und er verfüttert sie an die Katze. Velma findet den Teller morgens auf dem Küchenfußboden.«

Zoe nahm sich ein Stück Butterkuchen, biß hinein und verstreute die Krümel.

»Weshalb sollte er essen«, sagte Zoe, »wenn er Kummer hat?«

Dilys' Lippen verspannten sich. Das war Reden außerhalb der Reihe.

»Er ist ein arbeitender Mann«, sagte sie zu Zoe und stellte die Teekanne auf eine Matte aus Holzperlen auf dem Tisch.

Zoe sagte, völlig unbeeindruckt: »Das heißt doch nicht, daß er nicht außerdem ein fühlender Mann ist.«

»Wenn man Farmer ist«, sagte Dilys entschieden, »darf man sich nicht gehenlassen. Man darf die Dinge nicht schleifen lassen. Verpaßte Gelegenheiten kommen nicht wieder.«

Judy, die sich Zoe gegenüber niedergelassen hatte, versuchte, ihren Blick zu erhaschen und ihr zu bedeuten, daß sie den Mund halten sollte.

»Er läßt sich nicht gehen«, sagte Zoe und ignorierte Judy. »Er macht weiter. Aber er leidet. Das ist offensichtlich.«

»Zoe …« sagte Judy.

»Du müßtest das eigentlich wissen«, sagte Zoe und richtete ihre großen Augen auf Judy. »Du solltest mit ihm fühlen.«

Judy senkte den Blick. Dilys begann, aus der braunen Kanne einzugießen, in mit Goldfasanen gemusterte Tassen, die zu ihrem Hochzeitsservice gehört hatten. Sie konnte Becher nicht ausstehen. Harry durfte nur am Spätvormittag einen Becher benutzen, wenn er hereinkam, nachdem er sich mit Joe wegen der Farm angelegt und gegen die modernen Methoden gewettert hatte. »Du darfst Joe nicht aufbringen«, hatte Dilys immer und immer wieder zu ihm gesagt. »Joe weiß genau, was er tut. Er denkt auf lange Sicht, und das ist etwas, was du nie fertiggebracht hast.« Sie wollte nicht, daß Harrys Altersstarrsinn ein Hemmschuh für Joe war oder ihm Sorgen machte. Dilys hatte es immer ertragen können, wenn Harry oder Robin sich Sorgen machten, aber Sorgen um Joe ließen sie zusammenzukken, als wäre ihren Gefühlen die Haut abgezogen worden.

»Wir reden hier nicht über Leiden, meine Liebe«, sagte sie. »Wir schwelgen nicht in unseren Gefühlen. Wir sind praktische Leute.«

Zoe schaute sich in der Küche um, die schäbig, aber blitzsauber war, vollgestopft mit Gegenständen, wohlgeordnet, jede Tasse und jeder Krug an seinem Platz.

»Ja, das sehe ich.« Ihre Stimme war völlig neutral.

»Kann sein, daß es die Farm ist«, sagte Judy rasch. »Er hatte am Donnerstag einen schlechten Tag auf dem Markt. Er mußte drei Kälber wieder mitnehmen, weil sie Durchfall hatten. Jedenfalls hat das der Versteigerer behauptet.«

Dilys schnalzte mit der Zunge. Sie schob Zoe den Butterkuchen zu.

»Sind Sie eine Kollegin von Judy, meine Liebe?«

»Nein«, sagte Zoe. »Ich bin Fotografin, das heißt, ich will eine werden.«

Sie war an diesem Morgen um Viertel vor sechs aufgestanden, um Aufnahmen von Gareth im Melkstall zu machen, von der Doppelreihe aus großen schwarzweißgescheckten Leibern mit den ineinander verschlungenen Schläuchen der Melkmaschinen und dem großen Glasbehälter, der sich sichtbar mit Milch füllte, warm und weißlich. Gareth hatte es gefallen, daß sie da war, er hatte bereitwillig für sie posiert, wenn sie ihn darum bat, hatte die Melkbecher angesetzt, hinterher die Zitzen besprüht, die

Reihe von Kühen wieder auf den Hof und in das bleiche Licht des frühen Morgens hinausgetrieben. Sie hatte genau so einen Overall getragen wie er; als sie um halb sechs ins Badezimmer gegangen war, hatte sie ihn vor ihrer Tür gefunden, zusammen mit einem Paar dicker, melierter Wollsocken von der Art, wie ihr Vater sie immer zu den schweren Schuhen getragen hatte, die er bevorzugte. Sie nahm an, daß Robin sie dahin gelegt hatte. Wenn ja, dann war das ein Zeichen für eine reale, wenn auch minimale Annäherung an zwischenmenschliche Beziehungen, und Zoe wußte das zu würdigen.

Jetzt sagte sie, um Judy zu besänftigen, zu Dilys: »Ich habe heute morgen im Melkstall Fotos gemacht. Und gerade eben etliche von Lyndsays Kindern. Der kleine Junge ist wirklich reizend.«

»Das ist er«, sagte Dilys. »Äußerlich ist er nach seiner Mutter geraten. Aber Rose ist eine echte Meredith. Durch und durch eine Meredith.«

Judy nahm ihre Tasse und senkte ihr Gesicht darüber. Sie wollte gehen, wollte, daß diese seltsame und peinliche Episode vorbei war, wollte Zoe an einen Ort bringen, an dem sie nicht gegen Regeln verstoßen konnte, von deren Existenz sie keine Ahnung hatte. Es war nicht zu übersehen, daß Zoe Dilys aus der Fassung brachte und daß ihr weder ihr Aussehen noch ihre Offenheit gefielen. Lyndsay hatte sie gewarnt, daß das passieren würde.

»Regt Granny nicht auf«, hatte sie gesagt.

»Das läßt sich nicht vermeiden. Wir müssen zu ihr.«

Jetzt sagte sie, mit dem Gesicht immer noch im warmen Dampf ihrer Teetasse: »Wo ist Grandpa?«

»Er arbeitet an der Zehn-Morgen-Hecke«, sagte Dilys. »Er wollte sie roden, um Joe das Pflügen zu erleichtern, aber der hat es nicht zugelassen. Hat gesagt, er müßte auch die Raine neu anlegen.«

Judy stellte ihre Tasse hin und stand auf.

»Vielleicht sollten wir zu ihm fahren.«

»Er würde sich bestimmt freuen, wenn ihr kommt«, sagte Dilys. »Ihr könnt ihm frischen Tee mitnehmen. Seinen dürfte er inzwischen ausgetrunken haben.« Sie sah Zoe an. »Ich habe mich gefreut, Sie kennenzulernen, meine Liebe.«

Zoe erwiderte ihren Blick.

»Ganz meinerseits«, sagte sie.

»Himmel«, sagte Judy, als sie den Wagen vom Hof lenkte. »Tut mir leid.«

»Was meinst du?«

»Granny natürlich. Sie hat so starre Vorstellungen ...«

»Sie hat mir gefallen«, sagte Zoe. »Vielleicht denkt sie anders als ich, aber das hindert mich nicht daran, sie zu mögen. Du denkst schließlich auch nicht so wie ich.«

»Nein«, sagte Judy neidisch. »Das tue ich nicht.«

»Da wir gerade von gefallen reden«, sagte Zoe, zog ihre Füße auf die Kante des Beifahrersitzes hoch und umschlang ihre Knie mit den Armen. »Warum gefällt es dir hier nicht?«

»Zoe, du weißt ja nicht ...«

»Natürlich weiß ich es nicht. Aber ich habe Augen im Kopf Es ist ein harter Ort. Aber kein Ort, den man hassen müßte.«

»Ich hasse ihn nicht«, sagte Judy.

Zoe musterte sie einen Moment, dann schaute sie wieder durch die Windschutzscheibe.

»Wirklich nicht? Also, wenn du es nicht tust, dann kann ich nur sagen, daß du eine verdammt gute Imitation lieferst.«

Harry war mit sieben Metern der Hecke am hinteren Rand des Zehn-Morgen-Feldes fertig, an der Seite, wo der Nordostwind durchpfiff, wenn er nur die geringste Chance dazu bekam. Er trug die Lederhandschuhe, die sein Vater ihm vor vierzig Jahren für die Heckenarbeit geschenkt hatte, brettsteif, bis sie warm geworden waren, und an den Fingergelenken brüchig. Er hätte sich jederzeit neue kaufen können, aber er mochte die alten, mochte die Assoziationen, die er mit ihnen verband.

Er war nicht sonderlich gut bei der Heckenarbeit, war es

nie gewesen. Sein Vater hatte ihm die alte, in den Midlands gebräuchliche Methode beigebracht – man trennte die Hauptstämme mit einer Hippe fast gänzlich durch und bog sie dann in die Waagerechte, um der Hecke Kraft und Dichte zu geben. Aber in Harrys Hecken gab es immer allzu viele zersplitterte Stümpfe, und er verflocht die Stämme nie so dicht, daß die Hecken ihre Schutzfunktion erfüllen konnten. Aber er tat es halbwegs gut. Es hatte ihm stets genügt, etwas halbwegs gut zu tun, er hatte nicht Dilys' Drang nach dem Besseren oder sogar dem Besten, den sie Joe vererbt hatte. Aber nicht Robin. Robin hatte, soweit Harry sehen konnte, nur den Drang, alles anders zu tun. Robin konnte man nicht dazu bringen, am gleichen Strang zu ziehen, man mußte einfach die Achseln zucken und ihn seinen eigenen Weg gehen lassen, selbst wenn dieser Weg mit Schwierigkeiten und Schulden gepflastert war. Nach Harrys Ansicht sollte Robin die Milchquote und die Herde, das Haus und das Land verkaufen und es dann pachten und als Ackerbauer bewirtschaften. Die Kopfschmerzen jemand anderem überlassen. Aber das würde er nie sagen, genauso wenig, wie er dieser Tage zu Joe sagen würde: »Was plagt dich, Junge?« Das ging einfach nicht, das konnte man nicht tun. Das war weniger eine Sache der Achtung vor dem Privatleben anderer Männer, selbst wenn es sich dabei um die eigenen Söhne handelte, als vielmehr des Begreifens, daß jeder Mann auf sich allein gestellt war, einsam und verantwortlich, dazu bestimmt, alle Probleme, die sich vor ihm auftaten, zu lösen oder einfach zu ertragen.

Ein Wagen näherte sich langsam auf dem Feldweg und hielt an der ungefähr zwanzig Meter entfernten Einfahrt an. Es war Robins Wagen. Was wollte Robin an einem Samstagnachmittag von ihm? Zwei Wagentüren wurden zugeschlagen, und dann sah Harry oberhalb der Hecke Judys roten Kopf, als sie über das Tor kletterte, und dann noch einen zweiten Kopf, dunkler.

Sie sprang auf das Feld herunter und schwenkte eine Thermosflasche.

»Wir bringen dir noch eine Portion Tee!«

»Großartig!« rief Harry. »Großartig!«

Er begann, schnell und steif an der Hecke entlang auf sie zuzugehen, wobei er seine Handschuhe auszog und sie in die Tasche seines Overalls stopfte. Er hatte vergessen, daß Judy kommen wollte, hatte alles vergessen wegen des Mordskrachs am Morgen mit Joe, der ihm strikt verboten hatte, diese Hecke zu roden.

»Dazu würde ich nicht mehr als zwei oder drei Tage brauchen. Mit einem Bagger.«

»Nein, Dad. Nein und nochmals nein. Ich baue an, ich reiße nicht nieder. Kannst du denn nie über den morgigen Tag hinausdenken? Kannst du nie weiter sehen als bis zu deiner verdammten Nasenspitze?«

»Grandpa«, sagte Judy erfreut. Sie schlang die Arme um ihn und spürte seinen festen alten Körper wie einen Baum oder ein rustikales Möbelstück.

»Braves Mädchen«, sagte Harry und klopfte ihr auf die Schulter. »Braves Mädchen.«

»Und das ist Zoe.«

Harry grinste.

»Hallo, Zoe.«

Merkwürdiges kleines Ding. Gesicht wie ein Mädchen und Haare wie ein Junge. Sie betrachtete die Hecke, das Stück, das er angeschlagen und verflochten hatte.

»Ist das schwer?«

»Nicht so schwer, wie es mir fällt«, sagte Harry. »Wart ihr bei Granny?«

»Ja.«

»Und habt ihr Joe gesehen?«

»Was ist mit Joe?« fragte Judy. »Granny hat uns auch gefragt. Nein, wir haben ihn nicht gesehen. Nur Lyndsay und die Kinder.«

Harry murmelte etwas. Dann sah er Zoe an. »Ihr erster Besuch auf einer Farm?«

»Ja«, sagte sie.

»Es ist ein fürchterliches Leben«, sagte Harry. »Grauenhaft. Wir müssen verrückt sein, daß wir so etwas tun.«

»Das glaube ich auch«, sagte Judy.

»Warum tun Sie es dann?« fragte Zoe.

Harry grinste sie an.

»Wir können einfach nicht anders. Es ist einem angeboren, vom Vater auf den Sohn. Sogar im Krieg, als ich in Italien gelandet war, konnte ich an nichts anderes denken als an die verdammte Farm. Und damals war ich noch keine neunzehn.«

»Mum ...« sagte Judy, dann verstummte sie.

Zoe sah sie an.

»Sprich weiter.«

»Mum hat gesagt, daß Dad sogar, wenn sie irgendwo Urlaub machten, die Landschaft immer nur daraufhin angesehen hat, wie sie bewirtschaftet wurde. Sie hat gesagt, das einzige Mal, wo er das nicht getan hat, war in Tunesien, als ich sieben Jahre alt war und bei euch wohnte, weil es dort keine Farmen gab, nur Sand und Kamele.«

»Obsessionen«, sagte Zoe, »Obsessionen sind interessant.«

Judy sagte: »Und beängstigend.« Sie streckte Harry die Thermosflasche entgegen. »Dein Tee, Grandpa.«

Als er sie entgegennahm, schaute er sie einen Moment lang an, und plötzlich kamen ihr seine Augen sehr alt vor, mit einem ausgeblichenen, von einem trübfarbenen Ring umgebenen Zentrum. Mit einem schmerzlichen Stich wurde ihr bewußt, daß er im Sterbealter war, genau in dem Alter, in dem alles abgenutzt ist und matt und schwach wird, nicht in Caros Alter, dem Alter, in dem man noch viel vorhat und es Menschen gibt, die einen brauchen.

Harry sagte leise: »Ich muß weitermachen, Mädchen.«

»Ja.«

»Sonst bekomme ich es mit deinem Onkel Joe zu tun.«

Judy beugte sich vor und küßte ihn noch einmal.

»Vielleicht sehen wir uns morgen.«

»Gut«, sagte Harry. Er hob grüßend die Hand vor Zoe. »Auf später, Mädchen.«

Sie lächelte ihn an.

»Auf später«, sagte sie.

Als die beiden jungen Frauen an der Hecke entlanggingen, um zu ihrem Wagen zurückzukehren, sah Harry, wie Zoe eine Hand ausstreckte und auf sein Tagewerk deutete.

»Ich wette«, hörte er sie sagen, »das könnte ich auch. Ganz bestimmt.«

»Glaubt ihr«, sagte Robin, »daß wir gemeinsam etwas damit anfangen könnten?«

Auf dem Küchentisch lag ein Huhn aus dem Supermarkt, eingepackt in Plastikfolie, die von Gummibändern zusammengehalten wurde.

»Ich würde es vielleicht essen«, sagte Zoe, »aber braten könnte ich es nicht.«

»Mir geht es ungefähr genauso. Judy?«

»Okay«, sagte Judy. »Wenn du abwäschst. Sind Kartoffeln da?«

Robin deutete auf ein Plastikfäßchen mit Most, das auf der Anrichte stand.

»In der Speisekammer, glaube ich. Wie wär's mit einem Schluck, Mädchen?«

»Zoe trinkt nichts Alkoholisches«, sagte Judy.

»Wirklich nicht?«

»Nein«, sagte Zoe. »Ich mag es nicht.«

Robin musterte sie. »Ungewöhnlich«, sagte er.

»Danke für den Overall. Und die Socken.«

»War keine Mühe.«

»Es hat mir gefallen – das Melken«, sagte Zoe. Sie setzte sich auf die Kante des Küchentisches. »Ich glaube, ich werde morgen wieder zusehen.«

»Nachdem du ein paar Kartoffeln geschält hast«, sagte Judy.

Robin öffnete den Hahn des Plastikfäßchens, ließ Most in ein Glas laufen und hielt es Judy hin. Ihre Blicke begegneten sich fast, als sie es entgegennahm.

»Danke.«

»Du siehst besser aus«, sagte er zu ihr.

Sie wendete sich von ihm ab und ging daran, das Huhn aus der Plastikfolie zu wickeln. »Das kannst du kaum beurteilen.«

Zoe beugte sich über den Tisch vor.

»He, he, kein Grund, ihm den Kopf abzureißen …«

Judy sagte nichts. Sie hatte den Eindruck, daß auch Robin heute abend besser aussah, weniger abgehärmt, mit weniger verschatteten Augen. Er brauchte einen Haarschnitt – jedenfalls nach seinem üblichen Standard –, doch das längere Haar stand ihm, ließ sein Gesicht weicher erscheinen. Aber sie wollte nicht, daß er ihr vor Zoe schmeichelte. Das war Schwindel.

»Ich hole die Kartoffeln«, sagte Robin. »Wie hungrig sind wir?«

»Nicht sonderlich. Wir haben seit dem Lunch zweimal gegessen. Erst zum Tee bei Lyndsay und dann bei Granny. Und bevor du fragst – Joe haben wir nicht gesehen.«

Robin, mit der Hand an der Tür zur Speisekammer, öffnete den Mund, um zu sagen, daß in letzter Zeit kaum jemand Joe zu Gesicht bekam, dann schloß er ihn wieder. Er selbst war am Nachmittag, nachdem die Mädchen das Haus verlassen hatten, vorbeigefahren, um mit ihm zu reden, und hatte Lyndsay dabei angetroffen, wie sie Hughie half, seinen Namen auf den Küchentisch zu schreiben, während Rose in einem Laufgestell auf Rädern im Zimmer herumfuhrwerkte.

»Da«, sagte Hughie. »Das große H. Das große H hier, das bin ich.«

Robin beugte sich nieder. »Nicht schlecht, mein Junge.«

Lyndsay wirkte müde, mit der Transparenz der Erschöpfung, unter der Naturblonde leiden.

»Tut mir leid, aber Joe ist nicht da. Ich weiß nicht, was er heute nachmittag tun wollte, aber ich glaube nicht, daß er zurückkommt, bevor es dunkel ist.«

»Es hat Zeit«, sagte Robin.

Rose galoppierte quer durchs Zimmer, stieß einen lauten Ruf aus und hob die Arme, um Robins Aufmerksamkeit zu erregen.

»Hallo, Rosie.«

»Sie war schrecklich«, sagte Lyndsay. »Den ganzen Nachmittag.«

Sie hatte Robin gegenüber immer eine gewisse Scheu empfunden, wegen seiner Größe und seiner Dunkelheit und seiner Verschlossenheit, und neigte deswegen dazu, sich für Dinge zu entschuldigen, von denen sie dachte, daß sie ihm mißfallen könnten, wie etwa Roses Ungebärdigkeit. Aber jetzt bückte er sich und hob Rose aus dem Laufgestell. Rose war entzückt.

»Jah«, sagte sie zu ihm. »Jah, jah, jah.«

»Du bist eine stämmige Frau«, teilte Robin ihr mit.

Sie strahlte. Robin sagte: »Wie fandest du Judys Freundin?«

»Nett«, sagte Lyndsay. »Ungewöhnlich. Hughie hat sie sehr gemocht.«

»Hab' ich nicht«, sagte Hughie mit Nachdruck.

»Gut für Judy. Macht es ihr leichter. Sie ist um halb sechs aufgestanden, um beim Melken zuzusehen.«

Rose legte eine Hand auf Robins Wange.

»Du bist klebrig«, sagte er.

»Sie ist immer klebrig«, sagte Lyndsay. Und dann, in einem Anfall von Vertraulichkeit, ausgelöst von dem einzigartigen Anblick von Robin mit einem Kind auf dem Arm: »Robin, ich bin ein bißchen ...« Sie erinnerte sich an Hughie und brach ab. »Joe«, flüsterte sie über Hughies Kopf hinweg. »Ich mache mir Sorgen um Joe.«

Er nickte.

»Ich weiß.«

»Und deine Mutter ...«

»Ja.«

»Kannst du – kannst du mit ihm reden? Ja? Herausfinden, was mit ihm los ist?«

Rose begann zu brüllen, weil sie abgesetzt werden wollte. Robin bückte sich und stellte sie wieder in ihr Laufgestell.

»Ich kann es versuchen.«

Lyndsay stand auf. Sie musterte Robin, der in seiner Arbeitskleidung in ihrer Küche stand, und hatte plötzlich das Verlangen, einen Schnitt nach vorn zu tun, Kinder oder keine Kinder, und sich an ihn zu lehnen, das Gesicht in den marineblauen Drillich seines Overalls zu drücken und zu sagen: »Hilf mir, hilf mir. Ich weiß nicht mehr, was ich tun soll. Ich bin mit meinen Kräften am Ende.«

»Ich muß heim«, sagte Robin. Er legte eine Hand auf Hughies Kopf. »Schreib weiter. Und sag deinem Dad, daß ich mit ihm reden möchte. Machst du das?«

»Worüber?« sagte Hughie, mit einem roten Stift rasch H schreibend.

»Über Dünger«, sagte Robin. Er berührte Lyndsays Arm. Einen Augenblick zuvor hatte sie ausgesehen, als ob sie gleich in Tränen ausbrechen wollte. »Ich sehe zu, was ich tun kann.«

Es wird nicht viel sein, dachte er jetzt, als er die Tür zur Speisekammer öffnete. Wie konnte es auch, da er nicht wußte, was er fragen, und Joe vermutlich keine Ahnung hatte, was er antworten sollte? Dem äußeren Anschein nach ging es Joe gut. Die Felder von Dean Place waren sauber, die Umrandungen in gutem Zustand, die Rechnungen wurden bezahlt. Zumindest nahm Robin an, daß sie bezahlt wurden. Solange Dilys die Buchführung machte, ließ sich das kaum vermeiden. In einer unausgesprochenen Übereinkunft sprachen Robin und Joe nicht über Geld, scheuten davor sogar fast zurück, aber in Anbetracht des Zustands der Farm und der Tatsache, daß Dilys die Bücher führte, konnte er sich nicht vorstellen, daß Geld Joes Problem war. Wenn Caro noch da wäre, würde sie vermutlich instinktiv wissen, was ihn plagte, aber wenn sie noch da wäre, dann wäre das, was ihm zu schaffen machte, vielleicht gar nicht erst aufgekommen. Unsere Zurückhaltung ist unser Fluch, dachte Robin plötzlich und überraschte sich selbst damit, ein elender Fluch. Es ist, als trüge man Fußfesseln. Er bückte sich, um Kartoffeln aus einem staubigen Papiersack zu holen. Er konnte hören, wie Judy in der Küche ein wenig lachte, vermutlich über etwas, was Zoe gesagt hatte. Zoe gefiel ihm. Sie hatte etwas Unerschrockenes an sich, eine Direktheit, die man gewöhnlich nur bei Tieren fand. Oder Kindern. Wie Rose heute nachmittag, die zuerst aufgehoben und dann wieder losgelassen werden wollte, kein langes Trara, kein kompliziertes Sich-Anpassen an andere Menschen.

Er kehrte in die Küche zurück und warf die Kartoffeln in den Ausguß.

»Alles Ihre«, sagte er zu Zoe.

»Okay«, sagte sie. »Und was soll ich damit tun?«

»Sie schälen.«

»Naß oder trocken?«

Robin sah sie an. »Wo sind Sie aufgewachsen?«

»In einer Wohnung in Tottenham. Mit Fertiggerichten zum Mitnehmen. Deshalb bin ich auch so abgezehrt wie ein Landser im Ersten Weltkrieg. Ich bin ziemlich unterernährt.«

»Glaub ihr kein Wort«, sagte Judy. »Sie ißt den ganzen Tag wie ein Pferd.«

Robin lächelte. Er öffnete die Küchenschublade und suchte nach einem Kartoffelschälmesser.

»Hier«, sagte er und hielt es ihr hin.

Sie unternahm keinen Versuch, das Messer anzurühren.

»Häßlich«, sagte sie. »Sieht aus wie die Dinger, die sie im neunzehnten Jahrhundert bei den Zwangsuntersuchungen von Prostituierten benutzt haben.«

»Zoe!«

»Gehen Sie hinüber an den Ausguß«, sagte Robin, »und lassen Sie ihn mit kaltem Wasser vollaufen.«

»Mit *kaltem* Wasser?« sagte Zoe. »Ich habe es *gewußt*. Ich habe gewußt, warum Kochen so eine Pest ist.«

»Beeilen Sie sich.«

Sie ging zum Ausguß und steckte den Stöpsel ein.

»In London sehen Kartoffeln anders aus. Sie sind mit Käse gefüllt und leben in Mikrowellenherden.«

Sie sah Robin an. »Also gut, zeigen Sie es mir.«

Judy hielt beim Ausstopfen des Huhns mit einer halben Zitrone und einem Klumpen Butter – ›Süßbutter‹ hatte Caro immer gesagt – inne und warf einen Blick über den Tisch. Robin beugte sich über den Ausguß, mit einer Kartoffel in der einen und dem Schälmesser in der anderen Hand, und Zoe hatte die Ellenbogen auf das Abtropfbrett gestützt und beobachtete ihn mit der Hingerissenheit eines Kindes vor dem Fernseher. Machte sie sich über ihn lustig? Oder flirtete sie? Und wie kam es, daß mit ihr im Zimmer die Schatten schwächer, durchsichtiger zu sein schienen, als wäre außer den Erinnerungen auch ein bißchen Leben eingelassen worden? Sie drehte das Huhn um und legte es mit der Brust nach unten in einen Bräter, genau wie Caro es immer gemacht, wie Caro es ihr beigebracht hatte.

»So«, sagte Robin. Judy hörte, wie das Schälmesser ins Wasser fiel. »So. Und jetzt sind Sie dran.«

# SECHSTES KAPITEL

Der Viehmarkt von Stretton lag abseits der Ringstraße zwischen einer Eiskremfabrik und der Verwaltung der regionalen Elektrizitätswerke. Er umfaßte ein riesiges Areal mit einem verworrenen Komplex aus Auktionshallen und Parkplätzen und stand in dem Ruf, gut zu sein für den Verkauf von Vieh nach Lebendgewicht. An einem Ende beherbergte ein großes neues Gebäude die Haupt-Versteigerungsarena für Rinder und Kälber; am anderen Ende breitete sich ein riesiges Dach über die Pferche, in denen Schafe und Schweine zusammengedrängt waren wie Datteln in einer Schachtel. Zwischen beiden erstreckte sich ein Fußgängerbereich, gesäumt von Bankfilialen und landwirtschaftlichen Fachgeschäften, Garten- und Haustierläden, und an jedem Ende, gekennzeichnet durch eine Speisekarte in Form eines großen weißen Bullen, gab es ein Restaurant, das Charolais Diner hieß und in dem den ganzen Tag über Frühstück für 2,95 Pfund serviert wurde.

Robin fuhr den Landrover mit dem Anhänger auf den Parkplatz neben dem Haupt-Auktionsgebäude und hielt neben der Tafel, auf der die Versteigerungszeiten angegeben waren: ›Schlachtschafe: 10.15 Uhr; Kühe mit Kälbern: 10.45 Uhr; Mastkälber: 11.15 Uhr; Magervieh und unfruchtbare Kühe: 12.00 Uhr‹. Auf dem Anhänger standen fünf vierzehn Tage alte Bullenkälber mit den Köpfen zur hinteren Wand, so weit wie möglich von der Heckklappe und dem beängstigenden Geschäft des Ein- und Ausladens entfernt. Robin und Gareth hatten sie eine Stunde zuvor aufgeladen, sie auf den Anhänger befördert, wobei sie ihre provisorischen Stricke aus Strohbändern mit der einen und ihre Schwänze mit der anderen Hand gehalten hatten.

»Das ist mir immer zuwider«, sagte Gareth. »Ich mag es nicht, sie so wegzuschaffen.«

Robin murmelte etwas. Ihm war es auch zuwider, zumal heutzutage, wo man keineswegs sicher sein konnte, daß die Kälber ihre achtzehn Monate Mastleben bekamen; aber noch schlimmer war es bei den unfruchtbaren Kühen. Eine Kuh wegen eines Versagens, an dem sie nicht die geringste Schuld trug, auf den Markt zu schicken, hatte etwas an sich, was ihm, je älter er wurde, immer mehr, nicht weniger zu schaffen machte. Aber er hatte nicht die Absicht, sich mit Gareth auf eine Diskussion über die Ethik der Viehhaltung einzulassen, weil der dann seine Arbeit unterbrechen, sich an den nächsten Pfosten lehnen und reden würde. Gareth brachte es einfach nicht fertig, gleichzeitig zu reden und zu arbeiten, und Robin war sich, obwohl er in vielerlei Hinsicht Rücksicht auf Debbie und die Kinder nahm, immer der Tatsache bewußt, daß Gareth dafür bezahlt wurde, daß er arbeitete.

»Ich möchte nicht«, sagte er, »mit weniger als 700 für die Ladung zurückkommen.«

Jetzt stieg er aus dem Landrover und ging zur Rückseite des Anhängers, um die Riegel zu öffnen. Zwei Marktangestellte mit flachen Mützen und hellbraunen Overalls erschienen, um zwischen dem Anhänger und den Pferchen, in denen die Kälber warten würden, bis ihre Zeit gekommen war, Hürden aufzustellen; dann würde ein Junge, der im Verhältnis kaum älter war als sie selbst, erscheinen und sie in die von Lärmen und Rufen erfüllte Versteigerungsarena treiben. Einer der Männer trug einen Eimer mit Klebstoff und einen hölzernen Spachtel bei sich, um auf jeden der kleinen Rümpfe, sobald er vom Anhänger herunterkam, ein Auktionsetikett zu klatschen.

»Robin ...«

Robin, dessen Hände noch auf der Heckklappe lagen, schaute über die Schulter. Da stand Joe, in Arbeitskleidung, die Hände in den Taschen.

»Was tust du denn hier?«

Joe sagte: »Nicht viel. Vielleicht werde ich ein paar Rinder kaufen ...«

»Was willst du denn mit Rindern?« fragte Robin. »Komm, faß mal mit an ...«

»Ich dachte, es würde mir gefallen«, sagte Joe und trat ein paar Schritte vor, um das Gewicht des hinteren Endes der Heckklappe zu übernehmen. »Ich dachte, vielleicht hätte ich gern ein paar Tiere, vielleicht wäre es besser auf der Farm, wenn dort ein bißchen Leben wäre. Nur ein paar Zuchttiere.«

»Weiß Dad das?«

»Nein.«

»Warum nicht?«

»Dad will nicht, daß sich etwas ändert.«

»Wenn es Veränderung nur um der Veränderung willen ist ...«

»Ich weiß es nicht«, sagte Joe. »Ich weiß nur, daß ich eine Veränderung will.«

Die Heckklappe senkte sich langsam und bildete eine Rampe, und die fünf Kälber drückten sich an die hintere Wand.

»Arme kleine Viecher.«

»Fang du nicht auch noch damit an. Gareth ist schon schlimm genug. Man könnte meinen, ich bringe seine Kinder auf die Auktion.«

Joe schaute zu, wie Robin auf den Anhänger kletterte und die Kälber eines nach dem anderen auf die Rampe zubugsierte; in ihren Ohren steckten Erkennungsmarken aus Plastik. Er erinnerte sich, wie er Lyndsay, damals noch seine Verlobte, einmal auf den Markt mitgenommen hatte, um ihr die Realität des Farmerdaseins zu zeigen, das unausweichliche Schicksal von Vieh, das verstört durch die klirrenden Gatter der Auktionsarena getrieben und dann für so und so viele Pence pro Kilo an Aufkäufer für Schlachthöfe und Konservenfabriken verkauft wurde. Sie hatte während der ganzen Rückfahrt nach Dean Place geweint, völlig verstört von dem, was sie gesehen hatte, aber auch über den Tod ihrer romantischen Vorstellungen vom Leben auf einer Farm.

»Es waren die Kälber«, hatte sie schluchzend zu Caro gesagt, die Joe geholt hatte, damit sie sie trösten und ihr klarmachen sollte, daß die Realität der Nahrungsproduktion nun einmal so aussah.

»Ich weiß«, hatte Caro gesagt. »Ich weiß. Sie sind einfach viel zu hübsch, als daß man vernünftig reagieren könnte.«

»Vielleicht hätte ich sie nicht mitnehmen sollen«, hatte Joe später gesagt. »Vielleicht hätte ich sie auch weiterhin glauben lassen sollen, Farmen wären nur Felder mit Hafer. Schließlich ist das alles, was sie zu sehen bekommen wird.«

»Ich weiß es nicht«, hatte Caro langsam gesagt. Er erinnerte sich an ihren verschleierten Blick aus braunen Augen. »Ich weiß es nicht. Ich glaube, ich werde nie wissen, wieviel Wahrheit gut für uns ist.«

Die Hürden wurden hinter dem letzten Kalb geschlossen.

Robin sagte: »Ich hoffe einfach immer, daß sie in einen Betrieb in diesem Land kommen.« Er sah Joe an. Er stand da und schaute mit einem bemüht unbeteiligten Ausdruck hinter den Kälbern her, einem Ausdruck, den Robin auf seinem Gesicht auch bei Caros Beerdigung bemerkt hatte, als triebe er seine Gedanken durch das, was er sah, hindurch und darüber hinaus, damit er nicht darauf zu reagieren brauchte. Robin kletterte die mit Stroh bestreute Rampe hinunter und legte eine Hand auf Joes Arm.

»Wolltest du mir etwas sagen?«

Joe schüttelte den Kopf,

»Willst du einen Blick in die Arena werfen? Ich würde mitkommen ...«

Joe seufzte.

»Ich sollte wieder nach Hause fahren. Ich weiß ohnehin nicht, was ich hier tue ...«

»Du wolltest dir Rinder ansehen. Hast du jedenfalls gesagt.«

»Ja.«

»Weil du einiges anders machen willst.«

Joe sagte nichts.

»Das will ich auch«, sagte Robin. »Ich will, daß sich einiges ändert. Ich will, daß diese – diese Zeit vorbei ist.«

Joe sah ihn an. Es war ein langer, dunkler, unglücklicher Blick.

»Wenn es hilft, Rinder zu kaufen«, sagte Robin, »dann kauf Rinder.«

»Ich bin mir nicht sicher ...«

»Nein«, sagte Robin, »das ist keiner von uns. Es ist das erste Mal, daß wir so etwas durchmachen. Es ist das erste Mal, daß ich eine Frau verloren habe.« Er wendete den Blick von Joe ab. Es lag ihm auf der Zunge, zu sagen, daß er sich danach sehnte, Caro wieder um sich zu haben, weniger ihrer selbst wegen, als damit er sie irgendwelche Dinge fragen konnte, Antworten verlangen konnte auf seine Fragen über das Im-Stich-gelassen-Werden, über Vertrauensbruch. Aber das wäre nicht fair. Womit auch immer Joe zu kämpfen hatte – es war offensichtlich alles, was er im Moment verkraften konnte. Ein Einblick in all die Dinge, die Robin unbewältigt im Kopf herumgingen, war so ziemlich das letzte, was Joe brauchte.

Joe sagte plötzlich: »Ich habe sie nicht geliebt. Ich meine, nicht so, nicht *Liebe* ...«

Robin wartete. Das Stroh auf der Rampe wurde von kleinen Windstößen aufgewirbelt und flog ihnen um die Beine.

»Es ist nur ...« Joe streckte die Hände aus und ballte sie dann zu Fäusten. »Jetzt, wo sie nicht mehr da ist, sieht es aus, als hätte sie die Dinge zusammengehalten, hätte sie mit Hoffnung erfüllt.«

Robin zögerte. An den Rändern seines Mitgefühls begann ein kleiner Zorn über Joes Dreistigkeit zu schmoren. Er holte die Schlüssel des Landrovers aus der Tasche und ließ sie in der Hand klappern.

»Sieh dich vor«, sagte er.

»Ich wollte nie ...«

»Nein«, sagte Robin. »Nein, das nehme ich dir ab. Aber mach nicht zuviel daraus, okay? Du hast alles auf einem silbernen Tablett serviert bekommen, schon immer, also hüte dich, aus irgend etwas zuviel zu machen.«

Er ließ den Landrover und den Anhänger auf dem Parkplatz stehen, neben einem sehr ähnlichen Fahrzeug, in dem ein gelbäugiger Schäferhund wachsam und aufrecht auf dem Beifahrersitz saß, und steuerte auf die Versteigerungsarena zu. Sie lag in einem großen, schlichten Gebäude aus Glas und Beton, das an einen Busbahnhof erinnerte und zu dessen beiden Seiten man über Treppen ans obere Ende des Amphitheaters aus großen, gestaffelten Stufen gelangte, von denen aus man das Treiben in der Arena unten beobachten konnte. Auf diesen Stufen standen, an die metallenen Schutzgeländer gelehnt, ungefähr dreißig oder vierzig Leute herum, Farmer jeden Alters und Typs, unter ihnen ein paar Frauen, fast genauso gekleidet wie die Männer, und eine Handvoll hart wirkender junger Landmädchen, die Reitstiefel aus Gummi trugen und mit einer Hand ihr langes Haar zurückschoben, während sie in der anderen eine Zigarette hielten.

Unterhalb von ihnen, auf fest montierten Sitzbänken um die eigentliche Arena herum, saßen die Bieter, darunter ein paar Farmer, die für sich selbst kaufen wollten, und andere Männer, die im Auftrag von Schlachthöfen an der Versteigerung teilnahmen. Sie saßen da, Markttag um Markttag, sommers und winters gleich gekleidet in formlose, wetterfeste Landkleidung in der Farbe von schimmeligem Reet, die Ellenbogen auf der Kante der Arena, und machten diese kaum wahrnehmbaren Bewegungen der erfahrenen Bieter, schweigsam, geschäftsmäßig und zäh. Links von ihnen wurde ein Tier nach dem anderen durch eine Pforte mit einer automatischen Wiegeanlage getrieben, und auf einem Bildschirm über dem Kopf des Auktionators leuchtete das Gewicht jeder Kuh in Kilogramm auf, und dann wurden die Tiere für nur ein paar Sekunden in die Arena getrieben und stolperten herum, konfus vom Klirren der Metallpforten, bevor sie, Gewicht verkauft, Schicksal besiegelt, wieder hinausgetrieben wurden in die Pferche hinter der Arena.

»Morgen, Robin«, sagte jemand. »Haben Sie Geschäfte da unten?«

Robin schüttelte den Kopf,

»Nur Kälber heute.«

Der Mann, unförmig in einer wattierten Weste über zottigen Lagen aus Gestricktem, sagte: »Nicht viel Qualität diese Woche. Selbst die besten bringen kaum mehr als neunzig Pence.« Er musterte Robin einen Moment lang eingehend. Seit Jahren kursierte das Gerücht, daß Caro Meredith eine seltsame Person war, aber Gerüchte hin, Gerüchte her, eine Ehefrau war eine Ehefrau, und ihr Tod war auf jeden Fall ein Verlust.

»Kommen Sie zurecht?«

Robin nickte.

»Geht ja auch nicht anders.« Er schaute in die Arena hinunter. »Also, das da ist eine großartige Kuh, eine reinrassige Angus. Sie kommt aus der Herde von Jim Voyce.«

Robin berührte seinen Arm.

»Ich muß weiter, Fred. Bin nur für einen Moment heraufgekommen.«

Fred James legte die Hand an die Mütze.

»Alles Gute, Robin. Grüßen Sie Ihren Vater. Ich hoffe, es geht ihm gut.«

Als er wieder draußen an der frischen Luft war, begann es zu regnen, ein leichter, konstanter, kalter Regen. Er schlug den Kragen hoch und verfluchte sich, weil er seine Mütze im Landrover hatte liegenlassen. Weshalb war er in der Arena gewesen? fragte er sich. Weshalb hatte er diesem Impuls gehorcht, Joe zu helfen, obwohl er nicht glaubte, daß es Joe auf irgendeine Weise helfen würde, Vieh anzuschaffen? Warum in aller Welt sollte er Joe helfen, der doch von Anfang an alles gehabt hatte, sogar ohne daß er die Hand ausstrecken mußte, um darum zu bitten? Der Regen wurde stetig und unverkennbar stärker. Leute beeilten sich, sich irgendwo unterzustellen, Leute, die ihr Leben damit verbrachten, im Regen zu arbeiten, in städtischer Umgebung aber anders auf ihn reagierten. Robin zog die Schultern hoch und versenkte sein Kinn tief in seinem Kragen. Er mußte, bevor er abfuhr, noch etwas Weizenstroh kaufen, sofern er es für unter 25 Pfund pro Tonne bekam, frei Hof.

Judy lag im Wohnzimmer ihrer Wohnung auf dem Fußboden; ihr Kopf und ihre Schultern lehnten bequem an einem Sessel, und sie schaute sich einen Film im Fernsehen an. Zoe hatte gesagt, den müsse sie sehen, weil ein Freund von ihr der Assistent des Kameramanns gewesen war, und dann war sie zu einem zweitägigen Fotokurs in Birmingham abgereist, so daß sich Judy den Film allein anschauen mußte. Natürlich, sagte sich Judy, brauchte sie es nicht zu tun. Sie konnte sich statt dessen die Haare waschen oder ein Buch lesen oder ein bißchen saubermachen, aber irgendwie hatte sie sich in den letzten paar Wochen, die sie mit ihrer Mitbewohnerin verbracht hatte, daran gewöhnt, Dinge gemeinsam mit Zoe zu tun. Judy hatte festgestellt, daß Zoe eine Art hatte, sie, Judy, dazu zu bringen, daß sie ihre Zeit nutzte.

Nicht, daß es ein guter Film gewesen wäre. Er handelte von zwei Teenagern, die in einer nicht näher bezeichneten Stadt im Norden auf der Flucht vor der Polizei waren, aber der Grund für ihre Flucht blieb unklar, und es gab mehr atemloses Keuchen als Dialoge. Außerdem fand alles im Dunkeln oder Halbdunkeln statt, so daß es auf Judys kleinem Bildschirm schwierig war, die Fähigkeiten von Zoes Freund, dem Kameraassistenten, zu würdigen. Also lag sie da, das Kinn auf der Brust, und wünschte, sie brächte die Energie auf, sich zu erheben und den Fernseher abzuschalten.

Die beiden Teenager, zwitterhaft wirkende Mädchen, stolperten jetzt im Dunkeln an einer Eisenbahnstrecke entlang. Eines von ihnen hatte eine Frisur wie Zoe. Zoe ließ ihr Haar alle drei Wochen schneiden und mit einer pflanzlichen Farbe tönen, damit es wieder den dunkelburgunderroten Ton bekam, an den sich Judy inzwischen gewöhnt hatte. In Wirklichkeit, hatte Zoe gesagt, war ihr Haar braun. Nicht leuchtend braun mit lohfarbenen Lichtern und dem Schimmern frischer Kastanien, sondern schlicht braun, braun wie totes Laub, eintönig braun. Vor langer Zeit hatte sie es schwarz gefärbt, nachdem sie ein Video mit Liza Minelli in *Cabaret* gesehen hatte, aber sie sagte, das

Schwarz sei zuviel gewesen und habe unecht ausgesehen. Judy langte hoch und ergriff eine Strähne ihres eigenen Haars, um sie zu betrachten. Sie hatte den Eindruck, daß rotes Haar sogar im Naturzustand ziemlich unecht aussah.

Jemand läutete an der Tür. Judy setzte sich langsam auf. Das war vermutlich der ständig bekiffte Typ aus der Wohnung unter ihrer, der Brot wollte oder eine Glühbirne oder noch einen Blick auf Zoe. Neuerdings erschien er an drei von fünf Abenden, grinsend und abgeschlafft, mit einem zusammengerollten Fünf-Pfund-Schein zwischen den Fingern, den er, wie Judy festgestellt hatte, aber nie wegzugeben gedachte. Sie stand auf, stellte ohne jede Eile den Fernseher leise, aber nicht ab, ging zur Wohnungstür und öffnete sie zehn Zentimeter, so weit, wie es die vorgelegte Kette gestattete.

Draußen stand ein junger Mann, ein magerer junger Mann in Jeans und einer Lederjacke. Er trug eine Brille und hielt einen Kegel aus dem billigen, schattenhaft bedruckten Geschenkpapier in der Hand, das die Blumenhändler lieben.

»Hi«, sagte er.

Judy musterte ihn.

»Wer bist du?«

»Ich bin Oliver«, sagte der junge Mann. Er streckte ihr den Papierkegel mit den Blumen entgegen. »Ich wollte zu Zoe.«

»Sie ist in Birmingham«, sagte Judy.

»Oh.«

»Sie kommt nicht vor Freitag zurück.«

»Oh.«

Judy warf durch den Zehn-Zentimeter-Spalt einen Blick auf die Blumen und sagte herzlos: »Bis dahin sind die vermutlich verwelkt.«

»Ja«, sagte er. Und dann: »Möchtest du sie haben?«

Judy schob den Bolzen am Ende der Kette zurück, um sie zu lösen.

»Nun ja, jedenfalls möchte ich nicht, daß sie verwelken.«

»Danke«, sagte Oliver. Er trat durch die Tür und stand

dann, unsicher dreinschauend, in der winzigen Diele. »Ich habe sie seit drei Wochen nicht mehr gesehen. Nicht, seit sie hier eingezogen ist.«

»Nein«, sagte Judy, »das hast du wohl nicht.« Sie lächelte ihn an. Er hatte ein nettes Gesicht hinter seiner runden, modischen Brille und das saubere, glatte, kindhafte Haar eines Chorknaben. Ollie, der überfahrene Storch. Sie fragte: »Magst du einen Kaffee?«

»Ja«, sagte er. »Bitte.« Er hielt ihr die Blumen entgegen. »Nimm sie. Ich komme mir damit vor wie ein Affe auf dem Jahrmarkt.«

Judy ging voraus ins Wohnzimmer und schaltete den Fernseher aus.

»Tu das nicht«, sagte Oliver. »Nicht, wenn du dir gerade etwas anschaust.«

»Das habe ich nur nebenbei getan.«

»Ich nehme an«, sagte er resigniert, »du weißt, weshalb ich gekommen bin.«

»Nun ja ...«

»Mädchen wissen immer über einander Bescheid.«

Judy ließ Wasser in einen Krug laufen und wickelte das Blumenpapier ab. Zum Vorschein kamen mehrere zerbrechliche Stengel von gelben Freesien.

»Die riechen gut.«

»Will sie nichts mehr von mir wissen?« fragte Oliver.

»Kann sein ...«

»Na schön. Warum sagt sie mir das nicht einfach?«

»Ich weiß es nicht«, sagte Judy. »Das mußt du sie selber fragen. Das ist nicht meine Angelegenheit.« Er lehnte sich gegen den Rahmen der Küchentür, wie auch Zoe es immer tat.

»Wie heißt du?«

»Judy.«

»Hi, Judy«, sagte Oliver. »Soll ich Kaffeewasser aufsetzen?« Er schob sich an ihr vorbei, während sie einen der langen grünen Stengel nach dem anderen in den Krug steckte, und stöpselte den Stecker des Wasserkochers ein.

»So, und wo ist der Kaffee?«

Judy machte eine Kopfbewegung.

»Dort.«

»Ist dir schon aufgefallen«, fragte Oliver, »daß Zoe nicht einmal Wasser aufsetzen kann? Oder will?«

»Mein Dad hat sie dazu gebracht. Für ihn hat sie Kartoffeln geschält und Speck gebraten. Er hat sie dazu gebracht, daß sie ihm nach dem Melken ein paar Scheiben Speck briet.«

»Melken?«

»Er ist Farmer«, sagte Judy.

»Und deine Mutter?«

Es folgte eine winzige Pause.

»Sie ist tot«, sagte Judy.

»Oh«, sagte Oliver. »Oh, das tut mir leid.« Er drehte sich in der engen Küche um und legte den Arm um Judys Schultern. »Armes Ding. Arme Judy. Armes Mädchen.«

Sie starrte auf die Freesien.

»Vor sechs Wochen. Gehirntumor.«

»Grauenhaft«, sagte Oliver. »Du mußt eine furchtbare Zeit durchgemacht haben.« Er drückte ihre Schulter. »Armes Mädchen«, sagte er noch einmal.

Sie schaute zu ihm hoch. Seine Augen, klar und aufrichtig hinter den Brillengläsern, sahen sie direkt an.

»Zoe war gut zu mir ...«

»Sie weiß, wie das ist. Sie hat ihren Vater verloren ...«

»Sie hat gesagt, du wärst damals auch gut zu ihr gewesen.«

»Wirklich?«

Judy löste sich sanft aus seiner Umarmung, um den dampfenden Wasserkocher zu retten.

»Das ist nicht sonderlich schwer«, sagte Oliver. »In meiner Familie ist niemand gestorben, aber ich kann mir vorstellen, wie mir zumute sein würde. Zumindest glaube ich, daß ich es kann.«

»Die meisten Leute«, sagte Judy, »haben Angst, das zu tun. Und deshalb ist es für sie wie eine Art Krankheit, und sie haben Angst, sie könnten sich anstecken, wenn sie einem zu nahe kommen. Willst du Milch?«

»Und Zucker. Zwei Löffel, bitte.«

Judy hielt ihm einen Becher hin.

»Es ist schön, wenn jemand keine Angst hat. Wie du.«

»Ich habe Angst vor Höhen«, sagte Oliver, »und Tiefen. Und eine Welt ohne Spinnen wäre mir wesentlich lieber.«

Judy ging an ihm vorbei ins Wohnzimmer und stellte die Blumen in den leeren Kamin zwischen Zoes Reihern.

»Diese Reiher habe ich ihr geschenkt«, sagte Oliver. »Sie stammen von den Philippinen.«

»Ich mag sie«, sagte Judy. »Und sie auch.«

»Gut«, sagte Oliver. Er trank geräuschvoll einen Schluck Kaffee. »Gut. Es freut mich, daß sie sie mag. Aber irgendwie glaube ich nicht, daß ich ihr sonst noch etwas schenken werde.«

Vom Fenster ihres Wohnzimmers aus beobachtete Gareth' Frau Debbie, wie Robins Landrover auf dem Hof zum Vorschein kam und zur Straße fuhr. Es war das vierte Mal, daß er an diesem Morgen losfuhr, sie hatte es gezählt. Diesmal befand sich, soweit sie sehen konnte, nichts auf der Ladefläche des Landrovers, keine Heuballen, kein Kalb mit einem knochigen kleinen Rumpf. Eigentlich war es verboten, lebendes Vieh auf einer offenen Ladefläche wie der des Landrovers zu transportieren, aber Robin Meredith war nicht die Art Mann, die sich viel darum schert, was verboten ist oder nicht. In der näheren Umgebung stand er in dem Ruf, kaltherzig zu sein, aber Gareth sagte, das sei nicht fair, er rede nur einfach nicht viel.

Debbie sprühte einen blauen Nebel aus Fensterpolitur – ›enthält echten Essig‹ stand auf dem Etikett – auf die große Scheibe, auf der sich immer wieder Staub von dem am Cottage vorbeiführenden Feldweg ablagerte. Sie hatte eine Liste von sieben Dingen, die im Haushalt zu erledigen waren, bevor sie zur Grundschule von Dean Cross fuhr, zu ihrem täglichen Job, 57 Schulessen auszugeben und hinterher das Geschirr abzuwaschen. Velma hatte Debbie den Job besorgt, als sie nach Tideswell kamen, bevor Eddie, jetzt vier, geboren war. Ihre älteren Kinder, Rebecca und Kevin, gingen beide bereits in die Schule von Dean Cross, und es gefiel ihnen gar nicht, daß ihre Mutter zur Essenszeit in der Schulküche erschien, in einem aprikosenfarbenen Overall und das Haar unter einer Musselinhaube mit aprikosenfarbenem Schirm. Sie sahen sie nicht an, wenn sie ihnen ihren Kartoffelbrei und ihre überbackenen Nudeln auftat, sondern schlurften mit gesenktem Kopf und so schnell wie möglich in der Schlange voran. Gareth sagte ihnen, sie seien nichts als zwei kleine Snobs.

Gareth, dachte Debbie, war gut darin, gegen die Kinder für sie Partei zu ergreifen, gegen Kevin, der einen eigenen Fernseher in seinem Zimmer wollte, und gegen Rebecca, die darauf aus war, sich zu ihrem zehnten Geburtstag die Ohrläppchen durchstechen zu lassen. Er war auch in anderen Dingen gut, rauchte nicht, betrank sich nur ganz selten, schenkte ihr Blumen zu ihrem Hochzeitstag, lieferte jede Woche seinen gesamten Lohn bis auf eine Kleinigkeit ab, die er für sich selbst behielt, genau wie Debbies Vater es getan hatte. Gareth sagte, sie sei eine gute Verwalterin. Nun ja, das war sie, sie hatte immer gut mit Geld umgehen können, obwohl sie das Gefühl hatte, daß das eher eine vernünftige als eine sexy Eigenschaft war. Sie war stolz darauf, eine vernünftige Person zu sein, und stand Gareth' Unlust, sich um finanzielle Dinge zu kümmern, ziemlich kritisch gegenüber. Aber in letzter Zeit hatte sie das Gefühl, sich verändert zu haben. Neuerdings, seit Caro Meredith gestorben war, gingen ihr, wenn sie abends Robins einsames Licht hinter dem Küchenfenster sah, Dinge durch den Kopf, an die sie früher nie gedacht hatte, die Zerbrechlichkeit des Lebens, wie es sein würde, wenn Gareth starb und sie, Rebecca und Kevin und Eddie allein ließ. Jahrelang hatte sie zu Gareth gesagt, Sex einmal in der Woche wäre völlig ausreichend, an den Samstagabenden, weil er sonntags am Morgen nicht zu melken brauchte; an den Sonntagmorgen tat das Robin. Aber jetzt bewirkte irgend etwas an Robin, irgend etwas an dem Anblick seiner Einsamkeit – fast so, als wäre er durch Caros Tod aus dem normalen Leben ausgeschlossen worden –, daß sie sogar dienstags oder donnerstags mit Gareth Sex haben wollte, als ob sie ihm, indem sie ihn körperlich liebte, irgendwie zusätzliche Kraft einflößen könnte, zusätzliches Leben, wie eine Versicherung gegen das Schicksal.

Sie trat vom Fenster zurück und suchte die Scheibe nach Schmierflecken ab. Sie hatte nie etwas dergleichen zu Gareth gesagt, obwohl sie wußte, daß ihn die Veränderung, die mit ihr vorgegangen war, verblüffte. »Was soll das alles?« hatte er vor zwei Abenden gesagt, als sie zu ihm gekommen war, an einem Mittwoch. »Was ist los, Debbie?« Aber es hatte sich angehört, als hätte er nichts dagegen, als freute er sich. Jetzt wurde sie ein bißchen rot, als sie daran dachte, aber sie konnte nicht anders. Und sie konnte auch nichts sagen. Etwas zu sagen war schwierig; es war viel besser, wenn man Karten und Blumen sagen ließ, was man selbst nicht aussprechen konnte. Sie hatte fünfundzwanzig Pfund ausgegeben für einen Kranz zu Caros Beerdigung, einen Kranz aus rosa Nelken und weißen Chrysanthemen, und eine Beileidskarte ins Farmhaus geschickt, auf der stand: ›Für Robin, in tiefstem Mitgefühl für Ihren tragischen Verlust. Gareth, Debbie und Familie‹. Sie wußte nicht, ob Robin die Karte gesehen hatte, aber selbst wenn es nicht so war, wußte sie doch, daß sie ihr Bestes getan und gesagt hatte, was ihr am Herzen lag, sowohl mit dem Kranz als auch mit der Karte. Robins Landrover erschien abermals am Ende der Straße und fuhr auf den Hof zu. Armer Robin, dachte Debbie, armer Robin. Gareth hatte gesagt, er und Caro hätten seit Jahren kein gemeinsames Schlafzimmer mehr gehabt.

In der Küche von Tideswell Farm hatte Velma eine Tüte mit pulverisierter Pilzsuppe zurückgelassen und zwei Wurstpasteten in einer Cellophanpackung, die ganz offensichtlich in ihrer Einkaufstasche von etwas Schwererem zerquetscht worden war. Neben dem Essen lag die Post, die Velma wie üblich der Größe nach sortiert hatte, so daß der größte Brief unten lag, und die er öffnete, indem er die Umschläge mit dem Daumen aufriß. Vor dem Stapel – und dem kleinsten Brief – lag der Gegenstand, den er am wenigsten sehen wollte: ein einzelnes Blatt von der Flußbehörde, auf dem stand, daß ihre Inspektoren am Morgen des Siebzehnten am Fluß unterhalb seines Grundstücks sein würden, um die Ergebnisse ihrer früheren, unangekündigten Inspektionen zu überprüfen.

Robin legte die Tüte mit der Pilzsuppe auf das Schreiben der Flußbehörde und warf die Wurstpasteten in den Mülleimer. Dann öffnete er den Kühlschrank. Es waren keine Überraschungen darin, und er machte die Tür wieder zu. Er ging hinüber ans Fenster und schaute, mit den Schlüsseln in seiner Tasche klappernd, hinaus auf den Hof. Er war eher ruhelos als hungrig, war es die ganze Woche über gewesen, unruhig und zappelig. Seit dieser merkwürdigen Begegnung mit Joe auf dem Viehmarkt in Stretton nagte etwas an ihm, machte ihm zu schaffen, eine undefinierbare Sorge, die nichts mit Trauer, nichts mit Caro zu tun hatte. Es war eher das Gefühl, daß etwas los war, wovon Joe ihm nichts sagen wollte, etwas Spezielles, was er eigentlich wissen müßte, und weil er es nicht wußte und nicht aus Joe herausbekommen konnte, schwirrte es in seinem Kopf herum wie eine Wespe in einem Glas. Er war wie ein Jo-Jo ständig in Bewegung gewesen, ins Dorf gefahren, zur Dean Place Farm, an den Fluß.

»Versuchst du, deine Reifen abzunutzen?« hatte Harry gefragt.

Es war nur halb als Scherz gemeint. Harry war nicht nach Scherzen zumute, nachdem ihm jemand berichtet hatte, daß er Joe auf dem Markt in Stretton bei den Rinderpferchen hatte herumlungern sehen, und als Harry ihn zur Rede stellte, war Joe furchtbar wütend geworden und hatte gesagt, wohin er ginge und was er tue, sei einzig und allein seine Sache. Das hatte Harry beunruhigt, sowohl Joes Verhalten als auch das, was er vielleicht vorhatte. Vor zwei Jahren hatten Dilys und Joe ihm eingeredet, daß auf den Schecks von Dean Place Farm nur zwei von drei Unterschriften erforderlich seien, da Joe in letzter Zeit ohnehin den größten Teil der Käufe tätige. Angenommen, Joe hatte irgendwelche verrückten Ideen über Vieh? Der Himmel wußte, was gegenwärtig in seinem Kopf vorging, und Dilys war, was ihn anging, schon immer närrisch gewesen, zu weich, sie verweigerte nie die Mit-Unterschrift auf einem Scheck, wenn er sie darum bat. Das machte Harry ebenso nervös wie die Tatsache, daß Robin ständig auf den Hof von Dean Place fuhr und wieder von ihm herunter, als arbeitete er für Wells Fargo, und nie aus irgendeinem für Harry ersichtlichen Grund.

Robin wußte, daß Harry sich Sorgen machte. Bei diesem letzten Besuch in Dean Place hatte er versucht, etwas Beruhigendes zu sagen: daß sie alle wieder zur Ruhe kommen würden, daß Joe nur, wie alle Farmer, mit ein paar Ideen spiele. Aber Harry hatte lediglich gegrunzt und mit seinem Schraubenschlüssel an der alten Drillmaschine herumgewerkelt, die Joe seit zwei Jahren durch eine neue ersetzen wollte.

»Das tun wir alle«, sagte Robin. »Wir denken alle an Veränderungen, wollen ein bißchen Bewegung in die Dinge bringen.«

Ausgenommen Harry, dachte Robin jetzt, während er auf den Hof hinausschaute und auf die Ampferbüschel in den Ecken, die er schon seit langem besprühen wollte. Harry hatte die Farmarbeit zeitlebens immer auf dieselbe Art erledigt und würde es nie anders tun wollen. Harry mochte es, wenn alles unverändert blieb, überschaubar und vertraut. Was würde geschehen, fragte sich Robin, wenn etwas passierte, was Harry nicht in den Griff bekam, etwas Fremdartiges, was ihn wirklich betroffen machte, an sein Leben rührte? Würde er einfach unerschütterlich weitermachen, das Problem ignorieren, solange er konnte? Oder würde er daran zerbrechen?

Ein Wagen war am Ende der Zufahrt von der Straße abgebogen und kam auf das Haus zu. Es war ein Taxi; Robin konnte die rote Kuppel mit der beleuchteten Telefonnummer auf dem Dach erkennen. Wer konnte mit einem Taxi hierherkommen, noch dazu um die Mittagszeit? Velma nahm gelegentlich eins, aber ihr Fahrer war immer der hiesige, der einen orangefarbenen Vauxhall Astra fuhr, hinter dessen Windschutzscheibe ein Stück Pappe mit der Aufschrift ›Dean Cross Taxis‹ steckte. Dieser Wagen sah aus wie einer aus Stretton. Er fuhr an der Pforte zum Hof vorbei und verschwand hinter der Ligusterhecke in Richtung Vordertür.

Robin verließ die Küche und ging über den langen, gefliesten Flur in den viktorianischen Teil des Hauses und die vordere Diele. Sie war düster wie immer; das einzige Licht kam von einer Buntglasscheibe über der Haustür, ein stilisiertes Muster aus roten und rosa Tulpen mit steifen grünen Blättern. Robin schaltete das Licht ein, um zwischen veralteten Landkarten und einzelnen Handschuhen in einer Kommodenschublade nach dem Schlüssel zur Vordertür zu suchen, die seit Caros Beerdigung nicht mehr benutzt worden war. Das Licht schien auf die Ergebnisse von Velmas sporadischer Hausarbeit, das lässige Herumfuhrwerken mit einem Mop im Staub, als kritzelte sie mit einem Stock im Sand.

Robin steckte den Schlüssel ins Schloß und drehte ihn. Die Tür ließ sich, wie immer, nur mit roher Gewalt öffnen. Draußen auf der Einfahrt, offenbar im Begriff, sich in Richtung Hintertür in Bewegung zu setzen, stand Zoe mit einem metallenen Kamerakoffer und einem schwarzen Rucksack.

»He!« sagte Robin. »Was wollen Sie denn hier?«

»Tut mir leid«, sagte sie. Sie stellte den Kamerakoffer ab. »Ich wollte nicht, daß Sie diese Tür aufmachen müssen. Es war der Taxifahrer. Er wollte nicht auf den Hof fahren, weil er fürchtete, sein Taxi könnte schmutzig werden. Ich war in Birmingham.«

»Ja?«

»Und am Busbahnhof sah ich einen Bus nach Stretton. Und ich dachte …«

»Ja?«

»Nun ja«, sagte Zoe. Es hörte sich an, als hätte sie nicht die geringsten Zweifel daran, daß sie willkommen war. »Nun ja, ich dachte, ich könnte Sie besuchen. Und jetzt bin ich hier.«

# SIEBENTES KAPITEL

»Ich will mich ja nicht einmischen«, sagte Dilys, »aber ich meine, du solltest mit Joe irgendwohin in Urlaub fahren. Zum Angeln vielleicht.«

Sie saß mit einer Tasse Tee vor sich an Lyndsays Küchentisch. Eine Scheibe von dem Bananenbrot, das Lyndsay gebacken hatte, hatte sie abgelehnt. Ihr ganzes Leben lang hatte Dilys regelmäßige Mengen von hervorragendem hausgemachtem Essen zu sich genommen, ohne viel darüber nachzudenken. Aber in letzter Zeit war ihr aufgefallen, daß ihre Kleider enger geworden waren, daß sich ihre Lungen, wenn sie sich bückte, um etwas vom Boden aufzuheben oder den Stecker des Staubsaugers herauszuziehen, anfühlten, als würden sie von innen wie von Kompressen zusammengedrückt. Das war ein Jammer. Das Bananenbrot sah genauso aus, wie sie es mochte, schön aufgegangen und mit reichlich Sultaninen darin. Genau so sollte es aussehen. Schließlich hatte sie Lyndsay beigebracht, wie man es backte.

»Harry und ich waren einmal zum Angeln in Irland. An der Westküste. Es war herrlich. Ich nehme an, heutzutage kann man direkt dorthin fliegen, von Manchester aus.«

Lyndsay sagte: »Er würde nicht mitkommen.«

»Wie meinst du das?«

»Er denkt nie an Urlaub. Das weißt du doch.«

»Ich weiß nichts dergleichen«, sagte Dilys scharf.

Lyndsay war damit fertig, Bananenbrot für Hughie in Streifen und für Rose in kleine Würfel zu schneiden, und legte es den Kindern vor. Dilys hatte am Morgen angerufen und gesagt, sie wolle am Nachmittag nach Stretton fahren und ob sie Lyndsay etwas mitbringen solle? Nein, hatte Lyndsay gesagt; sie kannte Dilys' Art, Dinge zu kaufen, von denen sie meinte, daß man sie haben müßte, und nicht das, worum man sie tatsächlich gebeten hatte. Dann würde sie, hatte Dilys gesagt, auf der Heimfahrt einfach hereinschauen, um die Kinder zu sehen, und Lyndsay, die vorgehabt hatte, sich am Vormittag wegen eines neuen Frisier-Abendkurses am Stretton College zu erkundigen, hatte statt dessen Bananenbrot gebacken.

»Wo sind die Bananen geblieben?« fragte Hughie, als er sein Brot betrachtete.

»Ich habe sie zerstampft, und dann sind sie mit dem Brot gebacken worden.«

»Ich muß sie sehen.«

»Aber, aber«, sagte Dilys.

Hughie kletterte von seinem Stuhl herunter und holte seine Plüschrobbe, die auf dem Gemüsekorb lag. Dann steckte er den Daumen in den Mund. Lyndsay hielt den Atem an.

»Hör mal«, sagte Dilys zu ihrem Enkel, wobei ihre Hände ruhig gefaltet auf dem Tisch lagen. »Bist du ein Mann oder eine Maus?«

Hughie musterte sie. Er nahm den Daumen lange genug heraus, um zu sagen: »Eine Maus«, dann steckte er ihn wieder in den Mund.

Dilys sah Lyndsay an. Lyndsay sah Rosie an, die ihre Backen mit Bananenbrot vollstopfte wie ein hungriger Hamster.

»Ich habe nicht gehört, daß du darum gebeten hast, aufstehen zu dürfen«, sagte Dilys zu Hughie.

Hughie glitt seitwärts hinter Lyndsays Stuhl, bis er vor Dilys' Blick verborgen war. Rose holte tief Luft und prustete plötzlich eine Ladung Bananenbrot aus ihrem Mund über das Tablett ihres Kinderstühlchens hinweg auf den Tisch, wo es nicht weit von Dilys' Teetasse entfernt landete.

»Rose!«

»Es ist Joe«, sagte Lyndsay verzweifelt, unbedacht.

Dilys ergriff den Teelöffel von ihrer Untertasse und machte sich daran, Roses Bananenbrot vom Tisch zu schaben.

»Was ist mit Joe?« Ihr Gesicht und ihre Stimme waren starr vor Empörung.

»Alle sind durcheinander«, sagte Lyndsay ohne Rücksicht auf die Folgen. »Siehst du das nicht? Wir spüren es alle. Und niemand will sagen, was los ist. Vor allem er nicht.«

Dilys stand auf. Sie ging um den Tisch herum zu Lyndsays Stuhl und hob Hughie auf, der immer noch am Daumen lutschte und seine Robbe umklammerte. Einen Augenblick lang hing er in ihren Händen wie eine verblüffte, versteinerte Lumpenpuppe, und dann fand er sich wieder auf seinem Stuhl, vor seinem unberührten Teller. Er konnte sich nicht bewegen. Er war vor fassungsloser Überraschung gelähmt.

»Da gibt es nichts zu sagen, weil nichts los ist. Außer daß er überarbeitet ist. Er schuftet Tag und Nacht, und er muß sich mit Harry herumschlagen. Harry hat nie über seine Nasenspitze hinausgedacht. Und du bist nervös. Das merke ich. Wir alle merken es. Es ist nicht leicht gewesen, seit Caro uns verlassen hat, und du hast dich da in etwas hineingesteigert. Du brauchst Urlaub. Ihr braucht beide Urlaub. Ich würde mich um die Kinder kümmern. Beim Zubettbringen kann Mary mir helfen.«

Hughie hielt sich seine Robbe vors Gesicht, so daß seine heißen, ängstlichen Tränen lautlos in ihrem Plüsch versikkern konnten.

»Ich bin nicht nervös«, rief Lyndsay. »Und wenn ich es bin, dann nur seinetwegen!«

Sie sprang auf und zog Rose aus ihrem Stuhl. Rose, empört darüber, daß sie hochgehoben wurde, obwohl sie es nicht verlangt hatte, begann zu brüllen.

»Schau dich doch an«, sagte Dilys. »Schau dich an. Und diese Kinder. Ist das eine Art, Kinder aufzuziehen?« Eigentlich hatte sie mit hartem, stolzem, besitzergreifendem Nachdruck ›Joes Kinder‹ sagen wollen.

»Bitte geh jetzt«, sagte Lyndsay fast schluchzend. Sie begann wie besessen, Roses Gesicht mit einem Waschlappen abzutupfen, und Roses Reaktion war Gebrüll. »Bitte, geh. Ich ertrage das nicht mehr. Ich halte das nicht mehr aus. Ich halte es nicht mehr aus, wie ihr alle so tut, als wäre alles in bester Ordnung. Ich kann diese Verschwörung nicht mehr ertragen, diese Familienverschwörung ...«

Dilys stand auf.

»Du hast immer unsere volle Unterstützung gehabt, meine Liebe. Seit du in diese Familie gekommen bist, hast du alles bekommen, was man sich nur wünschen kann. Dieses Haus, Hilfe mit den Kindern, keine Verantwortung für die Farm ...«

»Die Farm!« kreischte Lyndsay. »Oh, die Farm, immer nur die Farm!«

»Ow«, jammerte Hughie unhörbar ins Fell seiner Robbe, »ow, ow, ow, ow.«

»Schreien bringt nichts«, sagte Dilys. »Wann hätte Schreien je zu irgend etwas geführt? Und es ist sinnlos, der Farm die Schuld zu geben. Die Farm und die Meredith' sind eins. Wo wären wir ohne sie?«

Sie ging zur Tür, wo sie ihre Handtasche und ihren Einkaufskorb auf einen Stuhl gestellt hatte.

»Und nun hör mir zu«, sagte sie. »Du bist eine gute Frau, Lyndsay, aber du hast dich da in etwas hineingesteigert. Und darunter leidet Joe, und die Kinder leiden auch darunter. Joe braucht Urlaub, und du könntest auch welchen brauchen. Und vielleicht ein Tonikum. Vielleicht bist du blutarm, das kommt häufig vor bei jungen Frauen. Ich werde mit Joe reden, und dann sehen wir weiter.« Sie steckte ihre Handtasche in den Korb, neben die Papiertüte mit frischer Hefe und den Päckchen mit Tee und Stopfnadeln. Dann beugte sie sich nieder und küßte Hughie auf den Scheitel.

»Und du mußt ein braver Junge sein. Und deine Mutter nicht mehr plagen.«

»Er plagt mich nicht«, sagte Lyndsay, ihr Gesicht an dem von Rose. »Er nicht. Er ist immer brav. Es ist ...« Sie verstummte.

»Ich rufe dich an«, sagte Dilys. »Brüh dir einen frischen Tee auf. Wiedersehen, Rosie. Auf Wiedersehen, meine Liebe.«

Als sie gegangen war, stellte Lyndsay Rose auf den Boden. »Nah!« kreischte Rose.

»Bitte ...«

Rose dachte einen Moment nach, dann ließ sie sich auf alle viere nieder und begann, schnell auf den Gemüsekorb zuzukrabbeln. Binnen zwei Minuten würde der Fußboden ein aufgewühltes Meer aus Karotten und Zwiebeln sein, wie immer, seit Lyndsay die Orte ausgegangen waren, an denen sie Dinge außerhalb von Roses Reichweite aufbewahren konnte. Lyndsay kehrte zu ihrem Stuhl zurück, stützte die Ellenbogen auf den Tisch und schlug die Hände vors Gesicht. Hughie beobachtete sie über den feuchten, warmen Körper seiner Robbe hinweg.

»Sie liebt uns«, sagte Lyndsay matt. »Das tut sie wirklich. Sie will uns helfen. Aber sie weiß nicht, wie. Keiner von ihnen weiß es.«

Hughie legte die Robbe neben seinen Teller und glitt von seinem Stuhl herunter, um zu Lyndsay zu kommen und sich an sie zu schmiegen. Sie nahm einen Arm vom Tisch und legte ihn um ihn.

»Ich liebe dich«, sagte Lyndsay.

Er wartete. Nach einigen Sekunden sagte er, mit sich selbst kämpfend: »Und Rose?«

Eine Zwiebel traf seinen Knöchel.

»Ja. Und Rose.«

Hughie schob die Zwiebel beiseite. Sie war blaßbraun und seidig, aber aus einem Ende ragten gräßliche kleine Wurzeln heraus, und Hughie wollte nicht, daß sie ihn berührten.

»Und Daddy?«

»O ja«, sagte Lyndsay. Sie stieß langsam und seufzend den Atem aus. »Ja. Daddy liebe ich sehr. Ich wüßte nicht, was ich ohne Daddy anfangen sollte.«

Mary Cornedales Mann Mac war gerade mit seinem vierzehntäglichen Mähen des Friedhofs fertig geworden. Es war erst der zweite Schnitt des Jahres, und er hatte, wie er es immer tat, in großen, breiten Schwaden gemäht und um die Grabsteine Büschel von hohem Gras stehenlassen. Später, im Mai, würden sie in einem Meer von Wiesenkerbel stehen und danach von hohen Butterblumen umgeben sein.

Der Vikar hätte auf seinem Friedhof gern mehr Präzision gehabt, mehr beschnittene Kanten, lieber die Atmosphäre eines Gartens als die eines nur halb kultivierten Feldes. Er sagte das schüchtern jeden Sommer bei den Sitzungen des Kirchenvorstands und bekam immer zur Antwort, wenn es ihm gelänge, jemanden anders zu finden, der, wie Mac Cornedale, den ganzen Sommer über das Gras umsonst mähen würde, könnte er es gern versuchen. Der Vikar, dem es überaus schwer fiel, jemanden, insbesondere Gott, um etwas zu bitten, ertrug die Nesseln, die Weidenröschen und Macs Mäh- und Heumachmethoden auch weiterhin.

Zoe fand es wundervoll. Ihr gefiel das Willkürliche daran, der kühle Erdgeruch, die Art, wie aus den gemähten Stellen hier und da Maulwurfshügel herausragten. Die alten Gräber waren besonders hübsch, von Flechten überwuchert, die Beschriftung fast gänzlich verwittert, flache Furchen, aus denen man nur Worte herauslesen konnte, wenn die Sonne tief stand und genau im richtigen Winkel darauf fiel. Die modernen Grabsteine bestanden häufig aus Marmor, polierten Platten, schwarz oder rosa wie Fischpaste aus der Dose, und einige hatten die Form von aufgeschlagenen Büchern, und vor ihnen waren Blumenvasen einbetoniert, mit Gittern am oberen Rand, die die Blumen aufrecht halten sollten. Auf diesen Gräbern, stellte Zoe fest, kam das Wort ›Tod‹ nicht vor. ›Dahingeschieden‹, erklärten sie ängstlich, ›Eingeschlafen‹, oder es wurden nur Daten genannt, so daß man seine eigenen Vermutungen treffen konnte. Einige Gräber waren mit Kreuzen gekennzeichnet und eines mit einem Engel, dem jemand den Kopf abgeschlagen hatte, was zur Folge hatte, daß er seltsam heidnisch aussah wie die Nike von Samothrake. Caros Grab, das zu sehen Zoe gekommen war, war überhaupt nicht gekennzeichnet.

»Das geht nicht«, hatte Robin gesagt. »Einen Grabstein kann man frühestens nach sechs Monaten aufstellen lassen.«

»Warum?«

»Weil die Erde nachgibt.«

»Warum?«

»Weil der Sargdeckel einbricht, wenn der Körper verwest.«

»Gott«, sagte Zoe. »Darf ich trotzdem hingehen und mir ihr Grab ansehen?«

Er hatte sie angesehen.

»Natürlich.«

Es war ein flacher Hügel. Das Gras hatte noch keine Zeit gehabt, auf ihm zu wachsen, und die unregelmäßig mit flachem Unkraut überwachsene Erde sah scheckig und uneben aus. An einem Ende lehnte ein Marmeladenglas mit verwelkten Narzissen an einer kleinen weißen Kunststoffschale, der groben Nachbildung einer griechischen Vase, die mit blauen Stiefmütterchen bepflanzt war.

Zoe bückte sich und berührte die Stiefmütterchen. Robin hatte sie bestimmt nicht hierhergebracht, er hatte keine Ahnung von Blumen, bemerkte sie überhaupt nicht. Vielleicht war es Dilys gewesen, seine Mutter, oder die hübsche Schwägerin mit den kleinen Kindern, die Zoe am Tag zuvor durch den Ort hatte fahren sehen und die einen sehr mitgenommenen Eindruck gemacht hatte. Sie hatte Robin gegenüber erwähnt, daß sie Lyndsay gesehen hatte, aber er hatte nur etwas gemurmelt. Er war gerade dabei gewesen, ein Schreiben von der Flußbehörde zu lesen – sie konnte den Briefkopf durch das Papier hindurch erkennen –, und hatte sie kaum gehört. Sie hatte ihre Bemerkung nicht wiederholt. Zwei Nächte unter Robins Dach hatten sie bereits gelehrt, wie sinnlos das war.

Er hatte ihren Besuch ohne jedes Aufheben akzeptiert. Sie hatte ihre Kamera und ihren Rucksack in das Zimmer gebracht, in dem sie geschlafen hatte, als sie mit Judy nach Tideswell gekommen war, und dann war sie auf den Hof hinausgegangen, um Gareth zu finden. Er bereitete gerade einen Schuppen neben der Scheune für zwei Kühe vor, die in Kürze kalben sollten, und sie griff sich eine Forke und half ihm. Sein kleiner Sohn Eddie war erschienen und hatte Zoe seine Plastiksoldaten gezeigt, die man durch Drehen ihrer Helme in Roboter verwandeln konnte.

»Nicht anfassen«, sagte Eddie. »Nur angucken. Ich habe sie aus dem Fernsehen.«

Zoe hatte Fotos von ihm gemacht. Sie trug ihre Kamera ständig bei sich, auch jetzt auf dem Friedhof, wo sie schon einige Aufnahmen in guten Winkeln von den Strebepfeilern der Kirche, dem Friedhofstor und den Grabsteinen gemacht hatte. Es war keine hübsche Kirche, aber sie war alt und gedrungen und machte einen unbezwingbaren Eindruck. Caros Grab sah keineswegs unbezwingbar aus. Es wirkte verloren. Es sah aus, dachte Zoe, als wäre der Mensch darunter einfach beiseite geworfen worden, weil es buchstäblich nichts mehr gab, was die Lebenden für ihn tun konnten, außer sinnlosen Dingen, wie ihnen eine Schale mit blauen Stiefmütterchen zu geben. Robin hatte gesagt, seine Frau sei Amerikanerin gewesen, aus Kaliformen, und hier lag sie nun auf einem englischen Friedhof mit einer Wiese mit Kühen auf der einen und dem Spielplatz der Dorfschule auf der anderen Seite und unter einem grauen Himmel, der wie ein weicher, dichter Deckel war. Es war wie mit ihrem Vater, geboren in England, begraben in Australien. Nur daß er nicht begraben worden war. Er hatte die Anordnung hinterlassen, daß seine Asche irgendwo im Hinterland viele Meilen nördlich von Sydney verstreut werden sollte. Seine Freundin hatte das getan. Sie hatte Zoe einen langen, langen Brief darüber geschrieben, ihr mitgeteilt, daß es ein Ort war, zu dem sie einmal einen wundervollen Campingausflug gemacht und unter den Sternen geschlafen hatten, und daß Zoes Vater gewollt hatte, daß seine Asche unter denselben Sternen verstreut würde. So eine Unverschämtheit, hatte Zoe beim Lesen gedacht, eine Unverfrorenheit sondergleichen. Sie hatte den Brief zerrissen.

Sie trat ans Kopfende des Grabes und hob das Glas mit den raschelnden verwelkten Narzissen auf. Dann schob sie die Schale mit den Stiefmütterchen mit dem Fuß so weit vor, daß sie in der Mitte stand. Sie mochte Stiefmütterchen. Sie hatten Gesichter, genau wie Sonnenblumen. Letzten Sommer hatte sie nach Italien gehen wollen oder nach Spanien und all diese Sonnenblumen fotografieren, Felder um

Felder davon, alle nach Osten hin ausgerichtet, zur Morgendämmerung, wie brave kleine Kinder, die ihrem Lehrer zuhören. Doch sie hatte es nicht getan. Genauso wenig wie eine Menge andere Dinge. Sie betrachtete das häßliche Glas. Aber sie mußte es tun. Sie mußte damit anfangen, Dinge zu tun, bevor auch sie irgendwo festsaß, sich durchwurstelte, wie Caro es offenbar getan hatte, wie ihr Vater es getan hatte, der, obwohl er eigentlich Diplomingenieur war, in Sydney in einer Autowerkstatt als Mechaniker gearbeitet und, nur um nicht allein zu sein, mit einer Frau zusammengelebt hatte, die halb so alt war wie er.

»Bis später«, sagte Zoe zu Caros Grab. »Judy läßt herzlich grüßen.«

Joe kam erst nach neun nach Hause. Lyndsay hatte es aufgegeben, mit dem Abendessen auf ihn zu warten, und sich mit ihrem Teller Suppe – Porree und Schinken, das Gemüse stammte aus Dilys' Garten – auf das Sofa vor dem Fernseher gesetzt, den sie, der Gesellschaft halber, eingeschaltet hatte, ohne wirklich hinzuschauen. Statt dessen hatte sie einen Roman gelesen, der mit einer Plastikbinde an einer Frauenzeitschrift befestigt gewesen war. Es war ein hübsch aussehender Roman mit einem glänzenden weißen Einband, der ein leuchtendes Aquarell von einer idealisierten Küche auf dem Lande zeigte, mit einer offenen Tür zu einem dahinter liegenden Garten, blühendem Rittersporn und einem Bienenkorb. Die Geschichte handelte von einer unglücklichen Frau, die von der Stadt aufs Land zog und dort Selbsterfüllung fand. Und einen Geliebten. Natürlich, dachte Lyndsay gereizt, einen Geliebten. Die ländliche Welt des Romans hatte nicht die geringste Ähnlichkeit mit dem, was Lyndsay vom Landleben mitbekommen hatte, es war eine Welt des Wunschdenkens, voller Vogelgezwitscher und karikierter Dorfbewohner, eine Honig-zum-Tee-Idylle. Das war nicht das, was Lyndsay kannte. Es waren nicht die unerbittlich gierigen Felder von Dean Place Farm und immer das falsche Wetter und Einsamkeit und Sorgen und die Kinder und Joe. Und es war auch nicht eine Welt, in der man etwas *sagen* konnte. In diesem Roman redeten die Leute ununterbrochen, über ihre Gefühle und Frustrationen und Wünsche und Sehnsüchte, sie lieferten den anderen immer und immer wieder Erklärungen und tranken dabei eisgekühlten Weißwein und Filterkaffee. Was, zum Teufel, dachte Lyndsay wütend und schleuderte das Buch von sich, ist gegen Instantkaffee einzuwenden, verdammt noch mal?

»Hi«, sagte Joe an der Tür zum Wohnzimmer.

Sie setzte sich auf

»Wo bist du gewesen?«

»Beim Sprühen. Das habe ich dir doch gesagt.«

»Aber es ist schon neun durch. Es ist seit fast zwei Stunden dunkel. Ich habe zu Hughie gesagt ...«

»Ich war bei Mum«, sagte Joe.

Lyndsay schwang die Beine langsam auf den Boden, so daß sie ihm den Rücken zukehrte.

»Oh.«

Sie stand auf und schaltete den Fernseher aus.

»Möchtest du einen Teller Suppe?« fragte sie, ihm immer noch den Rücken zukehrend.

»Nein danke. Ich habe bei Mum gegessen.«

Lyndsay drehte sich um.

»Weshalb hast du nicht angerufen?«

»Mum hat gesagt, du wüßtest, daß sie mit mir sprechen wollte.«

»Aber doch nicht heute abend«, rief Lyndsay. »Nicht, ohne mir Bescheid zu sagen.«

»Lyn ...«

»Ich bin deine Frau. Ich bin kein Kind, für das du und deine Mutter die Entscheidungen treffen müssen. Ich bin die Mutter deiner Kinder und deine Frau. Ich bin diejenige, mit der du sprechen solltest.«

Joe kam weiter ins Zimmer. Er trug noch immer seinen Overall, vorne offen, so daß sein kariertes Arbeitshemd zu sehen war, eines dieser Hemden, die sie bügelte, obwohl das in Anbetracht des Zustands, in den sie gerieten, völlig sinnlos war. Aber sie bügelte sie, weil es seine Hemden waren und sie seine Frau.

»Ich wollte gar nicht mit ihr sprechen. Ich wollte nach Hause kommen. Aber sie hat mich festgenagelt. Ich hatte gerade mit Dad einen weiteren Streit über diese Hecken, und da hat sie auf mich eingeredet. Wegen dieses Urlaubs.«

Lyndsay hob die Hände zu ihrem Haar und zog die Kämme heraus.

»Sie war zum Tee hier.«

»Ich nehme an, da hat sie auch schon davon gesprochen.«

»Das geht sie«, sagte Lyndsay und schüttelte den Kopf, so daß ihr das Haar wie eine Wolke ins Gesicht fiel, »überhaupt nichts an.«

»Sie hat gesagt, sie würde die Kinder nehmen.«

»Ich weiß. Hughie hat geweint.«

»Sie versucht zu helfen.«

Lyndsay zerrte ihr Haar nach hinten und rammte die Kämme ein, erst auf der einen und dann auf der anderen Seite.

»Was hat sie gesagt?«

»Wie meinst du das?«

»Hat sie gesagt, ich wäre mit den Nerven am Ende und du solltest für eine Weile mit mir wegfahren? Daß ich mit den Kindern nicht zurechtkäme?«

Er sagte nichts.

»Ich komme nicht zurecht«, sagte Lyndsay. »Das sieht sie richtig. Aber du bist es, mit dem ich nicht zurechtkomme. Ich kann nicht. Du läßt es nicht zu.«

»Ich habe diesem Urlaub zugestimmt.«

»Angeln in Irland?«

»Wenn du möchtest.«

»Ich weiß nicht, ob ich es möchte. Ich weiß nur, daß ich möchte, daß du mit mir redest. Wenn wir nach Irland fahren – wirst du dann mit mir reden?«

Er sah sie an. Sein Gesicht war von Erschöpfung gezeichnet, so daß sie sich plötzlich vorstellen konnte, wie er als alter Mann, in Harrys Alter, aussehen würde.

»Ich will es versuchen«, sagte Joe. »Aber ich weiß nicht, was du willst.«

Er streckte plötzlich die Arme aus und zog sie an sich, an den Stoff, den sie so endlos gebügelt hatte und der jetzt, wie am Ende jedes Tages, nach Schweiß und Öl roch und nach all den Chemikalien, mit denen er auf diesem verhaßten Land arbeitete. Er hielt sie ein paar Minuten so fest, hart, unbequem hart, drückte sie an sich; ihr Kopf steckte unter seinem Kinn, das er ein wenig angehoben hatte, als schaute er nach oben. Sie hatte das Gefühl, daß seine Augen geschlossen waren.

»Joe ...«

Er gab sie so plötzlich frei, wie er sie umarmt hatte.

»Du gehst jetzt ins Bett«, sagte er.

»Aber ...«

»Ich will noch die Schlagzeilen am Ende der Nachrichten hören.«

»Und den Wetterbericht?«

»Okay«, sagte er. »Und den Wetterbericht.«

»Hughie hat mich heute gefragt, ob ich dich liebe«, sagte Lyndsay, »und ich habe gesagt, ja, das tue ich.«

Joe schaute weg.

»Danke«, sagte er.

Dilys lag neben Harry in dem Bett, in dem sowohl Robin als auch Joe geboren worden waren. Es war ein altmodisches Bett, das außer einem Kopfbrett auch ein Fußbrett hatte und eine neue Federkernmatratze, die auf dem alten, über den Rahmen gespannten Stahlgeflecht lag, das leise knarrte, wenn sie sich umdrehte, als knirschte es mit den Zähnen. Auf dem Bett lagen Laken und Wolldecken und eine Daunendecke, die schon Harrys Mutter gehört hatte und von Dilys mit einem neuen Bezug aus veredelter, mit Rosen gemusterter Baumwolle versehen worden war. Der gleiche Stoff hing vor den Fenstern und lieferte auch die Verkleidung für die Frisierkommode. Dilys hatte vor fünfzehn Jahren einen ganzen Ballen davon auf dem Markt in Stretton gekauft, nachdem sie den Standbesitzer auf zwei Pfund pro Meter heruntergehandelt hatte.

Vor fünfzehn Jahren war Joe noch nicht verheiratet gewesen. Er hatte Lyndsay noch nicht gekannt, und Dilys war, wenn sie ehrlich sein sollte, froh gewesen, als er sie schließlich kennenlernte. Man konnte nicht behaupten, daß Joe eine regelrechte Schwäche für Caro gehabt hatte, aber er war irgendwie fasziniert von ihr, fast hingerissen. Es war, hatte Dilys damals gedacht, das Amerikanische. Als Joe heimkam, steckte Amerika noch in ihm, und dann fand er in Tideswell Caro vor, ein Sinnbild all der Freiheit, von der er glaubte, er hätte sie hinter sich gelassen.

Er hatte Dilys einiges von Amerika berichtet. Beim Vormittagskaffee am Küchentisch – auf der Farm von Dilys' Vater zwischen den Weltkriegen hatte man das immer den ›Männertee‹ genannt – hatte er ein bißchen von der Größe des Landes erzählt, von den endlosen Weiten und davon, daß so vieles davon nie kultiviert und bewirtschaftet werden konnte, all diese Flüsse und Gebirge und Wüsten, die dem Menschen bewußt machten, daß er doch nicht der Herr des Universums war. Reden dieser Art hätte Dilys von Harry oder Robin nicht geduldet, aber Joe hörte sie zu. In ihm steckte ein Ehrgeiz, eine treibende Kraft, die auch ihr innewohnte, das Bestreben, daß alles so gut sein sollte, wie es nur ging – und dann noch besser. Aber in Joe steckte noch mehr. Es war etwas Ruheloses und Hungriges in ihm, ein dunkles Verlangen, das ihn verletzlich machte. Diese Verletzlichkeit schnitt Dilys ins Herz. Sie sah es an der Art, auf die er die Arbeit auf der Farm anging, als wäre sie eher ein Feind als eine Herausforderung. Sie hatte gehofft – oh, wie sehr hatte sie gehofft –, daß Ehe und Vaterschaft ihn beruhigen und einen Teil dieser gefährlichen emotionalen Energie endlich in einen Hafen leiten würden, einen sicheren Ort, fernab vom Sturm.

Sie drehte sich vorsichtig um, und unter ihr knirschte vorwurfsvoll das Stahlgeflecht. Harry würde von ihrem Umdrehen nicht aufwachen. Harry ließ sich nie von etwas aufwecken. Während ihres gesamten Ehelebens war Harrys Verhalten immer so stetig und regelmäßig gewesen wie ein Metronom.

»Von dem hast du keine Überraschungen zu erwarten«,

hatte Dilys' Vater gesagt, als sie ihm über ihre Verlobung berichtete. »Wenn es das ist, was du willst.«

Sie hatte es gewollt. Damals, in diesen schweren, dunklen, ungewissen Jahren nach dem Ende des Krieges hatte sie das Gefühl gehabt, daß Harry eine Sicherheit versprach, die in jener Zeit überaus rar war, eine Sicherheit, die es ihr ermöglichen würde, das zu sein, was ihrer Mutter so spektakulär mißlungen war, eine gute Farmersfrau und dann die Mutter von Farmern. All das war sie gewesen. Harry hatte ihr jede Chance geboten, es zu sein, und sie hatte sie ergriffen. Als die Jungen noch klein waren und der Hühnerhof voll und die Hauskuh – eine Jersey – trächtig und die Fenster von Dean Place im Frühlingssonnenschein über die Felder funkelten, hatte Dilys mit all ihren Instinkten gewußt, daß sie das für sie Richtige getan hatte.

Aber jetzt war es schwerer. Harry war älter geworden, und seine Regelmäßigkeit hatte sich zu starren Gewohnheiten und Dickköpfigkeit versteift. Die Jungen waren keine leicht zu durchschauenden und zu lenkenden Kinder mehr, sondern erwachsene Männer mit einem komplexen Leben und verborgenen Persönlichkeiten. Sogar die Farm, deren Beständigkeit einst die Quelle von Dilys' größter Befriedigung gewesen war, hatte sich verändert, war eingeengt durch eine unmögliche Bürokratie, durch Gesetze und Vorschriften, Subventionen und Bußgelder. Das Land kam ihr jetzt schutzlos vor, wie ein Teil von Joe es immer gewesen war, keine Quelle der Sicherheit und des Lebensunterhalts mehr, sondern ein launisches, hilfloses Etwas, das von willkürlichen, weit entfernten Mächten regiert wurde und nicht mehr von den Männern, die das Land bestellten.

Dilys hob den Kopf und schob ihr Kissen beiseite, um es aufzuschütteln. Sie hätte Lyndsay heute nachmittag keine Vorwürfe machen, ihr nicht sagen dürfen, daß sie es war, die Joe nervös machte. Als sie Joe später gesehen hatte, wie er Harry in dem offenen Schuppen, in dem der Dünger aufbewahrt wurde, anbrüllte, hatte sie gewußt, daß sie im Irrtum gewesen war. Es war nicht Lyndsays Schuld. Aber Joes Schuld war es auch nicht. Noch die von Harry. Sie alle versuchten lediglich zurechtzukommen, versuchten nur, mit den ihnen zugeteilten Karten ihr Leben zu leben. Genau wie sie es tat. Und Robin. Ihre Augen gingen plötzlich auf. Was war mit Robin? Und diesem Mädchen? Velma war kurz vor dem Abendessen erschienen, um eine Schüssel zurückzubringen, die nach Tideswell geschickt worden war, und hatte gesagt, die Freundin von Judy sei aufgekreuzt, einfach so, aus heiterem Himmel, und jetzt bei ihm. Was machte Robin mit diesem Mädchen in seinem Haus?

Robin lag in seinem Bett auf Tideswell Farm und betrachtete durch die nicht zugezogenen Vorhänge hindurch den Mond. Er war ungefähr halb voll, und die Wolken wurden in Fetzen an ihm vorbeigejagt von dem Wind, der die Kletterrose unter seinem Fenster an die Mauer schlagen ließ, eine gelbe Rose, die Caro dorthin gepflanzt hatte, weil sie ›Mermaid‹ hieß und sie, von nichts als Land umgeben, alles liebte, was sie ans Meer erinnerte. Mit einigem Glück würde der Wind den Regen fernhalten oder ihn rasch wieder vertreiben. Robin konnte auf weiteren Regen verzichten. Was der Mais und das Gras jetzt brauchten, war Wärme, stetige, ruhige Wärme. Aber alles, was sich an diesem Tag als stetig erwiesen hatte, war das Nieseln.

»Steinzeitwetter«, hatte Zoe beim Abendessen gesagt.

»Wie?«

»Können Sie sich nicht vorstellen, wie sie sich bei diesem Wetter alle in ihren Höhlen zusammendrängen, mit Zehen wie Affen und verfilzten Haaren, und einfach in die Düsternis hinausstarren? Und auf ein Mammut warten? Für wie viele Leute hätte ein Mammut gereicht?«

»Für eine Menge.«

»Hundert?«

»Kann sein.«

Er nahm eine Gabel voll von Dilys' Nierenpastete. Zoe schien nur Kartoffeln zu essen. Und Brunnenkresse.

»Wo kommt die Kresse her?«

»Vom Fluß.«

»Essen Sie sie nicht.«

»Warum nicht?«

»Leberegel. Sie enthält Leberegel. Das sind Würmer. Bewirken bei Schafen Leberfäule.«

Zoe betrachtete ihren Teller.

»Kartoffeln okay?«

»Perfekt. Haben Sie sie gekocht?«

»Ja. Ich habe mich erinnert, wie man es macht.« Sie ergriff die dicken Zweige Brunnenkresse und legte sie neben ihren Teller.

»Sie haben den Tisch falsch herum gedeckt. Die Gabeln kommen auf die linke Seite.«

»Spielt das eine Rolle?«

Robin sah sie an und lächelte.

»Nein.«

»Gareth hat gesagt, die eine Kuh wäre unfruchtbar. Beim letztenmal hätte sie auch nicht aufgenommen.«

»Ich weiß.«

»Das kommt mir irgendwie unfair vor. Ich meine, dafür kann sie doch nichts. Es ist nicht ihre Schuld. Darf ich mitkommen, wenn Sie sie zum Markt bringen?«

Robin trank einen großen Schluck Wasser.

»Darf ich fragen, wie lange Sie bleiben wollen?«

Zoe sah ihn an.

»Wollen Sie, daß ich verschwinde? Bin ich im Wege?«

»Nein. Aber es wird Gerede geben. Velma weiß, daß Sie hier sind, und Gareth auch.«

»Sie meinen, Ihre Mutter wäre nicht einverstanden ...«

»Es wird ihr merkwürdig vorkommen. Schließlich kenne ich Sie kaum.«

»Also«, sagte Zoe gelassen, »heute kennen Sie mich schon besser als vorgestern. Ich bin nur eine Freundin von Judy, der es hier gefällt. Es ist irgendwie interessant. Ich verschwinde, sobald Sie es wollen.«

Robin legte seine Gabel hin.

»Weiß Judy, daß Sie hier sind?«

»Nein, sie glaubt, ich wäre in Birmingham. Ich werde sie anrufen. Außerdem werde ich Ihre Mutter besuchen. Ich will kein Geheimnis daraus machen. Geben Sie mir Arbeit, falls«, Zoe stach in eine Kartoffel, »Sie meinen, ich sollte mir meinen Unterhalt verdienen.«

»Das meine ich nicht.«

»Na also«, sagte Zoe.

»Ich frage mich nur, weshalb Sie gekommen sind.«

Zoe sah ihn über den Tisch hinweg an. Ihre Augen waren groß und ihr Blick direkt und durchdringend zugleich.

»Hören Sie«, sagte sie. »Es ist ganz einfach. Ich wollte Sie wiedersehen. Als ich mit Judy kam, hat es mir hier gefallen, und Sie haben mir auch gefallen. Also bin ich zurückgekommen. Klar?«

Einfach, hatte sie gesagt. Mir hat die Farm gefallen, und Sie haben mir auch gefallen. So einfach war das. Es war die Wahrheit. Vor seinem Fenster hing der Mond jetzt für einen Moment in einem wolkenlosen Raum, eine schlichte halbe Silberscheibe, bis auf den verschwommenen Rand poliert und rein. Robin zog eine Hand unter der Decke hervor und kratzte sich heftig den Kopf. Zwei Zimmer entfernt, ein Stück den schmalen Flur hinunter, schlief Zoe, das merkwürdige rote Haar auf einem weißen Kissen, schlief, weil das – da sie Zoe war – genau das war, wozu die Nacht da war. Man tat, was man tun mußte, und kümmerte sich nicht darum, wer einen dabei beobachtete. Es gab nichts zu verbergen. Das Leben gehörte den Lebenden, und es gab sehr viele Arten, es zu leben. Zoe lebte ihr Leben auf ihre Weise und ließ andere Leute dasselbe tun. Ganz einfach. Klar?

# ACHTES KAPITEL

Judys Kolleginnen äußerten lautstark ihre Erleichterung, daß sie einen Freund hatte. Er rief jeden Tag an, manchmal sogar zweimal, und dann sagten Bronwen oder Tessa, wenn sie Judys Hörer abnahmen, weil sie gerade zur Kaffeepause oder zur Toilette gegangen war, mit vor Begeisterung schrillen Stimmen: »Oh, hi, Ollie. Wie geht es dir?« Sie hinterließen Judy Botschaften auf gelben oder rosa Klebezetteln: »Ollie hat angerufen. Ruft um 12.30 Uhr wieder an!« Darunter zeichneten sie kleine Lachgesichter und manchmal Küsse. Sie ließen sich über die Blumen aus, die er ihr schenkte – immer Freesien –, und fragten sie, was sie zur nächsten Verabredung ins Kino, in ein Weinlokal, fürs Wochenende anziehen wollte. Sie sagten ihr, sie sei schlanker geworden. Bronwen gab ihr die Adresse von einem wirklich guten Aerobicstudio, und Tessa sagte, Schwarz stünde ihr, ehrlich. Ollie, den sie nie kennengelernt hatten, der für sie nicht mehr war als eine etwas schüchterne Stimme am Telefon, hatte für sie die peinliche Tatsache verdrängt, daß Caro gestorben war und Judy mutterlos zurückgelassen hatte.

Judy selbst war sich nicht sicher, ob Ollie tatsächlich ihr Freund war. Sie mochte ihn – man konnte nicht anders, als ihn zu mögen, wenn man nicht einfach pervers war –, und sie mochte seine Aufmerksamkeiten, aber irgend etwas hielt sie von ihm fern. Er war nicht nur vor kurzem noch Zoes Freund gewesen, sondern vor noch kürzerer Zeit von Zoe abserviert worden. Er hatte versucht, ihr zu erklären, daß er von Zoe fasziniert gewesen war, angezogen von ihrem Anderssein, aber er war sicher, daß es keine Liebe gewesen war. Nachdem er das gesagt hatte, verstummte er und musterte Judy, als wollte er, daß sie begriff, wie anders es bei ihr war, wie wohl er sich in ihrer Gegenwart fühlte, wie verstanden. Sie hatte für einen Moment seinen

Blick erwidert und gedacht, daß sie ihm, ungeachtet seiner Freundlichkeit und Offenheit, noch nicht vertrauen konnte. Wenn nur Caro dagewesen wäre, damit sie ihn hätte vorführen können wie ein Pony in einer Versteigerungsarena. Und um ihr zu beweisen, daß sie, Judy, was Lob und Anerkennung und sogar Liebe betraf, nicht ausschließlich von Caro abhängig war.

Oliver ermutigte sie, über Caro zu sprechen. Nach Filmen, die sie gesehen, oder Bildern, vor denen sie in Galerien gestanden hatten, fragte er: »Hätte das deiner Mutter gefallen? Hatte sie einen modernen Geschmack? Meine nicht. Meine ist ungefähr bei 1965 steckengeblieben. Es ist ziemlich amüsant, wirklich.«

Judy mochte das Spiel. Es war besser, einfacher, an Caro mit der Spur von Objektivität zu denken, die Oliver in ihre, Judys, Erinnerungen hineinbrachte. Es machte Caro mehr zu einer Person und weniger zu einer Mutter, und das war eine Erleichterung.

»Ist es«, fragte sie Oliver, »einfach, es deiner Mutter recht zu machen? Ihren Erwartungen zu entsprechen?«

»O ja«, sagte er. »Kinderleicht. Sie findet mich und meine Schwester einfach wunderbar. Sie kann nicht glauben, daß wir es geschafft haben, ganz von selbst laufen und sprechen zu lernen. Sie staunt über uns.«

»Aber vielleicht ist sie kein vom Leben enttäuschter Mensch.«

Er warf ihr einen Blick zu.

»Nein«, sagte er vorsichtig. »Ich glaube nicht, daß sie das ist.«

»Selten ...«

»Sehr selten.«

»Also kannst du für sie nie ein Versager sein.«

»Ich glaube«, sagte Oliver und ergriff ihre Hand, »du solltest aufhören, über Versagen nachzudenken.«

»Du hörst dich an wie Zoe.«

»Zoe denkt nicht über Erfolg oder Versagen nach. Sie lebt einfach.«

Zoe war seit über einer Woche in Birmingham. Der Kurs,

an dem sie teilnehmen wollte – Perspektive in der Fotografie, hatte sie gesagt –, sollte zwei Tage dauern, aber inzwischen war sie zehn Tage fort; neun davon war Judy inzwischen von Oliver mit Beschlag belegt worden. Zoe hatte Judy eine Schwarzweiß-Postkarte geschickt, mit einer Reihe von Masten, die sich über eine leere Moorfläche hinzog, und auf die Rückseite hatte sie geschrieben: »Mache mich für ein Weilchen aus dem Staub. Werde schreiben. Kurs anstrengend, aber gute Leute.« Und dann eine Reihe von zwei Zentimeter hohen Küssen und ein großes Z. Daraus hatte Judy geschlossen, daß sie mit Leuten aus dem Kurs für ein paar Tage irgendwohin gefahren war. Judy stellte die Karte auf den Kaminsims im Wohnzimmer oberhalb der hölzernen Reiher, von denen Oliver einen mit einer Baseballmütze geschmückt hatte. Er hatte sich erboten, beim Renovieren des Wohnzimmers zu helfen.

»Das würde ich gern tun. Wirklich. Großes Ehrenwort. Im Tapezieren bin ich nicht gut, kriege den Kleber immer irgendwie auf beide Seiten, aber mit einem Pinsel kann ich gut umgehen. Du wirst es sehen.«

»Sollte ich nicht warten, bis Zoe wieder da ist?«

»Nein. Weshalb?«

»Schließlich wohnt sie auch hier.«

»Aber nicht so wie du. Du weißt ja nicht einmal, wo sie steckt, oder?«

Judy betrachtete die Reiher und sagte: »Nein. Aber das brauche ich auch nicht zu wissen, es geht mich nichts an. Außerdem nehme ich an, daß sie demnächst anrufen wird.«

Zoe rief Judy an, am elften Tag nach ihrer Abreise, in der Redaktion. Judy arbeitete an einem Handwerker-Verzeichnis, einer Liste von Vergoldern, Restauratoren und Möbelpolierern, die unter der Überschrift ›Fünf-Sterne-Abhilfe‹ in der Juli-Ausgabe der Zeitschrift erscheinen sollte. Als das Telefon auf ihrem Schreibtisch läutete, rechnete Judy damit, daß es ein Zwei-Frauen-Team von Gemälderestauratorinnen war, die Bedenken hatten, ob sie im Augenblick noch weitere Arbeiten annehmen konnten, aber es war Zoe.

»Hi!« sagte Judy sofort, in einem Tumult aus Überraschung und der Erinnerung, daß Oliver jetzt zu ihr gehörte und nicht mehr zu Zoe. »Wo steckst du?«

»In Tideswell. Ich bin seit Freitag hier.«

»Was, zum Teufel, tust du in Tideswell?«

»Halte mich auf.«

»Aber du hast nie gesagt ...«

»Das brauchte ich auch nicht. Du hast die Wohnung. Ich gebe dir Bescheid, bevor ich dorthin zurückkomme.«

»Hör zu«, sagte Judy fassungslos und wütend. »Was für ein Spiel treibst du? Du kannst doch nicht bei meinem Vater wohnen ...«

»Es stört ihn nicht. Ich bekomme ihn ohnehin kaum zu Gesicht.«

»Weshalb bist du dorthin gefahren?«

»Ich wollte es. Ich sagte dir doch, daß es mir hier gefällt. Ich sah einen Bus, der nach Stretton fuhr, und da bin ich einfach eingestiegen.«

»Zoe ...«

»Was?«

»Das kannst du nicht tun, du kannst nicht einfach in meinem Haus aufkreuzen ...«

»Ich habe deine Großmutter besucht. Es geht ihr gut. Sie hat nur gesagt, ich soll zusehen, daß ich Robin nicht im Wege herumstehe, aber das tue ich nicht. Ich rufe nur an, um zu sagen, daß ich wahrscheinlich nach dem Wochenende zurückkomme.«

»Du schuldest mir Miete«, sagte Judy rachsüchtig. »Zweimal dreiundsiebzig Pfund.«

»Okay.«

»Ist Dad da?«

»Nein. Er ist seit sechs unterwegs. Soll ich ihm sagen, daß er dich anrufen soll?«

»Nein«, sagte Judy. »Nein. Er ist mein Vater, und ich rufe ihn an, wenn ich es will.«

»Judy«, sagte Zoe. »Reg dich nicht auf, hörst du? Ich nehme nichts weg, was dir gehört. Ich bin bloß hier, sehe mich um, halte mich ein bißchen auf.«

»Aber es ist absurd …«

»Nein, das ist es nicht«, sagte Zoe. »Es ist deine Einstellung, die absurd ist. Wir sehen uns Montag, vielleicht auch erst Dienstag.«

Judy hörte, wie am anderen Ende der Hörer aufgelegt wurde, am Tideswell-Telefon in der Tideswell-Küche, unter dem Poster mit der Golden Gate Bridge, das Judy Caro vor sieben Jahren geschenkt hatte, als sie erst sechzehn war. Caro hatte es mit dunkelgrün gebeiztem Holz rahmen lassen, und nun stand Zoe daneben, betrachtete es, berührte das Telefon, den Tisch, die Stühle, die Holzlöffel, die Becher und die Teller, war mit allem in dieser Küche vertraut, der Küche, die Judy ihr ganzes Leben lang gekannt hatte. Sie nahm einen schwarzen Filzstift aus dem Stiftebecher und zeichnete auf das nächstbeste Stück Papier eine groteske Gestalt, der sie Augen gab, riesige Ohren, große, grobe Zähne und einen Stoppelbart, so daß sie aussah wie ein altmodischer Sträfling. Dann warf sie den Stift hin und griff nach dem Telefon, um Oliver in der Galerie anzurufen, die einem Freund von ihm gehörte und auf moderne Lithografien und Holzschnitte spezialisiert war. Judy hatte ihn bisher noch nie dort angerufen.

»Oliver?« sagte eine lakonische Stimme am anderen Ende der Leitung. »Oliver Mason? Tut mir leid, er ist zum Lunch ausgegangen.«

»Ich weiß wirklich nicht«, sagte Velma, die Staubtücher auswusch, »was Sie hier eigentlich wollen.«

»Das sagen alle«, sagte Zoe. »Alle fragen mich das.«

Velma zog die Staubtücher in einer tropfenden Masse aus dem Ausguß und drehte sie zu einem dicken Strang, um das Wasser herauszupressen.

»Es ist ja nicht, daß Sie zu irgend etwas *nutze* wären …«

»Nein«, sagte Zoe. »Aber ich falle auch niemandem zur Last. Und ich leiste ihm Gesellschaft.«

»Er war noch nie auf Gesellschaft angewiesen«, sagte Velma. »War immer ein Einzelgänger, sein ganzes Leben lang.«

»Das merkt man«, sagte Zoe, ohne Velmas Ton zur Kenntnis zu nehmen. »Das merkt man an seiner Art zu sprechen. Als wäre man ein Hund oder so etwas Ähnliches. Freundlich, aber ein bißchen distanziert.«

»Also«, sagte Velma, schüttelte die feuchten Staubtücher aus und drapierte sie über den nächsten Heizkörper, »passen Sie auf, daß Sie *Distanz* halten. Das ist alles.« Sie schaute auf die Uhr. »Er wird in zehn Minuten zum Essen kommen.«

»In ein paar Tagen fahre ich nach London zurück«, sagte Zoe.

Velma grummelte etwas.

»In der Speisekammer steht eine Fleischpastete. Hatte keinen Sinn, zwei zu kaufen, wo Sie mit Fleisch immer so komisch sind.«

»Ich esse nur Pfauenfleisch«, sagte Zoe, »und Schwanenfleisch. Wollen Sie, daß ich ein Foto von Ihnen mache?«

Velma starrte sie an. Sie zog ihren gelben Acrylpullover herunter, als wollte sie sich vor dem neugierigen Auge der Kamera schützen.

»Kommt nicht in Frage! Weshalb sollte ich ein Foto von mir machen lassen?«

Nachdem sie gegangen war, öffnete Zoe den großen Kühlschrank und holte eine Papiertüte mit Tomaten heraus und einen großen gelben Würfel Käse, der Robins Grundnahrungsmittel zu sein schien. Sie hatte die Sachen im Dorfladen gekauft, mit Unterstützung von Gareth' Frau Debbie, die sie dort getroffen hatte, als sie hilflos vor den Kartons mit Kohl und Möhren stand.

»Er hat Tomaten gesagt«, sagte Zoe. »Und ich frage mich, wie viele? Zwei? Zwanzig? Wenn ich eine Tomate will, dann kaufe ich mir eine und esse sie gleich.«

Die Vorstellung, Tomaten für Robin zu kaufen, flößte auch Debbie das Gefühl ein, sich auf unvertrautem Terrain zu befinden. Genau wie bei diesem merkwürdig aussehenden Mädchen mit den Ohren und Fingern voller Silberringe und dem roten Haar, nicht rot, wie es in der Natur vorkam, sondern von der Farbe von roten Beten. Gareth hatte gesagt, zwischen ihr und Robin sei nichts, aber allein die Tatsache, daß sie gekommen war und nicht gleich wieder fortgeschickt wurde, gab Debbie zu denken, auch ohne irgendwelche Extras. Und dieses Mädchen war nicht sexy. Debbie musterte Zoe verstohlen. Sie war mager und flach wie ein Junge; sie hatte nichts Hübsches an sich, nichts Feminines.

»Ich würde sechs nehmen«, sagte Debbie, die Tomaten betrachtend. »Und zwei Pfund Käse. Gareth hat gesagt, Käse ist so ziemlich alles, was er ißt.«

Jetzt legte Zoe den Käse in dem Wachspapier, in dem sie ihn bekommen hatte, auf den Tisch und die Tomaten in ihrer braunen Papiertüte. Sie hielt inne und betrachtete beides. Dann griff sie nach der Papiertüte, kippte die Tomaten in den Ausguß und ließ so ungestüm Wasser darüber laufen, daß ihre Kleidung bespritzt wurde. Schließlich drehte sie den Hahn zu, holte die Tomaten aus dem Becken und schichtete sie auf dem Tisch zu einer kleinen Pyramide auf. Sie sahen gut aus mit den Wassertropfen auf der straffen, glänzenden Haut. An zweien von ihnen saßen noch die kleinen grünen Stielansätze. Sie dachte, daß sie vielleicht ein Foto von ihnen machen sollte.

Die Hintertür ging auf, und Robin kam herein, in seinem Overall und auf Socken. Er hatte eine Zeitung bei sich, eine blaue 200-Milliliter-Plastikflasche mit einem Parasiten-Vertilgungsmittel und eine Dosierspritze. Er ließ die Flasche und die Spritze neben den Tomaten und dem Käse auf den Tisch fallen.

»Ich muß noch elf versorgen«, sagte Robin, »und mir sind die verdammten Nadeln ausgegangen.«

Zoe betrachtete die Dosierspritze.

»Wofür ist die?«

»Würmer«, sagte Robin, »Läuse, Krätzmilben. Soll bewirken, daß ihr Durchfall aufhört. Ich hätte es schon vor dem Winter tun müssen, aber ...«

Er verstummte. Er fragte sich einen Moment, ob Zoe sagen würde: »Caro war zu krank?«, aber sie tat es nicht. Sie sagte: »Velma hat Ihnen eine Fleischpastete hiergelassen.«

Robin riß die Druckknöpfe am Vorderteil seines Overalls auf und begann, aus ihm herauszusteigen.
»Danke. Ich esse nur Brot und Käse.«
»Ich habe Judy angerufen.«
Er grunzte.
»Und ich habe mir Gareth' Fahrrad geliehen und bin nach Dean Place gefahren. Ihre Mutter hat mir ein warmes Rosinenbrötchen gegeben.«
Robin warf ihr einen Blick zu. Er schmiß seinen Overall in eine Ecke, und die Hauskatze, die das Wort ›Fleischpastete‹ gehört hatte, ließ sich erwartungsvoll darauf nieder.
Zoe legte einen bereits angeschnittenen Laib Brot auf den Tisch, aufrecht in seiner Plastikverpackung, und deckte einen Teller und ein Messer für Robin auf. Er ging an ihr vorbei zum Ausguß, wo er sich die Hände wusch und sich Wasser ins Gesicht und auf die Haare spritzte. Wenn Dilys Zoe ein Brötchen gegeben hatte, dann bedeutete das, daß sie sie hereingebeten und nicht an der Tür stehengelassen hatte, wie sie es neuerdings mit Stromern tat und mit den armen, schwachsinnigen Jungen, die erschienen, um fadenscheinige Staubtücher und schlecht gemachte Wäscheklammern zu verkaufen. In den alten Zeiten hatte Dilys ihre Lieblingsstromer, die wie die Zigeuner regelmäßig jedes Jahr erschienen, und sie hatte abgelegte Kleidungsstücke und Schuhe von Harry für sie aufbewahrt und sie im Hühnerfutter-Schuppen mit einer warmen Mahlzeit versorgt. Aber jetzt nicht mehr. »Es ist zu gefährlich geworden«, sagte Dilys. »Jetzt riskiere ich es nicht mehr, sie weiter als bis an die Türschwelle kommen zu lassen.«
Robin kehrte an den Tisch zurück und setzte sich.
»Haben Sie Dad gesehen?«
»Ja«, sagte Zoe. »Er hat gesagt, er hätte gehört, daß zwei Kühe kalben sollten, und das wäre doch ein bißchen spät. Er hat gesagt, das hätte schon im Januar passieren müssen.«
Robin zog eine Scheibe Brot aus der Packung und sagte:

»Dad versucht es immer wieder.« Er verstummte, und dann sagte er: »Alles ist ein bißchen spät in diesem Jahr.«

Zoe bot ihm ein Stück Käse auf einem Messer an.

»Wegen Caro.«

»Ich dachte vor fünf Minuten, daß Sie das sagen würden.«

»Ich habe daran gedacht.« Sie beugte sich vor. »Sind Sie an ihrem Grab gewesen?«

»Nein.«

»Weshalb tun Sie es nicht? Weshalb kommen Sie nicht mit, wenn ich hingehe?«

Er sah sie kurz an. Sie sah nicht eifrig aus, sondern eher sachlich.

»Ihr Männer«, sagte Zoe ohne eine Spur von Erbitterung. »Ihr Männer. Solange es so aussieht, als wäre alles in Ordnung, macht ihr euch nie die Mühe, herauszufinden, ob es das auch wirklich ist. Haben Sie je versucht, sich vorzustellen, was Caro empfunden hat, was für ein Mensch sie war?«

Er legte das Brot und den Käse, die er gerade zum Mund führen wollte, zurück auf den Teller. »Ich konnte es nicht. Ich habe es versucht, aber ich konnte es nicht. Wenn Sie das etwas angeht.«

»Ich muß einfach immer an sie denken«, sagte Zoe, nicht im mindesten beleidigt. »Ich versuche mir vorzustellen, wie es für sie war, hier zu leben, wie sie war.«

Ohne es zu wollen, sagte Robin: »Das hat niemand gewußt.«

Es folgte eine kleine Pause. Zoe nahm eine Tomate und biß hinein.

»Das habe ich mir beinahe gedacht«, sagte sie.

Robin stand auf, kehrte zum Ausguß zurück, holte zwei Gläser vom Abtropfbrett und ließ sie mit Wasser vollaufen. Eines davon stellte er vor Zoe hin.

»Sie müssen immer noch Abschied von ihr nehmen«, sagte sie. »Wenn man jemanden verliert, dann muß man das tun. Sonst kann man nicht weitermachen. Es ist genauso wie mit all diesen Gräbern hinter der Kirche, die so tun, als ob all diese Leute nur schliefen. Sie tun es nicht. Sie sind tot, und sie kommen nicht zurück.«

Robin sagte, immer noch mit seinem Glas Wasser in der Hand stehend: »So zu tun, als wäre es nicht endgültig, ist manchmal die einzige Möglichkeit, zu ertragen, daß man zurückgelassen worden ist.«

»Haben Sie dieses Gefühl?«

»Ich weiß es nicht.«

»Doch«, sagte Zoe, »Sie wissen es. Sogar wenn Sie nur das Gefühl haben, bestürzt zu sein, wissen Sie, daß Sie bestürzt sind. Weshalb möchten Sie nicht darüber sprechen?«

Er sagte fast schüchtern: »Ich habe es nie getan. Es ist nicht meine Art.«

»Aber möchten Sie sie nicht alle möglichen Dinge fragen?«

Er leerte sein Glas mit zwei großen Schlucken und stellte es dann beiseite.

»Vielleicht.«

»Ich möchte meinen Dad ständig etwas fragen. Ich möchte ihn fragen, weshalb er uns verlassen hat, weshalb er nach Australien gegangen ist, weshalb er dort geblieben ist, ob er es bedauert hat. Ich werde immer wütend, weil er gegangen und gestorben ist, bevor ich ihn fragen konnte. Er ist damit durchgekommen, verstehen Sie …«

»Vielleicht ging es nicht anders«, sagte Robin langsam. »Vielleicht hat er nie die Chance gehabt.«

Zoe stand auf.

»Chancen kann man machen, oder etwa nicht? Wenn man sie wirklich will. Wissen Sie was?«

»Was?«

»Was mich am meisten ärgert – ich wollte ihn fragen, ob er mich liebt.« Sie sah Robin an. »Möchten Sie Caro das fragen?«

Robin bewegte sich an ihr vorbei zu der Stelle, wo die Plastikflasche und die Dosierspritze lagen. Er nahm beides auf, dann durchquerte er die Küche und zog seinen Overall unter der Katze hervor. Die Worte ›Ich habe mir immer gewünscht, sie täte es‹ drängten sich in sein Denken und hingen dort in der Dunkelheit in seinem Schädel wie eine Lichterkette, hell und durchdringend, aber unausgesprochen.

»Wir sehen uns später«, sagte er. »Vermutlich so gegen sieben. Ich muß nach Stretton und neue Nadeln holen.«

»Bis dann«, sagte Zoe.

Er sah sie nicht an.

»Bis dann.«

Auf eine der Wände in Judys Wohnzimmer hatte Oliver ein großes Quadrat in Blaßgrau gemalt. Auf der gegenüberliegenden Seite, über dem Kamin und den Reihern, hatte er dasselbe in Dunkelblau getan.

»Betrachte sie«, sagte er. »Finde heraus, was dir gefällt. Oder ob du keines von beiden leiden magst.«

Er hatte sie von der Arbeit abgeholt, sie nach Hause begleitet und drei Dosen Coca-Cola getrunken, während er die Quadrate malte, dann war er gegangen, um mit seinem Vater zu essen.

»Ich muß gewissermaßen. Er kommt nur ganz selten nach London.«

Als er gegangen war, machte sich Judy ein paar Scheiben Toast und ließ sich dann nieder, um sie vor dem dunkelblauen Quadrat an der Wand zu essen. Es war ein schönes Blau, das Blau eines sommerlichen Nachthimmels. Sie hatte nie ein blaues Zimmer gehabt. In Tideswell gab es kein Blau, außer im Melkstall, wo es angeblich Fliegen abhalten sollte. Caro hatte alles gelb, grün, rot und melonenrosa gestrichen, in den Farben von reifem Obst und Gemüse; Sonnenfarben. Ihrer Meinung nach war Blau keine Sonnenfarbe, obwohl Meer und Himmel blau waren. Sie pflegte zu sagen, Blau wäre in Wirklichkeit nur als Kontrast da, genau wie diese fürchterlichen blauen Schwimmbecken, künstlich und harsch, als wollten sie unterstreichen, daß das Wasser in ihnen nicht von Natur aus da war, sondern dort von Leuten eingesperrt worden war, in Rechtecken und Quadraten, damit sie darin spielen konnten, anstatt es zu nutzen. Es war wie so vieles in Judys Zeitschrift,

Seite um Seite mit Gegenständen und Stoffen und Möbelstücken, die von Leuten zusammengetragen wurden, und zwar aus ganz anderen – und oft bizarren – Gründen als dem, daß sie entweder nützlich oder schön waren. Aber auch dunkelblaue Wände waren nicht wirklich nützlich. Jetzt, wo sie Olivers kühnes, nicht ganz exaktes Quadrat betrachtete, kamen Judy Bedenken, ob sie wenigstens schön waren.

»Was ist, wenn es ein Fehler ist?« hatte sie gefragt.

»Dann streiche ich sie eben anders. Es wäre kein Fehler. Hör auf zu denken, etwas könnte ein Fehler sein. Es ist ein Experiment. Das meiste im Leben ist ein Experiment, woher solltest du sonst wissen, ob etwas funktioniert oder nicht?«

Judy stand auf und brachte ihren Teller in die Küche. Einen Moment lang hatte sie gedacht, Oliver würde sie auffordern, seinen Vater kennenzulernen. Aber er hatte es nicht getan. Sie wußte nicht, ob sie froh oder traurig darüber war, ob sie sich, wenn er es getan hätte, in die Ecke getrieben gefühlt hätte, anstatt jetzt, wo er es nicht getan hatte, leicht – und unfairerweise – enttäuscht zu sein. Sie trat ans Fenster und schaute hinunter in den kleinen, dunklen Hof, wo die Mülltonnen standen und es einen alten Ausguß mit einem zerbrochenen Plastikeimer und einem Farn darin gab, einem leuchtendgrünen Farn, der da unten in der Feuchte und Düsternis gedieh. Oliver ist so nett zu mir, dachte Judy, so *nett*. Weshalb ist er so nett?

Hinter ihr, in der winzigen Diele vor dem Wohnzimmer, wurde im Schloß der Wohnungstür ein Schlüssel gedreht.

»Hi!« rief Zoe. Die Tür fiel zu.

Judy ging zur Schwelle der Küchentür.

»Hi.«

Zoe sah genauso aus wie bei ihrer Abreise, Stiefel, eine schwarze Lederjacke über einem schwarzen T-Shirt und an den Knien aufgerissene Jeans, die ihre Haut sehen ließen. Sie stellte ihren Rucksack und die Kamera auf dem Boden ab.

»Es hat den ganzen Tag gedauert. Den ganzen verdammten Tag. Überall waren Baustellen.« Sie sah Judy an. »Ich bin mit dem Bus von Stretton gekommen. Gareth hat mich hingefahren.«

»Oh.«

Zoe sah sich im Zimmer um. Sie deutete auf das blaue Quadrat an der Wand über dem Kamin.

»Das ist hübsch.«

Judy sagte entschlossen: »Das hat Oliver gemalt.«

»Ollie?«

»Ja.«

Zoe sagte ohne Mühe: »Gut.« Sie steckte eine Hand in ihre Jackentasche und zog eine Handvoll Geldscheine heraus. Sie hielt sie Judy hin. »146 Pfund. Die schulde ich dir.«

»Das ist doch unwichtig …«

»Judy«, sagte Zoe. »Es ist meine Miete, und ich schulde sie dir. Nimm das Geld. Und …«

»Und was?«

»Ich habe ›gut‹ gesagt, wegen Ollie. Ich meine es ernst. Gut.«

Judy nahm langsam das Geld und steckte es, ohne es anzusehen, in ihre Tasche. Sie sagte, nur aus Höflichkeit: »Er kam, um dir ein paar Blumen zu bringen. Am Tag nach deiner Abreise. Und dann – dann ist es eben irgendwie passiert.«

»Ich weiß«, sagte Zoe. »So etwas kommt vor. Ich freue mich darüber. Er kümmert sich gern um andere Menschen.«

»Meinst du, ich brauche jemanden, der sich um mich kümmert?«

Zoe bückte sich und begann, ihren Rucksack zu öffnen.

»Ja, das tust du. Deine ganze Familie braucht jemanden, der sich um sie kümmert.«

»Meine Familie«, sagte Judy mit Nachdruck, »ist zäh.«

Zoe fand einen dünnen weißen Plastikbeutel mit etwas Leichtem und Sperrigem darin. Sie hielt ihn Judy hin.

»Wenn du meinst. Das ist für dich. Von deiner Großmutter.«

»Was ist es?«

»Rosinenbrötchen.«

»Willst du damit sagen, Gran hätte dir Rosinenbrötchen gegeben, damit du sie mir mitbringst?«

»Ich habe es ihr angeboten.«

Judy nahm die Brötchen und ließ den Beutel auf den nächsten Sessel fallen.

»Ich bin ziemlich wütend, daß du nach Tideswell gefahren bist.«

Zoe, die neben ihrem Rucksack hockte, sah zu ihr hoch.

»Du wolltest ja nicht hinfahren.«

»Vielleicht tue ich es ...«

»Sei doch nicht so ein verdammter Kindskopf.« Sie schwenkte die Hand. »Es sind nette Leute. Begreifst du das nicht? Es sind nette Leute, die einfach weiterleben. Es ist nicht ihre Schuld, daß sie deine Mutter nicht verstanden haben. Und sie fehlt ihnen. Sie haben versucht, sie zu einer der Ihren zu machen, und das ist ihnen nicht gelungen, aber sie vermissen sie.«

»Woher weißt du das alles?«

»Ich denke es mir einfach. Ich habe es bemerkt. Vielleicht kann ich mehr sehen, weil ich eine Außenseiterin bin.«

Judy setzte sich auf die Lehne des Sessels, auf den sie den Beutel mit Dilys' Rosinenbrötchen hatte fallen lassen. ›Außenseiterin‹ war eines von Caros Worten gewesen. Bei ihr hatte es sich mysteriös und grandios angehört, genau wie das Wort ›Nomadin‹, ein anderes ihrer Lieblingsworte. Außerdem hatte sie Judy das Gefühl vermittelt, daß die Eigenschaft, nicht einem Stamm anzugehören, nicht an eine ererbte Orthodoxie gefesselt zu sein, etwas Wünschenswertes war. »Dichter sind Außenseiter«, hatte Caro gesagt. »Sie müssen es sein.« Adoptiert worden zu sein hieß, hatte sie angedeutet, daß man ein Teil dieser schwer faßbaren, beneidenswerten, umherziehenden Horde war, die mit den Augen voller Visionen durchs Leben streifte. Aber Zoe hatte sich auch eine Außenseiterin genannt. In diesem Moment wollte Judy nicht das Gefühl haben, daß Zoe ein Teil von irgend etwas war, wozu Caro gehört hatte und in das sie, mit ihrem ganz speziellen unergründlichen Charme, Judy einbezogen hatte.

Sie sagte, außerstande, die Bitterkeit aus ihrer Stimme herauszuhalten: »Warum hast du nichts gegen die Sache mit Oliver?«

»Dagegen?«

Judy wartete.

»Weshalb sollte ich etwas dagegen haben?« fragte Zoe. »Ich liebe ihn nicht. Ich mag ihn nur, er ist ein netter Kerl. Ich mag dich. Weshalb sollte ich etwas dagegen haben, wenn ihr beide euch gefunden habt?«

Judy fragte: »Warum bist du nach Tideswell gefahren? Was hast du dort getan?«

»Nichts«, sagte Zoe. Sie richtete ihren offenen Blick aus großen Augen direkt auf Judy. »Ich habe gegessen und geschlafen, ich habe Fotos gemacht und Gareth ein bißchen geholfen, und ich habe mit Leuten geredet.«

»Und mein Vater?«

»Du hast eine schmutzige Fantasie«, sagte Zoe. Sie stand auf und hievte sich den Rucksack mit einem Riemen über die Schulter. »Deine Mutter hat deinen Vater in einer ebenso schlimmen Verfassung zurückgelassen wie dich. Er macht nur nicht soviel Aufhebens davon.«

Judy schrie: »Er hat sie nicht geliebt! Er hat sie nie geliebt! Er hat nie gewußt, was für ein Mensch sie war!«

Zoe trat einen Schritt beiseite und griff sich ihren Kamerakoffer.

»O doch, das hat er getan«, sagte sie. »Er hat sie wirklich geliebt. Das habt ihr beide gemeinsam.«

»Wir haben nichts gemeinsam!«

»Sein Problem ist«, sagte Zoe, als hätte sie Judys Aufschrei nicht gehört, »seine Qual ist, daß sie seine Liebe nicht erwidert hat.«

»Sie konnte es nicht!« schrie Judy. »Wie hätte sie es tun können?«

Zoe blieb noch einen Moment stehen, betrachtete den Fußboden unter ihren Stiefeln, den abgenutzten, vom letzten Bewohner zurückgelassenen goldgelben Teppich. Dann machte sie, ohne ein weiteres Wort zu sagen, kehrt und ging in ihr Zimmer. Sie zog die Tür hinter sich zu und ließ Judy allein zurück.

Am Morgen, beschloß Robin, würde er die Kühe hinausbringen. Das Wetter würde gut sein, und das Gras, obwohl nicht gerade üppig, hatte sich in den letzten ein oder zwei Wochen besser entwickelt, als er gehofft hatte. Wenn die Kühe auf der Weide waren, hätten er und Gareth auch Gelegenheit, etwas an den Boxen in der Scheune zu tun, einige zu vergrößern, Kopfstangen und Brustbretter zu reparieren, die die Kühe beschädigt hatten, weil sie sich nach vorn warfen, wenn sie aufstehen wollten. 600 Kilo Holsteiner konnten, völlig unabsichtlich, binnen Sekunden ziemliche Schäden anrichten.

Gareth sagte, fünf von ihnen hätten Hufrehe. Robin dachte dabei an einen alten General, den er als Kind gekannt hatte, einen pensionierten Soldaten der alten Schule, der versucht hatte, das Dorf Dean Cross wie eine Militäroperation zu befehligen, und überall auf Widerstand gestoßen war. »Militär?« hatte Robin ihn einmal bellen gehört. »Militär? Eine tolle Laufbahn, wenn da nur nicht die Soldaten und ihre verdammten Füße wären!« Ungefähr dasselbe, dachte Robin, ließ sich auch über das Farmen und die Kühe sagen. Kühe hatten immer irgendwelche Probleme mit ihren Füßen. Die Füße der Kühe kosteten die Milchindustrie mehr als dreißig Millionen Pfund pro Jahr, ob es nun am Futter lag, dessen Konzentration an Zusätzen entweder zu hoch oder zu niedrig war, ob sie in Gülle standen oder sich gegenseitig traten, wegen unebener Oberflächen oder weshalb auch immer. Im letzten Monat hatte sich Robins Tierarztrechnung auf 600 Pfund belaufen, und das meiste davon war für Füße draufgegangen, für Geschwüre und Entzündungen und Klauendermatitis, verkrustete Wunden, unter denen die Kühe so sehr litten. Und jetzt war es Hufrehe.

»Wir hätten ihnen diese Gerste nicht geben sollen«, sagte Gareth.

Robin, über den Vorderfuß einer Kuh gebeugt, die, in den Metallpferch eingesperrt, über ihm schwer atmete, sagte nichts. Er schwieg noch weitere zehn Minuten, und dann sagte er nur, Gareth solle am Ausgang des Melkschuppens ein Fußbad zwischen Hürden aufstellen. Und daß er danach die Kühe auf die Weide bringen würde.

Die Küche kam ihm seltsam still vor ohne Zoe, obwohl sie bestimmt nicht viel Lärm gemacht hatte und nicht geschwätzig gewesen war. Sie hatte ihm am Morgen eine Nachricht auf dem Tisch hinterlassen, mit einem Dank dafür, daß er sie aufgenommen hatte, ›daß ich einfach bleiben durfte‹. Ihre Anwesenheit hatte ihn nicht gestört, sondern ihm sogar gefallen, sofern ihm im Augenblick überhaupt etwas gefallen konnte; sie hatte nichts von ihm verlangt, und trotzdem konnte sie manchmal Dinge erkennen, ohne daß er sie ihr erklären mußte. Es war fast so, als respektierte sie ihn nicht speziell als Robin Meredith, den Farmer, sondern einfach als Mann, als menschliches Wesen mit seinem eigenen Recht auf Schmerz und Freude und Privatsphäre. Ihm kam der Gedanke – und er überraschte ihn –, daß Zoe Caro gefallen hätte. Caro hätte die Tatsache zu würdigen gewußt, daß sie nicht in einen drang, nichts von einem zu wollen schien. Wenn er nur so hätte sein können, wenn er nur nicht hätte verlangen müssen …

Er stand vom Küchentisch auf und schob seinen halb geleerten Teller – Dilys' Wurstauflauf – in das Chaos von Papieren und Broschüren auf der Tischplatte. Er würde in die Scheune hinausgehen, beschloß er, und sich die Kühe ansehen, die gesunden und die kranken, sie betrachten und sich selbst dabei trösten. Die Hauskatze, die auf dem Zeitungsstapel saß, schaute höflich zu, wie er Stiefel und Jakke anzog, und wartete, ohne sich irgendwelche Ungeduld anmerken zu lassen, auf sein Verschwinden. Robin bückte sich, um ihr den Kopf zu kraulen. Dann deutete er auf den Tisch.

»Das wirst du nicht fressen«, sagte er. »Da sind Zwiebeln drin.«

Die Scheune war so, wie er sie am liebsten mochte, düster und still bis auf das Geräusch des Wiederkäuens und Muhens der Kühe, die sich noch nicht zur Ruhe begeben hatten. Er strich mit der Hand über ein oder zwei von ihnen und inspizierte die Vorderfüße, an denen er früher am Tage die Unterseiten der Klauen so ausgeschnitten hatte, daß sie von selbst sauber blieben.

»Braves Mädchen«, sagte er. »Alles okay, alte Lady? So ist's gut.«

Die Kühe regten sich und grummelten, schlugen gegen die Stäbe ihrer Boxen. Aber keine von ihnen trat nach ihm. Robin war seit Jahren nicht mehr getreten worden, nicht seit der Anfangszeit, als er noch nicht wußte, wie Kühe waren, was sie hinnahmen und was nicht. Damals war er verwundert gewesen, erinnerte er sich, als er herausfand, wie brutal sie miteinander umgingen, die Kranken und Schwachen herumschubsten und sie umstießen. Aber er liebte sie. Er hatte gelernt, sie zu lieben. Und da sie nicht von Generation zu Generation eingezwängt wurden wie Schweine und Geflügel, deren Betreuer inzwischen kaum mehr waren als technische Ingenieure, war es ihnen gelungen, liebenswert zu bleiben.

Er wanderte langsam in den Gängen zwischen den Boxen herum. Die Kühe, an ihn so gewöhnt wie aneinander, nahmen praktisch keine Notiz von ihm. An einem Ende drehte sich ein altes Lieblingstier, eine rotweiß gescheckte Kuh, die ihre stämmigen Kälber so leicht gebar, als legte sie ein Ei, zu ihm um und beäugte ihn einen Moment lang gelassen, als sei sein Auftauchen keine Überraschung für sie, sondern nur ein vertrauter, kaum bemerkenswerter Bestandteil ihrer gewohnten Welt. Dann wendete sie den Kopf ab und vergaß ihn.

Draußen auf dem Hof hatte Gareth, nachdem er, wie er glaubte, wegen der Gerste im Futter einen kleinen Triumph erzielt hatte, besonders eifrig saubergemacht. Der geriffelte Beton war sauber geschabt, ebenso die Futtertröge und die Passage, die er vom Melkstall durch das Fußbad aufgebaut hatte, das er und Robin vor drei Jahren zusammen ausgeschachtet und betoniert hatten. Es wehte ein leichter

Wind, und in ihm flatterten und klapperten verschiedene Dinge, Stangen und Pforten und Abdeckungen aus Zink und Plastik, die Folgen von Jahren des Flickens und Reparierens, des Improvisierens. Aber der Abend war klar, und der Wind würde eventuell aufziehende Schauerwolken verjagen. Robin ging ans Ende des Hofes, legte seine Hände auf die Mauer und schaute darüber hinweg. Unterhalb von ihm erstreckten sich die Felder, fast undurchdringlich in der Dunkelheit und scheinbar von keiner Hecke und keinem Zaun durchbrochen, bis zum Fluß hinunter. Nur der Wasserlauf funkelte sichtbar am Fuße der Felder, und hinter ihm wurde das Land abermals dicht und schwarz, bis es mit dem Himmel zusammenstieß. Robin umklammerte die Mauer und blickte hinaus in die dunkle, bewegte Luft.

Erst als er ungefähr zehn Minuten später den Hof überquerte, wurde ihm bewußt, daß im Haus das Telefon klingelte. Aus irgendeinem Grund hatte er plötzlich das Gefühl, daß es schon seit geraumer Zeit läutete, beharrlich, und er begann zu laufen, öffnete die Hintertür und die zur Küche und rannte, unbeholfen in seinen Stiefeln, hinein. Die Hauskatze, die neben Robins fast leerem Teller auf dem Küchentisch saß, unterbrach sich in ihrem sorgfältigen Putzen, um ihn zu beobachten. Er nahm den Hörer ab.

»Hallo? Hallo? Tideswell Farm …«

»Robin?«

»Ja«, sagte er. »Lyndsay ja …«

»Du mußt kommen«, sagte Lyndsay. »Du mußt kommen. Sofort.« Ihre Stimme hob sich fast zu einem Schrei. »Komm gleich, Robin, sofort. Joe hat etwas Schreckliches getan!«

# NEUNTES KAPITEL

Harrys alter Hund hatte ihn gefunden. Harry hatte die Angewohnheit, jeden Abend gegen halb zehn mit einer starken Taschenlampe noch einmal die Runde über den Hof und durch die verschiedenen Gebäude zu machen, begleitet von dem – inzwischen sehr langsamen – Spaniel. Der war einmal ein lebhafter Hund gewesen, vielleicht der beste Jagdhund, den Harry je hatte, aber jetzt waren seine Hinterbeine von Arthritis befallen, und in beiden Augen bildeten sich milchige Scheiben von Katarakten. Doch sein Geruchssinn war noch so gut wie eh und je. Langsam und steif schleppte er sich auf diesen Abendrunden hinter Harry her, immer mit der Nase am Boden, so daß ihm kein Detail entging.

Er hatte bei dem Schuppen halt gemacht, in dem der Dünger aufbewahrt wurde. Es war ein großer, offener, mit Wellblech gedeckter Schuppen, in dem die prallen weißen 500-Kilo-Säcke aus Plastikstoff in Doppelreihen aufgestapelt waren, etwas über mannshoch, mit schmalen Gängen dazwischen, damit man an sie herankommen konnte. Der Hund war am Eingang zu einem dieser Gänge stehengeblieben, angespannt und mit gesenktem Kopf

»Nun komm schon, Junge«, sagte Harry aus einer Entfernung von sechs Metern.

Der Hund hörte nicht. Trotz seines Alters und seiner Hinfälligkeit schien ihn plötzlich eine Art Drang befallen zu haben, und er begann mit der Konzentration zu schnuppern, die ihn einst auf der Jagd so nützlich gemacht hatte. Dann gab er ein merkwürdiges Winseln von sich, einen Laut, der aufgeregt und kummervoll zugleich klang, und schob sich zielstrebig zwischen den weißen Säcken hindurch bis ans hintere Ende des Schuppens. Harry machte kehrt.

»Nun komm schon, Junge. Raus hier. Was hast du gefunden?«

Der Hund schnupperte aufgeregt an etwas in der Dunkelheit. Harry schaltete seine Taschenlampe ein und ließ ihren Strahl in den Korridor zwischen den weißen Düngersäcken fallen. Da hinten, auf dem engen Raum zur Seite gesunken, war etwas Großes, etwas Grauenhaftes. Harry tat einen unsicheren Schritt vorwärts und zwang sich, den Strahl der Taschenlampe auf die Stelle direkt vor sich zu richten. Er fiel auf Joe, noch in seiner Arbeitskleidung, zusammengesackt hinter einem alten Jagdgewehr, das schräg gegen seine Schulter lehnte und mit dem er sich in den Mund geschossen hatte.

»Dr. Nichols ist da«, sagte Dilys. »Und die Polizei kommt.«

Sie saß am Küchentisch, starr aufgerichtet unter der grellen Deckenbeleuchtung. Ihr gegenüber saß Harry auf seinem gewohnten Stuhl, mit geschlossenen Augen. Zwischen ihnen lag Lyndsay, den Kopf auf den Armen, halb auf dem Tisch, und das Haar hing ihr ins Gesicht, so daß Robin es nicht sehen konnte.

Er beugte sich über seine Mutter und legte einen Arm um sie. Sie duldete seine Umarmung, schmiegte sich aber nicht in sie hinein.

»Ein Schuß, hat Dr. Nichols gesagt. Nur der eine. Er hat Dads Gewehr genommen.«

Ohne die Augen zu öffnen, flüsterte Harry: »Ich habe es nicht weggeschlossen. Ich habe es nicht weggeschlossen. Ich hatte vor, ein paar Krähen abzuschießen. Morgen früh.«

Robin bewegte sich um den Tisch herum und legte eine Hand auf die seines Vaters. Harry ergriff sie.

»Ich habe es nicht weggeschlossen ...«

»Es war nicht deine Schuld«, sagte Robin. Seine Stimme klang harsch und laut. »Wenn er ein Gewehr wollte, hätte er sich eins besorgt. Deins war nur gerade zur Hand.«

Tränen strömten über Harrys Gesicht. Er öffnete die Augen und musterte Robin eingehend, und dann öffnete er auch den Mund und rammte einen Zeigefinger hinein, und seine nassen Augen weiteten sich vor Entsetzen und Wut.

»Dad«, sagte Robin. »Es war nicht deine Schuld. Es war niemandes Schuld. Nicht einmal die von Joe.«

»Es war meine«, sagte Lyndsay. Ihre Stimme hörte sich an, als käme sie aus großer Ferne, als verhüllte ihre Haarwolke ihren Mund wie eine Steppdecke.

»Nein«, sagte Robin.

Sie richtete sich ein wenig auf und starrte auf die gescheuerte Tischplatte zwischen ihren Armen.

»Ich habe es nicht gesehen«, sagte Lyndsay. »Ich habe nicht gesehen, wie schlimm es für ihn war. Alles, was ich sehen konnte, war, wie schlimm es für mich war.«

Robin verließ seinen Vater und hockte sich neben Lyndsays Stuhl.

»Es war schlimm für dich«, sagte er. »Es war schlimm für uns alle, aber besonders für dich.«

Da drehte sie sich zur Seite, legte ihm die Arme um den Hals und sackte zu ihm hin, schwer und hilflos. Er stand mühsam auf, hielt sie, spürte die Verzweiflung in dem nachgebenden Gewicht ihres Körpers.

»Ich habe ihn geliebt«, sagte Lyndsay. »Ich habe ihn mehr geliebt als alles auf der Welt.«

Dilys machte ein kleines Geräusch mit der Kehle, blieb aber unbeweglich sitzen.

»Ich weiß. Und er hat es auch gewußt.«

»Nein«, sagte Lyndsay. »Ich kam nicht an ihn heran. Er konnte mich nicht hören. Und ich habe es nicht immer wieder versucht, ich habe nicht immer wieder versucht, ihm zu helfen, und er wurde so einsam, daß er die Qual nicht mehr ertragen konnte, und er wußte, daß ich ihm nicht helfen konnte, daß ich nicht stark genug war, er wußte, daß er sich für eine Frau entschieden hatte, die nicht die Richtige für ihn war, jemanden, der ihn letzten Endes im Stich lassen würde, der ihn allein lassen würde – o Gott«, sagte Lyndsay keuchend und schluchzend, an Robin geschmiegt. »O Gott, O Gott, was habe ich getan?«

Robin warf über den Tisch hinweg einen Blick auf seine Mutter. Dilys nickte und stand auf.

»Brandy. Und ich setze Teewasser auf.«

»Der alte Kep hat ihn gefunden«, sagte Harry und ließ seinen Kopf mit geschlossenen Augen auf der Rückenlehne des Stuhls hin- und herrollen. »Der alte Kep war's. Ich dachte, er wäre hinter Ratten her, nur Ratten ...«

»Ich habe mir nichts dabei gedacht«, weinte Lyndsay. »Ich habe mir einfach nichts dabei gedacht. Er ist nicht zum Abendessen gekommen, aber das geschah oft. Ich saß gerade vor dem Fernseher, als Dilys anrief. Oh, ich hasse mich, ich hasse mich, oh, oh, oh ...«

Dilys stellte eine Halbliterflasche Brandy auf den Tisch und eine Handvoll winziger Gläser, mit Goldrand und mit Enten bemalt.

»Der Tee kommt gleich.«

Robin legte seine Arme um Lyndsay und beförderte sie sanft wieder auf ihren Stuhl. Er griff an ihr vorbei und goß Brandy in zwei der Gläser. Eines davon schob er seinem Vater hin.

»Trink das.«

Lyndsays Hände zitterten so heftig, als wären sie selbständige, von ihr nicht beherrschbare Wesen. Robin beugte sich nieder, legte ihr einen Arm um die Schultern und hielt ihr das Glas an den Mund.

»Nur einen Schluck. Es ist ein Schock, aber es wird dich beruhigen.«

Lyndsay schluckte und hustete.

»Ohne ihn will ich nicht leben. Ich kann es nicht, ich kann es nicht ...«

Robin hob abermals das Glas.

»Trink einfach.«

Sie gehorchte, dann schob sie das Glas beiseite und schlug die Hände vors Gesicht, so daß sie es völlig bedeckten.

Harry lehnte sich vor und sagte gequält zu Robin: »Ich hätte dieses Gewehr wegschließen müssen, Junge. Ich hätte es tun müssen, unbedingt.«

Robin sagte sanft: »Wir schließen unsere Gewehre nie weg, Dad. Wir müßten es eigentlich, aber wir tun es nie. Ich glaube nicht einmal, daß Joe seins weggeschlossen hat.«

Dilys stand am anderen Ende der Küche und goß kochendes Wasser aus dem Kessel in die Teekanne. »Da irrst du dich. Und zwar gründlich. Bei Joe hatte alles seine Ordnung. Joe hat immer alles ordentlich getan.«

Robin streckte die Arme aus, um Lyndsays und Harrys Schultern zu berühren, und dann ging er durch die Küche zu seiner Mutter. Er legte abermals einen Arm um sie und drückte sie an sich.

»Ich weiß«, sagte er.

Sie warf ihm einen kurzen, herausfordernden Blick zu.

»Keiner von euch hat es gewußt«, sagte Dilys und strebte von ihm weg, um den Deckel auf die Teekanne zu legen. »Ihr habt ihn nie verstanden.«

Robin wartete, den Arm noch immer um die unnachgiebigen Schultern gelegt. Er schaute hinter sich und sah, daß Harry die Hand über den Tisch hinweg ausgestreckt hatte, um Lyndsays Handgelenk zu ergreifen, obwohl sie ihn nicht ansah, nichts sehen konnte außer der Schwärze hinter ihren Händen.

Dann hörten sie das Geräusch herannahender Wagen, und vor dem Küchenfenster schwenkten zwei Paar voll aufgeblendete Scheinwerfer über den Hof. Dilys löste sich aus dem Kreis von Robins Armen.

»Die Polizei ist da«, sagte sie.

Am Abend nach Robins Anruf konnte Judy nicht schlafen. Sie lag allein in ihrem Bett, wagte es nicht, die Augen zu schließen, aus Furcht vor den Bildern, die sich unverzüglich und beängstigend auf die Innenseiten ihrer Lider prägten.

»Wie?« hatte sie Robin gefragt, sich selbst hassend und vor Schock gelähmt. »Wie hat er ...«

»Er hat sich den Lauf von Grandpas Jagdgewehr in den Mund gesteckt. Die Ladung hat ihm den Hinterkopf weggerissen und ist dann in den Sack hinter ihm gegangen, den Düngersack, an den er sich angelehnt hatte. Die Polizei – die Polizei hat gesagt, das Schrot wäre nicht weit eingedrungen, weil er – weil er so einen dicken Schädel hatte ...«

Robin hatte ihr angeboten, nach London zu kommen.

»Ich komme und hole dich ab. Du solltest nicht allein sein.«

»Ich bin nicht allein. Zoe ist hier …«

»Gut«, sagte Robin.

»Dad …«

»Ja?«

»Warum?« stöhnte Judy, und ihre Stimme hob sich zu einem schluchzenden Aufschrei. »Warum? Warum?«

»Ich weiß es nicht«, sagte Robin. »Ich kann nur Vermutungen anstellen.«

»Und Lyndsay? Und die Kinder?«

»Nicht gut. Sie hat eine Beruhigungsspritze bekommen. Mary Corriedale ist da und kümmert sich um die Kinder.«

»Was geht da vor?« schrie Judy. »Was geht da vor? Erst Mum und nun Joe …«

»So etwas kommt eben vor«, sagte Robin. Seine Stimme war schwach vor Erschöpfung. »Manchmal. Es liegt am Zufall. Und an den Leuten. Unterschiedlichen Leuten. Manche von uns werden mit den Dingen fertig, andere nicht …« Er verstummte. »Bist du sicher, daß ich nicht kommen und dich holen soll?«

»Ja.«

»Ich rufe dich morgen wieder an.«

»Okay.«

»Judy?«

»Ja?«

»Judy, es tut mir leid, daß diese Anrufe von mir kommen. Daß immer ich es bin, der dich anrufen muß.«

Oliver hatte ihr angeboten zu bleiben. Er hatte Tee gemacht und versucht, sie zum Essen zu bewegen, und gesagt, daß er in ihrer Wohnung schlafen wolle, nur zu ihrer Beruhigung. Aber sie hatte das Gefühl gehabt, niemanden um sich haben zu können, nicht einmal Oliver, das Gefühl, daß sie Freundlichkeit und Nettigkeit und Sympathie nicht ertragen konnte, daß derlei Tröstungen in einem anderen Bereich lagen als das, was Joe sich und ihnen allen angetan hatte. Es war etwas jenseits von Entsetzen, jenseits von Frevel, weil es von einer Qual sprach, die sich Judy nicht einmal vorstellen konnte, und von Verzweiflung. Ungeachtet ihres eigenen Elends, ihrer Unsicherheit und ihres Selbsthasses, wußte Judy, daß sie nie das Angesicht der Verzweiflung kennengelernt hatte, unter der Joe gelitten hatte. Sie hatte das Grau von Enttäuschung und Angst und Zweifel gesehen; er die Schwärze der Hoffnungslosigkeit: keinerlei Hoffnung jetzt und auch nicht der geringste Hoffnungsschimmer in der Zukunft, ein Anblick, der ihm ganz einfach das Herz, den Verstand und die Seele gebrochen hatte.

Also hatte er beschlossen, ein Ende zu machen. Für Farmer war es so leicht, dachte Judy, wenn sie sich einmal entschieden hatten, daß Leben nicht mehr in Frage kam. Diese Stunden der Einsamkeit, ganze Abschnitte des Tages allein auf dem Land und, in Joes Fall, allein ohne irgendwelche Lebewesen, ohne Kühe und Schafe und Schweine mit all ihren Bedürfnissen und Lauten und Abhängigkeiten. Und dann diese Schuppen voller Medikamente und Gifte, Flaschen und Säcke und Beutel und Gläser mit Mitteln gegen Schädlinge und Krankheiten, ein ganzes flüssiges und pulverförmiges Arsenal der Selbstzerstörung. Und Gewehre. In Judys Kindheit hatte Harrys Gewehr immer auf zwei neben der Küchentür an die Wand geschraubten Haken gelegen. Gewehre für Schädlinge, für Ratten, Krähen und Kaninchen, Gewehre für den Kochtopf, für Tauben und Fasane, Gewehre für den uralten Instinkt der Selbstverteidigung, für Land und Familie und Lebensunterhalt; Gewehre, die man in einer letzten Geste herausfordernder Unabhängigkeit, gegen alle akzeptierten Gesetze menschlichen Verhaltens, auf sich selbst richten konnte.

Der Knauf von Judys Schlafzimmertür drehte sich langsam, und die Tür wurde einen Spaltbreit geöffnet.

»Bist du wach?« flüsterte Zoe.

»Natürlich …«

Zoe schlich herein. Sie trug ein übergroßes graues T-Shirt, und ihre Füße waren bloß.

»Das ist schlimm«, sagte Zoe. Judy spürte ihr geringes

Gewicht, als sie sich am Ende des Bettes niederließ. »Wirklich schlimm.«

»Ich kann nicht aufhören, daran zu denken, mir vorzustellen …«

»Ich auch nicht.«

»Es ist so gewaltsam …«

»Der Tod ist gewaltsam«, sagte Zoe. »Es muß beim Sterben einen Moment geben, in dem er das für jeden Menschen ist, sogar für die, die im Schlaf sterben. Und das ist das Schlimmste.«

»Ich kann mir nicht vorstellen, wie ihm zumute war …«

Zoe zog ihre Füße hoch und das T-Shirt über die Knie, so daß ihr Umriß für Judy zu einer Art Würfel wurde, der sich vor dem durch die Vorhänge einfallenden Licht der Straßenlaterne abzeichnete.

»Ich hoffe, daß wir das nie können werden«, sagte Zoe. Und dann, nach einer Pause: »Glaubst du an Gott?«

»Nein.«

»Ich auch nicht.«

»Mein Vater auch nicht«, sagte Judy. »Er glaubt, wenn es da oben irgend etwas gibt, dann ist es entschieden gegen und nicht für ihn. Wenn er einmal in einer Kirche ist, merkt man, daß er gar nicht schnell genug wieder herauskommen kann.«

Zoe legte den Kopf auf die Knie.

»Wird Joe ein Begräbnis haben?«

»Ich weiß es nicht. Ich nehme es an. Gran und Grandpa werden es erwarten.«

»Die Armen …«

»Gran hat geglaubt, die Sonne ginge mit Joe auf und unter. Das konnte man schon spüren, wenn sie ihn nur ansah.«

»Ich werde nicht zur Beerdigung kommen«, sagte Zoe.

Judy wartete.

»Ich habe Joe nicht gekannt«, sagte Zoe. »Ich würde mir vorkommen wie die Leute, die bei Verkehrsunfällen anhalten und gaffen.«

»Ich will nicht allein fahren …«

»Nimm Oliver mit.«

»Er kennt niemanden von ihnen …«

»Er kennt dich.«

Judy richtete sich langsam auf und stützte sich auf die Ellenbogen.

»Es tut weh, Zoe, es tut überall weh.«

Zoe sah sie an, und selbst in der Düsternis des Zimmers konnte Judy das Glänzen ihrer Augen sehen.

»Es ist wieder der Kummer, Judy. Ich mußte daran denken, als ich dalag und versuchte, nicht an Joe zu denken. Und ich habe gedacht, daß eines der Dinge, die mit Kummer einhergehen, Veränderung ist, er verändert dein Leben und die Menschen darin, er zwingt dich weiterzuziehen, auch wenn du es nicht willst. Und das ist es, was weh tut. Es sind die Veränderungen, die du nicht willst, die weh tun.«

Hughie saß hinter der zugezogenen Tür seines Zimmers auf seinem Knautschsessel und beugte sich mit fest geschlossenen Augen und dem Daumen im Mund über seine Robbe. Er trug nach wie vor seinen Schlafanzug und dazu seinen Anorak und die rot-schwarze Baseballmütze, die Lyndsay an der Tankstelle in Dean Cross für ihre Benzingutscheine bekommen hatte. Sie hatte statt dessen zwei Becher haben wollen, die auch für die Gutscheine angeboten wurden und von denen sie dachte, Joe könnte sie zur Arbeit mit hinausnehmen, weil es nichts ausmachen würde, wenn sie kaputtgingen; aber dem Laden waren die Becher ausgegangen, und sie mußte statt dessen die Baseballmütze nehmen. Auf jeden Fall hatte Hughie eine Menge Aufhebens davon gemacht, gebettelt und gewinselt wie ein Baby, genau wissend, daß Lyndsay in der Öffentlichkeit, im Laden der Tankstelle, keine Szene wollte.

An diesem Morgen hatte er sich geweigert, sich von Mary Cornedale anziehen zu lassen oder sich selbst anzuziehen. Sie hatte seine Jeans zurechtgelegt, ein kariertes Hemd, ein grünes Sweatshirt, Socken und seine neuen Turnschuhe, die mit Klettbändern geschlossen wurden, und er hatte die Sachen, sobald sie ihm den Rücken kehrte, hinter den Heizkörper in seinem Zimmer gestopft. Er konnte Teile davon herausragen sehen, die Oberkante seiner Jeans, einen Ärmel des grünen Sweatshirts und den dunklen Klumpen seiner Socken. Seine Turnschuhe hatte er, weil sie neu waren, auf dem Fußboden stehenlassen, aber er hatte sie mit seinem Bademantel zugedeckt, damit er sie nicht ansehen mußte.

Auf der anderen Seite des Flurs lag Mummy im Bett. Ihre Vorhänge waren zugezogen. Sie hatte, seit Daddy nicht mehr da war, fast ständig im Bett gelegen, außer um im Nachthemd aufzustehen und dann weinend oder ins Leere starrend am Küchentisch zu sitzen. Wenn Hughie in den Arm genommen werden wollte, fing sie an zu weinen. Wenn er sie nur beobachtete, starrte sie etwas an, nicht ihn, sondern irgend etwas, was nichts zu bedeuten hatte, wie etwa ein Stück Wand oder die Milchflasche. Sie hatte Hughie gesagt, daß Dad tot war und nicht wiederkommen würde.

»Was ist *tot?*« fragte Hughie.

»Es ist nicht mehr leben. Nicht mehr atmen und herumlaufen. Es ist wie ein Schlaf, aus dem man nicht wieder aufwacht.«

»Ist er totgemacht worden?« fragte Hughie, der an die Dinge dachte, auf die er im Garten in Panik trat, Käfer und Tausendfüßler und Asseln, die man umbrachte, damit sie nicht mehr herumkrochen.

»Ja.«

Hughie erinnerte sich an Szenen im Fernsehen, bevor Lyndsay eiligst herbeigekommen war und den Apparat ausgeschaltet hatte.

»Mit einem Hubschrauber?«

»Nein. Es war ein Unfall.«

»Was ist ein Unfall?«

»Etwas, was eigentlich nicht passieren dürfte. Ein Versehen. Ein Versehen, das großen Schaden anrichtet, wie wenn man aus einem Fenster fällt oder mit einem anderen Auto zusammenstößt.«

Hughie hatte sich seine Robbe auf den Kopf gelegt.

»Kann ich ihn sehen?«

»Nein, leider nicht, mein Liebling.« Ihre Stimme hörte sich ziemlich komisch an, fand Hughie.

»Warum nicht?«

»Weil er fort ist. Wenn man stirbt, dann geht man fort, dann ist der Körper nicht mehr da.«

»Wo ist er dann?«

»Im Himmel«, sagte Lyndsay unsicher.

Hughie gab auf. Im Kindergarten in Dean Cross, in dem er drei Vormittage in der Woche verbrachte, war zu Weihnachten vom Himmel geredet worden, als sie für ihre Mütter Engel mit Flügeln aus Zeitungspapier gebastelt hatten. Engel lebten im Himmel, und der Himmel war irgendwo hoch oben in der Luft. Dorthin kam man mit Flugzeugen, nahm Hughie an. Und jetzt Daddy, hatte Mummy gesagt. Sie konnte es offenbar nicht besser erklären und auch nicht, weshalb er da oben blieb und nicht wieder herunterkam.

Dieses Nicht-Wiederkommen war so ziemlich das einzige, was Hughie zu erkennen begann. Er wollte es nicht sehen. Er hatte die Idee, daß er, wenn er sich ganz still verhielt, seine Robbe an sich drückte und am Daumen lutschte, danach – wenn er nicht mehr stillhielt, sondern wieder anfing, sich zu bewegen – feststellen würde, daß alles wieder so war wie früher. Und Daddy würde wieder dasein. Er zerrte die Baseballmütze heftig herunter, bis er und seine Robbe sich im Schutz ihres Schirms zusammenkauerten. Er wußte nicht, wie lange er hier würde bleiben müssen, aber das machte ihm nichts aus. Er würde einfach bleiben, solange es nötig war.

Lyndsay hatte Rose bei sich im Bett, während Mary Corriedale die Küche aufräumte und etwas kochte. Lyndsay wollte nichts Gekochtes, weil sie keinen Hunger hatte, aber Mary sagte, Dr. Nichols habe angeordnet, sie müsse etwas Suppe bekommen und ein bißchen Fisch, wenn sie ihn ausstehen konnte. Sie konnte es nicht. Im Moment konnte sie nichts ausstehen außer den Tabletten, die der Doktor ihr gegeben hatte und die sie in Schlaf versetzten, als würde sie in einen Tunnel aus schwarzem Samt hineingezogen.

Auch Rose war schwer auszustehen. Weil sie noch ein Baby war und von Natur aus quirlig, wirkte sie herzlos; sie turnte auf Händen und Knien auf Lyndsays Bett herum und ließ sich dann lautstark in die Kissen fallen. Lyndsay konnte sie nicht allein lassen, um nach Hughie zu sehen, weil Rose dann sofort etwas Wildes und Zerstörerisches tun würde, und es war auch nicht möglich, Hughie in ihr Bett zu holen, weil Rose ihm im Augenblick noch mehr als gewöhnlich verhaßt war. Lyndsay wußte die meisten Dinge, Hughie wußte ein paar Dinge und fürchtete sich vor anderen, aber Rose wußte überhaupt nichts, und das machte sie schrecklich.

Lyndsay wußte, daß Hughie sich in seinem Zimmer eingeschlossen hatte und versuchte, irgendeine Art von Magie zu bewirken, und ihr Herz blutete für ihn. Gegenwärtig blutete ihr Herz ständig, sie konnte es spüren, konnte spüren, wie die dunkle, heiße Flüssigkeit aus ihm heraussickerte und es zusammengeschrumpft in ihr zurückließ, wie eine vertrocknete Nuß, verstaubt und tot.

»Kummer ist eine Reise«, hatte Dr. Nichols gesagt und ihr das schmale, junge Gesicht zugewendet. »Wenn Sie sie hinter sich haben – und das wird eines Tages der Fall sein, das verspreche ich Ihnen –, dann sind Sie nicht mehr an dem Ort, wo Sie sich jetzt befinden.«

Lyndsay hatte ihn angestarrt. Sie war an überhaupt keinem Ort, das war ja ein Teil der Qual, sie hing lediglich irgendwo im Nichts, und jetzt, da Joe tot war, würde das immer so bleiben. Dr. Nichols war freundlich, und er redete nicht mit ihr, als wäre sie geistig zurückgeblieben, aber ungeachtet all seiner Freundlichkeit und seines Mitgefühls konnte Lyndsay ihm nicht sagen, daß Joe für sie alles gewesen war, daß sie, auch wenn sie nicht mit ihm sprechen konnte, doch nie aufhören würde, ihn anzubeten, ihn *zu brauchen*. Und sie konnte Dr. Nichols auch nichts von dem neuen Verdacht erzählen, der ihr gekommen war, einem grauenvollen Verdacht, den sie sich nicht aus dem Kopf schlagen konnte, sondern an den sie sich festklammerte wie ein widerwärtiger Pilz, und das war, daß, wenn Joe am Leben geblieben wäre, sein Fatalismus letzten Endes die Kinder in Mitleidenschaft gezogen hätte. Und dann hätte sie, Lyndsay, sich für ihn oder die Kinder entscheiden müssen.

Harry stand an der Stelle, wo Joe gestorben war. Die Polizei hatte den Düngersack mitgenommen, an dem sein Kopf geruht hatte, und den Rest hatte Harry selbst beseitigt. Er hatte es gewollt. Es war nicht viel zu tun gewesen, nur ein paar Blutspritzer auf daneben stehenden Säcken und ein paar Schürfstellen auf dem Erdboden, die übergeharkt werden mußten, und obwohl er bei der Arbeit lautlos weinte, wollte er doch in diesem engen Raum sein, in dem sich Joe zuletzt aufgehalten hatte.

»Tut mir leid, Junge«, sagte er ins Leere. »Tut mir leid, Junge.«

Die Polizisten hatten auch sein Gewehr mitgenommen. Er hoffte, sie würden es nie zurückbringen. Er hatte noch ein zweites, ziemlich altes, das für Ratten und Kaninchen ausreichen würde, das Gewehr, mit denen er den Jungen das Schießen beigebracht hatte. Sie hatten beide schnell gelernt. Wenn Harry die Hand aufs Herz legen würde und zwischen ihnen wählen müßte, dann würde er zugeben müssen, daß Robin der bessere Schütze war, ruhig und akkurat. Aber Robin hatte nie Joes Stil gehabt. Es hatte Harry immer Freude gemacht, zu sehen, wie Joe mit einem Gewehr umging, er schien eine Art Naturtalent zu haben; bei ihm sah ein Gewehr aus wie etwas Harmloses, beinahe Anmutiges.

Harry legte beide Hände auf den Sack, an den sich Joe angelehnt hatte, dann drückte er die Stirn dagegen. Er hatte das Gefühl, daß er nirgendwo anders sein wollte als hier, wo Joe war.

»Mach dir keine Sorgen, Dad«, hatte Robin gesagt. »Du brauchst nichts zu tun. Ich kümmere mich um die wichtigsten Dinge.«

Im Augenblick war Robin mit dem Traktor draußen auf dem Zwölf-Morgen-Feld, auf dem Joe Erbsen gesät hatte. Er hatte in diesem Jahr eine Menge Erbsen gesät, fast fünfzig Morgen, mehr Gerste als üblich und Flachs, dessen himmelblaue Blüten Lyndsay immer so gefallen hatten. Harry hatte Lyndsay seit Joes Tod nur zweimal gesehen, als er sie, aus einem undefinierbaren Instinkt heraus, in ihrem Haus besucht hatte, wo er dann keinen Ton herausbrachte, nicht einmal den Kindern gegenüber. Lyndsay sah aus wie ein Gespenst, als gehörte sie nicht mehr zu dieser Welt und wollte es auch nicht. Armes Mädchen, dachte Harry, armes Mädchen. Noch nicht einmal dreißig und schon Witwe. Neben Joe war sie ihm immer wie ein Kind vorgekommen, soviel kleiner und jünger als er, so abhängig. Joe hätte das nicht tun dürfen, dachte Harry, während er zusah, wie Lyndsay mit unendlicher, erschöpfter Langsamkeit ein Brot zurechtmachte, er hätte seine Familie nicht auf diese Weise allein lassen dürfen, drei kleine, aufs Meer hinausgeworfene Korken. Aber schließlich hätte auch er, Harry, sein Gewehr nicht unverschlossen aufbewahren dürfen.

Er spürte, daß dieser Gedanke auch Dilys im Kopf herumging, ständig. Seit dem Unfall, wie er es nannte, hatte er das Gefühl, daß sie ihm die Schuld gab. Nach außen hin war das Leben der beiden fast unverändert weitergegangen, außer daß keiner von ihnen nennenswerten Appetit hatte, aber Harry hatte irgendwie den Eindruck, daß Dilys ihm verweigerte, ihr Mann zu sein und Joes Vater. Joe war immer das Thema gewesen, das sie zusammengebracht hatte. Vierzig Jahre oder mehr war die Freude und die Besorgnis über Joe ein Band zwischen ihnen gewesen, der Gegenstand, bei dem sie sich immer völlig eins fühlen konnten. Aber jetzt sah es so aus, als wollte ihn Dilys in ihrem Kummer und ihren Erinnerungen an Joe nicht in der Nähe haben. Er wußte, daß sie, wenn sie nachts neben ihm lag, genauso wach war wie er und daß sich ihre Gedanken mit denselben Dingen beschäftigten, aber wenn er sie ansprach, sagte sie nur: »Sieh zu, daß du deinen Schlaf bekommst, Harry. Es ist sechs Uhr, bevor du weißt, was passiert ist.« Und dann überließ sie ihn seinem Schmerz und seiner Einsamkeit, zog sich von ihm in sich selbst zurück. Harry hatte nie zuvor wirklichen Kummer gehabt. In den letzten paar Tagen hatte er sich ein-, zweimal, ohne jede Bestürzung, gefragt, ob der Schmerz ihn umbringen würde, und gleichzeitig gewußt, daß er in diesem Augenblick froh sein würde, wenn er sich beeilte und es täte.

Er hob den Kopf und schaute zum Dach des Schuppens hinauf. Es bestand aus Wellblech, und Joe hatte im Herbst einige der Platten ersetzt, aber bei anderen war es schon jetzt wieder erforderlich. An einigen Stellen war das Blech so durchlöchert wie ein von Raupen zerfressenes Kohlblatt, der Regen war eingedrungen, und die Düngersäcke waren mit rostfarbenen Flecken gesprenkelt. Er würde Robin bitten müssen, sich darum und auch um die verstopften Entwässerungsgräben zu kümmern, für die Joe nie Zeit gefunden hatte. »Das mach ich schon«, hatte er jede Woche gesagt, wenn Harry ihn daran erinnert hatte, und dann war wieder etwas anderes dazwischengekommen, und er hatte es vergessen. Wie zum Beispiel, eine Scheune zurechtzumachen für diese Zuchtkühe, an die er plötzlich sein Herz gehängt hatte – Tage um Tage hatte er damit verbracht. Er hatte damit gerechnet, 400 Pfund für ein Tier von mittlerem Gewicht bezahlen zu müssen, vielleicht sogar mehr. Und er hatte zwanzig gewollt, Hereford oder Limousin. Harry hatte sich gegen diesen Plan gestemmt und gesagt, er habe nie Vieh gehalten und denke nicht daran, jetzt damit anzufangen. Er hatte nicht gebrüllt, aber er war hart geblieben, so hart wie ein alter Felsbrocken, eine alte Wurzel. Jetzt war ihm elend bei dem Gedanken, wie dickköpfig er gewesen war, wie wütend und unzugänglich. Und das nur wegen zwanzig Stück Vieh. Das war alles. Das war alles, was Joe gewollt hatte. Und er war bereit gewesen, die ganze Arbeit allein zu tun, er hatte Harry um nichts als das erforderliche Startkapital gebeten. Harry lehnte sich wieder an die Säcke und schloß die Augen. Er konnte es nicht ertragen. Er konnte die Art nicht ertragen, wie er Joe gegenüber auf diese Kühe reagiert hatte. Und er konnte die

Tatsache nicht ertragen, daß er es nun, dessentwegen, was Joe getan hatte, nicht wiedergutmachen konnte.

Dilys bewirtete den Vikar mit Tee und Kirschkuchen. Es war sein dritter Besuch seit dem Unfall, und er hatte, wie Dilys feststellte, immer noch nicht die geringste Ahnung, was er sagen sollte. Er hatte offenbar die Idee, daß Dilys sich Sorgen machen könnte, weil Selbstmord eine Sünde war. Sie wußte kaum, wovon er redete.

»Was meinen Sie mit diesem Gerede von Sünde?« fragte sie. »Was hat das mit Sünde zu tun? Joe hatte seinen Unfall, weil er dazu getrieben worden ist. Wenn man zu etwas getrieben wird, dann ist man das Opfer. Opfer sind unschuldig.«

Der Vikar hatte sich gefragt, ob er ihr den Unterschied zwischen Unschuld und Hilflosigkeit klarmachen sollte, und sich dann dagegen entschieden. Statt dessen hatte er ein Stück Kirschkuchen gegessen und Dilys ein Kompliment darüber gemacht. Sie war wunderbar, das sagten alle, lebte ihr Leben weiter, als wäre nichts passiert, verkroch sich nicht, sondern verhielt sich ganz normal, für jedermann sichtbar, kaufte im Dorf ein, backte Kuchen.

»Ich bete für Sie«, sagte der Vikar. »Jeden Tag. Und für Harry und Joe und die ganze Familie.«

Dilys schnaubte nicht gerade, aber sie sah aus, als hätte sie in ihrem ganzen Leben noch nie etwas so Sinnloses gehört. Sie erinnerte den Vikar an eine alte Frau in Dean Cross, die er einmal besucht hatte, als sie im Krankenhaus von Stretton mit einer Lungenentzündung im Sterben lag, und zu der er auch gesagt hatte, er würde für sie beten. »Beten?« hatte sie gesagt. »Beten? Schöne Worte haben den Kohl noch nie fett gemacht.«

»Wenn Sie mit mir reden möchten«, sagte der Vikar jetzt zu Dilys, »irgendwann, über irgend etwas, dann brauchen Sie nur den Hörer abzunehmen.«

Dilys sah ihn an.

»Kummer ist etwas Natürliches«, sagte er und betrachtete seine Teetasse. »Aber er kann uns angst machen, indem er Formen annimmt, auf die wir nicht gefaßt sind. Und Gott ...«

»Nein«, sagte Dilys. »Der nicht ...«

Der Vikar seufzte.

»Sie sind sehr tapfer«, sagte er. »Aber Sie können sich nicht nur auf Ihre eigene Kraft verlassen.«

»Ach, wirklich nicht?« sagte Dilys. »Wirklich nicht?« Sie stand auf und deutete damit an, daß der Besuch beendet war. »Entschuldigen Sie, Vikar, aber das ist das einzige, was mir noch geblieben ist. Das einzige.« Und dann nahm sie ihm die Teetasse weg und stellte sie in den Ausguß.

# ZEHNTES KAPITEL

Der Tag von Joes Beerdigung dämmerte so klar wie Kristall herauf. Sogar Robin, der dazu neigte, das Wetter mit einem unerbittlich praktischen Auge zu betrachten, hatte das obskure Gefühl, daß in der Helligkeit des Lichts fast etwas Grausames lag, als wollte es darauf hinweisen, daß es kein Verstecken gab vor der Art, wie Joe gestorben war.

Robin betrachtete sich ohne sonderliche Anerkennung im Badezimmerspiegel, während er sich rasierte. Er tat es mit einem altmodischen Messer, kratzte den dunklen Schatten von Stoppeln weg, der gegen Abend immer neu erschien und von dem Caro, in der Anfangszeit, als sie ihn noch mit einigem Interesse musterte, gewollt hatte, daß er ihn ein zweites Mal entfernte. Er war seit vier Uhr auf, wach geworden vom Gedanken an den Tag, der vor ihm lag, und von der Erinnerung an die, die er hinter sich hatte – und an Lyndsay, seine Eltern, den armen Hughie. Und an sich selbst. Er wußte kaum, was er fühlte, außer daß die Realität schlicht und einfach aus den Dingen herausgeflossen war, daß Orte und Gegenstände, obwohl er sie nach wie vor betrachten konnte, ihre wahre Natur eingebüßt hatten und fremdartig geworden waren. Niemand hatte ihn gefragt, wie er sich fühlte. Er hatte auch nicht damit gerechnet, daß es jemand tun würde.

Man war davon ausgegangen – wie er selbst auch –, daß die schmerzliche Arbeit der letzten zehn Tage seine Sache sein würde, daß er es sein würde, der Joes Leiche identifizierte, der der Polizei die nötigen Informationen lieferte und bestätigte, daß es keine verdächtigen Umstände gab, daß Joes Geist, schon immer anfällig für Düsterkeit und Störungen, auf verhängnisvolle Weise aus dem Gleichgewicht, soweit es überhaupt bestanden hatte, gekippt und gestürzt war. Es war ihm zutiefst zuwider gewesen. Für ihn war es ein Horror, die Beschreibungen der Persönlichkeit seines Bruders anhören zu müssen, die zu bestätigen ihn seine Ehrlichkeit gezwungen hatte; er hatte es als grauenhafte Illoyalität empfunden, als hätte er Joe daran gehindert, einen wesentlichen, kostbaren Teil seiner Privatsphäre mit ins Grab zu nehmen. Aber es hatte sein müssen, genauso, wie eine Obduktion hatte sein müssen und ein toxikologischer Test, um sicherzustellen, daß Joe weder betrunken gewesen war noch unter Drogen gestanden hatte, und eine Leichenschau unter Vorsitz des Coroners von Stretton zur offiziellen Feststellung der Todesursache und endgültigen Identifizierung der Leiche, bevor sie zur Verbrennung freigegeben wurde, wie Joe es gewünscht, wie er es in Robins Hörweite bei Caros Beerdigung ausdrücklich zu Judy gesagt hatte.

»Verbrannt und verstreut«, hatte er gesagt. »Vor allem verstreut. Im Fluß. Nicht auf der verdammten Farm.«

Hatte er tatsächlich an seinen eigenen Tod gedacht? Hatte Joe an Caros Grab gestanden und auf einer diffusen Ebene gewußt, daß ihr Ende auch seines bedeutete, daß sie sein letzter Hoffnungsfaden gewesen war? Während der fast schlaflosen Nacht, die Joes Bestattung voraufging, war Robin der Gedanke nicht aus dem Kopf gegangen, daß, während er selbst sich daran gewöhnte, immer weniger Hoffnungen in Caro zu setzen, Joe im Gegensatz dazu immer mehr in sie gesetzt hatte. Er konnte nicht anders, konnte sich nicht dagegen wehren. Ebensowenig, wie er sich dagegen wehren konnte, Dads Gewehr zu betrachten und in ihm einen Ausweg zu sehen, den einzigen Ausweg. Dennoch hatte er in der Leichenhalle ganz ruhig ausgesehen, fast erleichtert. Robin hatte diesen Eindruck der Erleichterung Lyndsay gegenüber erwähnt, um sie zu trösten, und es gleich darauf bedauert. Wer konnte, begriff er zu spät, Trost finden in dem Wissen, daß der tote Ehemann, von dem sie glaubte, ihm gegenüber letzten Endes versagt zu haben, so aussah, als wäre er erleichtert, tot zu sein?

Solche Gedanken hatten Robin, der halb schlief, halb wachte, geplagt, bis sein Wecker vier Uhr morgens anzeigte. Dann war er aufgestanden, hatte sich Tee gemacht und ein bißchen Schreibarbeit erledigt (ausschließlich letzte Mahnungen) und war trotzdem noch vor Gareth im Melkstall gewesen. Gareth hatte das nicht gefallen. Er schätzte es nicht, um Viertel nach fünf aufstehen zu müssen, wenn es nicht sein mußte, und er mochte es nicht, wenn Robin dabei war, sofern es sich nicht um einen Notfall handelte. Robin tat die Dinge eine Spur anders, brachte eine andere Atmosphäre mit sich, und die Kühe wußten das und nutzten es aus, drängelten sich schiebend und stoßend auf dem Sammelplatz.

Auf jeden Fall hatte auch Gareth nicht gut geschlafen. Am Vorabend, gerade als sie zu Bett gehen wollten, war Debbie in Tränen ausgebrochen und hatte zwischen Schluchzern gesagt, daß sie Tideswell verlassen müßten.

Gareth, bereits halb im Bett, hatte mit einem hochgezogenen Knie innegehalten und gesagt: »Wie meinst du das, verlassen?«

»Wir müssen zusehen, daß wir von hier fortkommen«, sagte Debbie. Sie war auf die Bettkante gesackt, hatte die Arme um sich geschlungen und schaukelte vor und zurück, als hätte sie Schmerzen. »Du mußt dir einen anderen Job suchen!«

»Bist du verrückt?« sagte Gareth. »Was soll der Unsinn? Hast du nicht mehr alle Tassen im Schrank?«

»Hier spukt es. Es kann nicht anders sein. Zuerst Caro und jetzt Joe. Und Selbstmord – Gareth, ich komme nicht davon los. Ich muß immerzu daran denken. Wir dürfen nicht hierbleiben, auf gar keinen Fall. Nicht mit den Kindern und allem. Es ist, als läge ein Fluch auf der Farm, als käme einer nach dem anderen an die Reihe …«

Gareth legte sich ins Bett und zog die Decke hoch.

»Du hast dir die Videos der Kinder angesehen …«

»Ich bin ganz sicher!« heulte Debbie. »Ich bin ganz sicher!« Er sah sie an. Sie sah überhaupt nicht aus wie seine Debbie, sondern eher wie ein wildes Tier. Er schlug eine Ecke der Decke auf seiner Seite des Bettes zurück und klopfte auf das Laken.

»Komm herein«, sagte er. »Komm zu mir, damit wir ein bißchen schmusen können. Du kannst nicht zwei und zwei zusammenzählen und sieben herausbekommen.«

Sie hatte lange Zeit geweint, zwischen Schluchzern abgerissen über Lyndsay und Caro und Einsamkeit geredet, darüber, daß man zurückgelassen wurde und allein mit dem Leben fertig werden mußte, es aber nicht konnte. Endlich war sie schwer und feucht an seiner Schulter eingeschlafen, und danach hatte er wach gelegen, in die Dunkelheit gestarrt und auf die Stille der ruhigen Nacht gelauscht, die ihm plötzlich nicht friedlich vorkam, sondern irgendwie bedrohlich, als ob irgendeine große Gewalt draußen den Atem anhielt, bevor sie ihre Kraft entfesselte. Als der Wecker läutete, hatte sich Gareth tief, tief drunten in dem schließlich übertriebenen Schlaf befunden, und vom Gewecktwerden war ihm fast schlecht geworden. Debbie hatte weitergeschlafen; ihr Gesicht war halb in ihrem Kissen vergraben, ihre Augenlider bewegten sich leicht.

Und dann hatte er Robin im Melkstall vorgefunden.

»Ist etwas passiert?«

»Nein«, sagte Robin.

»Sie hätten mir Bescheid sagen können«, sagte Gareth. »Sie hätten mir sagen können, daß Sie das erste Melken übernehmen. Hätten Sie das nicht tun können?«

Robin sah ihn nicht an.

»Ich habe es selbst nicht gewußt.«

Gareth stapfte die Betonstufen in die Grube hinunter. Die Melkmaschinen klirrten und rumpelten, nur hin und wieder durch das Geräusch von prasselndem Kot und Harn unterbrochen.

Robin, der gerade einen Melkbecher ansetzen wollte und das Euter mit der Hand abtastete, sagte: »Was ist mit der los? Hat sie ein Viertel verloren?«

»Ja«, sagte Gareth schmollend. »Vor einem Monat. Aber es geht ihr gut. Sie läßt sich auch mit dreien gut melken.«

Robin gab der Kuh einen Klaps.

»Komisches altes Mädchen. Stellt sich immer an denselben Platz. Immer auf Nummer vier.« Er warf einen Blick auf Gareth. »Ich verschwinde jetzt. Ich muß mich noch rasieren.«

Gareth sagte nichts. Robin stieg aus der Grube heraus, dann blieb er stehen und hielt sich an der ramponierten Metallstange an ihrem oberen Ende fest.

»Gareth«, sagte er. »Kommen Sie heute? Und Debbie?«

»Vermutlich ...«

»Sie brauchen nicht zu kommen«, sagte Robin. Er schwieg einen Moment lang, dann sagte er verlegen: »Wenn – wenn es Ihnen ein bißchen schwerfällt, wenn Sie nicht ...«

Gareth wendete sich ab, drückte auf die Knöpfe an der Schalttafel für die automatische Fütterung.

»Wir werden kommen«, sagte er. Und dann grob: »Was haben Sie denn gedacht?«

Nicht viel, dachte Robin jetzt, sein Kinn abschabend, nur, daß ich euch vielleicht etwas ersparen wollte, einen zweiten Todesfall in der Familie innerhalb weniger Monate, eine andere Art von Todesfall, einen, über den es nichts zu sagen gibt, kein tröstliches Gemurmel, nur endlose, endlose Fragen.

»Warum?« hatte Judy vor dem Essen den ganzen Abend über gefragt. »Ich weiß, es hat keinen Sinn, diese Frage zu stellen, aber ich kann nicht anders. Warum? Warum gerade jetzt? Warum auf diese Art? Warum hat er nicht an Lyndsay und die Kinder gedacht?«

Judy hatte diesmal einen Freund mitgebracht, einen hochgewachsenen, wohlerzogenen jungen Mann mit einer Brille, der Robin ›Mr. Meredith‹ nannte und den Tisch abräumte, ohne dazu aufgefordert worden zu sein. Robin war ein wenig überrascht gewesen, ihn zu sehen, aber er begriff bald, weshalb Judy ihn mitgebracht hatte. Oder überhaupt jemanden. Er hatte sich kurz gefragt, warum sie nicht Zoe mitgebracht hatte, aber er hatte nichts gesagt und sie auch nicht. Zoe war nicht erwähnt worden. Als Schlafenszeit war, hatte Judy Oliver in das Zimmer gebracht, in dem Zoe übernachtet hatte, und ein paar Minuten später war Robin ihm auf dem Flur begegnet, mit einem Handtuch und einer Zahnbürste und ohne Brille. Ohne sie hatten seine Augen weichschalig ausgesehen.

Robin tauchte sein Rasiermesser in das warme Wasser im Becken und schwenkte es, bis es sauber war. Im Schlafzimmer nebenan hing sein einziger dunkler Anzug an der Tür des Kleiderschranks, von Velma gebürstet. Sie hatte auch seine schwarzen Schuhe geputzt und ein weißes Hemd zurechtgelegt. Vor Caros Beerdigung hatte sie das nicht getan, aber Caro war schließlich nicht Joe und nie ein Teil von Velmas starrer Ordnung der Dinge gewesen. Aber Joe hatte zu ihr gehört, seit seiner Kindheit, groß und golden, gutaussehend und verschlossen, eine romantische Figur, sogar in seinen Overalls. Und Velma hatte es gewußt, gespürt. Während er das schaumige, mit Seifenresten und Bartstoppeln durchsetzte Wasser ablaufen ließ, fragte sich Robin, ob Velma gegen ihre Regel verstoßen und zur Beerdigung von Joe kommen würde. Nicht des Todes wegen, nicht aus Respekt oder Mitgefühl oder sonst etwas; sondern ganz einfach Joes wegen.

Dilys stand kerzengerade zwischen Lyndsay und Harry in der vordersten Bank der Kirche von Dean Cross. Hinter Harry, am Ende der Bank, stand Robin und hinter ihnen allen Judy und der junge Mann, den sie mitgebracht hatte. Er schien recht nett zu sein, aber nach Dilys' Meinung hätte er überhaupt nicht hiersein dürfen. Das war kein Anlaß für Fremde.

Es war statt dessen ein Anlaß, die Stärke der Familie, Solidarität und angemessenes Verhalten zur Schau zu stellen. Es war ein Anlaß, es der Welt unmöglich zu machen, die Meredith' zu bemitleiden. Sie hatten Joe gehabt; nun hatten sie ihn verloren, aber sie waren einzigartig, weil sie ihn überhaupt gehabt hatten. Diese unbestreitbare Tatsache mußte sich in allem widerspiegeln, vom Bürsten des Haars über die entschlossen bejahenden Gebete bis hin zu dem makellosen Lunch aus Sandwiches, der die Trauergäste in Dean Place Farm erwartete, garniert mit Petersilie und wie Rosen geschnittenen Radieschen, mit blitzsauberen Hauben aus weißer Gaze vor Fliegen geschützt.

Sie ließ den Blick die Bank entlangwandern. Robin sah fast so aus, wie sie es sich gewünscht hätte – nur sein Haar war zu lang –, und er hatte die gute Haltung seines Vaters. Harry, gebürstet und poliert und gestärkt, bis er funkelte, war in seiner Kleidung zusammengeschrumpft, als wäre sie ihm völlig fremd und außerdem zu groß, und obwohl er sie gehorsam trug, paßte sie ihm nicht, weder körperlich noch seelisch. Dilys hatte ihm in der Küche das Haar geschnitten und seine Fingernägel inspiziert. Er hatte sich dem unterworfen wie ein sanftmütiges Kind, aber er hatte sie nicht angesehen: sein Blick war in weite Ferne gerichtet, verschwommen und unbeteiligt. Sie schaute wieder zum Altar und dem großen Sarg aus heller Eiche mit Lyndsays Lilien darauf. Dilys hatte auch ihre eigenen Blumen drauflegen wollen, aus dem Garten von Dean Place, den Joe sein ganzes Leben lang gekannt hatte, aber Lyndsay war aus ihrer Benommenheit hochgefahren und hatte es verboten.

»Nein«, hatte sie gesagt. Ihre Augen funkelten. »Er war *mein* Mann und der Vater *meiner* Kinder. Nur *meine* Blumen. Blumen von Hughie und Rose und mir.«

Dilys sah Lyndsay jetzt nicht einmal an, obwohl ihre rechte Schulter keine dreißig Zentimeter entfernt war. Sie wußte ohnehin, was sie sehen und daß es ihr nicht gefallen würde. Sie würde Lyndsays dunstiges helles Haar sehen, wie immer mit Kämmen hochgesteckt und halb über ihren Rücken herunterhängend, anstatt, wie sich's gehörte, ordentlich geflochten auf ihrem Kopf zu liegen, und sie würde einen grünen Mantel sehen – grün, bei einer Beerdigung! –, auf dem Lyndsay bestanden hatte, weil es Joes letztes Geschenk an sie gewesen war, vorige Weihnachten. Das mochte ja stimmen, dachte Dilys, aber es war falsch, total falsch. Er hatte einen Kragen und Ärmelaufschläge aus schwarzem Samt und trübgoldene Knöpfe. Es war kein Beerdigungsmantel, es war nicht einmal ein Frühjahrsmantel. Es war ganz einfach auf empörende und herausfordernde Art der falsche Mantel für diesen Tag.

»Lasset uns beten«, sagte der Vikar.

Sofort wurde die Kirche von Knarren und Poltern erfüllt, als sich die Trauernden auf die Knie niederließen. Es war eine große Gemeinde, hatte Dilys festgestellt, eine sehr große, viel größer als die bei Caros Beerdigung. Das ganze Dorf schien gekommen zu sein und Gareth und Debbie und sogar Velma und sowohl alle möglichen Leute vom örtlichen Farmerverband als auch der County-Präsident der National Farmers' Union und der Hauptauktionator vom Markt in Stretton. Dilys legte die Stirn auf die gefalteten, behandschuhten Hände und schloß die Augen. Sie hoffte, daß die Sandwiches reichen würden. Vielleicht sollte sie, wenn sie vom Krematorium in Stretton zurückkamen – nichts von dieser sentimentalen Zeremonie einer Erdbestattung, wie Caro sie gehabt hatte, für Joe –, noch ein paar Wurstpasteten aus der Gefriertruhe holen und in der Mikrowelle auftauen. Robin konnte sich um die Getränke kümmern – Harry bekam so was nie in den Griff –, und Judys junger Mann konnte ihm helfen. Weil sie sie nicht auf seinen Sarg legen durfte, hatte Dilys Blumen aus dem Garten auf den Eßtisch gestellt, Blumen aus Joes Garten, aus seinem Heim, wo er aufgewachsen und zu Hause gewesen war.

»Auf immer und ewig«, sagte der Vikar.

»Amen«, sagte Dilys laut. »Amen.«

Es lag eine gestärkte weiße Decke auf dem Tisch, und darauf standen eine silberne Vase mit Blumen, Dilys' bestes Kristall, eine ansehnliche Batterie von Flaschen und zahllose Platten mit präzise geschnittenen Sandwiches, krustenlose Dreiecke aus Weißbrot und Mischbrot, in denen Fähnchen an Cocktailspießen steckten, kleine, aus weißem Schreibpapier ausgeschnittene Banner, auf denen in Dilys' säuberlicher Schrift ›Ei und Kresse‹ stand, ›Lachs und Gurke‹, ›Schinken und Senf‹, ›Sellerie und Schmelzkäse‹. Die Stühle waren an die Wände zurückgeschoben worden, die Fenster frisch geputzt und der Perserteppich von Hand gebürstet, bis der Flor völlig aufrecht stand und die Farben leuchteten.

»Mach den Sherry auf«, sagte Dilys zu Robin.

»Sollte ich nicht lieber warten, bis die Leute kommen?«

»Nein«, sagte Dilys. »Mach es gleich. Damit alles für sie bereit ist.«

Sie war sehr blaß, dachte Judy, aber das waren sie schließlich alle. Judy stand zusammen mit Oliver im Erker, und sie war ihm auf obskure Art dankbar. Er hatte während des Gottesdienstes nicht ihre Hand ergriffen, aber sie ein-, zweimal ganz leicht berührt, um ihr zu verstehen zu geben, daß sie das Leben im Auge behalten sollte. Er war außergewöhnlich, dachte sie, weil er die Dinge einfach akzeptierte, einfach still und freundlich da war, hier in diesem komischen, mit Möbeln vollgestopften altmodischen Zimmer, wo die Intensität des Anlasses ihre Großeltern und ihren Vater stumm gemacht hatte. Und es war peinlich, daß Lyndsay nicht hier war, aber sie hatte sich geweigert mitzukommen und gesagt, sie müsse zurück zu den Kindern. Natürlich mußte sie bei ihnen sein, besonders bei Hughie, aber ihre Abwesenheit wirkte irgendwie beabsichtigt, wie eine Art Erklärung ihres Nicht-Dazugehörens.

»Der Vikar kommt«, sagte Dilys, die an Judy vorbei auf die Auffahrt hinausschaute. »Immer der erste, der Vikar.«

Alle drehten sich um und sahen zu, wie er aus seinem Wagen stieg, langsam und müde, und dann stieg auf der anderen Seite seine Frau aus und betrachtete nervös das Farmhaus.

»Oh!« sagte Dilys, und in ihrer Stimme schwang überraschte Genugtuung mit. »Sie ist mitgekommen. Erstaunlich.«

Robin ging hinaus in die Diele, wo die selten benutzte Vordertür von einem schmiedeeisernen Türstopper offengehalten wurde, den er als Kind sehr geliebt hatte, weil er die Form eines springenden Löwen hatte. Der Vikar und seine Frau kamen langsam herbei.

»Schön, daß Sie gekommen sind«, sagte Robin. Seine Hand fuhr instinktiv zu seiner Kehle, um seine Krawatte zu lockern. »Kommen andere Leute nach Ihnen?«

Die Frau des Vikars schaute auf. Sie war früher einmal

eine hübsche Frau gewesen, schien aber irgendwann zu dem Schluß gekommen zu sein, daß Hübschsein eine sinnlose Eigenschaft war, die ihr nichts einbrachte, und so hatte sie sich dafür entschieden, es still verblassen zu lassen, wie ein Partykleid, das in einem Schrank aufbewahrt wird und zu Fetzen verrottet, weil es keine Partys zu besuchen gibt.

»Ich habe niemanden gesehen«, sagte sie. Sie blickte ihren Mann an, als hätte er irgendwie eine andere Perspektive und etwas entdeckt, was ihr entgangen war. »Hast du?«

»Nein ...«

»Niemand kommt? Niemand ist Ihnen vom Dorf hierhergefolgt?«

»Nun ja, es hat einige Zeit dazwischen gelegen«, sagte der Vikar vorsichtig. »Die Zeit, während wir zum Krematorium gefahren sind. Wahrscheinlich sind sie da gegangen, ich nehme an, viele von ihnen mußten wieder zur Arbeit, nach ihrer Mittagspause ...«

Robin sagte langsam: »Ich verstehe.« Er sah die Frau des Vikars an. »Aber sie haben es doch alle gewußt; es hat eine Ankündigung gegeben. Sie haben alle gewußt, daß sie hier erwartet werden, daß Mum sie erwartet ...« Er verstummte.

Der Vikar schaute zu ihm auf. »Wie soll ich es ausdrükken, wie kann ich ...« Er brach ab, und dann sagte er leise: »Das ist eine andere Art von Trauerfeier, verstehen Sie? Sie bringt – sie bringt ungute Gefühle mit sich.«

Robin stand einen Moment da und überlegte. Dann sagte er: »Wollen wenigstens Sie hereinkommen? Damit Sie dabei sind, wenn ich es meiner Mutter sage?«

Sie nickten und gingen hinter ihm ins Haus und den gebohnerten Flur entlang auf das Eßzimmer zu.

»Ah«, sagte Dilys. Sie griff nach einem Glas Sherry und einem Teller, auf dem eine weiße, zu einem Dreieck gefaltete Papierserviette lag, und hielt beides der Frau des Vikars entgegen. »Und nun müssen Sie sich selbst bedienen. Bitte, greifen Sie zu.«

Das Zimmer wirkte sehr still.

»Mum«, sagte Robin.

Dilys wendete sich von dem Vikar und seiner Frau ab.

»Ja?«

Robin trat ein oder zwei Schritte vor und hob einen Arm, als wollte er ihn Dilys um die Schultern legen. Dann ließ er ihn wieder sinken.

»Mum, ich glaube nicht, daß viele Leute kommen werden. Wir haben nicht an die Zeit gedacht, die wir im Krematorium verbracht haben. Sie mußten alle wieder zurück zur Arbeit. Daran haben wir nicht gedacht.«

Dilys warf ihm einen hellen, harten Blick zu. Dann griff sie nach einem weiteren Glas und einem weiteren Teller und drückte sie dem Vikar in die Hand.

»Unsinn«, sagte sie.

»Niemand ist gekommen«, sagte Robin. »Jedenfalls fast niemand. Fünf oder sechs Leute. Mum hatte mit fünfzig gerechnet.«

Er saß in Lyndsays Wohnzimmer auf der Kante des Sofas, immer noch in seinem dunklen Anzug, mit gelockerter Krawatte und den Ellenbogen auf den Knien. Sie hatte ihm ein Glas Whisky gegeben, das er locker in den Händen hielt, während er auf den Teppich starrte.

»Arme Dilys«, sagte Lyndsay.

»Sie wollte es nicht wahrhaben. Sie wollte es nicht akzeptieren. Wir haben alle bis nach vier Uhr herumgesessen und nur gewartet.« Er hob das Glas und trank einen Schluck. »Schließlich war es Judy, die den Mut aufbrachte. Sie sagte: ›Gran, ich glaube nicht, daß jetzt noch jemand kommt. Es wird Zeit, daß wir aufhören zu warten und Ordnung schaffen.‹ Und dann ist sie einfach aufgestanden und hat Sachen in die Küche gebracht. Mum hat nichts gesagt, aber sie hat auch nicht versucht, sie daran zu hindern. Sie hat einfach dagesessen, während wir all die Teller hinausschafften. Genug Essen, um das ganze Dorf zu füttern.«

»Und Harry?«

Robin betrachtete wieder den Teppich.

»Er war draußen. Wo er immer ist. Im – im Schuppen.«
»Wo Joe war«, sagte Lyndsay. »Wo er Joe gefunden hat.«
»Ja.«
»Ich frage mich immer wieder, was ich getan hätte, wenn ich ihn gefunden hätte. Manchmal – manchmal habe ich das Gefühl, daß ich Harry beneide, weil er ihn gefunden hat.«
Robin sah sie an.
»Tu das nicht.«
»Und weshalb hat er sich nicht hier erschossen? Weshalb hat er es nicht in seinem Haus getan, unserem Haus, wo er hingehörte?«
Robin zuckte leicht die Achseln.
»Vielleicht ist das der Grund.«
Lyndsay lehnte sich in ihrem Sessel nach vorn und stellte den Teebecher, aus dem sie getrunken hatte, behutsam auf den Teppich neben ihren Füßen.
»Oh, Robin, ich fühle mich so elend, so schlecht, so gottserbärmlich schlecht, daß ich nicht zurechtgekommen bin ...«
Er sagte langsam: »Vielleicht war er es, der nicht zurechtkommen konnte. Vielleicht kam er nicht damit zurecht, ein Farmer zu sein, aber er wußte, daß es für ihn nichts anderes gab. Man mag das Land hassen, aber man kommt auch nicht von ihm los.« Er schwieg einen Moment, und dann sagte er, noch langsamer: »Ich glaube, der Gedanke an Selbstmord liegt vielen Farmern nicht fern.«
Sie starrte ihn an.
»Robin!«
»Nicht viele Farmer haben jemanden, an den sie sich wenden können«, sagte Robin, schaute hinunter in seinen Whisky und betrachtete seine Finger, gespreizt und bernsteinfarben, durch das Glas hindurch. »Und dann kommen ihnen Zweifel, ob sie sich auf sich selbst verlassen können. Man fängt an zu denken, daß alles, was man tut, vermutlich schiefgehen wird, man beschließt, zu sprühen oder nicht zu sprühen, und dann schlägt das Wetter um, und all die Zeit und das Geld sind verschwendet. Man hat das Ge-

fühl, daß das Schicksal gegen einen ist. Man hat das Gefühl, daß das Land das Schicksal ist.«

Sie sagte: »Hast du auch dieses Gefühl?«

Er seufzte.

»Ich sehe es, aber ich fühle es nicht. Jedenfalls nicht oft. Ich bin aus anderem Holz als Joe.«

»Aber du hast dieses Gefühl, was die Farmarbeit angeht, das Land?«

Er seufzte abermals.

»Ich denke schon.«

»Und willst du damit sagen«, fragte Lyndsay, »daß Joe nur ein Unfall war, der darauf wartete, daß er passierte?«

»Vielleicht.«

»Oh, mein Gott ...«

»Aber vor allem«, sagte Robin, »vor allem will ich damit sagen, daß es nicht deine Schuld war.«

»Aber ich bin seine Frau. Ich hätte alles nur Erdenkliche für ihn getan ...«

»Es gab Dinge, die du nicht tun konntest, Lyndsay. Niemand hätte es gekonnt. Er war an dem Punkt angelangt, wo ihm niemand mehr helfen konnte, wo er sich selbst nicht mehr helfen konnte.«

»Irgend jemand kann immer helfen!«

Robin sah sie an.

»Das glaube ich nicht. Und abgesehen von dem Schmerz, den er dir und seiner Familie zugefügt hat, bin ich nicht der Meinung, daß das, was Joe getan hat, wirklich falsch war. Letzten Endes gehört das Leben eines Menschen nur ihm selbst. Es ist alles, was einem tatsächlich allein gehört. Es ist nichts, was man anderen Leuten schuldet.«

Die Wohnzimmertür bewegte sich ein wenig und kam dann zum Stillstand.

»Hughie?« sagte Lyndsay.

Die Robbe erschien in der Türöffnung, gehalten von einem Arm im Schlafanzug, und wurde vor ihnen gewedelt.

»Hughie«, sagte Lyndsay. »Möchtest du hereinkommen?«

»Wer ist da?« fragte Hughie, immer noch vor der Tür,

mit schwerer Stimme, weil er um den in seinem Mund stekkenden Daumen herumsprach.

»Ich bin's, Robin«, sagte Robin.

»Oh.«

»*Mich* kennst du doch«, sagte Robin.

»Wo ist Daddy?«

Lyndsay stand auf und ging zu der ein Stück weit geöffneten Tür und schaute hinaus zu Hughie, der in seinem Schlafanzug und der rot-schwarzen Baseballmütze davor stand.

»Du weißt, wo Daddy ist. Daddy ist gestorben. Er ist jetzt im Himmel.«

»Ich will das nicht«, sagte Hughie.

Lyndsay bückte sich und hob ihn auf.

»Nein, mein Liebling.« Ihre Stimme bebte. »Keiner von uns will das.« Sie legte ihr Gesicht an seinen Hals, auf das weiche rote Strickbündchen am Halsausschnitt seines Schlafanzugs. »Wir müssen es ertragen, Hughie. Wir müssen uns daran gewöhnen.«

»Bring ihn her«, sagte Hughie. »Bring ihn her.«

Robin stand auf. Er stellte sein Whiskyglas auf den Fernseher und ging auf Lyndsay und Hughie zu.

»Möchtest du zu mir kommen, mein Junge? Möchtest du kommen und deinen alten Onkel drücken?«

Hughie schüttelte den Kopf

Robin sagte: »Ich möchte, daß du es tust.«

Langsam, immer noch am Daumen lutschend, drehte Hughie den Kopf und sah Robin an, wobei die Finger seiner freien Hand winzige, hektische Bewegungen im Plüsch seiner Robbe machten. Robin streckte die Arme aus. Hughie senkte den Kopf, ergab sich in die Übernahme und wurde zum Sofa getragen.

»Es ist eine Veränderung«, sagte Robin und zog Hughie an sich. »Das ist es, was so beängstigend ist. Niemand mag es, wenn Dinge anders werden.«

Hughie lehnte an ihm; sein Gesicht war unter dem Schirm seiner Baseballmütze für Robin unsichtbar.

»Aber man gewöhnt sich daran. Genauso, wie du dich

daran gewöhnt hast, in den Kindergarten zu gehen. Wie du dich daran gewöhnt hast, daß Rose da ist.«

Hughie nahm den Daumen aus dem Mund, um deutlich zu sagen: »Habe ich nicht«, dann steckte er ihn wieder hinein.

»Du mußt einfach abwarten«, sagte Robin und hielt ihn in den Armen. »Etwas anderes können wir alle nicht tun. Wir müssen warten, bis wir uns daran gewöhnt haben, bis es sich normal anfühlt, daß dein Dad nicht mehr da ist. Wir müssen warten, bis wir uns besser fühlen.«

Hughie zog den Daumen heraus und drückte sein Gesicht und, was unbequem war, den Schirm seiner Mütze an Robins Brust; dann blieb er in dieser Stellung, angespannt und stumm. Robin wartete. Er sah auf und begegnete Lyndsays Blick.

»Armer Bursche. Armer alter Bursche.«

Er hob eine Hand und streichelte Hughies angelehnten Kopf.

»Du brauchst nur zu warten«, sagte er.

Bevor sie an diesem Abend zu Bett ging, nahm Lyndsay die beiden Kopfkissen von Joes Seite des Bettes, zog die Bezüge ab und legte die Kissen in den Schrank. Sie hatte sich versprochen, daß sie das am Abend seiner Beerdigung tun würde. Dann ging sie ins Bett und nahm sich vor, eine halbe Stunde zu warten, bevor sie eine der Schlaftabletten nahm, die Dr. Nichols ihr gegeben hatte. Nach einer Viertelstunde stand sie wieder auf, holte die Kissen und ihre Bezüge zurück, legte sich mit ihnen wieder hin und drückte sie an sich, während sie weinte.

Einige Zeit später plazierte sie die Kissen wieder dort, wo sie während ihres ganzen Ehelebens gelegen hatten, und ging dann über den Flur ins Badezimmer. Die Türen zu den Zimmern beider Kinder standen offen. Rose lag auf dem Rücken, hatte die stämmigen Ärmchen über dem Kopf verschränkt und schlief tief und fest. Hughie lag auf dem Fußboden, auf seiner Decke zusammengerollt, immer noch mit seiner Baseballmütze auf dem Kopf. Lyndsay zog die

Decke zurecht, so daß genug da war, um ihn damit zuzudecken, und legte ihm ein Kissen in den Rücken, damit er es bequemer hatte. Es war Robin gewesen, der ihn schließlich zu Bett gebracht hatte, und Hughie hatte nicht protestiert. Er war sogar so gehorsam, als Robin ihn aus dem Wohnzimmer trug, daß Lyndsay viel darum gegeben hätte, ein Gebrüll von Rose zu hören, ein Gebrüll, das sie daran erinnerte, daß es auf der Welt noch andere Gefühle gab als die zermalmenden von Kummer und Mitleid.

Lyndsay schaute nicht in den Spiegel über dem Waschbecken. Sie hatte beschlossen, es ein oder zwei Wochen lang nicht zu tun, um sich den Anblick ihres Kummers zu ersparen, von dem sie glaubte, daß er ihr Gesicht entstellt hatte. In dem Schrank, dessen Tür der Spiegel bildete, stand immer noch Joes Rasierzeug, neben ihren Cremes und Lotionen und, in der königsblauen Plastikflasche, den Tabletten gegen Sodbrennen, die er den ganzen Tag, tagein, tagaus, gekaut hatte, seit sie ihn kannte.

»Solltest du das nicht dem Doktor sagen?« hatte Lyndsay gefragt. »Solltest du nicht jemandem sagen, daß es nie aufhört?«

»Nein«, hatte Joe geantwortet. »Es ist alles in Ordnung. Ich denke überhaupt nicht daran. Es hat nichts zu bedeuten.«

Lyndsay ging wieder auf den Flur hinaus. Nichts hatte für Joe von jeher nichts bedeutet, und es war im Grunde auch nie alles in Ordnung gewesen. Sie lehnte sich an die Wand, die Wand, die Joe mit der Tapete ihrer Wahl beklebt hatte – Büschel von Gänseblümchen auf einem seidigen, cremefarbenen Untergrund –, und fühlte sich völlig überwältigt, nicht nur von der Gegenwart oder der Zukunft oder auch nur von Joes Selbstmord, sondern auch von der Vergangenheit und von allem, was sie davon nicht verstanden hatte und nicht hätte ändern können, selbst wenn sie es verstanden hätte. Es war zuviel für sie gewesen, von Anfang an, und nur ihre Verständnislosigkeit hatte es ihr ermöglicht, weiterzumachen. Sie sank nieder, wo sie gestanden hatte, immer noch an die Wand gelehnt, und der

Teppich – nur ein billiger, zu Dilys' Entrüstung – drückte rauh an ihre Schenkel unter der dünnen Baumwolle ihres Nachthemdes. Sie schloß die Augen und ließ die traurige Stille in ihren Ohren summen. War das Erwachsenwerden?

Judy und Oliver warteten in der Küche von Tideswell Farm auf Robin. Sie hatten Kaffee gemacht und saßen einander am Küchentisch gegenüber; hin und wieder berührten sich ihre auf der Platte ausgestreckten Hände. Oliver hatte seinen Pullover ausgezogen und an einem Ende des Tisches auf das Papierchaos geworfen, das sich da angesammelt hatte, und auf dem Pullover lag die Hauskatze, zusammengerollt, aber wachsam, und wartete darauf, daß sie verscheucht wurde.

»Ich dachte, ihr wärt schon im Bett«, sagte Robin. Er hatte seine schwarze Krawatte den ganzen Abend locker um den Hals getragen, und jetzt nahm er sie ab und ließ sie auf den Tisch fallen.

»Wir haben auf dich gewartet«, sagte Judy.

»Ich war bei Lyndsay ...«

»Ja.«

»Ich habe versucht, ihr zu sagen, daß sie keine Schuld trifft.«

»Hast du Hunger?« fragte Judy.

Er schüttelte den Kopf

»Kaffee?« fragte Oliver.

»Nein danke. Ich habe bei Lyndsay einen Whisky getrunken, und jetzt ist mir sterbenselend.«

Judy sagte unsicher: »Du bist gut gewesen zu Lyndsay. Und zu Gran.«

Robin räusperte sich.

»Arme alte Gran ...«

»Macht es dir etwas aus?« fragte Judy. »Macht es dir etwas aus, was Gran von Joe gehalten hat?«

Robin sagte: »Was hätte das für einen Sinn? Es ist, wie es ist. War.«

Das Telefon schrillte.

»Soll ich abnehmen?« fragte Oliver.

Er stand auf und schob seine Brille auf der Nase hoch, als ob besser zu sehen auch besser zu hören bedeutete.

»Hallo?«

Er wartete ein oder zwei Sekunden, dann hielt er Robin den Hörer entgegen.

»Es ist für Sie. Ihre Mutter.«

Robin hielt den Hörer ans Ohr.

»Mum? Ist alles in Ordnung?«

Er schwieg, hörte zu. Oliver trat hinter Judys Stuhl und legte die Hände leicht auf ihre Schultern.

»Du solltest herkommen«, sagte Dilys, und ihre Stimme in der Küche von Tideswell Farm war klar und deutlich zu hören. »Du solltest gleich herkommen. Ich kann deinen Vater nicht finden.«

# ELFTES KAPITEL

Zweieinhalb Meter von Zoe entfernt posierte das Streichquartett in einem riesigen vergoldeten Käfig. Es waren ausnahmslos junge Frauen, und der Käfig war ihr Markenzeichen, weil sie sich ›Birds in a Cage‹ nannten. Sie sollten demnächst in der Royal Albert Hall mit venezianischer Barockmusik, ihrer Spezialität, auftreten, gekleidet in dunkle Satin- und Brokatgewänder, die vage an die Renaissance erinnerten und die sie gleichfalls zu ihrer Spezialität gemacht hatten. Sie wurden für Plakate und Programmhefte fotografiert, und sie versuchten, beeinflußt von der Mode, Interpretinnen ernster Musik als Sirenen darzustellen, soviel Sex-Appeal wie nur möglich aufzubringen, soviel Haar und Zähne und potentielle Verführungskünste zu zeigen, wie der Fotograf ihnen durchgehen ließ.

Der Fotograf genoß die Situation. Zoe hatte bisher noch nicht mit ihm gearbeitet, ihn aber wegen seiner speziell für ihn angefertigten Hasselblad und seiner Cowboystiefel aus Echsenleder sofort als Angeber eingestuft. Er nannte sie Darling, als würden sie sich schon seit einer Ewigkeit kennen und hätten bereits Hunderte von Malen zusammengearbeitet, aber ihr fiel auf, daß er ihr nie in die Augen sah. Sie tat, was ihr gesagt wurde, stellte Stative auf und riesige trübgoldene Reflektoren und arbeitete mit dem Belichtungsmesser, aber sie redete nicht mit ihm. Eine der Frauen des Streichquartetts, eine magere Bratschistin mit glattem schwarzem Haar wie ein Vorhang, erhaschte Zoes Blick und zwinkerte ihr zu.

Das Studio, in einer schäbigen Nebenstraße von High Holborn, war vollständig weiß, Decke, Wände, Fußboden, mit langen weißen Vorhängen, die zum Abmildern der Winkel heruntergelassen werden konnten. Die vier Frauen in ihrem zerbrechlichen Käfig sahen aus, als schwebten sie im Raum, als hinge der Käfig tatsächlich irgendwo außerhalb der bekannten Welt, in irgendeinem fernen Fantasiereich. Zoe war im Käfig gewesen, um die Falten ihrer Gewänder so zu arrangieren, daß die Schatten so üppig wie möglich fielen und der Satin das Licht einfing, und hatte dabei das Gefühl gehabt, daß da drinnen eine andere Atmosphäre herrschte, die mehr war als nur eine Illusion. Es war sehr clever von diesen Frauen gewesen, sich für ihren Käfig zu entscheiden; er verlieh ihnen etwas Geheimnisvolles, Macht. Zoe, die davor hockte und einen riesigen, leichten Nylon-Reflektor hochhielt, erwiderte den Blick der Bratschistin und grinste.

»Dreht eure Gesichter mir zu«, sagte der Fotograf. »Und eure Augen zur Seite, und wenn ich ›Jetzt!‹ sage, dann laßt ihr eure Augen auf mich schnellen, direkt in die Kamera. Gebt der Kamera alles, was ihr zu bieten habt.«

In diesem Moment, dachte Zoe, während wir uns hier ganz und gar vier aufwendig kostümierten jungen Frauen widmen, laufen draußen Leute herum, die Zeitungen verkaufen und Lotterielose, in Mülltonnen wühlen, aus Bürofenstern schauen und die halben Stunden bis zur Mittagspause, bis zum Feierabend zählen …

»Jetzt!« rief der Fotograf

… und Kinder sind in der Schule, und Leute steigen in Fahrstühle und Flugzeuge und nehmen Telefonhörer ab, und wir wirtschaften hier herum mit all diesem Drum und Dran und einer Hasselblad …

»Großartig«, sagte der Fotograf. »Großartig. Ihr Babys habt es. Ihr habt alles, was dazugehört. Aber ich brauche es noch einmal. Gesichter zur Kamera, Augen ein bißchen nach links. Münder ein bißchen geöffnet. Feuchtet eure Lippen an, laßt mich Zähne sehen, nur ein kleines bißchen Zähne.«

… und während wir das hier tun, mistet Gareth vermutlich die Boxen in der Scheune aus, und Robin ist irgendwo draußen auf der Farm, und Velma ist in der Küche und versprüht überall Luftreiniger; Bergkiefer, ihre Lieblingsmarke.

»Hochhalten, Darling, wenn's beliebt«, sagte der Fotograf mit einer völlig anderen Stimme zu Zoe. »So wie vorhin. Nein, Darling, nein. So wie vorhin. Und jetzt, Mädchen jetzt, meine Hübschen, möchte ich eure Instrumente zwischen euren Knien sehen, spreizt die Beine. Laßt uns ein bißchen Bein sehen, seid so gut.«

Ich wette, dachte Zoe, während sie den Reflektor so neigte, daß ein warmes Leuchten die Gesichter der Frauen von unten erhellte, keine von denen hat je eine Kuh angefaßt. Ich wette, sie denken überhaupt nicht an Kühe. Ich wette, sie gießen einfach Milch in ihren Kaffee, ohne zu überlegen, wo sie herkommt, wie Kühe leben, wer sich um sie kümmert. Ich wollte, eine Kuh käme jetzt hier herein. Ich würde zu gern sehen, wie sie schnurstracks hier hereinkommt und dann nur dasteht und zuschaut, was sie tun, feststellen, ob die Kuh sie dämlich aussehen läßt. Die Kuh würde nicht dämlich aussehen, sie würde nichts anderes sein als eine Kuh ...

»Darling«, sagte der Fotograf, »konzentriere dich gefälligst. Kannst du uns nicht wenigstens einen Bruchteil deiner Aufmerksamkeit widmen?«

Zoe sah ihn an. Die Frauen im Käfig, die ihre Instrumente locker zwischen den gespreizten Beinen hielten, sahen Zoe an.

»Vielleicht«, sagte der Fotograf, der eine Chance spürte, ein paar Pluspunkte für sich einzuheimsen, »vielleicht würdest du uns gern an deinen Gedanken teilhaben lassen. Würdest du das tun, Darling? Würdest du uns allen verraten, weshalb du so abwesend bist und woran du gerade denkst?«

Zoe verzog keine Miene.

»An Kühe«, sagte sie.

Später, in Judys Wohnung, wo sie ein mit Salat gefülltes Baguette aus der langen, dünnen Papiertüte aß, in der sie es gekauft hatte, beschloß Zoe, noch weitere drei Tage für die Agentur zu arbeiten, die ihr den Job mit dem Streichquartett gegeben hatte; und dann würde sie nach Tideswell fahren. Drei Tage Arbeit zusätzlich zu dem, was sie in dieser Woche bisher verdient hatte, würden für die Miete und die Busfahrkarte reichen. Ihrer Mutter war Zoes Einstellung zu Geld zuwider, sie haßte ihr kurzfristiges Disponieren, wollte, daß sie Geld beiseite legte, sich ein bißchen Sicherheit verschaffte, selbst wenn es nur ein paar hundert Pfund waren.

»Wozu?« fragte Zoe. »Wozu soll ich etwas beiseite legen? Ich kann morgen schon tot sein.«

Zoes Mutter legte Geld beiseite für alle möglichen Dinge, für eine Waschmaschine und einen Videorecorder, für einen Satz Beistelltische, für einen Mikrowellenherd.

»Und dann hast du die Sachen«, pflegte sie zu Zoe zu sagen, »dann gehören sie dir«, womit sie wohl meinte, daß Besitztümer auf irgendeine Weise ein Schutz vor einer ungewissen Zukunft waren, Existenzbeweise in einer Welt, in der man ständig von einer Art Unsicherheit, Nicht-Existenz bedroht war.

»Aber ich will sie nicht«, sagte Zoe. »Ich mag sie nicht. Ich mag keine Sachen haben, ich will herumziehen können. Vielleicht«, hatte sie im Verlauf des letzten Gesprächs dieser Art mit ihrer Mutter gesagt, »vielleicht bin ich von Natur aus eine Wanderin. Eine Nomadin.«

›Nomadin‹ war ein neues Wort für Zoe, eine neue Idee. Robin hatte den Ausdruck ihr gegenüber gebraucht und gesagt, daß ›Nomadin‹ eines von Caros Worten gewesen sei, daß sie sich selbst für eine gehalten habe, für eine Person, die ihrem ganzen Wesen nach immer auf Achse war, jemanden, den man nicht seßhaft machen konnte, auch wenn es nach außen hin so schien, als hätte man es getan. Zoe hatte diese Idee gefallen, sie hatte sie in ihren Gedanken gedreht und gewendet und sie betrachtet, als wäre sie eine Muschel oder ein Kieselstein, besonders an Caros Grab. Das faszinierte sie. Weshalb sollte ausgerechnet eine Nomadin ihre letzte Zuflucht bei jemandem suchen, der sich letztlich mit einem bestimmten Ort identifizierte, einem Ort, der im Grunde so spezifisch war wie zwei Meter Erde? Das schien auf einen Widerspruch in Caro hinzudeuten, aber schließlich, überlegte Zoe, lernte sie rasch, was es mit Widersprüchen auf sich hatte, daß Inkonsequenzen in allen Menschen steckten und sie herumwarfen und es unmöglich machten, irgend etwas von ihnen zu erwarten außer dem, wofür sie sich in einem gegebenen Augenblick gerade entschieden. Man brauchte nur Judy anzusehen, die lautstark ihre Kindheit in Tideswell verfluchte, aber gleichzeitig Zoes Interesse an der Farm und an ihrem Vater empfindlich und eifersüchtig beargwöhnte. Oder Zoe selbst, städtisch durch und durch, geprägt von der Landschaft der Straßen und ihrer Kenntnis, und jetzt genau vom Gegenteil fasziniert, vom fest verwurzelten, zwangsläufigen Leben auf dem Lande, wo Wetter und Jahreszeiten wie Götter regierten. Wie böse Götter, dachte Zoe jetzt, während sie ein Stück Gurke von ihrem Schoß aufhob, Götter, die nicht helfen, sondern einen nur auf die Probe stellen wollen. Auf diese Ideen hatte Joes Tod sie gebracht, und sie hatte lange darüber nachgedacht. Und über Robin. Robin war ungefähr so alt, wie Zoes Vater jetzt wäre, wenn er noch lebte; dennoch hatte er nichts von einem Vater an sich. Vielleicht aus dem einfachen Grund, weil er Judys Vater nicht im leiblichen, sondern nur im juristischen Sinne war und ein Teil von ihm deshalb nie eine Bluts-Elternschaft erlebt hatte, wie es bei einem Teil von Zoes Vater der Fall gewesen war oder bei einem Teil von Joe. Das hatte Robin eine Sonderstellung gegeben. Nicht direkt unterentwickelt, aber immer noch voller Potentiale wie ein junger Mensch, jemand, der in seinem Leben, in sich selbst immer noch eine Menge grundlegender Dinge vor sich hatte. Und machte das Robin nicht ein bißchen aufregend, ein bißchen unkonventionell, ein bißchen, nun ja, fähig zu etwas, was er bisher noch nicht getan hatte, aber vielleicht tun könnte? Väter waren eine Sache; Männer, die im Väteralter waren, aber nicht tatsächlich Väter, eine völlig andere.

Zoe öffnete die letzten sechs Zentimeter des Baguettes und holte das geschnittene Gemüse heraus, rollte es als feuchten Klumpen in ein Salatblatt ein und steckte ihn in den Mund. War Robin eifersüchtig gewesen, weil Joe Kinder gehabt hatte? Vor allem Hughie, wo doch Farmer so starre Vorstellungen hatten von dem, wozu Mädchen gut waren? Und wenn er es gewesen war, dachte Zoe kauend, hatte er mit seiner Eifersucht einfach so weitergemacht, wie er mit dem Melken weitermachte und dem Herstellen von Silage? Sie stand auf und zerknüllte die Papiertüte in ihrer Hand. Ein Schauer von Brotkrumen fiel auf den Boden und die abgescheuerten Kappen ihrer Stiefel. Vielleicht hatte ihn nie jemand danach gefragt. Vielleicht sprach in dieser seltsamen Welt, in der alles so praktisch und notwendig zu sein schien, nie jemand über irgend etwas, was nicht direkt mit der Farmarbeit zu tun hatte. Vielleicht, dachte Zoe, während sie auf ihrem Weg zur Küche, wo sie sich ein Glas Wasser holen wollte, Krümel in den Teppich trat, vielleicht hat niemand Robin je gesagt, daß es okay war, Gefühle zu haben, daß alle Menschen welche hatten und daß niemand Angst vor ihnen haben sollte. Und wenn niemand das Robin je gesagt hatte, dann war es höchste Zeit, daß jemand es tat.

Harry lag auf der Seite, sein Gebiß in einem Glas mit sterilisierender Lösung auf dem Nachttisch neben sich, und schaute aus dem Fenster. Er konnte die lange Ziegelsteinmauer des Krankenhauses von Stretton sehen, in regelmäßigen Abständen von Fenstern durchbrochen, und die Kronen einer Reihe von rosa Kirschbäumen, die den Rand des Besucherparkplatzes markierten. Dahinter konnte er den grauen Turm des Gebäudes erkennen, der eine Finanzierungsgesellschaft beherbergte, und den aus der Viktorianischen Zeit stammenden, mit pseudo-gotischen Schnörkeln und Kreuzblumen verzierten Turm der Kirche von St.-Mary-the-Virgin und ein paar Dächer und Mauerabschlüsse und, in weiter Ferne, die wie Kräne aufragenden Flutlichtmasten des Fußballplatzes. Es war eine häßliche Aussicht, trotz der Kirschbäume. Sie gefiel ihm nicht. Er mochte es nicht, Ziegelsteine und Mörtel sehen zu müssen. Er wollte zu Hause sein. Wenn er schon im Bett liegen mußte – und er sah nicht ein, weshalb er das tun sollte, er war doch, verdammt noch mal, nur müde –, dann lieber in seinem eigenen, mit seiner Aussicht auf Himmel und Bäume und das Zehn-Morgen-Feld, das Joe dieses Jahr brachliegen ließ und in dem die Rebhühner nisteten.

Er war ja schließlich nicht krank. Beobachtung, hatten sie gesagt, sie behielten ihn zur Beobachtung da. Was gab es schon zu beobachten? Nichts, was er ihnen nicht hätte sagen können, wenn sie ihn gefragt hätten, aber sie fragten ihn nicht, und er dachte nicht daran, von sich aus etwas zu sagen. Als er an dem Abend von Joes Beerdigung fortgegangen war, hatte er nichts geplant, hatte nicht vorgehabt, irgend etwas zu tun, er hatte nur das Bedürfnis, draußen zu sein, wo er und Joe Dinge gemeinsam getan hatten und wo sich noch etwas von Joe aufhielt, da war er ganz sicher. Als Robin ihn fand, hatte er im Windschatten einer Hecke gelegen und geschlafen wie ein Baby. An das, was danach passiert war, konnte er sich kaum erinnern, nur daran, wie wütend sie alle waren, besonders Dilys, über den Schlamm auf seinem Anzug, den Riß in seinem Jackett. Er hatte auf seinem Stuhl in der Küche gesessen, während sie um ihn herum brüllten, und sie angestarrt, als würde er sie kaum kennen. Ihm war der Gedanke gekommen, daß es in Wirklichkeit keine Rolle spielte, ob er sie kannte oder nicht. In einer Minute würde Joe hereinkommen und alles erklären. Joe würde ihnen sagen, weshalb Harry um zehn Uhr abends mit geschlossenen Augen und in seinem besten Anzug unter einer Hecke gelegen hatte.

Jetzt lag er in seinem Krankenhausbett, betrachtete die Wetterfahne auf dem Kirchturm und wußte, daß Joe nicht kommen würde. Dilys kam, und Robin kam, aber Joe kam nicht. Überhaupt nicht mehr. Er vermutete, daß er das auf irgendeiner Bewußtseinsebene die ganze Zeit gewußt hatte, aber nicht wahrhaben wollte, so, wie man weiß, daß man eines Tages sterben wird, aber es auch nicht wahrhaben will. Die Sache war nur, daß Joe nicht hätte sterben sollen. Joe war Harrys Sohn, und Väter sterben vor ihren Söhnen, nicht wahr, damit sie nie ohne sie sein müssen. Die Einsamkeit, in der Joe nicht da war, ein Dasein ohne Joe, war etwas, dem Harry bisher noch nicht ins Auge sehen konnte, außer bestürzt und mit winzigen Blicken. Es war einfacher, die Kirschbäume zu betrachten und das graue Bürogebäude. Das konnte man wenigstens hassen. Man konnte es dafür hassen, daß es die falsche Aussicht war, daß es nicht das war, was man sehen wollte. Man konnte es hassen, weil es Stadt war und nicht Land. Man konnte es vor allem deshalb hassen, weil es noch da war, Joe dagegen nicht.

»Bist du fünf?« fragte Eddie. Er saß am Tisch der Küche von Tideswell Farm, in einem ›Batman-For-Ever‹-T-Shirt und einer Sonnenblende aus durchsichtigem grünen Plastik.

Hughie sagte nichts. Er starrte auf seinen Teller, auf den Eddies Mutter ein paar Kartoffelchips gelegt hatte und ein kaltes Würstchen, das aussah wie ein toter Finger.

»Hughie?« sagte Lyndsay sanft drängend.

»Drei«, zischte Hughie. Die Robbe lag auf seinem Schoß, unter der Tischplatte, und Hughie umklammerte sie.

Eddie verdrehte die Augen zur Decke.

»Drei? Drei! Ich bin schon ewig nicht mehr drei.«

»Seit einem Jahr«, sagte Debbie.

»Aber ich werde bald fünf. Am 13. Juli.« Er klappte seine Sonnenblende hoch. »Vergiß das nicht.«

Debbie sagte zu Lyndsay: »Hören Sie nicht auf ihn. Es liegt am Altersunterschied. Kevin und Rebecca sind wesentlich älter als er.«

»Ich habe einen Fußball«, sagte Eddie zu Hughie. »Gary Lineker hat seinen Namen darauf geschrieben. Was hast du?«

»Einen Kricketschläger«, wisperte Hughie.

»Kricket? Kricket? Nur Streber spielen Kricket.«

»Das reicht«, sagte Debbie. Sie war nervös gewesen wegen dieser Zusammenkunft, aber ihre Nervosität war vergangen, als sie sah, wie zerbrechlich, wie mitgenommen und wie verletzlich Lyndsay aussah. Wie jemand, sagte Debbie später zu Gareth, um den man sich kümmern mußte, der krank war. Trotzdem, als Robin Debbie gebeten hatte, zur Farm zu kommen, weil Lyndsay einmal aus dem Haus herausmußte, eine Ablenkung brauchte, und das alles war, was ihm im Augenblick an Ablenkung einfiel, hatte Debbie schwere Bedenken gehabt.

»Was soll ich sagen?« hatte sie Gareth gefragt. »Was soll ich tun? Ich meine, sie ist doch sozusagen die Schwägerin vom Boß, oder etwa nicht, ich meine, was soll ich zu ihr sagen? Ich kann doch schlecht über ihn reden, oder?«

»Nimm Eddie mit«, sagte Gareth. »Eddie fällt immer etwas ein. Er kann mit …« Er brach ab. Er hatte ›Joes kleinem Sohn‹ sagen wollen. »Er kann mit ihrem Jungen spielen.«

»Was hast du da?« wollte Eddie wissen. Er zeigte mit einem Würstchen auf Hughie. »Was hast du da auf dem Schoß?«

Hughie senkte den Kopf.

»Es ist eine Robbe«, sagte Lyndsay. »Sie leistet ihm immer Gesellschaft. Hast du etwas, was dir Gesellschaft leistet?«

»Nee«, sagte Eddie verächtlich.

»Nicht dein Panda?« sagte Debbie zu ihm. »Oder der Rosa Panther? Oder Sonic der Igel?«

Eddie funkelte sie an. Er legte das Würstchen hin, rutschte vom Stuhl und zerrte sich die Jeans um seine magere Taille hoch.

»Ich geh heim.«

»Okay.«

»Ich geh zu meinem Dad.«

Debbie zuckte zusammen. Sie konnte Lyndsay nicht ansehen.

»Mein Dad«, sagte Eddie mit Nachdruck zu Hughie, »fährt Traktor.«

»Das reicht«, rief Debbie scharf. »Verschwinde jetzt, und zwar sofort, bevor du eins hinter die Ohren bekommst …«

Die Küchentür wurde zugeknallt und danach die Hintertür zum Hof.

»Tut mir leid«, flüsterte Debbie.

Lyndsay sagte: »Das konnte er ja nicht wissen. Woher sollte er es wissen?«

»Das hätte er nicht sagen dürfen. Auf gar keinen Fall ...«

»Das macht nichts«, sagte Lyndsay. »Er hat sich völlig normal benommen. Es tut uns gut, zu sehen, wenn sich Leute normal benehmen, das ist genau das, was wir brauchen.« Sie beugte sich über Hughie. »Willst du deine Chips nicht essen?«

Er nahm sich einen von der Größe eines kleinen Hemdknopfes.

Lyndsay sagte: »Wir sind keine sehr guten Gäste. Es ist so nett von ihnen, daß Sie hierhergekommen sind. Ich glaube, Robin ...« Sie brach ab, und dann sagte sie hastig: »Niemand weiß, was er mit uns anfangen soll.« Und schließlich fast flüsternd: »Wir wissen ja selbst nicht, was wir mit uns anfangen sollen.«

Debbie wartete, die Hände im Schoß verkrampft. Ihr Anblick bewirkte, daß sie wieder weinen wollte, sie konnte spüren, wie sich das Schluchzen in ihrer Kehle zusammenballte, hart und unbequem. Sie wollte sagen, daß sie alles tun würde, um ihnen zu helfen, alles Erdenkliche, aber sie konnte es nicht riskieren, den Mund aufzumachen, sonst würden die Tränen hervorbrechen, und dann würden sie alle weinen. Also schüttelte sie statt dessen hilflos den Kopf und krampfte ihre Finger zusammen, bis die Knochen weiß durch die Haut schimmerten.

»Nimm dir noch einen«, sagte Lyndsay zu Hughie. Er wählte einen zweiten Chip, der sogar noch kleiner war als der erste. Lyndsay sagte zu Debbie: »Mary paßt heute auf seine Schwester auf. Stimmt's, Hughie? Manchmal möchten nur wir beide zusammen sein.«

Debbie sagte nervös: »Rebecca war verrückt vor Eifersucht, als Kevin geboren wurde. Ich konnte sie keine Minute miteinander allein lassen. Einmal ist sie über ihn hergefallen, mit der Feuerzange.«

»Rose ist nur ein bißchen laut«, sagte Lyndsay. »Stimmt's, Hughie? Und manchmal brauchen wir ein bißchen Ruhe und Frieden. Aber sie ist ja noch so klein ...«

Debbie beugte sich vor und löste die ineinander verkrampften Hände.

»Ich könnte Ihnen mit ihr helfen. Ich bin nur mittags in der Schule. Ich würde gern helfen. Sie brauchen es nur zu sagen. Ich würde Ihnen wirklich gern helfen.«

»Danke«, sagte Lyndsay. »Das ist sehr nett von Ihnen. Danke.« Sie schaute Debbie über den Tisch hinweg an. »Ich – ich weiß einfach nicht, wie es weitergehen soll. Vielleicht ein Job. Ich weiß es nicht, ich kann einfach nicht denken. Noch nicht.«

»Nein …«

»Dr. Nichols hat gesagt, das wäre der Schock. Er hat gesagt, es wäre auch ein Schock gewesen, der Joes Vater so zugesetzt hat. Er nannte es einen Schlag auf die Nerven.«

»Wie geht es ihm?«

»Er ist immer noch im Krankenhaus«, sagte Lyndsay. »Sie lassen ihn erst nach Hause kommen, wenn er wieder ißt. Bis jetzt will er noch nichts zu sich nehmen.« Ihre Stimme bebte. »Ich kann ihm keinen Vorwurf daraus machen. Wir mögen alle nicht essen. Es scheint irgendwie so sinnlos zu sein.«

Debbie schaute auf die Uhr, erinnerte sich an Gareth' Teepause und sagte: »Es tut mir ja so leid, aber ich muß …«

»Natürlich«, sagte Lyndsay. »Gehen Sie nur.« Sie stand langsam auf. »Wir machen hier Ordnung, nicht wahr, Hughie? Wir räumen auf, und dann warten wir auf Onkel Robin.«

»Es war mir ernst mit dem, was ich gesagt habe«, sagte Debbie. »Das mit dem Baby, daß ich Ihnen gern mit dem Baby helfen würde …«

Lyndsay legte eine Hand auf Hughies Kopf. Er zuckte unter ihr zusammen und hob seine Robbe hoch, um sein Gesicht dahinter zu verstecken.

»Danke«, sagte Lyndsay. »Ich werde es nicht vergessen.«

»Bring Hughie nach Hause«, sagte Robin. Er trug ein Jakkett und eine Krawatte, deren Knoten unter dem offenen Kragen seines Hemdes hing.

Lyndsay unterbrach sich beim langsamen Abspülen der Teller, von denen die Kinder gegessen hatten. Hughie, der neben der Hauskatze auf dem Zeitungsstapel saß, lutschte am Daumen und beobachtete sie.

»Warum?«

»Ist Mary da?«

»Ja, aber ...«

»Ich brauche dich für eine halbe Stunde. Ich möchte, daß du etwas mit mir zusammen tust.«

»Was?« fragte Lyndsay.

Robin warf einen Blick auf Hughie.

»Komm einen Moment mit nach draußen«, sagte er zu Lyndsay. »Ich muß dir etwas zeigen.«

»Wartest du hier?« sagte Lyndsay zu Hughie. »Bleibst du eine Minute hier bei der Katze sitzen?«

Hughie sagte nichts.

»Es dauert nur einen Moment. Ich bin gleich wieder da. Bleib, wo du bist.«

Sie folgte Robin hinaus auf den Hof. Sein Wagen, der ramponierte Kombi, den Caro als Alternative zu dem Landrover benutzt hatte, parkte dicht neben der Hintertür. Die hintere Sitzbank war umgelegt, damit soviel Stauraum wie möglich vorhanden war, und Lyndsay konnte ein aufgerolltes Seil sehen, ein paar alte Zeitungen, eine Rolle Maschendraht und eine leere Gasflasche. Außerdem stand da ein sauberer kleiner Karton.

Robin ging zur Heckklappe des Wagens und öffnete sie. Er zog den Karton zu sich heran und machte ihn auf. Drinnen konnte Lyndsay einen Behälter sehen, der einem großen Pulverkaffee-Glas ähnelte, aus bronzefarbenem Plastik mit einem Schraubdeckel.

Robin sagte: »Ich war heute nachmittag bei dem Bestattungsunternehmer in Stretton.« Er deutete eine Bewegung in Richtung auf seine Krawatte an. »Wie du siehst.«

Lyndsay starrte auf den Behälter. Robin hob ihn aus dem Karton und hielt ihn in den Händen, ohne ihn ihr direkt hinzustrecken.

»Joes Asche«, sagte Robin.

Sie schluckte.

»Nicht die ganze natürlich«, sagte Robin. »Die ganze

wäre …« Er brach ab. Er sah Lyndsay an. »Wir müssen sie verstreuen«, sagte er. »Das ist, was er gewollt hat. Er wollte, daß sie im Fluß verstreut wird. Ich meine, wir sollten das zusammen tun – es sei denn, natürlich, du möchtest es lieber alleine machen.«

Sie schüttelte den Kopf. Ihre Augen füllten sich erneut mit Tränen. Robin verstaute den Behälter wieder in seinem Karton. Dann richtete er sich auf und legte die Hände auf Lyndsays Schultern.

»Es ist das, was er gewollt hat. Ich habe gehört, wie er es gesagt hat. Wir müssen es tun. Ich kann ihn – ich kann die Asche nicht hier im Wagen lassen.« Er verstummte. Eigentlich hatte er sagen wollen, daß es unvorstellbar schwer gewesen war, Joes Asche zurück nach Dean Cross zu fahren, eine seiner schwersten Aufgaben in all diesen langen, harten Monaten, aber er tat es nicht. »Bring Hughie heim«, sagte er. »Bring ihn heim zu Mary. Wir treffen uns in einer halben Stunde unten am Fluß.«

Er ließ seine Hände von ihren Schultern fallen. Sie schaute ihm einen Moment lang in die Augen, und er sah, daß sie im Begriff war, davonzulaufen. Er hob warnend einen Finger, und sie zuckte zusammen.

»Lyndsay«, sagte er wütend, rücksichtslos. »Tu es, Lyndsay. Hör auf, an dich selbst zu denken, und tu es, verdammt noch mal.«

Sie war vor ihm da und wartete. Sie hatte ihren Wagen fünfzig Meter vom Fluß entfernt auf dem Weg stehenlassen und war zum Ufer hinuntergegangen, und jetzt stand sie neben einer Weide, auf der Judy als Kind immer gespielt hatte und die vom Ufer aus so in die Waagerechte gewachsen war, daß sie einen natürlichen Sattel bildete, auf dem man reiten konnte.

»Ist Hughie okay?«

»Ich denke schon«, sagte sie. »Ich meine, soweit er es überhaupt sein kann. Manchmal wünsche ich mir, er wäre nicht so still, so brav. Manchmal wünsche ich mir, er würde einfach losbrüllen, damit ich weiß, was er denkt.«

Robin grunzte. Er hielt den Behälter mit Joes Asche in der Armbeuge. Lyndsay betrachtete ihn.

»Hätten wir nicht deine Mutter holen sollen?«

»Nein, es sei denn, du willst sie dabeihaben ...«

»Nein«, sagte Lyndsay. »Wahrscheinlich sollte ich das nicht sagen, aber ich will es nicht.«

»Es gibt kein ›Sollte‹ oder ›Sollte nicht‹«, sagte Robin, »es gibt nur das, was ist. Im Augenblick jedenfalls.«

Er nahm den Behälter in eine Hand und schraubte sanft den Deckel ab. Er streckte ihn Lyndsay entgegen. Sie stellte fest, daß Robin immer noch seine Krawatte trug, eine dunkelrote Krawatte mit einem winzigen Muster darauf, sehr konventionell. Es war vermutlich eine von den nicht mehr als drei oder vier Krawatten, die er besaß. Joe hatte ebenfalls nur ganz wenige Krawatten besessen, nur die, die sie ihm für Partys geschenkt hatte, auffällig gemusterte Seidenkrawatten, und eine schwarze. Robin hier mit seiner Krawatte am Flußufer stehen zu sehen hatte etwas Seltsames, fast Rührendes an sich. Sie betrachtete ängstlich den offenen Behälter.

»Sie ist ganz weich«, sagte er. »Ich habe sie angefaßt. Sie ist weicher als Holzasche.« Er brachte den Behälter etwas näher an sie heran. »Steck deine Hand hinein. Steck deine Hand hinein, und hol etwas davon heraus.«

»Ich kann nicht ...«

»Du kannst«, sagte Robin. »Du mußt.«

Sie steckte ihre Hand in die Öffnung des Behälters. Das, was drinnen war, war tatsächlich weich, fast seidig. Ihre Finger senkten sich hinein, in ...

»Das ist nicht Joe«, sagte Robin. »Denk das nicht. Es ist nicht er.«

»Es muß er sein ...«

»Dann laß ihn gehen!« brüllte Robin plötzlich. »Wirf ihn in den Fluß, und laß den armen Kerl gehen!«

Sie riß ihre Hand aus dem Behälter, und ein Fähnchen Asche, von blassem, leicht rosafarbenem Grau, strömte mit ihr heraus und wurde wie Rauch über das Wasser davongetragen.

»Mehr«, sagte Robin.

Sie nahm wieder eine Handvoll und schleuderte sie weit hinaus in den Fluß und dann wieder und wieder, ließ die Bogen aus Asche mit der Luft über dem Fluß verschmelzen. Ihr war, als schrie sie. Sie sah, wie Robin die Hand in den Behälter steckte und eine ganze Menge herausholte, eine große Handvoll, und dann stellte er den Behälter auf den Boden, ging ans Flußufer und beugte sich so tief nieder, daß seine Hand fast das Wasser berührte und die Asche aus ihr hineinglitt, schnell und lautlos, und dann verschwunden war. Sie hörte ihn etwas murmeln.

Sie rief: »Was hast du gesagt?«

Er drehte sich um.

»Nur Lebewohl.«

Lyndsay bückte sich und hob den Behälter auf. Er war immer noch halb voll. Sie trug ihn hinunter zum Fluß und kniete sich neben Robin in das schlammige Gras. Dann beugte sie sich vor und ließ die restliche Asche aus dem Behälter herausrinnen. Sie verschwand im Wasser, sobald sie mit ihm in Berührung gekommen war.

»So ist's richtig«, sagte Robin. »So soll es sein.«

Er richtete sich auf, und auch Lyndsay erhob sich. Einen Augenblick standen sie Seite an Seite, betrachteten das Wasser, diesen wenig bemerkenswerten kleinen braunen Fluß voller Kiesel und weichem Schlamm und Döbel, in dem Joe hatte verstreut werden wollen. Und dann drehte sich Lyndsay zu Robin um und legte ihm die Arme um den Hals.

Er erwiderte die Umarmung. Sie konnte die Überraschung in seinen Armen spüren, weil sie nicht völlig entspannt waren. Sie preßte sich an ihn.

»Halt mich fest.«

»Das tue ich.«

»Richtig«, sagte Lyndsay.

Er fühlte sich anders an als Joe, dieselbe Größe, aber drahtiger, weniger fest, weniger dauerhaft. Sie drehte ihr Gesicht, so daß es an seiner Schulter lag, und bewegte ihre Arme, um seinen Rücken zu umklammern.

»Er hat gewußt, daß ich ihn brauche«, sagte Lyndsay. »Und er hat mich verlassen. Er hatte gewußt, daß ich mir die Schuld daran geben würde, aber das hat ihn nicht gehindert. Er hat gewußt, daß ich allein nicht leben kann, er hat es gewußt.« Ihre Arme verspannten sich um Robin. »Du darfst mich nicht im Stich lassen«, sagte Lyndsay. »Du darfst es nicht.«

Sie spürte, wie sich seine Arme lockerten.

»Nein, nicht«, sagte sie.

»Ich bin die falsche Person für solche Worte …«

»Was meinst du damit?« fragte sie aufschauend. »Was willst du damit sagen, die falsche Person?«

Robin sagte verlegen: »Ich bin sein Bruder, und außerdem …«

»Was?«

»Ich weiß nichts von – Liebe.«

»Unsinn!« rief Lyndsay. »Totaler Unsinn! Jedermann weiß etwas davon! Es ist so ziemlich das einzige, worüber jeder Mensch Bescheid weiß.«

Ohne jede Vorwarnung bewegte sie sich plötzlich und küßte ihn auf den Mund. Es war ein harter Kuß, ein erschreckender, und er spürte flüchtig ihre Zunge an seinen Lippen. Er ließ die Arme fallen. Er zitterte leicht.

»Zeit, daß du nach Hause fährst …«

»Nein!« schrie sie.

»Du mußt heim zu den Kindern.«

»Was weißt du denn davon? Was weißt du über Kinder, darüber, was ich muß oder nicht muß? Was weißt du denn davon?«

Er ergriff ihren Arm und drückte fest zu.

»Nichts«, sagte er. »Ich sagte es bereits. Ich habe nie behauptet, etwas davon zu wissen.«

Lyndsay begann zu weinen.

»Tut mir leid«, sagte sie und sackte gegen ihn. »Es tut mir ja so leid. Ich sollte …«

Er legte einen Arm um sie.

»Kein ›Sollte‹ oder ›Sollte nicht‹«, sagte er. »Das habe ich schon gesagt. Kein ›Sollte‹.«

»Ich möchte jemanden ermorden«, sagte Lyndsay. »Ich möchte jemanden dafür bezahlen lassen.«

Er begann, sie langsam den Weg zu ihrem Wagen zurückzudirigieren.

»Robin ...«

»Ja?«

»Es tut mir leid wegen eben. Es tut mir leid, daß ich mich so habe gehenlassen ...«

»Das macht nichts.«

»Ich weiß nicht, was ich fühle. Oder denke. Oder irgend etwas.«

Sie hielt inne und wendete ihm ihr Gesicht zu, und der leichte Abendwind ließ ihr das Haar wie eine Wolke um den Kopf wehen.

»Du wirst zu mir stehen, ja?«

Er sah sie an.

»Du wirst es tun, ja, Robin? Du wirst mir helfen, wieder mit mir ins reine zu kommen, was ich tun, wohin ich gehen soll? Du wirst nicht zulassen, daß ich mit – mit deinen Eltern allein fertig werden muß? Du wirst mir beistehen, ja?«

Er seufzte. Ein Gefühl der Angst glitt plötzlich wie ein kleines, kaltes Messer in seine Brust.

»Natürlich«, sagte er.

# ZWÖLFTES KAPITEL

Dilys stand in dem Zimmer, das zeit seines Lebens Joes gewesen war, bis er es vor sechs Jahren verlassen hatte, um Lyndsay zu heiraten. Es war ein seltsames Zimmer, L-förmig wegen des großen Schranks, in dem der Heißwasser-Boiler des Hauses untergebracht war, aber Joe hatte es gemocht, weil es Aussicht nach zwei Seiten hatte. Hier hatte er seine Hausaufgaben gemacht und seine Modellflugzeuge gesammelt, Masern und Windpocken gehabt. An den Wänden hingen immer noch die Mannschaftsfotos aus seiner Schulzeit, schwarz gerahmt auf der cremegetönten Binderfarbe. In der Schule hatte er Rugby gespielt, war an der Stretton Old School der beste Werfer seit vielen Jahren gewesen, und sein Trikot lag immer noch in der untersten Schublade seiner Kommode, von Dilys gewaschen und dann weggepackt und liegengelassen. Es gab Dinge aus der Vergangenheit, die man nicht anrühren konnte; es steckte einfach noch zuviel Leben in ihnen.

Dilys ging täglich in Joes Zimmer, an manchen Tagen sogar zweimal. Sie brachte ein Staubtuch mit, beseitigte die halbtoten Fliegen, die sich immer wieder auf der Fensterbank ansammelten, polierte den kleinen Spiegel – sie verspürte immer noch einen gewissen Stolz darüber, daß er so hoch an der Wand hängen mußte, weil Joe so groß gewesen war – und strich das Bett glatt, als hätte es jemand seit ihrem letzten Besuch zerwühlt, indem er darin geschlafen hatte. Sie gestattete sich fünf Minuten, höchstens zehn, und dann blieb sie noch ein oder zwei Sekunden an der Schwelle stehen, mit weit offenen Augen, bevor sie hinausging und die Tür hinter sich zumachte.

Jetzt konnte sie, vor dem Bett stehend, das Gemurmel aus der Küche unten hören. Das waren die Männer von der Jobvermittlung, die Männer, die Robin für die Zeit eingestellt hatte, während deren Harry im Krankenhaus lag, in der sie miteinander zu Rande kommen und entscheiden mußten, wie es weitergehen sollte. Sie waren recht nette Burschen, auch wenn einer von ihnen kaum mehr war als ein Traktorfahrer, und da sie jeden Tag aus einiger Entfernung zur Arbeit kamen – Bürostunden, dachte Dilys verächtlich, von acht bis halb fünf –, erlaubte sie ihnen, ihren Lunch in der Küche einzunehmen. Auf diese Weise konnte sie sie außerdem im Auge behalten, feststellen, ob sie wirklich das taten, was Robin ihnen aufgetragen hatte, und nicht bummelten. Der Gedanke, daß jemand auf dem Land, das Joe so am Herzen gelegen hatte, bummelte, war für Dilys unerträglich.

Und ebenso unerträglich war, zu ihrer großen Verwirrung, der Gedanke, Harry wieder zu Hause in Dean Place zu haben. Jeden Tag, wenn die Männer Feierabend gemacht hatten, machte sich Dilys fein, fuhr nach Stretton und saß dann eine Stunde an Harrys Krankenhausbett. Sie brachte ihm Obst, selbstgebackene Plätzchen und Gerstenwasser mit Zitronengeschmack. Sie brachte ihm auch Zeitungen, regionale wie überregionale, die wöchentlich erscheinende Farmerzeitung, die er abonniert hatte, und die Berichte vom Markt in Stretton. Sie mischte ihm sein Gerstenwasser, und dann las sie ihm vor, erzählte, was auf der Farm vor sich ging, schälte ihm einen Apfel oder eine Banane und versuchte, ihn dazu zu bringen, daß er etwas aß. Wenn die Stunde um war, faltete sie die Zeitungen zusammen und steckte die Obstabfälle in eine Plastiktüte; dann beugte sie sich nieder und küßte Harry auf die Stirn.

»So, und nun versuch zu schlafen«, pflegte sie zu sagen. »Und iß dein Abendessen. Du mußt versuchen, etwas zu essen. Ich komme morgen wieder.«

Dann ging sie hinaus zu ihrem Wagen auf dem Parkplatz und fuhr heim nach Dean Place Farm, mit einem Gefühl der Erleichterung, dem Gefühl, jemandem entkommen zu sein, mit dem sie Konversation machen mußte, der aber nicht mehr die gleiche Sprache sprach.

Trotzdem gefiel es ihr nicht, ihn im Krankenhaus zu sehen. Ihr gefiel die Art nicht, wie das Krankenhaus Harry älter gemacht zu haben schien; er wirkte hilflos und herabgewürdigt. Dr. Nichols hatte gesagt, es wäre Schock gewesen, was ihn am Abend von Joes Beerdigung hinausgetrieben hatte, daß Kummer Schock auslösen und traumatisierend wirken, die normalen Funktionen und Muster des Denkens lähmen konnte. Das sah Dilys ein, aber es führte nicht dazu, daß sie deshalb wärmere Gefühle für Harry hegte; im Gegenteil, es trug noch zu der obskuren, aber mächtigen Überzeugung bei, daß er sie verraten und im Stich gelassen hatte in dem Abschnitt ihres Lebens, von dem er wußte – wußte –, daß sie unerschütterliche Loyalität verlangte. Es war beinahe ein Pakt zwischen ihnen gewesen, ein unausgesprochener Pakt, daß Joe der Mittelpunkt der Dinge war, der Mittelpunkt ihrer Welt, die Wiege all ihrer Hoffnungen und Wünsche. Joe hatte sie auf eine Art miteinander verbunden, von der Dilys immer angenommen hatte, daß Harry sie ebenso gut verstand wie sie. Und dann hatte er sein Gewehr nicht weggeschlossen. Er hatte all diese Tage und Monate und Jahre neben Joe gearbeitet und gesehen, wie es um ihn stand, und trotzdem hatte er sein Gewehr nicht weggeschlossen. Seine Dickköpfigkeit angesichts von Joes fortschrittlichen Ideen konnte Dilys verzeihen, auch seine Bereitschaft, mit ihm zu streiten, ihm Neuerungen zu verweigern, an die Joe sein Herz gehängt hatte – aber nicht das Gewehr. Irgend etwas an dieser Sache mit dem nicht weggeschlossenen Gewehr steckte Dilys im Hals und machte sie dankbar für dieses Bett im Krankenhaus von Stretton und Harrys anhaltende Weigerung, mehr zu essen als nur das, was einen Hamster am Leben erhalten würde. Dilys wußte nicht, wie sie mit Harry leben sollte, wenn sie ihn aus dem Krankenhaus nach Hause schicken würden.

»Missus!« rief einer der Männer von unten.

Dilys verließ Joes Zimmer, machte die Tür hinter sich zu und trat hinaus auf den Treppenabsatz. Unten stand der jüngere der beiden Männer, ein rothaariger Bursche, der, wie er ihr erzählt hatte, mit seiner Frau und zwei Kindern in der Sozialwohnung seiner Schwiegereltern auf der anderen Seite von Stretton lebte.

»Ich geh dann jetzt«, sagte er.

Sie starrte die Treppe hinunter.

»Wohin?«

»Hab' meiner Frau versprochen, ihre Mutter ins Krankenhaus zu bringen. Zu einer Untersuchung.«

»Ihre Arbeitszeit dauert bis halb fünf«, sagte Dilys. »Das wissen Sie.«

Er kratzte sich den Kopf.

»Tut mir leid ...«

»Haben Sie Mr. Meredith Bescheid gesagt? Haben Sie es meinem Sohn gesagt?«

»Hab' ich vergessen ...« Er trat von einem bestrumpften Fuß auf den anderen. »Können Sie ihm etwas ausrichten? Können Sie ihm sagen, daß die Egge Zicken macht?«

»Sie ist neu«, sagte Dilys.

Er grinste sie an.

»Dann ist das ja kein Problem«, sagte er. »Dann ist die Garantiezeit ja noch nicht abgelaufen.«

Sie legte eine Hand auf den oberen Treppenpfosten. Sie war plötzlich müde und, was schlimmer war, eine Spur ängstlich. Sie sagte: »Dann gehen Sie jetzt.«

Er nickte.

»Kann sein, daß ich morgen früh ein bißchen später komme. Vielleicht so gegen neun ...«

Dilys wendete den Kopf ab.

»Bis morgen dann«, sagte er.

Sie wartete, bis er durch die Küche auf den Hof hinausgetappt war. Er rief dem anderen Mann etwas zu, sie konnte es hören, es klang vergnügt und sorglos. Sie ertastete sich langsam ihren Weg zurück in die Küche und sah, daß – obwohl die Leute nicht tatsächlich Unordnung hinterlassen hatten – zwei Stühle schräg standen und auf dem Tisch eine zu einem Ball zusammengeknüllte Plastikfolie und das Kerngehäuse eines Apfels lagen. Sie legte eine Hand an den Türrahmen und lehnte sich an ihn. In seinem Korb an der Hintertür hob Harrys alter Hund den Kopf und roch, daß sie da war. Er suchte Harry. Sie schloß die Augen. Obwohl blind und taub, suchte der alte Kep immer noch etwas, wonach ihn verlangte und das nicht da war. Genau wie ich, dachte Dilys. Sie spürte, wie die Stille der Küche um sie herum aufbrandete und sie isolierte. Genau wie ich.

»Bist du okay?« fragte Bronwen, als sie an Judys Schreibtisch vorbeikam, mit einer Mango in einer und einem Plastikbecher voll Kaffee in der anderen Hand. »Du siehst verdammt müde aus.«

»Ich bin es ein bißchen ...«

»Möchtest du eine Mango?« fragte Bronwen.

»Nein danke. Nein.«

»Du solltest Urlaub machen«, sagte Bronwen. »Du brauchst ein bißchen Abwechslung. Ich fahre dieses Jahr nach Formentera, ein paar Bekannte und ich mieten zusammen eine Villa. Die Gegend dort soll völlig unverdorben sein.«

Judy schaute auf den Monitor ihres Computers. ›Die Stimmung dieses Herbstes‹, hatte sie geschrieben, ›ist kindlich. Der Raum in euer aller Vorstellung wird das Kinderzimmer sein. Denkt an Gingham und buntgestrichene Möbelstücke. Denkt an Friese mit Bauernhofszenen und Flickenteppiche. Denkt an Schaukelpferde.‹

Fürchterlich, dachte sie, fürchterlich, *fürchterlich.* Sie klickte mit der Maus, um die Sätze zu löschen. »Wollen Sie«, fragte der Computer höflich, »dieses Dokument aufbewahren?«

»Nein!« sagte Judy, fast schreiend.

Bronwen, die inzwischen an ihren Schreibtisch zurückgekehrt war und die Mango mit einem zerbrechlichen Plastikmesser aufschnitt, schaute auf.

»Tut mir leid«, sagte Judy. »Ich habe gerade völligen Blödsinn geschrieben, das ist alles.«

»Hast du überhaupt zugehört?« fragte Bronwen. »Hast du gehört, was ich über Urlaub gesagt habe?« Sie hielt die Mango hoch, so daß ihr dicker gelber Saft an ihren Handgelenken herunterrann. »Herrje, ich vergesse immer wieder, daß man diese Dinger nur in der Badewanne essen kann.«

»Ich habe mir schon so oft frei genommen«, sagte Judy. »So oft in letzter Zeit ...«

»Aber da ging es um die *Familie.* Das war kein Urlaub. Sie können dich doch nicht dafür bestrafen, daß – nun ja ...«

»Daß Verwandte sterben«, sagte Judy.

Browner manövrierte mit den Ellenbogen eine Schreibtischschublade auf und holte eine verbeulte Schachtel mit Papiertüchern heraus.

»Kannst du nicht mit Ollie irgendwohin fahren?«

»Ich weiß es nicht. Ich habe ihn nicht gefragt. Ich meine, er hat in letzter Zeit so viel für mich getan, mir so viel Halt gegeben ...«

Bronwen grub ihre Zähne in eine Mangohälfte und riß einen Brocken aus dem glitschigen Fruchtfleisch heraus.

»Wahrscheinlich macht es ihm Spaß. Und was ist mit Zoe?«

Es trat eine winzige Pause ein.

»Nicht Zoe.«

»Ich dachte«, sagte Bronwen und biß abermals zu, »ich dachte, Zoe wäre großartig."

Judy erinnerte sich an die Liste mit Kummer-Worten auf grünem Papier, die mitternächtlichen Gespräche, in denen sich Zoe Urteilen enthielt, an ihr anspruchsloses, fast unsichtbares Auftreten in der Wohnung.

»Sie – also, sie war es.«

Bronwen ließ die Schale der halben Mango in ihren Papierkorb fallen, wo sie feucht aufklatschte.

»Und was ist schiefgelaufen?«

Judy zögerte. Sie betrachtete das Foto von Tideswell Farm mit den Jungtieren auf der sonnigen Wiese und der Gestalt, die Robin sein konnte und über deren Identität sie sich bisher kaum Gedanken gemacht hatte. Jetzt, da sie das Foto betrachtete, wünschte sie sich, daß die Gestalt neben der Scheune tatsächlich Robin war, wollte ihrer Sache ganz sicher sein. Sie schaute ein wenig genauer hin. Für Gareth war die Gestalt zu groß, aber für Robin sah das Haar nicht dunkel genug aus. Gareth' Haar war braun, blaß mausbraun wie schwacher Tee. Vielleicht war der Mann neben der Scheune weder Robin noch Gareth, sondern Joe. Judy streckte eine Hand aus und drehte das Foto zur Seite, so daß das Licht auf das Glas fiel und das Bild unsichtbar machte. Wenn der Mann Joe war, brachte Judy es nicht fertig, ihn anzusehen, noch nicht.

»Also?« fragte Bronwen. Sie hatte die zweite Hälfte ihrer Mango verspeist und leckte sich jetzt die Finger ab, schob einen nach dem anderen in ganzer Länge in den Mund. Es war ein irgendwie widerlicher Anblick.

»Sie ist – nun ja, sie hat sich gewissermaßen an meine Familie gehängt ...«

»Wie meinst du das?«

Judy neigte ihr Gesicht über den Schreibtisch und schirmte es mit den Händen gegen Bronwen ab.

»Sie wollte mitkommen und die Farm sehen. Also habe ich sie mitgenommen. Und dann ist sie dorthin zurückgekehrt, ohne mir ein Wort davon zu sagen, allein. Und jetzt ist sie wieder dort.«

»Wow«, sagte Bronwen.

»Diesmal hat sie es mir gesagt«, sagte Judy. Und dann, bemüht, fair zu sein: »Und sie wollte nicht zur Beerdigung meines Onkels mitkommen, weil sie sagte, das wäre nicht richtig. Aber gestern ist sie wieder hingefahren. Mit dem Bus.«

Bronwen streckte die Hände aus.

»Bizarr«, sagte sie, die zweite Silbe betonend.

»Ich muß immer wieder denken, daß sie irgend etwas im Schilde führt. Sie behauptet, das tut sie nicht. Sie sagt, es gefällt ihr einfach dort.« Judy verstummte. Was Zoe tatsächlich gesagt hatte, gestern morgen, bevor sie sich auf den Weg zum Busbahnhof machte, war: »Nicht ich bin es, der diese Fragen beantworten muß. Das bist du, Judy. Du warst es, die gesagt hat, daß es dir dort nie gefallen hat, du warst es, die gesagt hat, deine Familie würde dich erstikken. Nun, mir gefällt es dort, und mich erstickt sie nicht. Ich nehme mir nichts, was dir gehört. Ich *nehme* mir überhaupt nichts. Ich werde einfach dort sein. Und wenn dein Dad sagt, ich soll verschwinden, dann verschwinde ich.«

Jetzt sagte Judy zu Bronwen: »Da fehlt etwas. Es hört sich alles so simpel an, wenn sie es sagt, aber es paßt nicht zusammen.«

Bronwen verlor das Interesse. Sie stand auf, hielt die klebrigen Hände weit von sich, die Finger gespreizt wie der Struwwelpeter.

»Ich muß mich waschen. Ich habe das verdammte Zeug fast in den Achselhöhlen. Soll ich dir einen Kaffee mitbringen?«

Judy schaute auf ihren leeren Monitor. Sie sollte bis zwölf Uhr 500 Worte als ersten Entwurf fertig haben.

»Nein danke.«

»Okay«, sagte Bronwen. »Bitte geh für mich ans Telefon, wenn es läutet, ja? Bin gleich wieder da.«

Judy nickte. Dann streckte sie eine Hand aus und legte das Foto von Tideswell Farm umgedreht flach auf den Schreibtisch, so daß sie weder das Haus sehen konnte noch die Kühe, noch den Mann neben der Scheune. »Es ist nicht mein Zuhause«, hatte sie einmal fast gereizt zu Zoe gesagt. »Es ist nicht zu Hause, es ist einfach der Ort, an dem ich meine Kindheit verbracht habe.« Nun ja, sagte Judy zu sich selbst und griff wieder nach ihrer Computer-Maus, nun ja. Stimmt das, oder stimmt es nicht?

Robins Gewehr lag auf dem Küchentisch. Es war aufgeklappt, und daneben lagen ein paar Patronen, die er aus der Tasche geholt und dahin gelegt hatte. Zoe hatte noch nie zuvor ein richtiges Gewehr gesehen, gewiß keins mit so langem Lauf wie dieses mit seinem hölzernen Kolben und den Beschlägen aus ziseliertem Metall. Es war etwas völlig anderes als die Gewehre in den Filmen, wesentlich altmodischer, eleganter und ländlicher. Zoe berührte es von Zeit zu Zeit. Robin wollte es später reinigen, nachdem er über ein Problem nachgedacht hatte, das mit der Gesamtmenge der Bakterien in der Milch des letzten Monats zu tun hatte. Die Zahl kam ihm sehr hoch vor, hatte er zu Zoe gesagt, im Durchschnitt bei fast zwanzig. Er würde deswegen losgehen und jemanden aufsuchen müssen; das

Futter überprüfen. Sie wußte nicht, wovon er sprach. Manchmal, wenn er im Farmjargon redete, fragte sie ihn, was er damit meinte, aber diesmal hatte sie es nicht getan. Statt dessen hatte sie das auf dem Tisch liegende Gewehr betrachtet und sich gefragt, ob es solch ein Gewehr gewesen war, das Joe dazu benutzt hatte, sich umzubringen.

Robin hatte das Gewehr am Vorabend gebraucht, um Dachse abzuschießen, sagte er. Sie seien natürlich geschützt durch unsinnige Gesetze, erlassen von Stadtleuten, die nicht mit den Folgen leben mußten. Gegen Dachse war nichts einzuwenden, weit weg und in mäßiger Zahl.

»Aber es sind schmutzige Biester, und sie kommen jeden Tag näher ans Haus heran und versauen die Weiden. Und sie übertragen Tuberkulose. Rindertuberkulose. Ich will nicht, daß sie in die Nähe meiner Kühe kommen.«

Er hatte Zoe nicht angesehen, während er das sagte. Tatsächlich hatte er sie, wie ihr aufgefallen war, nicht einmal angesehen, seit sie drei Stunden zuvor angekommen war und er sie am Ende des Nachmittagsmelkens bei Gareth im Melkstall angetroffen hatte.

»Wieder da?« hatte er gesagt, genau wie Gareth es getan hatte.

»Ja.«

Er hatte nicht gelächelt, sondern nur gesagt: »Im Moment könnten wir noch ein Paar Hände gebrauchen«; aber die Bemerkung war eher an Gareth gerichtet als an Zoe.

Auch Gareth war weniger gesprächig als sonst, und sein Gesicht wirkte irgendwie älter und ernster, als wäre sein Kopf voll von unerfreulichen Gedanken, die ihn völlig in Anspruch nahmen. Er sagte, er wisse nicht, wie es weitergehen solle, was die Zukunft bringen, was Robin beschließen, was sie drüben in Dean Place Farm tun würden. Der alte Herr, sagte Gareth, während er einer Kuh einen Milchschlauch aus dem Weg räumte, war immer noch im Krankenhaus. Angenommen, er konnte nicht mehr arbeiten? Er war noch nicht sehr alt, sagte Gareth, aber angenommen, das hatte ihn aus der Bahn geworfen, ihm einen zu schweren Schlag versetzt? Robin konnte nicht zwei Farmen bewirtschaften. Außerdem hatte er für den Ackerbau nichts übrig.

»Er ist nicht mit dem Herzen dabei«, sagte Gareth und versetzte einer Kuh einen Klaps, damit sie sich in die Box bewegte. »Nicht so wie bei dem Vieh. Es ist etwas völlig anderes als die Arbeit mit Vieh.«

Es hatte Zoe auf der Zunge gelegen, Gareth zu fragen, ob er daran denke, zu kündigen. Aber etwas in der Atmosphäre hielt sie zurück. Der ganze Ort fühlte sich anders an bei diesem Besuch, weniger festgefügt, weniger sicher, als wäre die Zukunft in der Tat nicht die simple und unumstößliche Sache, die sie früher gewesen zu sein schien. Diese Atmosphäre bewirkte, daß auch Zoe sich weniger sicher fühlte, weniger imstande, Fragen zu stellen, wenn ihr danach zumute war, oder nach Lust und Laune in diese scheinbar stabilen Leben einzudringen und wieder daraus zu verschwinden, sie zu beobachten und zu fotografieren, als ob ihre Gegenwart sie nicht mehr berührte als der Hauch eines Schmetterlings, der sich an einer Wand niederließ. Nachdem sie den Melkstall verlassen hatte, war sie in die Küche zurückgekehrt und hatte dort herumgesessen, verlegen und ruhelos. Früher wäre sie einfach dagewesen, hätte einfach existiert und die unbetroffene Leichtigkeit dieses Existierens genossen. Aber jetzt, wo sie unsicher an dem Tisch saß, auf dem Robins Gewehr lag, hatte sie das Gefühl, sich in einem beängstigenden Kindermärchen zu befinden, in dem die Gewalten, die das Wetter und das Land regierten, die Dächer von den Häusern abgerissen hatten und bald, nur aus einer Laune heraus, auch die Wände einstürzen lassen und zusehen würden, wie all die kleinen Leute drinnen in panischer Angst herausrannten.

Sie schaute in den Ausguß, auf der Suche nach einem Glas, um Wasser daraus zu trinken. Robins Teller vom Lunch lag darin, ein Messer und ein Glas. Zoe hatte den Eindruck, daß sie unendlich einsam aussahen, eher Beweise für eine Existenz als für ein Leben. Sie nahm das Glas und spülte es aus, dann füllte sie es mit Leitungswasser und leerte es auf einen Zug. Es schmeckte leicht metallisch. Zoe wusch das Glas und auch den Teller und das Messer unter fließendem Wasser ab und räumte sie auf das Abtropfbrett, und dann griff sie nach dem Tuch, das Velma immer zu einem exakten Quadrat gefaltet zurückließ, und polierte den Ausguß und dann die Wasserhähne. So etwas hatte sie in ihrem ganzen Leben noch nicht getan, und das Funkeln des Chroms verblüffte sie. Sie beugte sich vor und betrachtete ihr verzerrtes Spiegelbild auf der Mischbatterie. Sie hatte enorme Augen und eine riesige Nase, einen winzigen Mund und praktisch kein Kinn und keinen Hals. Sie neigte den Kopf und streckte die Zunge heraus, die über das ganze Spiegelbild anschwoll wie ein feuchter rosa Ballon, riesig und scheußlich.

Hinter ihr läutete das Telefon. Robin hatte einen Anrufbeantworter, den einzuschalten er oft vergaß. Zoe wartete. Es läutete zwei-, drei-, vier-, fünfmal. Er hatte ihn nicht eingeschaltet. Sie durchquerte die Küche und nahm den Hörer ab.

»Tideswell Farm ...«

»Wer ist da?« fragte Dilys scharf.

»Zoe«, sagte Zoe.

Eine kleine Pause.

»Zoe? Was tun Sie denn dort?«

»Ich bin gerade gekommen«, sagte Zoe.

»Ich hätte gedacht«, sagte Dilys, »ich hätte gedacht, Sie würden ein bißchen mehr Takt zeigen in einer solchen Zeit. Ich hätte gedacht, Ihnen wäre klar gewesen, daß dies nicht der richtige Zeitpunkt für einen Besuch ist. Wo ist Robin?«

»Überprüft den Zellengehalt oder so etwas Ähnliches in der Milch. Er ist irgendwo draußen ...«

»Ich wollte ihm etwas sagen«, sagte Dilys. »Ich wollte ihm wegen seines Abendessens Bescheid sagen.«

»Ich kann es ihm ausrichten.«

Es folgte eine weitere Pause.

»Nicht nötig«, sagte Dilys. »Es spielt jetzt keine Rolle mehr. Ich rufe ihn später wieder an.«

Zoe drückte den Hörer enger an ihr Ohr.

»Ich kann kommen und es holen. Ich kann sein Abendessen holen. Ich leih mir Gareth' Fahrrad.«

»Ich gehe aus«, sagte Dilys. »Ich fahre ins Krankenhaus.«

»Gleich?«

»In einer halben Stunde«

»Ich brauche keine halbe Stunde«, sagte Zoe. »Ich bin in zehn Minuten bei Ihnen.«

»Also gut«, sagte Dilys. Ihre Stimme klang unsicher. »Also gut. Es ist nur eine Pastete, ein Stück Pastete ...«

»Zehn Minuten«, sagte Zoe. »Ich fahre sofort los.«

Sie legte den Hörer auf und rannte hinaus auf den Hof. Gareth war mit dem Melken fertig, er stand jetzt über der Grube und dirigierte einen zischenden Wasserstrahl aus dem Hochdruckschlauch in die Boxen, in denen die Kühe gestanden hatten. Zoe trat so nahe, wie sie konnte, an ihn heran und hielt die Hände an den Mund, um ihren Ruf zu verstärken.

»Darf ich Ihr Fahrrad nehmen? Ich muß nach Dean Place.«

»Wie lange wird das dauern?«

»Eine halbe Stunde!« rief Zoe.

Gareth nickte. Er sah sie nicht an. Das Wasser aus dem Schlauch wirbelte und klatschte gegen den Beton.

»Es steht im Futterschuppen. Hinter dem Traktor. Bringen Sie die Gänge nicht durcheinander.«

Sie rannte hinüber zur Scheune, an dem Glasbehälter vorbei, in dem die Milch gesammelt wurde. Robin war nirgendwo zu sehen. Gareth' Fahrrad, ein ramponiertes frühes Mountainbike-Modell, lehnte an einem Haufen Futtermais. Zoe ergriff es und rollte es so schnell auf den Hof hinaus, daß es schon genügend Schwung hatte, als sie es bestieg und ihr rechtes Bein über die Stange schwang, die Gareth mit Leuchtband umwickelt hatte, damit es in der Dunkelheit besser zu sehen war.

Es war schön, wieder auf einem Fahrrad zu sitzen. Zoe war seit vielen Jahren nicht mehr radgefahren, bis sie sich bei ihrem letzten Besuch in Tideswell Gareth' Rad geliehen hatte. Es brachte ein Gefühl der Freiheit und des Beteiligtseins mit sich, und die Hecken, in denen sich gerade die flachen, cremefarbenen Dolden der Holunderblüten öffneten, gewannen von dieser Höhe aus und bei diesem Tempo eine andere Perspektive. Sie beugte den Kopf in den leichten Wind, den sie erzeugte, und trat wie besessen in die Pedale, als hätte sie einen wichtigen Auftrag zu erfüllen, als hinge etwas Lebensentscheidendes von ihr, der Botin, ab.

Dilys wartete am Küchenfenster. Sie sah, wie Zoe herangebraust kam und das Fahrrad schlitternd zum Halten brachte, als wäre es ein durchgegangenes Pony. Sie sah genauso aus, wie Dilys sie in Erinnerung hatte, und ebenso verstörend, ganz in Schwarz und mit Haar, so kurz wie das eines Jungen. Es gehörte sich nicht, dachte Dilys, daß man so viel vom Hals eines Mädchens sah. Das war irgendwie unanständig, es sah zu nackt aus. Zoe lehnte das Fahrrad gegen einen von Dilys' Geranienkübeln und rannte auf die Tür zu.

»So eilig ist es nun auch wieder nicht«, sagte Dilys beim Öffnen. »Schließlich geht es nicht um Leben und Tod.«

Zoe keuchte.

»Ich wollte nicht, daß Sie sich verspäten ...«

»Das tue ich nicht«, sagte Dilys.

Sie ging voran in die Küche. Auf dem Tisch stand ein säuberlich mit Aluminiumfolie abgedeckter Teller und daneben eine Plastikdose.

»Ich habe genug für zwei darauf getan«, sagte Dilys, auf den Teller und die Dose zeigend. »Und ein bißchen Salat.«

»Danke«, sagte Zoe.

Dilys sah ziemlich elend aus. Zoe erinnerte sich an eine selbstsichere Frau, gesund und zielstrebig, eine Frau, die alles unter Kontrolle hatte. Jetzt sah sie wie ein Schatten von alledem aus, und ihre ordentliche Kleidung, ihr ordentliches Haar und ihre ordentliche Küche schienen der Verheerung in ihrem Inneren beinahe zu spotten.

Zoe sagte: »Sagten Sie nicht, Sie wollten ins Krankenhaus?«

Dilys begann, mit einem Wischtuch zu hantieren, sie klappte es auf und faltete es dann wieder genau so, wie es vorher gewesen war.

»Ja.«

»Wie geht es ihm?«

»Es geht ihm nicht gut«, sagte Dilys. Ihre Stimme hörte sich seltsam an, fast so, als machte sie eine Aussage, die sie freute, für die sie dankbar war. »Sie können ihn nicht dazu bringen, daß er ißt. Er will nicht essen.« Sie legte das Wischtuch wieder an seinen angestammten Platz auf den Rand des altmodischen weißen Ausgusses, genau in der Mitte. »Sie haben ihn gestern an einen Tropf angeschlossen.«

»Oh ...«

»Er kann nicht nach Hause kommen«, sagte Dilys, wieder mit diesem seltsamen Anflug von Triumph. »Solange er an diesem Tropf hängt, kann er nicht nach Hause kommen.«

Zoe sah sie an. Sie bemerkte, daß ihre Hände zitterten, als sie das Wischtuch wieder an seinen Platz legte.

»Möchten Sie, daß ich Sie begleite?«

Dilys starrte sie an.

»Was?«

Zoe sagte: »Soll ich ins Krankenhaus mitkommen? Ihn besuchen? Ich kann nicht fahren, aber ich könnte Ihnen Gesellschaft leisten.«

Dilys sagte: »Aber ich kenne Sie doch überhaupt nicht«

»Doch«, sagte Zoe. »Ein bißchen jedenfalls.«

Dilys bewegte sich zum Tisch und begann, den Teller und die Plastikdose neu auszurichten.

»Es – es würde sich nicht gehören.«

»Weshalb nicht? Es wäre besser, wenn ich mitkäme. Viel besser. Es würde es Ihnen leichter machen, zu fahren, leichter, wieder heimzukommen.«

»Oh«, sagte Dilys zu schnell. »Das Heimkommen ist leicht. Es ist nicht das Heimkommen ...«

»Ich weiß«, sagte Zoe.

Dilys hob den Blick von ihren geschäftigen Händen auf dem Tisch und sah Zoe an.

»Man weiß nie«, sagte Zoe, »was einem angst machen wird. Stimmt's? Es schleicht sich an, wenn man gerade nicht hinschaut, und dann ist die Angst plötzlich da.«

Dilys sagte nichts.

»Ich kann diese Sachen«, sagte Zoe, »hinbringen, auf dem Gepäckträger von Gareth' Rad, und Sie können mir in Ihrem Wagen folgen. Dann können wir zusammen fahren.« Sie hielt inne, und dann sagte sie: »Ich würde wirklich gern mitkommen.«

Dilys berührte leicht die Folie über dem Teller. Sie senkte den Blick, um Zoe nicht in die Augen sehen zu müssen.

»Sie können das Rad zurückbringen. Ich nehme die Sachen im Wagen mit. Ich will nicht, daß die Pastete herumgeschleudert und verdorben wird.«

Zoe lächelte.

»Okay«, sagte sie. »Okay.«

Sie bewegte sich auf die Tür zu. Dilys stand noch immer am Tisch; ihr Blick war auf ihn gerichtet, aber sie sah ihn nicht.

»Zehn Minuten«, sagte Zoe.

Harry störte der Tropf nicht. Auf irgendeine seltsame Art erinnerte ihn dieses Angeschlossensein an Robins Melkstall mit all diesen Röhren und Schläuchen, nur daß dort Milch herausfloß und in seinem Fall, hatten sie gesagt, Glukose hineinfloß, Glukose und dieses oder jenes Vitamin. Das war Harry ziemlich gleichgültig, um die Wahrheit zu sagen. Er hatte nie viel mit Vitaminen im Sinn gehabt; neumodisches Zeug, das sie im Krieg wegen der Nahrungsknappheit erfunden hatten. In Harrys Kindheit hatte es überhaupt keine Vitamine gegeben, da hatte es Schweinefleisch gegeben und Brot, Käse, Kartoffeln und Kohl. In Harrys Kindheit konnte man daran, was man aß, erkennen, welcher Tag der Woche und welche Stunde des Tages es war. Wenn Harry oder eine seiner Schwestern krank wurden, dann braute seine Mutter einen ihrer Tränke zusammen, Brennesseln und Sauerampfer und Minze und solches Zeug. Harry lag da, betrachtete die dünnen Schläuche, an die sie ihn angeschlossen hatten, und dachte an die Küche seiner Mutter. Sie würde der Schlag treffen, wenn sie ihn jetzt so sehen könnte. Sie hätte an nichts anderes denken können als daran, was das alles kostete.

»Harry«, sagte Dilys. Sie stand am Fußende seines Bettes, wie immer, wenn sie kam, so daß er die Augen zusammenkneifen mußte, um sie sehen zu können. »Hallo, mein Lieber.«

»Hallo«, sagte er.

»Ich habe jemanden mitgebracht«, sagte Dilys. »Erinnerst du dich an Judys Freundin Zoe?«

Harry schloß ein Auge, um das Zusammenkneifen zu verengen. Dilys bewegte sich seitwärts aus seinem Blickfeld, und Zoe trat an ihre Stelle. Sie lächelte.

»Wir haben uns unten an der Hecke kennengelernt«, sagte sie. »Erinnern Sie sich? Sie haben die Hecke verflochten, und Judy und ich haben Ihnen Ihren Tee gebracht.«

Harry nickte. Ihm war bewußt geworden, daß er sein Gebiß nicht im Mund hatte.

»Ich wollte gern mitkommen«, sagte Zoe. »Ich habe Dilys gefragt, ob es ihr recht ist.«

Sie kam ums Bett herum, gegenüber von Dilys an der anderen Seite, und schaute zu ihm herab. Sie lächelte immer noch.

»Möchten Sie Ihre Zähne?«

Er nickte wieder und starrte sie an. An dieses merkwürdige Haar erinnerte er sich, aber er hatte ihre großen Augen vergessen, große Augen wie die von einer Kuh, nur daß ihre keine sanften waren, sondern scharfe, die Dinge sahen.

Dilys reichte ihm sein Gebiß in einem Papiertuch. Er hielt sich eine Hand vor den Mund, um sein Zahnfleisch abzuschirmen, während er es einsetzte, etwas mühsam wegen des Tropfes.

»Wohnen Sie bei Robin?«

»Ja.«

»Ist Judy auch da?«

»Nein«, sagte Zoe, »sie arbeitet. Aber sie läßt Sie herzlich grüßen.« Sie setzte sich auf die Bettkante. »Sie möchte wissen, wie es Ihnen geht.«

»Die Schwestern mögen das nicht«, sagte Dilys. »Sie mögen es nicht, wenn man sich auf die Betten setzt.«

Zoe sah sie an. Sie lächelte immer noch.

»Ich warte ab, bis sie mich herunterscheuchen.« Sie sah wieder Harry an. »Was soll ich Judy sagen? Darüber, wie Sie sich fühlen?«

»Müde«, sagte Harry.

»Aber Sie essen nicht.«

»Ich mag nicht.«

»Wem soll das helfen?« sagte Zoe. »Wem bringt es etwas ein, wenn Sie nicht essen?«

Dilys holte sich einen Stapelstuhl aus grauem Plastik, ließ sich darauf nieder und lehnte sich zurück, so als ob sie, stellte Harry fest, seine Antwort überhaupt nicht interessierte.

»Das geht Sie nichts an«, sagte er zu Zoe.

»Stimmt.«

»Das geht niemanden etwas an«, sagte Harry. »Es geht niemanden etwas an, was ich tue. Nicht mehr.«

»Nur, daß andere Leute sich um Sie kümmern müssen. Und Sie sind eine Pest, wenn Sie nicht essen wollen, eine Pest für diese Leute.«

Er grinste plötzlich.

»Ich bin schon immer eine Pest gewesen«, sagte er. »Mein ganzes Leben lang bin ich eine Pest gewesen.«

»Ich auch«, sagte Zoe.

Sie schaute zu ihm herab. Irgendwo in diesem eingesunkenen alten Gesicht steckte das von Robin, der gleiche Knochenbau, das gleiche flüchtige Lächeln, der gleiche verschlossene Blick. Harry war ein ziemlich kleiner Mann, ganz offensichtlich ein zu kleiner Mann, um der Vater so hoch gewachsener Söhne zu sein, aber er hatte einen großen Kopf, den Kopf eines viel größeren Mannes, als er es war, dachte Zoe, im Augenblick angefüllt mit Dingen, die er nicht ertragen konnte und deren Gefangener er war. Sie warf einen kurzen Blick über das Bett hinweg auf Dilys.

Ihr ging es ebenso. Sie saß auf ihre ordentliche Weise auf dem grauen Plastikstuhl, und auch sie war an ihre Gedanken gefesselt, genau wie Harry oder Robin oder die Frau, bei der Zoe zum Tee gewesen war und die jetzt Joes Witwe war. Sie faltete die Hände im Schoß.

»Wissen Sie was?« sagte Zoe.

Harry musterte sie.

»Sie essen nicht«, sagte Zoe, »und am Ende werden Sie sterben. Ist es das, was Sie wollen?«

Harrys Blick schwankte.

»Sie können sich nicht entscheiden?«

Sein Mund ging auf und schloß sich dann wieder, lautlos.

»Okay«, sagte Zoe. »Dann werde ich für Sie entscheiden. Solange wir am Leben sind, leben wir. Und genau das werden Sie tun.« Sie schaute hinüber zu Dilys. »Stimmt's?«

# DREIZEHNTES KAPITEL

Lyndsay lag auf einer Liege im Garten des Hauses ihrer Eltern am Rand von Stretton. Die Sonne schien, aber es war eine schwächliche Spätfrühlingssonne, und Lyndsays Mutter hatte ihr eine Decke gebracht, eine Strickjacke, eine Thermosflasche voll Kaffee und dazu eine Zeitschrift. Sie behandelten sie, dachte Lyndsay, als wäre sie krank.

Ihr Vater hatte das Haus vor dreißig Jahren gebaut, auf einem Grundstück, auf dem sich einst der Obstgarten eines großen Hauses befunden hatte, das abgerissen worden war, um Platz für einen Tennisclub zu schaffen. Ihr Bruder und ihre Schwester, beide älter als Lindsay, waren als Jugendliche Mitglieder dieses Clubs gewesen, und ihre Schwester hatte jemanden geheiratet, mit dem sie dort gemischte Doppel gespielt hatte, und war mit ihm nach Droitwich gezogen. Sie hatten zwei Kinder, und sie war Personalchefin einer Firma geworden, die Gartengeräte herstellte. Lyndsays Bruder war Buchhalter. Ihre Mutter, die immer die Bücher für das Baugeschäft ihres Mannes geführt hatte, behauptete, die Fähigkeit zum Umgang mit Zahlen hätte er von ihr geerbt.

Niemand äußerte sich darüber, was Lyndsay geerbt hatte. Sie hatte eher Ähnlichkeit mit ihrer blassen, hübschen Großmutter mütterlicherseits, aber diese war künstlerisch begabt gewesen, mit einem Talent für Aquarelle und Stickereien, und Lyndsay verspürte, obwohl sie geschickte Hände hatte, keinerlei Neigung, zu einem Pinsel oder einer Nadel zu greifen. Sie war ja so sehr das jüngste Kind gewesen, sowohl vom Temperament her als auch von der Art, wie sie behandelt wurde. Verhätschelt, sagten ihr Bruder und ihre Schwester, verzogen. Fotos von Lyndsay in den verschiedenen Stadien ihrer Kindheit standen noch heute überall im Wohnzimmer ihrer Eltern herum und drängten sich auf den Heizkörperverkleidungen. Jetzt waren sie ihr peinlich, diese Fotos von einem Kind im Sonntagsstaat, mit Schleifen im Haar und weißen Söckchen. Es überraschte sie nicht, daß ihre Schwester immer so gereizt gewesen war.

Sie waren alle verblüfft und erleichtert gewesen, als sie Joe mitbrachte. Sie war nur halbherzig ins Kosmetikgeschäft eingestiegen, hatte nach Abschluß der Schule einen Zweijahreskurs am Stretton College absolviert und wartete darauf, daß sich ihr Vater entschied, ihr Räumlichkeiten für einen eigenen Salon zu kaufen, als sie Joe kennenlernte. Es war an der Tankstelle gewesen. Sie hatte den Wagen ihrer Mutter aufgetankt, den sie sich geliehen hatte, und der automatische Abstellmechanismus im Pumpschlauch hatte versagt. Plötzlich war ihr das Benzin auf die Kleidung gespritzt und auf die Schuhe geplätschert, und sie hatte geschrien. Joe, der an einer anderen Zapfsäule gerade den Farmlaster mit Diesel betankte, war herbeigerannt und hatte sie gerettet. Sie hatte noch tagelang nach Benzin gerochen, danach gestunken. Joe sagte – eine Zeitlang zumindest –, daß Benzin für ihn das beste Parfum der Welt geworden sei.

Nach drei Wochen fragte er sie, ob sie ihn heiraten wolle. Sie sagte ja, noch bevor die Worte richtig aus seinem Mund heraus waren, sie hatte sogar, wie ihr später bewußt wurde, fast von der Sekunde an, in der er ihr den sprudelnden Benzinschlauch aus den gelähmten Händen gerissen und in einen Abfluß geworfen hatte, darauf gewartet, daß er ihr einen Antrag machte. Für ihre Eltern war er alles, was sie sich nur wünschen konnten, älter, verläßlich, gutaussehend und allem Anschein nach wohlhabend. Er würde mit dem weitermachen, was sie jetzt glücklicherweise nicht mehr zu tun brauchten – sich um Lyndsay kümmern. Er hatte die Unmengen von silbergerahmten Fotos betrachtet und lächelnd gesagt, sie würde sich nicht die Hände schmutzig zu machen brauchen. Sie hatten ihm alle geglaubt.

Und jetzt waren sie alle in einem Schockzustand. Etwas so Brutales wie das, was Joe getan hatte, war nie in ihr Leben eingedrungen, wäre ihnen nie in den Sinn gekommen.

Sie hatten Lyndsay aufgefordert, zu kommen und ein paar Tage bei ihnen zu bleiben, weil sie schließlich ihre Tochter war, und dann waren da ja auch noch die Kinder, aber es war einfach fürchterlich, das war es. Es lag etwas Empörendes darin, etwas Extremes, was es ihnen unmöglich machte, die richtige Einstellung zu finden oder sich eine Meinung zu bilden. Als Lyndsay eintraf, hatten sie sie freundlich willkommen geheißen, aber gleichzeitig pflichtgetreu, als wäre sie auf irgendeine Art leicht kontaminiert. Und dann waren sie dazu übergegangen, sie wie eine Kranke zu behandeln: Frühstück im Bett, Tassen mit Tee und fingerhutgroße Gläschen mit süßem Sherry, kleine Ruhepausen im Garten unter einem schottisch karierten Plaid.

Ihr Vater, der sich inzwischen aus dem Geschäft zurückgezogen hatte, war sehr geduldig mit den Kindern. Sie konnte jetzt hören, wie er im Haus Rose alte Kriegslieder vorsang. Rose liebte Gesang. Sie liebte alles, was Lärm machte, Musik, Motorräder, bellende Hunde, Rugby und Fernsehen. Wahrscheinlich würde auch Hughie zuhören, aber er würde den Gesang nicht mit Rufen begleiten, wie Rose es tat. In den letzten beiden Nächten hatte er ins Bett gemacht, und Lyndsays Mutter hatte ein Gummituch auf die Matratze gelegt, stumm, aber mit vielsagender Miene.

»Es war ein Versehen«, hatte Hughie zu ihr gesagt. Er wollte nicht sagen, daß es ihm leid tat. »Ein Versehen.«

Mehrmals hat er zu Lyndsay gesagt, er hoffe, sie könnten bald wieder nach Hause.

»Vermißt du den Kindergarten?«

»Nein.«

»Weshalb willst du dann nach Hause?«

Er hatte seine Robbe umgedreht und Lyndsay über den Plüschschwanz hinweg beäugt.

»Ich wohne da«, sagte er geduldig.

Ich frage mich, ob ich auch da wohne, dachte Lyndsay jetzt und schaute zu dem blassen, klaren Himmel empor. Sie ließ ihren Blick langsam in einer Kurve abwärts wandern, über die hohe immergrüne Hecke, die den Blick auf die Plätze des Tennisclubs versperrte, bis er auf dem Haus ihrer Eltern lag, Backstein, ordentlich, massiv, anständig. *Hier* wohne ich jedenfalls nicht. Nicht mehr.

Die Terrassentür des Wohnzimmers wurde geöffnet, und Lyndsays Mutter kam heraus, leicht hinkend wegen der Arthritis, unter der sie litt und über die sie nie sprach. Sie brachte einen leichten Gartenklappstuhl mit. Lyndsay setzte sich ein wenig auf und versuchte, positiver auszusehen, weniger wie ein Opfer. Ihre Mutter klappte den Stuhl auf, prüfte seine Standfestigkeit und setzte sich darauf.

»So, da bin ich.«

Sie musterte Lyndsay.

»Ist dir auch warm genug, Kind?«

Lyndsay nickte.

»Dad singt den Kindern etwas vor. Kannst du ihn hören? Rose mag ›Pack Up Your Troubles‹ am liebsten, Gott segne sie.«

Lyndsay sagte: »Sie mag alles, was Krach macht.«

Sylvia Walsh betrachtete ihre Hände. Es waren hübsche Hände, genau wie die von Lyndsay, sehr gepflegt, und wenn sie nicht bei der Hausarbeit war, trug sie immer ihren Verlobungsring – zwei Saphire und drei kleine Brillanten – und den keltischen Liebesknoten-Ring, den Ray ihr zur silbernen Hochzeit geschenkt hatte.

»Ich finde, wir sollten uns ein bißchen unterhalten, Kind. Über deine Zukunft. Dad und ich werden alles tun, um dir zu helfen.«

Lyndsay zog das Plaid über ihre Hände, damit sie sie ungesehen ineinander verkrampfen konnte.

»Wie meinst du das?«

»Also«, sagte Sylvia. »Wie stehen die Dinge? Kannst du dort bleiben? Auf der Farm?«

Lyndsay sagte, ohne nachzudenken: »Natürlich kann ich bleiben! Es ist mein Zuhause!«

Sylvia zupfte ihre Strickjacke zurecht, bis die Kanten parallel über ihrem Busen hingen.

»Aber jetzt liegen die Dinge doch völlig anders, oder? Ich meine, du kannst nicht auf der Farm arbeiten. Das siehst du doch wohl ein? Vielleicht brauchen die Meredith' dein Haus, verstehst du, für einen Verwalter oder so etwas.«

»Niemand hat etwas gesagt ...«

»Nein, das kann ich mir denken. Schließlich geht im Moment dort alles drunter und drüber – mit deinem Schwiegervater im Krankenhaus. Aber sie werden darüber nachdenken müssen, oder? Glaubst du nicht, daß Robin darüber nachdenkt?«

Lyndsay, die genau wußte, daß ihre Mutter zusammenzucken würde, wenn der Name ausgesprochen wurde, sagte mit voller Absicht: »Joe hatte Anteile an der Farm. Sein Vater hatte ein paar, und er hatte mehr. Die gehören jetzt mir, nicht wahr?«

Sylvia starrte sie an.

»Aber du willst doch bestimmt keine Anteile an der Farm, oder?«

Lyndsay seufzte.

»Nein. Nein, vermutlich nicht ...«

»Ich finde«, sagte Sylvia und beugte sich vor, »du kannst jetzt nicht mehr dort bleiben, nicht jetzt, nachdem ... Nun ja, du müßtest dich mit deinen Schwiegereltern arrangieren. Du müßtest mit ihnen zusammenarbeiten.«

Lyndsay schaute weg.

»Das könnte ich nicht. Außerdem ...« Sie verstummte, und dann sagte sie sehr leise, als gestände sie eine Illoyalität ein: »Außerdem hasse ich die Farm.«

Sylvia sagte behutsam: »Dad und ich haben uns gefragt, was du von unserem kleinen Plan halten würdest. Es ist nur ein Vorschlag, nicht mehr. Nur etwas, worüber du nachdenken solltest.«

Lyndsay zog die Hände unter der Decke hervor und faltete sie über ihrem Bauch.

»Wir haben uns gefragt«, sagte Sylvia, »ob du vielleicht dort weitermachen möchtest, wo du vor sieben Jahren aufgehört hast. Wir haben uns gefragt, ob du nach Stretton zurückkommen möchtest und wir wieder zusehen, ob sich etwas mit einem kleinen Salon machen läßt. Nichts Großes. Vielleicht sogar ein Teilzeitjob, solange die Kinder noch klein sind.« Sie schwieg einen Moment. Dann sagte sie mit einer Stimme, die gütig klingen sollte: »Wir haben nur gedacht, daß eine völlige Veränderung dir guttun könnte.«

Lyndsay legte eine Hand flach auf die andere und drückte sie beide hart auf ihren Bauch, der sich nachgiebig anfühlte, als wölbte er sich zwischen den Hüftknochen nach innen. Sie glaubte nicht, daß sie in ihrem ganzen Leben je so mager gewesen war.

»Es wäre keine Veränderung«, sagte sie zu ihrer Mutter. »Es wäre nur eine Rückkehr dorthin, wo ich angefangen habe …«

»Außer daß du jetzt die Kinder hast, du hast den kleinen Hughie und Rose. Und du hast nie zu Ende gebracht, was du damals angefangen hast, denn – denn du hast geheiratet.«

Lyndsay drehte den Kopf beiseite. Es gab Momente, plötzliche, qualvolle Momente, in denen sie sich so sehr nach Joe sehnte, daß es sie fast den Verstand kostete. Heirat, dachte sie, o mein Gott, Heirat, *Heirat* …

»Denk einmal darüber nach«, sagte Sylvia. »Ich weiß, wie schwer es dir fallen muß, einen Entschluß zu fassen. Aber es muß sein. Das Leben muß weitergehen.«

»Und wenn ich nicht will, daß es das tut?« fragte Lyndsay. »Wenn ich einfach nicht will, daß es ein Morgen gibt?«

Sylvia stand auf und zupfte mit den kleinen, pflückenden Bewegungen, die sie immer gemacht hatte, seit Lyndsay sie kannte, die Kanten ihrer Strickjacke und den Gurt ihres Rockes zurecht.

»So darfst du nicht denken«, sagte Sylvia. »Nicht mit Kindern. Wenn du Kinder hast, darfst du an so etwas auf gar keinen Fall denken.«

»Ich starre dich an«, sagte Eddie zu Zoe.

Er hockte vor ihr mit einer Wasserpistole aus rotem Plastik, die wie ein Revolver geformt war. Zoe saß mit untergeschlagenen Beinen auf der Erde. Sie lehnte mit dem Rükken an der Hofmauer und hatte die Augen geschlossen. Sie hatte gerade von Gareth ihre erste Traktor-Fahrstunde erhalten, auf dem alten Traktor, der zum Wegschaben der Gülle benutzt wurde, und nicht viel Begabung dafür gezeigt.

»Ich kann länger starren als du«, sagte Eddie. »Ich werde dich niederstarren.«

Zoe öffnete die Augen. Eddies Gesicht war ungefähr fünfzehn Zentimeter von ihrem entfernt, von der Anstrengung des Starrens verzerrt. Seine Augen waren blaugrau und klein.

»Warum?«

Er rührte sich nicht.

»Warum willst du mich anstarren?«

»Ich starre dich so lange an, bis du Angst hast.«

»Mir kann man nicht so leicht angst machen«, sagte Zoe. Sie musterte ihn. Er hatte ein nichtssagendes schmales Gesicht und Sommersprossen. Sie streckte ihm die Zunge heraus. Er nahm keine Notiz davon.

»Das ist langweilig«, sagte Zoe.

Er kam ihr ein Stückchen näher, bis sie ihn riechen konnte, leicht ranzig und kindlich zugleich. Er ähnelt Gareth ein wenig, dachte sie, aber er hatte Debbies schmächtigen Körperbau, wie ihn Zoe mit den Stadtkindern assoziierte, die johlend in Rudeln durch die Siedlung rannten, in der sie aufgewachsen war. Damals hatte sie es für völlig normal gehalten, in einer Welt aus Mauern, Bürgersteigen, Treppenhäusern, kleinen Wohnungen und fremden Leuten aufzuwachsen. Erst jetzt, hier draußen, hatte es den Anschein, als wäre das nur eine von mehreren Möglichkeiten, groß zu werden. Judy war schließlich hier aufgewachsen. Sie hatte frische Luft gehabt und Felder, steinige Pfade und einen Fluß. Und Einsamkeit. Und sie hatte das alles gehaßt. Zoe beugte sich vor und versetzte Eddie einen kleinen Stoß.

»Gib's auf«

Er schwankte auf den Fersen, fing sich aber wieder und rückte noch näher heran, bis seine Nase fast die von Zoe berührte.

»Du bist eine Pest«, sagte Zoe. »Es wird Zeit, daß du in

die Schule kommst und eins hinter die Ohren kriegst, weil du eine Pest bist.«

Ein Motorengeräusch wurde hörbar, und der Landrover fuhr mit hoher Geschwindigkeit auf den Hof und hielt so an, wie Robin immer anhielt, mit einem Schwenker auf die Hintertür zu. Zoe hob den Blick, um ihn anzusehen.

»Ich habe gewonnen!« brüllte Eddie. »Ich habe gewonnen! Ich habe das Anstarren gewonnen!«

Zoe streckte ihre Beine und stand auf, indem sie ihren Rücken an der Mauer hochschob. Robin stieg aus dem Landrover aus und ging nach hinten, um die Heckklappe herunterzulassen. Zoe ging auf ihn zu. Hinter ihr feuerte Eddie zwei Schüsse aus seiner Wasserpistole ab, die nicht direkt auf sie gerichtet waren.

Die Ladefläche des Landrovers war voller Ballen. Zoe betrachtete sie.

»Was ist das?«

Robin ergriff den nächsten Ballen bei seiner Verschnürung aus Plastikband und bedeutete ihr mit dem Kopf, daß sie dasselbe tun solle.

»Gerstenstroh. Es kommt auf die Paletten neben dem Mais.«

Zoe hob einen Ballen an.

»Wofür ist das?«

»Für Kälber. Ich will dieses Jahr Kälber kaufen und aufziehen, bis sie selbst kalben können.«

Er machte sich auf den Weg zur Scheune. Zoe folgte ihm, und Eddie kam mit seiner tröpfelnden Wasserpistole hinterher.

»Haben Sie denn nicht genügend eigene Kälber?«

»Zu viele Bullen.«

»Aber kann man das nicht feststellen? Vorher, meine ich. Wenn Sie eine Kuh besamen, können Sie dann nicht feststellen, was sie bekommen wird?«

»Nein.«

»Warum nicht?«

»Weil die Wissenschaft noch nicht soweit ist. Weil man bei Bullensamen nie im voraus weiß, was man kauft. Weil ich 30 Röhrchen Samen zu 22 Pfund das Stück gekauft habe und alle Kälber bis auf zwei Bullen waren. Weil mich der Kauf von Jungtieren im gebärfähigen Alter 700 pro Stück kosten würde.« Er fuhr zu ihr herum, immer noch den Strohballen in der Hand. »700 pro Stück. Okay? Reicht das jetzt? Genug dämliche Fragen?«

Zoe setzte ihren Ballen ab.

»Tut mir leid.«

»Machen Sie endlich weiter, ja?« brüllte Robin. »Hören Sie mit dem Geschwätz auf, und machen Sie weiter. Schließlich habe ich genug zu tun, ohne daß mir jemand Fragen stellt wie ein verdammter Journalist. Ich weiß, was ich tue, und ich kann Ihnen versichern, daß alles aus einem guten Grund geschieht und nichts zum Vergnügen!«

Zoe beugte sich wieder über ihren Ballen. Aus dem Augenwinkel heraus konnte sie Eddies kleine Gestalt sehen, die in Deckung rannte, weg vom Ärger. Sie schaute herunter auf ihre Hände und die Arme, die aus den kurzen Ärmeln ihres schwarzen T-Shirts herausragten, und sie kamen ihr plötzlich komisch vor, weiß und dünn und unheimlich. Sie schluckte schwer.

»Tut mir leid«, sagte sie. »Ich hab' ja nur gefragt.«

Robin grunzte und verschwand in der Düsternis des Futterschuppens. Sie folgte ihm mit ihrem Ballen und legte ihn exakt neben seinem ab.

»Ich mache das fertig«, sagte sie, ohne ihn anzusehen. »Ich entlade den Landrover.«

Es folgte ein kurzer Moment der Stille. Robin trat ein oder zwei Schritte beiseite.

»Okay«, sagte er.

Nachdem sie das Stroh abgeladen hatte, setzte sie sich auf den Fahrersitz und betrachtete das Armaturenbrett. Es lagen Unmengen von Dingen darauf, Broschüren, Einwickelpapier von Schokoriegeln, zerknüllte Saftpackungen, Parkscheine und ein kleines, ramponiertes Notizbuch, auf dessen Einband ›Kälberaufzucht‹ gekritzelt war. Auf dem Beifahrersitz und auf dem Boden sah es kaum besser aus, sie waren übersät mit Stroh, Papierfetzen und öligen Lappen. Über der Lehne des Beifahrersitzes hing, achtlos hingeworfen, ein alter blauer Pullover, der vermutlich Robin gehörte. Zoe zog ihn herunter, rollte ihn in ihrem Schoß zusammen wie eine Katze und strich ihn glatt.

Sie streckte eine Hand aus und berührte den Zündschlüssel. Sie war fast – aber nicht ganz – versucht, ihn zu drehen. Sie dachte, wenn sie nur fahren könnte, dann könnte sie mit dem Landrover das Essen von der Dean Place Farm holen. Ob Krise oder nicht, Dilys kochte nach wie vor Essen und backte Kuchen und Plätzchen, um sie Harry mitzubringen, der sie, wie Zoe glaubte, den Schwestern schenkte. Dilys hatte sogar angeboten, Zoe das Kochen beizubringen.

»Was?«

»Nun, eines Tages werden Sie es lernen müssen.«

»Meinen Sie?« hatte Zoe gefragt. »Wozu?«

»Zum Leben«, sagte Dilys. »Damit Sie für sich sorgen können. Und für andere Menschen. Können Sie ein Zimmer putzen?«

Zoe lächelte sie an.

»Keine Ahnung.«

»Oder ein Hemd bügeln?«

Zoe schüttelte den Kopf,

»Ich nehme an«, sagte Dilys, »Sie sind der Ansicht, daß die heutigen Frauen keine Hausarbeit mehr tun sollten.«

»Nein«

»Daß es nur noch darum geht, Karriere zu machen und so.«

»Ich tue es nicht«, sagte Zoe, »weil ich es nicht brauche. Wenn es sein muß, werde ich es vermutlich lernen.«

Dilys hatte während dieser Unterhaltung am Ausguß in ihrer Küche gestanden und dunkelgrüne Brokkoliröschen unter fließendem Wasser abgespült. Sie hob den Blick und schaute durch das Fenster über dem Ausguß, dann sagte sie mit völlig anderer Stimme. »Wenn Harry heimkommt, könnte ich vielleicht ein bißchen Hilfe brauchen. Vielleicht käme mir dann ein zusätzliches Paar Hände gerade recht.«

Es folgte eine Pause.

»Ich verstehe«, sagte Zoe.

Sie rutschte von der Tischkante herunter, auf der sie gesessen hatte.

»Das ist etwas anderes. Ich meine, wenn Sie mich zum Bügeln brauchen, dann lerne ich es.«

Zwei Tage später hatte Dilys ihr beigebracht, wie man Rührei macht. Es war nett, dachte Zoe, bis auf das Abwaschen der Pfanne, das einen abrupt und nachdrücklich erkennen ließ, welche Vorteile Sandwiches, Plastikbehälter mit Nudeln und Hamburger in Kartons zum Mitnehmen boten. Sie betrachtete Robins Pullover in ihrem Schoß. Es hingen Strohhalme daran, die Ärmel waren ausgefranst; außerdem hatte er ein großes Loch. Sie hob ihn an und hielt ihn sich vors Gesicht. Er roch nur nach Wolle – Staub und Wolle. Sie war traurig gewesen, als Robin sie angeschrien hatte; nicht erschrocken, sondern nur traurig, einfach traurig, daß sie ihn dazu gebracht hatte. Sie wollte nichts tun, was ihn zum Schreien veranlaßte, sondern eher das Gegenteil. Sie nahm den Pullover wieder in die Hände und schüttelte ihn aus, so wie Dilys die Wäsche ausschüttelte, bevor sie sie auf die Leine hängte, dann faltete sie ihn zusammen und hängte ihn wieder über die Lehne des Beifahrersitzes, an seinen angestammten Platz.

»Welchen Platz?« dachte Zoe plötzlich. »Welchen Platz? Was tue ich?«

»Was tut sie hier?« fragte Debbie. Sie hatte Gareth' Tee auf den Tisch gestellt. Die Kinder aßen vor dem Fernseher. Debbie schätzte das gar nicht, aber für heute hatte sie die Nase voll von den Kindern. Ihr war es gleich, wo sie aßen, es war ihr sogar gleich, ob sie überhaupt aßen, vor allem Eddie. Er hatte die Flasche mit dem Bleichmittel entdeckt, die sie nach dem Putzen versehentlich mit nur flüchtig zugeschraubtem Verschluß im Badezimmer hatte stehenlassen, seine Wasserpistole damit gefüllt und den Strahl dann auf die Vorhänge in seinem Zimmer gerichtet, die Debbie erst vor sechs Monaten genäht hatte, aus dunkelblauer

Baumwolle mit einem Muster aus Flugzeugen. Eddie war fasziniert von der Wirkung, die das Bleichmittel auf den farbigen Stoff hatte, so fasziniert, daß er ins Badezimmer zurückkehrte, um seine Wasserpistole wieder zu füllen, wobei Debbie ihn erwischte.

»Keine Ahnung«, sagte Gareth. Er beugte sich über seinen Teller. »Ich habe ihr heute nachmittag eine Fahrstunde gegeben. Auf dem Traktor.«

»Gareth«, sagte Debbie. »Komm nicht auf die Idee ...«

»Hat nicht viel gebracht.«

»Das ist es nicht, was ich meine.«

Gareth schob sich eine Portion Pommes frites in den Mund und zwinkerte ihr zu.

»Nicht mein Typ. Sieht aus wie ein Junge.«

Debbie ließ sich Gareth gegenüber nieder und goß sich Tee ein.

»Und was ist mit Robin?«

»Was soll mit Robin sein?«

»Mit Robin und ihr?«

Gareth zuckte die Achseln.

»Bisher nichts, soweit ich weiß. Heute nachmittag hat er sie fürchterlich angeschnauzt. Im Augenblick ist es ihm völlig gleich, wer da ist und wer nicht. Er merkt es überhaupt nicht.«

»Aber ich merke es«, sagte Debbie.

»Du – und wer noch?«

»Velma«, sagte Debbie. »Das halbe Dorf.«

Gareth kippte sich eine große Portion Tomatensoße auf den Teller.

»Und was willst du dagegen unternehmen?«

»Das weißt du«, sagte Debbie. »Ich will, daß wir von hier fortgehen.«

Gareth seufzte.

»Ich dachte, das Thema wäre erledigt. Ich dachte, du wolltest Lyndsay mit dem Baby helfen.«

»Sie ist in Stretton bei ihrer Mutter.«

»Sie wird wiederkommen.«

»Gareth«, sagte Debbie, »darum geht es nicht. Es geht

darum, daß alles anders wird. Nichts ist mehr so, wie es früher war.«

Gareth trank einen Schluck Tee.

»Hör zu«, sagte er. »Ich habe einen guten Job. Ich komme mit dem Boß aus, dies ist ein anständiges Haus, die Kinder kommen in der Schule gut zurecht, du hast einen Job, wir sind hier zu Hause.«

»Ich fühle mich hier nicht mehr zu Hause. Ich muß immerzu denken, daß etwas passieren wird. Daß uns etwas passiert, wenn wir bleiben.«

»Es war unerfreulich. Eine unerfreuliche Episode, das ist alles ...«

»Nein«, sagte Debbie. »Nein. Die Verhältnisse haben sich geändert. Es wird nie wieder so sein wie früher.«

Er sah sie an. Ihr blondes Haar, das ihm immer am besten gefallen hatte, wenn sie es offen trug, war hinter ihrem Kopf gerafft und zusammengebunden, und das verhärtete ihr Gesicht, ließ es älter erscheinen. Sie sah immer noch gut aus, sagte sich Gareth, war immer noch des Anschauens wert, aber auch sie hatte sich verändert, genau wie ihr Körper und ihr Denken und ihre Einstellung. Vor zehn Jahren wäre sie nie so gewesen wie jetzt. Aber vor zehn Jahren hatte sie auch noch keine drei Kinder, nur Rebecca, die damals ein Baby war. Sie hatte eine Menge Aufhebens gemacht mit diesem Baby, es war wie eine Puppe für sie, mit all seinen Kleidchen und dem anderen Kram. Aber jetzt machte sie sich Sorgen. Die drei Kinder hatten bewirkt, daß sie sich Sorgen machte. Sie hatten sie verändert, genau wie die Schwangerschaften ihr Aussehen verändert hatten. Er streckte die Hand über den Tisch hinweg aus.

»Können wir warten?« sagte er.

»Wie meinst du das?«

»Können wir noch eine Weile warten, bevor wir ernsthaft darüber nachdenken? Können wir ein paar Wochen warten?«

Sie betrachtete seine Hand. Es empfahl sich nicht, hatte sie entdeckt, darüber nachzudenken, worin Gareth' Hände an diesem Tag gesteckt hatten.

»Du meinst, bis noch etwas passiert ist ...«

»Vielleicht.«

Sie seufzte. Sie hob ihren Becher an und schaute hinein.

»Also gut.«

Als Robin an diesem Abend hereinkam, hatte Zoe beschlossen, nicht viel zu sagen. Sie würde nicht schmollen, aber sie würde auch nicht auf ihre Anwesenheit hinweisen. Sie würde einfach dasein. Als sie die Küchentür zuschlagen hörte und dann, fast sofort danach, das Murmeln des Fernsehers, war sie sogar oben in ihrem Zimmer und schnitt sich die Fingernägel, wo sie beim Aufheben der Strohballen abgebrochen waren. Es machte nichts. Sie waren ohnehin zu lang gewesen. Sie hatte sie so lang wachsen lassen, um sich selbst gegenüber die bewundernswerte Tatsache zu betonen, daß sie nicht mehr an ihnen kaute.

Als sie in die Küche kam, stand Robin auf einem Bein, halb aus seinem Overall heraus, und schaute auf den Bildschirm. Er drehte den Kopf, als sie hereinkam.

»Hi.«

»Hi«, sagte Zoe.

Robin zog das zweite Bein seines Overalls herunter und bückte sich, um ihn vom Fußboden aufzuheben. Er sagte, über die Schulter: »Tut mir leid, daß ich Sie vorhin angeschrien habe.«

»Macht nichts«, sagte Zoe. »Ich hab' zu viele Fragen gestellt. Zur falschen Zeit.«

Sie ging zum Backofen, in den sie, auf Dilys' Anweisung, zwei gebackene Kartoffeln und einen Auflauf gestellt hatte.

»Ich glaube«, sagte Zoe, »ich sollte lieber verschwinden. Zurück nach London. Ich wollte nicht im Wege sein, aber ich habe den Eindruck, ich bin es.« Sie öffnete die Tür des Backofens und schaute vorsichtig hinein. »Möchten Sie, daß ich verschwinde?«

Es folgte eine Pause. Sie hörte, wie Robin einen Stuhl zurechtrückte und sich darauf setzte, um seine Schuhe anzuziehen.

»Am Montag fangen wir an, Silage zu machen, von frühmorgens bis spätabends, alle Mann. Wir – wir könnten ein bißchen Hilfe brauchen.«

Zoe richtete sich auf und schloß die Backofentür.

»Aber ich glaube nicht, daß ich sehr nützlich bin.«

Er sah sie direkt an, das erstemal seit ihrer Ankunft.

»Nein«, sagte er. Er grinste. »Aber Sie könnten es sein.«

»Hat Ihnen Gareth von dem Traktor erzählt?«

»Nein, aber ich kann es mir vorstellen. Beim nächstenmal geht's besser.«

Zoe lehnte sich an den Herd.

»Sie brauchen nicht nett zu sein. Ich bin uneingeladen gekommen, und ich kann jederzeit wieder verschwinden. Ich möchte nur, daß Sie ehrlich sind.«

»Ich bin nicht nett«, sagte Robin. Er stand auf und beugte sich über den Tisch, um den Fernseher auszuschalten.

»Ich wäre gerne nett«, sagte Zoe. »Ich würde gerne helfen. Ich würde gerne dazu beitragen, daß Sie sich besser fühlen.«

Robin setzte sich wieder hin, halb von ihr abgewendet, und blätterte in ein paar Papieren in seiner Reichweite.

»Da hätten Sie eine Menge zu tun. Ganz abgesehen von allem anderen hat mir jetzt die Flußbehörde eine Geldstrafe aufgebrummt, 1200 Pfund, und die Auflage, die Güllebeseitigung binnen sechs Monaten zu verbessern. Widrigenfalls Anklage und so weiter.« Er hob eine Hand und fuhr sich damit durch die Haare. »Manchmal denke ich ...« sagte er, dann verstummte er.

»Schöner Mist«, sagte Zoe. »Habe ich recht? Ein schöner Mist.«

»Ich kann mir einfach nicht vorstellen, wo das alles herkommt«, sagte Robin mit fast unhörbarer Stimme. »Es sieht so aus, als ob wir den Wasserhahn jetzt, wo wir ihn aufgedreht haben, nicht wieder zudrehen könnten. Ich kann nicht ...«

Zoe richtete sich auf. Sie bewegte sich leise durch die Küche und stellte sich ganz dicht neben Robins Stuhl, wobei sie ihn nicht berührte, aber beinahe.

Er sah scharf zu ihr auf. Sie selbst sah genauso aus wie immer und nicht im mindesten sentimental.

»Wann haben Sie das letztemal Sex gehabt?« fragte Zoe.

Er blinzelte. So verblüfft, daß er ehrlich sein mußte, sagte er: »Im vorigen Jahr.«

»Wo?«

»Nach der Smithfield-Show. In London.«

»Mit einer Nutte?«

»Nein«, sagte Robin und staunte über sich selbst. »Mit einem Mädchen aus dem Ministerium. Von der Fischereibehörde, wenn ich mich recht erinnere.«

Zoe bewegte sich eine Spur und ließ sich dann auf Robins Knien nieder. Sie legte ihm die Arme um den Hals. Er rührte sich nicht. Er ließ sie einfach gewähren.

»Ich könnte nützlich sein. Zumindest in dieser Beziehung.«

Er lachte beinahe. Außerdem fiel ihm auf, daß er jetzt selbst, zögerlich und zitternd, die Arme um sie legte.

»Weshalb?«

»Ich möchte es«, sagte Zoe. Ihr Gesicht war nur ein paar Zentimeter von seinem entfernt. »Du nicht?«

»Aber ich bin alt«, sagte Robin. »*Alt.* Zu alt für dich. Ich bin so alt, daß ich dein Vater sein könnte ...«

»Und?«

»Und deshalb gehört es sich nicht.«

»Für dich?«

»Nein, Unsinn, nein ...«

»Was sich für mich gehört oder nicht gehört«, sagte Zoe, »entscheide ich selbst. Was sich nicht gehört, ist, mit irgendwelchen Zufallsbekanntschaften ins Bett zu gehen. Alter spielt dabei keine Rolle. Du zitterst.«

»Natürlich tue ich das«, sagte er. Er verstärkte seine Umarmung, zog sie an sich, so daß ihre Gesichter aneinander gedrückt waren, Wange an Wange. Verdammt, dachte er, ich muß mich rasieren ...

»Du hast eine schlimme Zeit hinter dir«, sagte Zoe über seine Schulter hinweg. »Stimmt's? All diese Jahre. Eine schlimme Zeit.«

»Das war nicht ihre Schuld ...«

»Aber deine auch nicht.«

Sie bewegte eine Hand hinauf in sein Haar. Er sagte: »Das ist verrückt.«

»Nicht so verrückt«, sagte sie gelassen, »wie getrennte Schlafzimmer.«

»Ich will kein schmutziger alter Mann sein.«

»Überlaß es mir, das zu beurteilen.«

»Verdammt«, sagte Robin. »oh, *verdammt ...*«

Er ließ das Gesicht sinken, so daß er es an ihre Schulter drücken konnte, in die dunkelgraue Wolle ihres Pullovers über ihren jungen, knochigen Schultern. Die Tränen kamen, dick und schnell, und waren nicht aufzuhalten.

»Es tut mir leid«, sagte Robin schluchzend. »O Zoe, es tut mir so leid.«

Sie sagte überhaupt nichts. Sie saß auf seinen Knien, in seinen Armen, während ihre Arme seinen Kopf und Hals hielten, und wartete, während er weinte. Dann stand sie auf und ging zu der Rolle Küchenpapier mit dem verschmiert aufgedruckten Pilzmuster, die Velma im Dorfladen gekauft hatte, und riß einen langen Streifen ab.

»Hier«, sagte sie und hielt ihm das Papier hin.

Er schnaubte wütend hinein.

»Sag nichts. Es gibt nichts zu sagen.«

Er schnaubte abermals. Sie wartete, bis er fertig war, dann setzte sie sich wieder auf seine Knie.

»Wo waren wir stehengeblieben?«

»Keine Ahnung«, sagte Robin und legte die Arme um sie. Er lachte schwach. »Keine Ahnung ...«

Sie musterte ihn.

»Deine Nase ist rot.«

Er nickte und schloß die Augen. Sie beugte sich vor, leckte über seine Nase und küßte ihn dann langsam und sanft auf den Mund.

»Glücklicherweise«, sagte Zoe, »ist es nicht deine Nase, an der ich interessiert bin.«

# VIERZEHNTES KAPITEL

Der Krankenwagen bog auf den Hof von Dean Place Farm ein und hielt neben Dilys' Blumenkübeln an. In ihm saßen außer dem Fahrer in seinem makellos gebügelten blaßblauen Hemd ein gleichfalls uniformierter Pfleger und Harry. Harry saß in einem Rollstuhl. Er trug die Kleidung, die Dilys ihm am Vortag gebracht hatte, aber seine Füße steckten in Pantoffeln. Dilys konnte sich nicht vorstellen, weshalb ihr der Anblick der Pantoffeln so zuwider war. Sie hatte ihm gestern auch seine Schuhe gebracht, seine braunen Halbschuhe, die sie geputzt hatte. Wieso hatten sie ihm nicht statt dieser Pantoffeln seine Schuhe anziehen können?

»Hallo, mein Lieber«, sagte sie.

Sie stand am Fuß der Rampe, die sie an der Rückseite des Krankenwagens heruntergelassen hatten. Harry kam ihr sehr klein vor, kleiner als je zuvor.

»So, jetzt geht's los«, sagte der Pfleger zu Harry und löste die Bremse des Rollstuhls. »Reisefertig?«

Sie brauchten das Bett im Krankenhaus, hatten sie in Stretton zu Dilys gesagt. Harry hatte aufgehört, Gewicht zu verlieren, er hatte sogar ein oder zwei Pfund zugelegt, und er würde noch mehr zunehmen, wenn er wieder auf den Beinen war. Es war nicht gut für ihn, noch länger im Bett zu liegen. Es wurde Zeit, daß er nach Hause zurückkam.

»Das ist doch okay, oder etwa nicht?« hatte Zoe zu Dilys gesagt. »Ich komme wieder, wenn er zurückkommt. Ich bin hier, wenn der Krankenwagen kommt.«

Aber sie war nicht da, und Dilys' Stolz hatte sie daran gehindert, in Tideswell anzurufen und nach dem Grund zu fragen.

»Sie werden Hilfe brauchen«, hatte Zoe gesagt, »um ihn aus diesem Rollstuhl herauszubekommen. Ich helfe Ihnen.«

Sie brauchte in der Tat Hilfe, obwohl ihr Verstand davor zurückscheute, es einzugestehen, Hilfe, die nichts mit dem

Körperlichen zu tun hatte. Sie brauchte Zoe zur Ablenkung um sich, damit sie sich mit dem Gedanken versöhnen konnte, Harry wieder im Haus zu haben; Harry und nicht Joe. Sie war überzeugt, daß Zoe das verstand. Es war wirklich merkwürdig; Zoe war der letzte Mensch, von dem sich Dilys bei klarem Verstand hätte träumen lassen, daß sie sich auf ihn verlassen würde. Aber sie hatte etwas an sich, was der Situation und Dilys' Bedürfnis entsprach und ihre Qualen über ihre eigene Hilflosigkeit lindern konnte.

Der Rollstuhl kam die Rampe herunter auf den Hof

»In der Küche ist jemand, der sich schon auf dich freut«, sagte Dilys.

Sie legte ihm eine Hand auf die Schulter. Sie konnte ihn nicht küssen, schon gar nicht vor der Krankenwagenbesatzung. In seinen Augen glomm ein kurzer, wahnwitziger Hoffnungsschimmer auf, und dann verlöschte er wieder, und Harry fragte: »Kep? Der alte Kep?«

Sie nickte. Der Pfleger begann, Harry auf die offene Hintertür zuzuschieben.

»Ich dachte, Zoe würde kommen. Sie hat gesagt, sie würde kommen.«

Harry sagte: »Im Krankenhaus haben sie gefragt, ob sie meine Enkelin ist.«

»Sie hat mir sehr geholfen«, sagte Dilys. Sie klappte die Hintertür flach an die Wand, damit der Rollstuhl hindurchfahren konnte.

»Wir haben einen Diätplan«, sagte der Pfleger, »und ein Gehgestell. Stimmt's?«

»Ich brauche kein Gestell«, sagte Harry. »Ich habe Stökke. Ich habe die Stöcke von meinem alten Dad. Die werde ich benutzen.«

Der Pfleger zwinkerte Dilys zu.

»Ein Gestell ist stabiler ...«

»Ich will nicht stabil sein«, sagte Harry. »Ich will nicht mehr verhätschelt werden.«

In der Küche erhob sich Kep mit knarrenden Gelenken von seinem Lager und kam schwerfällig auf Harry zu, erfreut, mit wedelndem Schwanz und knurrend.

»Braver Junge«, sagte Harry und berührte den Kopf des Hundes. »Alles in Ordnung, Junge?«

Der Pfleger holte einen Packen säuberlich zusammengefalteter Papiere aus der Tasche seiner Uniform und legte sie auf den Küchentisch.

»Die ganzen Formulare«

»Was für Formulare?«

»Für das Ausleihen des Rollstuhls und des Gehgestells. Die sind Eigentum des Krankenhauses.«

»Sie können sie gleich wieder mitnehmen«, sagte Dilys. »Wir brauchen sie nicht. Helfen Sie ihm auf seinen Stuhl am Tisch, und schaffen Sie das Ding weg.«

Der Pfleger sah sie an.

»Es wäre besser, für zehn Tage oder so ...«

»Nein, danke«, sagte Dilys. Es war grausam, die Krükken wegzutreten, aber es mußte sein. Wenn Zoe dagewesen wäre, hätte sie nicht die geringsten Gewissensbisse gehabt. »Nehmen Sie das Zeug wieder mit. Wir kommen auch so zurecht.« Sie sah Harry an. »Schließlich ist er erst einundsiebzig. Kein Hunderjähriger.«

Der Pfleger zuckte die Achseln. Er nahm alle Formulare wieder an sich bis auf eines, ein mit säuberlichen Kolonnen bedrucktes Blatt aus blaßgrünem Papier.

»Dann lasse ich Ihnen nur den Diätplan hier.«

»Ich bin eine Farmersfrau«, sagte Dilys. »Glauben Sie etwa, ich verstünde nichts von Ernährung?«

Der Pfleger seufzte.

»Wenn Sie meinen«, sagte er und setzte dann mit einem Anflug von Verzweiflung hinzu: »Madam.«

Er kehrte zurück auf den Hof und gab Harry im Vorbeigehen einen Klaps auf die Schulter. Sie hörten, wie er den Fahrer rief.

»Brauchst du dieses Ding?« fragte Dilys Harry und deutete auf den Rollstuhl. Er schüttelte den Kopf.

»Ich habe deine Stöcke hervorgeholt. Zoe hat sie poliert. Den Schlehdornstock und den von deinem Vater mit dem Hirschhorngriff.«

Die beiden Männer kamen in die Küche.

»Also gut«, sagte der Fahrer zu Harry. »Es lebe die Unabhängigkeit. Welches ist Ihr Stuhl, Squire? Der dort? Also gut, Squire, den sollen Sie haben.«

Dilys sah zu, wie sich die beiden bückten, Harry gekonnt aus dem Rollstuhl heraushoben und auf seinen gewohnten Lehnstuhl am Kopfende des Küchentisches setzten. In ihren Händen sah er so leicht aus, als bestünde er aus Papier oder Balsaholz, leicht und hinfällig.

»Glauben Sie, daß Sie zurechtkommen?« fragte der Fahrer Dilys. »Baden und Toilette und so weiter?«

»Er wird selbst zurechtkommen«, sagte Dilys. »Er ist zu Hause, und es wird ihm bald wieder bessergehen.«

»Lassen Sie es lieber ein oder zwei Tage langsam angehen. Es wäre vielleicht besser, wenn Sie für eine Weile Hilfe hätten ...«

»Ich habe Hilfe«, sagte Dilys. »Sie konnte heute morgen nicht kommen, aber ich habe Hilfe.«

»Gut«, sagte der Fahrer. »Dann ist ja alles in Ordnung.« Er winkte Harry zu. »Alles Gute, Squire. Passen Sie auf sich auf.«

Der Pfleger sah Dilys an. Sie machte ihm offensichtlich zu schaffen.

»Sind Sie ganz sicher?«

Sie nickte nachdrücklich. »Danke, daß Sie ihn heimgebracht haben.«

Sie grinsten.

»Gehört zu unserem Job«, sagte der Fahrer. »Kein Problem.«

Sie gingen hinaus auf den Hof. Es war zu hören, wie sie die Rampe hochklappten und die Hecktür des Krankenwagens schlossen, und dann schlugen die Fahrer- und die Beifahrertür zu, und der Motor wurde angelassen.

»Die sind wir los«, sagte Harry. »Sie fahren weg.«

Er beugte sich mit im Schoß verschränkten Händen vor. Dilys konnte ihn nicht ansehen. Der Krankenwagen wendete langsam, setzte, wie alle Leute es immer taten, in Richtung auf den alten Hühnerfutter-Schuppen zurück und fuhr dann davon. Das Motorengeräusch wurde immer schwächer, weil es von den Hecken zu beiden Seiten der Straße und dann von der Entfernung geschluckt wurde.

In der Küche bewegte sich keiner von beiden. Alles war still bis auf den alten Kep, der unter dem Tisch keuchend auf Harrys Füßen lag.

Harry sah Dilys an.

»Ist Lyndsay schon zurück?«

»Nein.«

»Sind die Männer heute da? Die von der Jobvermittlung?«

»Nein«, sagte Dilys. »Robin hat sie hinausgeworfen. Er versucht heute morgen, etwas anderes in die Wege zu leiten.«

»Schlecht«, sagte Harry. »Sehr schlecht, wo er nächste Woche mit der Silage anfangen muß.«

Dilys sagte nichts. Harry sah sie auch weiterhin an.

»Also ist niemand da?« fragte er. Seine Hände bewegten sich leicht in seinem Schoß. »Niemand, nur wir beide?«

Velma ließ ihr Fahrrad da, wo sie es immer abstellte, an den Zaun neben der Hintertür von Tideswell Farm gelehnt. Sie stützte es mit einem Ziegelstein unter den Pedalen ab und zog dann eine alte Plastiktüte aus dem Supermarkt über den Sattel für den Fall, daß es regnen sollte. Es gab, wie Caro und Robin ihr immer wieder erklärt hatten, eine Menge Plätze, wo Velma ihr Fahrrad überdacht abstellen könnte, aber Velma zog es, genau wie beim Strom, vor, Dinge auf ihre Art zu tun, und so ließ sie ihr Fahrrad immer an einer bestimmten Stelle im Freien, mit einer Plastiktüte aus dem Supermarkt über dem Sattel.

Sie holte eine weitere Tüte aus ihrem Gepäckkorb. Sie enthielt, auf Robins Wunsch, eine Packung Corn-flakes, eine Packung Orangensaft, einen Laib Brot und ein Glas Marmelade. Das Brot war vorgeschnittenes Weißbrot, und sowohl der Saft als auch die Marmelade waren vom Billigsten, was es im Dorfladen gab. Velma konnte sich nicht für ihre Qualität verbürgen, aber schließlich spielte Qualität keine Rolle. Robin nahm sie nicht zur Kenntnis, und für dieses Mädchen, diese Freundin von Judy, war alles gut genug. Als Velma, während sie ihr Fahrrad abstellte, am Haus hinaufgeschaut hatte, war ihr aufgefallen, daß die Vorhänge in Zoes Zimmer noch zugezogen waren. Neun Uhr morgens, und immer noch im Bett, und das an einem Donnerstag. Sonntags wäre das etwas anderes gewesen. Sonntags durfte man länger schlafen, aber nicht an einem Donnerstag. Velma öffnete die Hintertür. Lieber nicht über die Sonntage nachdenken. Die Sonntage waren, soweit es ihren Mann und ihren Sohn und ihren Schwiegersohn anging, Tage, an denen man bis zum Mittag nur halb angezogen herumlungerte und dann in den Pub hinunterging, von wo sie dann drei Stunden später auf unsicheren Beinen zurückkehrten, um vor dem Fernseher im Wohnzimmer zu schnarchen. Das bedeutete, daß ihr ihre Töchter und ihre Schwiegertochter den ganzen Sonntag im Genick saßen, rauchend und sich beklagend. Sie warf die Tüte auf Robins Küchentisch. Der Sonntag war fast der schlimmste Tag der Woche.

Das kleine rote Licht am Anrufbeantworter blinkte, und die Flüssigkristallanzeige verriet, daß drei Anrufe gekommen waren. Velma überlegte, ob sie das Band abspielen sollte, und beschloß dann, es nicht zu tun. Das konnte die Madam oben tun, wenn sie zu erscheinen geruhte. Schließlich war das eines der wenigen Dinge, die sie, außer Platz einzunehmen, tun konnte. Debbie sagte, sie sei eine große Hilfe drüben in Dean Place, aber Velma hatte da ihre Zweifel. Sie konnte sich nicht vorstellen, daß Zoe irgendwo auch nur die geringste Hilfe war, sie hatte noch nie eine so unnütze Person getroffen, außer vielleicht Patsy, die ihren Kevin geheiratet hatte und ihr ganzes Leben damit verbrachte, nach Teppichboden und Urlaub auf Ibiza zu winseln. Kevin mußte immer nach Hause kommen, wenn er eine ordentliche Mahlzeit wollte, weil sich Patsy weigerte, mehr zu tun, als nur Packungen zu öffnen. Patsy und Zoe, dachte Velma, während sie resigniert in den Ausguß schaute, waren zwei von derselben Sorte, einer Sorte, die ihr gestohlen bleiben konnte. Wenn man schon zu faul war, eine Auflaufform abzuwaschen, was hinderte einen dann daran, sie wenigstens mit Wasser vollaufen zu lassen, damit nicht alles eintrocknete und anklebte? Wenigstens war der Auflauf gegessen worden. Robin mußte endlich einmal eine anständige Mahlzeit zu sich genommen haben, weil Zoe bestimmt nichts davon gegessen hatte. Zoe lebte von Dreck, genau wie Patsy. Gutes Essen war verschwendet an jemanden wie Zoe.

Velma ließ heißes Wasser in den Ausguß laufen und versuchte, wie sie es jeden Morgen tat, das Papierchaos auf dem Tisch in eine gewisse Ordnung zu bringen.

»Aus Durcheinander Quadrate machen«, hatte Caro es genannt. »Aber danach fühlt man sich irgendwie wohler, stimmt's? Man bildet sich ein, man hätte die Unordnung in den Griff bekommen.«

Velma mußte an den meisten Tagen an Caro denken, ob sie es wollte oder nicht. Das mußte am Haus liegen, nahm sie an, weil es der Ort war, an dem Caro all diese Jahre gelebt hatte. Frauen prägten Häusern ihren Stempel auf, sogar Häusern, die sie nicht mochten, und Caro hatte Tideswell nicht gemocht. Aber trotzdem hatte sie hier irgendwie leben müssen. Sie war Velma ein Rätsel gewesen. Eine nette Arbeitgeberin, rücksichtsvoll, aber niemals ganz bei der Sache, immer ein bißchen, nun ja, fremdartig. Sie war hier nie zu Hause gewesen. Sogar wenn sie keinen Gehirntumor bekommen, sondern weitergelebt hätte, bis sie eine alte Lady war, wäre sie doch nie hier zu Hause gewesen. Im Gegensatz zu Joe. Joe hatte hierhergehört, durch und durch. Velma konnte immer noch nicht an ihn denken, ohne sich die Augen aus dem Kopf weinen zu wollen.

Sie schüttete Spülmittel in den Ausguß und peitschte es mit einer Flaschenbürste zu Schaum auf. Sie nahm sich vor, alles eine Weile einweichen zu lassen und in der Zwischenzeit hinaufzugehen und sich das Badezimmer vorzunehmen, und zwar laut, damit dieses verflixte Mädchen endlich aufwachte. Robin hinterließ das Badezimmer sowieso jeden Morgen als Saustall, man hätte denken können, er brächte Tag für Tag die halbe Farm mit nach Hause. Als

Caro noch lebte, war es nie so gewesen. Aber schließlich war Caro Amerikanerin gewesen, und Amerikanerinnen hatten strikte Vorstellungen von Hygiene und Traumbadezimmern; das wußte sie aus Illustrierten und vom Fernsehen.

Velma holte ihre Putzlappen und Sprühdosen unter dem Ausguß hervor und ging langsam nach oben. Auf der Treppe lag ein Schuh, vielmehr ein Stiefel, eines von den häßlichen großen Dingern, die Zoe trug. Velma hob ihn an und legte ihn dann wieder hin. Zoe konnte ihn selbst wegräumen. Velma ging weiter und erreichte den Treppenabsatz. Sämtliche Schlafzimmertüren standen offen, außer der von Zoe und der von Caros früherem Zimmer. Velma konnte sehen, daß Robin sein Bett nicht gemacht hatte, es war völlig zerwühlt, und die Steppdecke hing halb auf dem Boden. An den meisten Tagen unternahm er zumindest den Versuch, es glattzuziehen. Vielleicht hatte er es heute besonders eilig gehabt, nachdem er diese Männer aus Dean Place hinausjagen und nun Ersatz für sie finden mußte. Sie dachte, sie würde einfach hineingehen und sein Bett machen, bevor sie mit dem Badezimmer anfing. Schließlich hat er, überlegte sie, im Augenblick verdammt viel um die Ohren.

Sie deponierte ihre Lappen und Flaschen auf dem Fußboden vor dem Badezimmer und ging in Robins Zimmer. Nur an einem Fenster waren die Vorhänge geöffnet; die an dem anderen, dem Fenster neben dem Bett, waren noch zugezogen. Velma betrachtete das ungemachte Bett; es war nicht leer: Zoe lag darin, fest schlafend, mit dem Rücken zu Velma, und ihr dunkelroter Kopf war tief in die Kissen vergraben. Es war warm im Zimmer, weil durch das Ostfenster die Sonne einfiel, und Zoe hatte die Decke heruntergeschoben, nicht sehr weit, aber immerhin so weit, daß Velma sehen konnte, daß sie völlig nackt war.

»Ich bin gekommen, um zu sehen, wie es dir geht«, sagte Robin.

Er saß im Wohnzimmer von Lyndsays Eltern in seiner

üblichen Position, auf der Kante eines Sessels, die Hände auf den Knien. Aber er kam ihr verändert vor, wenn sie auch nicht recht wußte, in welcher Hinsicht. Irgendwie weniger erschöpft, weniger unglücklich in Gedanken versunken.

»Mir geht es gut«, sagte sie.

Hughie saß auf dem Boden zu ihren Füßen. Er trug seine Baseballmütze und die Stiefel, die ihm sein Großvater gekauft hatte, Harte-Jungs-Stiefel aus braunem Wildleder mit Messingösen für die Schnürsenkel. Er fand diese Stiefel erstaunlich, weil er in ihnen seine Füße überhaupt nicht erkennen konnte. Ein Stück entfernt zerrte Rosie Bücher aus einem Regal, schnell und hingerissen, weil es vermutlich verboten war. Ihr aufgeregtes schuldbewußtes Vergnügen bewirkte, daß sie, im Augenblick jedenfalls, sehr still war.

»Wann kommst du zurück?«

Hughie schaute von seinen Stiefeln auf.

»Bald«, sagte Lyndsay.

»Es gibt eine Menge zu besprechen«, sagte Robin. »Eine Menge Dinge müssen ins reine gebracht werden. Dad ist heute morgen nach Hause gekommen.«

»Oh«, sagte Lyndsay. Sie schaute auf ihren Schoß. »Ich weiß noch nicht, ob ich bleiben werde ...«

»Wo?«

»In Dean Place.«

Robin beugte sich vor.

»Du willst nicht dort bleiben?«

»Ich weiß es noch nicht«, sagte Lyndsay. »Es ist nur eine Idee, die meine Eltern hatten. Von – von einem neuen Leben, sozusagen. Einem neuen Leben für mich.«

»Lyndsay«, sagte Robin, »dir gehören 52 Prozent der Anteile an dieser Farm. Joes Anteile sind jetzt deine.«

»Ich – ich bin nicht sicher, ob ich sie haben will.«

Robin stand auf und ging über den dicken, hellgemusterten Teppich zu dem Sofa, auf dem Lyndsay saß. Er setzte sich neben sie.

»So darfst du nicht denken.«

Sie warf ihm einen Blick zu.

»Lyndsay«, sagte Robin. »Solch einen Entschluß darfst du nicht so rasch treffen. In gewisser Hinsicht ist es nicht einmal deine Entscheidung.« Er schaute auf Hughie hinunter. »Da ist er, und da ist Rose. Farmen ...« Er brach ab. »Farmen sind nicht mit anderen Geschäften zu vergleichen, man kann sie sich nicht einfach vom Halse schaffen. Ich nehme an, es liegt daran, daß sie eine Form des Lebens sind.«

»Und des Todes«, flüsterte Lyndsay. Sie drehte sich auf dem Sofa ein wenig um, so daß sie sich Robin halb zuwendete. »Ich glaube, ich bin dem nicht gewachsen.«

»Was meinst du damit?«

»Es auf mich zu nehmen. Mit deinen Eltern fertig zu werden.«

»Ich habe gesagt«, sagte Robin mit einem Anflug seiner alten Verdrossenheit, »daß ich dir helfen werde.«

»Wirst du das? Wirst du mir wirklich zur Seite stehen?«

»Was denkst du denn, weshalb ich gekommen bin? Warum, zum Teufel, sollte ich bei ungefähr einer Million Dingen, die danach schreien, erledigt zu werden, die weite Fahrt nach Stretton machen, wenn nicht, um dich zu sehen und dir zu beweisen, daß es mir ernst ist mit dem, was ich gesagt habe?«

»Es würde einen Unterschied machen«, sagte Lyndsay. »Aber ich weiß nicht ...«

»Aber ich weiß es«, sagte Robin. »Und du wirst diese Anteile nicht verkaufen.«

»Du könntest sie kaufen.«

»Das kann ich nicht. Und ich will sie auch nicht. Ich will dieses ganze Ackerland nicht haben.« –

Er stand auf und sie gleichfalls, aber wesentlich langsamer. Hinter ihnen kletterte Hughie auf das Sofa und legte sich dort, wo sie gesessen hatten, der Länge nach auf die Kissen.

»Aber du mußt heimkommen«, sagte Robin. »Du mußt zurückkommen.«

»Ja«, sagte Hughie.

»Bald. Morgen oder übermorgen.«

»Ich könnte es tun«, sagte Lyndsay und schaute zu Robin auf. »Jetzt, wo ich weiß, daß du mir helfen wirst.«

»Ich habe gesagt ...«

»Ich weiß. Aber da war ich so von meinen Gefühlen überwältigt, daß du alles mögliche gesagt hättest, nur um mich zu beruhigen. Aber heute liegen die Dinge anders. Heute glaube ich dir. Ich freue mich, daß du gekommen bist.«

Er bückte sich, um sie auf die Wange zu küssen. Lyndsay legte ihm die Arme um den Hals und drückte Robin für einen Moment an sich.

Sie sagte: »Ist Zoe immer noch da? In Tideswell?«

Er versteifte sich leicht unter ihren Händen.

»Ja.«

»Ist sie eine Last?«

»Nein«, sagte Robin. Seine Stimme hörte sich merkwürdig an, leicht gezwungen. »Im Gegenteil, sie war Mum eine große Hilfe.«

»Das habe ich gehört.«

Robin trat zurück, um sich ihrer Umarmung zu entziehen.

»Ruf mich an. Wegen des Heimkommens.«

»Das werde ich tun.«

Er schaute auf Hughie herunter, der immer noch auf dem Sofa lag.

»Paß auf sie auf, mein Junge. Okay?«

Im Schuppen neben dem Melkstall, dort, wo Robin all die Medikamente und Instrumente zur Behandlung der Klauen der Kühe aufbewahrte, testete Gareth eine Pillenpistole. Er hatte sie seit fast einem Jahr nicht mehr benutzt, seit die Herde zuletzt auf die Weide hinausgebracht worden war, aber Robin hatte angeordnet, daß die Jungtiere entwurmt werden sollten, bevor sie aufs Gras kamen. Im Regal stand ein halbes Dutzend Kartons mit Entwurmungspillen, weiß, sauber und medizinisch anmutend in dem von Spinnweben überzogenen Durcheinander des Schuppens. Robin warf nie etwas weg. Auf diesen Regalen mußte Zeug stehen, dessen Haltbarkeitsdauer schon seit Jahrzehnten abgelaufen war. Gareth schlug mit der Pistole auf seine Handfläche. Um die Pillen in all diese widerspenstigen Hälse zu befördern, hätte er gut ein weiteres Paar Hände gebrauchen können. Vielleicht konnte Zoe ihm helfen. Er würde sie fragen, wenn er zur Frühstückspause hinüberging.

»Also«, sagte Velma von der Schwelle aus.

Gareth drehte sich um. Velma stand da, mit herabhängenden Händen, in ihrer üblichen Uniform aus Leggins, Pullover und Turnschuhen.

»Was gibt's?« fragte Gareth.

»Ich bin hinaufgegangen«, sagte Velma. »Ich bin hinaufgegangen, um Robins Bett zu machen, und da war sie.« Sie hörte sich an, als wäre sie außer Atem.

Gareth' Gesicht hellte sich auf.

»Zoe?«

»In seinem Bett«, sagte Velma. »In Robins *Bett.* Fest schlafend und splitterfasernackt.«

Gareth grinste.

»War Robin auch da?«

Velma sagte vehement: »Sie hat sich nicht gerührt. Sie hat nicht einmal mit einer Wimper gezuckt. Ich habe es gewußt. Ich habe gewußt, daß das passieren würde. Das habe ich schon aus tausend Meter Entfernung kommen sehen. Was bildet die sich eigentlich ein, was sie ist?«

»Jung«, sagte Gareth. Er fühlte sich seltsam bewegt von der Nachricht. »Willig.«

Velma schnaubte.

»Das kann man wohl sagen. Sie hatte es von Anfang an auf ihn abgesehen.«

Gareth steckte die Pillenpistole in eine Tasche seines Overalls.

»Einen Tango kann man nur zu zweit tanzen.«

»Du meinst …«

»Gönn ihm die Gelegenheit«, sagte Gareth. »Wirst du das tun? Wirst du ihm einfach die Gelegenheit gönnen?« Er trat vor und brachte sein Gesicht ganz nahe an das von

Velma heran. »Debbie und ich sind hierhergekommen, als Kevin noch ein Baby war, vor acht Jahren, und ich kann dir sagen, daß Caro schon damals ihr eigenes Schlafzimmer hatte. Vor acht Jahren. Vielleicht war sie schon Jahre zuvor aus seinem Zimmer ausgezogen, *Jahre.* Kannst du dir vorstellen, was er damals durchgemacht hat? Und hast du im Dorf je ein Wort über ihn gehört? Ein einziges Wort? In all diesen Jahren?«

Velma sah ihn an, dann holte sie tief Atem.

»Nun, jetzt wird man von ihm hören.«

»Nicht durch dich, Velma Simms ...«

»Ich muß es *tun«*, sagte Velma. »Ich arbeite hier. Ich habe mich um Robin und dieses Haus gekümmert, schon lange bevor du hergekommen bist.« Sie hielt vor Gareth einen Finger hoch. »Versteh mich nicht falsch. Ich habe nichts dagegen, wenn Robin wieder heiratet. Ich würde mich sogar darüber freuen. Ich würde mich freuen, wenn wieder eine Frau im Hause wäre, jemand, der sich um ihn kümmert. Aber es ist dieses kleine Biest. Wer ist sie schon, möchte ich wissen? Bloß jemand, den Judy in London aufgelesen hat. Ich habe gewußt, daß es mit ihr nur Ärger geben würde, das habe ich von Anfang an gewußt. Und ich habe recht gehabt. Robin wird sich zum Narren machen, du wirst es erleben. Du wirst *sehen,* daß ich recht gehabt habe.«

Gareth wendete sich ab und begann, mit den Kartons und Flaschen auf den staubigen Regalen des Schuppens zu hantieren. Er dachte daran, zu sagen, daß Zoe keinen Ärger machte, daß sie keine Spielchen trieb, daß auf eine merkwürdige Art in ihr weit weniger Bosheit steckte als in Velma oder irgendeiner der anderen Frauen in Dean Cross, sogar in seiner Debbie. Aber es hätte keinen Sinn, solche Dinge zu sagen. Velma würde lediglich behaupten, er hätte es selbst auf Zoe abgesehen, und in gewisser Weise hätte sie recht damit. An Zoe war nichts, was das Hinsehen lohnte. Aber sie hatte etwas an sich, was einem gefallen mußte, etwas Freies, ein wenig Exzentrisches. Ein-, zweimal war Gareth der Gedanke gekommen, daß Zoe, wenn man ein

Verhältnis mit ihr hatte, irgendwie frei bleiben würde, sie wurde sich nicht an einen klammern und Forderungen stellen. Im Gegenteil, bei jeder Art von Beziehung mit Zoe mochte es durchaus umgekehrt sein.

»Du läßt die beiden in Ruhe«, sagte Gareth. »Misch dich nicht ein. Sie richtet keinen Schaden an, und er hat ein bißchen Sex verdient.« Er schwieg einen Moment, und dann sagte er zu seiner eigenen Überraschung: »Wahrscheinlich bringt sie ihn zum Lachen.«

»Lachen?« sagte Velma. »Lachen? Was hat Lachen damit zu tun?«

»Eine Menge«, sagte Gareth. Ihm standen plötzlich all die Auseinandersetzungen zu Hause vor Augen, all dieses halb weinerliche Flehen von Debbie, er solle sich einen neuen Job suchen, von Tideswell fortgehen, dem entkommen, wovon sie immer nachdrücklicher behauptete, es sei ein Fluch. Seine Stimme erhob sich zu einem Gebrüll. »Eine Menge! Eine verdammt große Menge, du klatschsüchtige alte Kuh!«

Auf der Rückfahrt nach Dean Place Farm schlief Rose in ihrem Kindersitz ein. Lyndsay konnte sie im Rückspiegel sehen, leuchtend rosa vor Wärme und Schläfrigkeit, mit wippendem hellem Lockenkopf und seitwärts ausgestreckten Armen, als wäre sie eine Lumpenpuppe. Jedesmal, wenn der Wagen um eine Kurve fuhr, kam einer dieser Arme mit Hughie in Berührung, und da er auf seinem eigenen Sitz festgeschnallt war, konnte er ihm nicht ausweichen. Lyndsay sah, daß er sich von Rose weg in die äußerste Ecke seines Sitzes drängte, fort von der Möglichkeit, von ihr berührt zu werden. Sogar schlafend steckte sie voller Selbstbewußtsein, und dieses Selbstbewußtsein war ihm einfach zuwider.

Lyndsays Eltern waren sehr überrascht gewesen von ihrem plötzlichen Entschluß, auf die Farm zurückzukehren. Sie waren sogar leicht schockiert gewesen, so als benähme sie sich unhöflich und undankbar nach allem, was sie für sie und die Kinder getan hatten. Lyndsays Vater hatte

Hughie angesehen und gesagt: »Aber wir wollten doch zum Baden gehen, stimmt's?«

»Ein andermal«, sagte Lyndsay. Sie sagte, daß Robins Besuch ihr das Gefühl gegeben habe, daß sie für Joes Familie alles nur noch schlimmer mache, daß Entscheidungen getroffen werden müßten, und zwar Entscheidungen, die ohne sie nicht getroffen werden könnten. Ihr Vater fragte, wieviel Joes Anteile an der Farm wert seien. Robin hatte gesagt, eine Menge.

»Aber die Farm gehört ihnen doch nicht?« hatte Lyndsays Vater gefragt. »Oder?«

Nein, hatte sie gesagt, das tue sie nicht. Sie verstand das nicht. Robin hatte etliche Dinge gesagt, die sie nicht verstand. Er hatte gesagt, er würde mehr als eine Million Pfund brauchen, um ohne Sorgen so arbeiten zu können, wie er es tat, und das sei der Grund dafür, daß er bis über beide Ohren in Schulden stecke und kein Geld habe, um Joes Anteile zu kaufen. Sie hatte ihn verständnislos angesehen. Es war für sie ohne Bedeutung. Geld in Millionen war nicht vorstellbar, zumal sie so genügsam, fast bescheiden lebten, verglichen mit der Art, die man gewöhnlich mit dem Besitz von Millionen assoziierte. Sie nahm an, daß in einem Farmbetrieb die Millionen nicht in etwas gesteckt wurden, was Frau und Kinder sehen konnten; sie wurden in Land, Maschinen, Gebäude und Vieh gesteckt, die letzten Endes ohnehin der Bank gehörten. Doch trotz allem, was sie verstand oder nicht verstand, hatte Robin ihr das Gefühl vermittelt, daß sie zurückkehren und eine Entscheidung treffen mußte, von Angesicht zu Angesicht. Es war der Hinweis auf Hughie gewesen, der es bewirkt hatte, auf Hughie und Rose.

»Schläfst du?« fragte Lyndsay Hughie.

»Nein.«

»Freust du dich, daß wir heimfahren?«

Hughie nickte. Er überlegte, ob er fragen sollte, ob Daddy dort sein würde, und entschied sich dann dagegen, aus dem einfachen Grund, weil Lyndsay immer sagte, nein, er würde nicht dort sein, und Hughie wollte nicht, daß sie es wieder sagte, zum hundertsten Mal. Er schwenkte seine Robbe in der Luft.

»Robbi freut sich auch.«

»Du kannst morgen wieder in den Kindergarten gehen.«

»Vielleicht«, sagte Hughie.

»Vielleicht ist Mary da. Vielleicht ist Mary gekommen, um uns zu Hause zu begrüßen.«

Hughie schaute aus dem Fenster. Draußen waren wieder Felder, Felder und ein paar Schafe. In Granny Sylvias Haus gab es keine Schafe, und wenn man im Garten herumrannte, mußte man das sehr vorsichtig tun. Es war schwierig, in diesem Garten ein Flugzeug zu sein.

»Sieh mal«, sagte Lyndsay. »Die Kirche und der Laden.«

Roses hin und her schwingender Arm traf Hughie leicht an der Schulter.

»Oh«, sagte er laut, dicht neben ihrem Ohr, um sie aufzuwecken.

Sie öffnete die Augen ganz langsam und sah ihn an, kam aus dem Schlaf heraus. Ihre Miene war so wie immer, ganz gleich, was sie betrachtete, voller Ruhe und Entschlossenheit. Sie rieb sich mit einer Hand übers Gesicht und drückte ihre Nase platt. Dann gab sie einen kleinen Schrei von sich.

»Zu Hause!« sagte Lyndsay, die sie mißverstand.

Der Wagen bog von der Straße auf den Weg ab, der zu Dean Place führte. Hinter dem Feld zu seiner Rechten konnte Hughie sein Haus sehen, das so aussah wie immer, immer so aussehen würde.

»Raus!« brüllte Rose und zerrte am Gurt ihres Kindersitzes. »Raus, raus, raus, raus!«

»Gleich ...«

Mary hatte Wäsche aufgehängt, Lyndsay konnte es sehen, Laken, ein paar Handtücher und eine Reihe von gelben Staublappen. Wie nett von ihr, wie nett, wo sie doch nur von Zeit zu Zeit auf die Kinder aufpassen sollte, alle Jubeljahre einmal, wenn Lyndsay und Joe ausgingen, wirklich aus ... Lyndsay biß sich auf die Unterlippe und schaltete einen Gang herunter, um die glatte Rampe zum Haus hinaufzufahren und an der Stelle anzuhalten, an der sie seit Jahren immer ihren Wagen geparkt hatte, manchmal mehrmals am Tage, nachdem sie ins Dorf gefahren war, zu Hughies Kindergarten, nach Dean Place und Tideswell, zum Supermarkt, zu Caro im Krankenhaus, losfahren, zurückkommen, losfahren, zurückkommen, und jetzt kam sie auf eine Art zurück, die ihr nie in den Sinn gekommen war, eine Art, die so hart war, daß sie einen Augenblick lang das Gefühl hatte, nicht aus dem Wagen steigen zu können.

»Raus!« brüllte Rose.

»Laß sie«, sagte Hughie und wendete das Gesicht ab. »Laß sie einfach ...«

Lyndsay stieg langsam aus dem Wagen und bückte sich dann durch eine der hinteren Türen, um Rose zu befreien, die schwer atmete, um sich trat, strampelte und endlich auf die Erde kommen, unabhängig sein wollte.

»Vorsichtig«, sagte Lyndsay. »Warte ...« Sie deponierte Rose auf einer Hüfte und steckte ihren Schlüssel ins Schloß der Hintertür. Dahinter lag die kleine Diele, die sie so sorgfältig ausgestattet hatte, eine Diele für Stiefel und Mäntel, Schaufeln und Angelruten. Joes Stiefel standen immer noch da, seine alten Stiefel, die, von denen er gesagt hatte, sie seien am Rahmen undicht. An jenem Tag hatte er natürlich seine neuen getragen, und dann waren sie mit ihm gegangen, zum Polizeirevier, zum Leichenschauhaus und dann, wohin auch immer Joe von da aus gegangen sein mochte, an den leeren Ort, zu dem Lyndsay ihm nicht folgen konnte.

Sie öffnete die Tür zur Küche, die sauber war und funkelte. Lyndsay setzte Rose auf den Boden und ging zurück, um Hughie zu holen.

»Robbi mag dich«, sagte Hughie.

»Oh, gut. Ich mag Robbi auch.«

Sie löste seinen Gurt und hob ihn auf die Erde neben dem Wagen.

»Hinein mit dir.«

Er hob das Gesicht, schnüffelte wie ein kleines Tier, das vertrautes Terrain erkennt. Sie sah zu, wie er vor ihr ins

Haus ging, plötzlich ganz zielstrebig, fast selbstsicher. Das Telefon läutete. Lyndsay beugte sich in den Wagen, um ihre Handtasche zu ergreifen, dann rannte sie ins Haus und stieg über Rose hinweg, um das Telefon zu erreichen, bevor es verstummte.

»Hallo?« sagte sie. »Hallo? Dean Place Cottage.«

Rose hörte damit auf, Kartoffeln aus dem Gemüsekorb zu holen, und sah hoch, gebannt vom grenzenlosen Potential eines Anrufs.

»Oh«, sagte Lyndsay. »Velma. Ja, ja, ich bin gerade zur Tür hereingekommen, in dieser Minute.«

Sie schwieg. Rose steckte sich eine Kartoffel in den Mund und zog sie dann stirnrunzelnd wieder heraus. Ihr Mund war mit Erde verschmiert.

»Großer Gott«, sagte Lyndsay. »Ach herrje ...«

Rose legte die Kartoffel hin und begann, sehr schnell auf die Tür zum Wohnzimmer zuzukrabbeln.

»Je, je!« kreischte sie. Ihre dicken Händchen patschten auf den Boden. »Je, je, je, je, je!«

# FÜNFZEHNTES KAPITEL

Judy saß mit einer Plastikflasche Mineralwasser auf einer Bank im St. James' Park. Am anderen Ende der Bank schlief ein alter Mann, ein ziemlich heruntergekommener, schäbiger alter Mann, und Judy hatte bereits beschlossen, daß sie verschwinden würde, wenn er aufwachte und gesprächig wurde. Sie war nicht in den Park gekommen, um sich mit jemandem zu unterhalten, sie war gekommen, um nachzudenken.

Vor ihr wischten die langen, weichen Wedel von zwei Weiden übers Gras, und hinter ihr funkelte ein flaches Gewässer. Es war eine Aussicht, die Judy außerordentlich gut kannte, denn der Park war nur eine Viertelstunde zu Fuß vom Rand von Soho entfernt, wo ihre Redaktion lag, und sie kam oft hierher, weil es grün war und man atmen konnte. In ihrer ersten Zeit in London hatte sie die Parks entschieden gemieden, wie in Auflehnung gegen alles, was irgendwelche ländlichen Assoziationen mit sich brachte, aber allmählich hatte sie sich in ihnen wiedergefunden und die Bäume zur Kenntnis genommen, fast ohne dort sein zu müssen. Inzwischen kannte sie den St. James' Park sehr gut, die besten Bänke und die Leute, die regelmäßig hierherkamen. Aber heute, auf der Bank, die ihr die zweitliebste war – auf der besten schlief ein Junge mit einem riesigen roten Rucksack –, wirkte nichts vertraut, so wohlbekannt es auch war. Es war fast so, dachte sie, als sähe sie das alles zum erstenmal.

Sie schraubte den Verschluß der Mineralwasserflasche ab und trank einen Schluck. Das Wasser war zu warm, was bewirkte, daß es irgendwie weniger sauber schmeckte. Am Vorabend hatte Lyndsay angerufen. Sie war in einer ziemlich üblen Verfassung gewesen, nicht weinerlich, sondern sehr aufgeregt und überdreht, und hatte gesagt, daß Robin angefangen habe, mit Zoe zu schlafen, daß Velma sie um neun Uhr morgens nackt in Robins Bett gefunden habe.

Lyndsay hatte empört geklungen. Selbst inmitten ihrer eigenen Überreaktion konnte sich Judy des Eindrucks nicht erwehren, daß sich Lyndsay anhörte wie eine betrogene Ehefrau.

»So eine Frechheit!« hatte Lyndsay ausgerufen. »So eine Frechheit! Kommt einfach hierher, uneingeladen, und macht sich so an ihn heran!«

Als Judy den Hörer aufgelegt hatte, war ihr sehr eigenartig zumute gewesen. Sie wußte nicht, ob sie wütend oder beleidigt war oder einfach schockiert. Sie konnte sich nicht entscheiden, ob sie das Gefühl hatte, ausgenutzt worden zu sein oder betrogen. Lange Zeit konnte sie nicht analysieren, was sie empfand, abgesehen von der unbestreitbaren Erkenntnis, daß sie die ganze Zeit gewußt hatte, daß das möglicherweise passieren würde, und daß ein Teil von ihr auf irgendeiner Ebene ihres Bewußtseins einfach darauf gewartet hatte, daß es geschah.

Sie hatte versucht, Oliver anzurufen, aber er war mit einem Kunden der Galerie zum Abendessen ausgegangen und noch nicht zurückgekehrt. Sie war sich keineswegs sicher, was sie ihm sagen wollte, sie hatte nur das dringende Bedürfnis, ihm mitzuteilen, was passiert war, und seine Reaktion darauf zu hören, und sei es nur, um zu erfahren, ob diese mit irgend etwas von dem übereinstimmte, was sie zu empfinden glaubte. Als sie endlich mit ihm sprach, gegen Mitternacht, hörte er sich fast gleichgültig an.

»Und?« fragte er. »Was hattest du denn erwartet?«

»Aber er ist mein Vater …«

»Und«, sagte Oliver gelassen, »sie ist meine Exfreundin.«

Das Gespräch war kurz darauf verstummt. Entweder gab es nicht viel mehr zu sagen oder entschieden zuviel. Und auf alle Fälle gab es eine Menge, worüber man nachdenken mußte, was Judy die halbe Nacht lang beschäftigt und schließlich veranlaßt hatte, ins Zimmer von Zoe zu gehen und unverwandt, fast wütend, ihre wenigen und unpersönlichen Habseligkeiten anzustarren, als enthielten sie einen Hinweis darauf, was sie im Schilde führte.

Es konnte nicht einfach nur Sex sein. Oder etwa doch? In Zoes Leben, in Zoes Welt war Sex keine große Sache; man hatte einfach welchen, wenn einem danach zumute war. Ganz einfach. Aber mit *Robin?* Wenn sie über Zoe und Robin nachdachte, mußte sie auf verstörende Weise an Robin als Mann denken, einen Mann, der fähig war, Sex zu haben, einen Mann, der vielleicht gerade jetzt in Tideswell Farm Sex mit Zoe hatte. Judy hatte immer versucht, nicht an Sex als etwas zu denken, was auf irgendeine Weise mit ihren Eltern zu tun hatte – ihre getrennten Schlafzimmer waren einfach ein Faktum gewesen, von jeher, und ihre Sympathien hatten immer Caro gehört, weil Caro unterbewußt danach verlangt und immer einen subtilen Nachdruck auf ihr Anderssein gelegt hatte, ihre Empfindlichkeit, ihre Anfälligkeit dafür, von den gröberen Sterblichen, unter denen sie jetzt lebte, beschmutzt zu werden. Eine zornige Scham überfiel Judy, weil sie nie aus Robins Sicht der Dinge an ihn gedacht hatte, so sehr hatte Caro sie zu ihren Ansichten verführt, und dann, mit einer noch stärkeren Gefühlsaufwallung, kam ihr der Gedanke, daß Zoe gesehen, was ihr verborgen geblieben war, und sich vorgestellt hatte, wovor sie ihr Denken verschloß. Zoe hatte etwas gewollt und sich auf ihre unkomplizierte Art darangemacht, es sich zu beschaffen. Aber ganz so einfach war das nicht, es war nicht so selbstsüchtig. Während sie ihre Daumen in die Seiten der Mineralwasserflasche bohrte, so daß sich die Plastikwandung mit einem leichten Knacken eindellte, mußte Judy zugeben, daß Zoe Mitgefühl gezeigt hatte. Nicht unter dem Bann von Caros Gegenwart oder der Erinnerung an sie stehend, hatte Zoe Robins Situation als das erkannt, was sie war, und Verständnis dafür gehabt. Für sie war er nichts als ein menschliches Wesen, ein netter Kerl, der ein delikates, aber tiefsitzendes Problem hatte. Also war sie erschienen, um zu helfen und dabei gleichzeitig etwas zu bekommen, was sie selbst haben wollte. Und indem sie das getan hatte, ob beabsichtigt oder nicht, hatte sie Judy schlicht und einfach eifersüchtig gemacht.

Auf dem Markt in Stretton teilte der junge Auktionator, der gewöhnlich die Kälber versteigerte, Robin mit, er glaube, daß die Geschäfte in dieser Woche schlecht gehen würden. Er warf einen Blick auf den Anhänger, auf dem sieben Bullenkälber und zwei unfruchtbare Kühe darauf warteten, abgeladen zu werden.

»Friesen dürften im Durchschnitt vielleicht 120 bringen. Für erstklassige Tiere möglicherweise 60 mehr. Haben Sie eine Blaue Belgier dabei? Die bringen mehr. Vorige Woche im Durchschnitt fast 250. Bei der Umstellung vom Stall auf die Weide geraten die Viehpreise immer in Bewegung.«

»Ich hätte gern 140 für die hier«, sagte Robin. »Mindestens.«

Der Auktionator grinste. Er war ein fröhlicher, intelligenter junger Mann, der, wenn er nicht gerade Vieh versteigerte, Farmen taxierte und Gutachten über Gebäude und die andersartige Nutzung von Land und Rohrleitungen erstellte. Er war bei Joes Beerdigung gewesen, Robin hatte ihn neben dem Leiter des Marktes stehen sehen, respektvoll in einem dunklen Anzug und mit einer Mid-Mercia-Farmers'-Cooperative-Krawatte.

Jetzt fragte er Robin: »Wie geht's Ihrem alten Herrn?«

»Er erholt sich«, sagte Robin. »Aber es geht langsam. Sehr langsam.«

»Wird er wieder arbeiten können?«

Robin seufzte.

»Ich weiß es nicht. Ich weiß es wirklich nicht. Im Augenblick läuft alles nach dem Motto: ›Es kommt, wie es kommt‹, aber ich kann ihn nicht drängen ...«

»Und wie geht's Ihnen?«

Robin wendete den Blick ab, für den Fall, daß man ihm die außerordentliche Leichtigkeit seines Herzens von den Augen ablesen konnte.

»Nach allem, was man so hört«, sagte der Auktionator

mit einer Stimme, in der sich Spott und Neid mischten, »nicht schlecht.«

Robin stöhnte.

»Hier kann man nicht einmal in Ruhe seine Socken wechseln ...«

»Sie sollten sich glücklich schätzen«, sagte der Auktionator. »Sie haben verdammtes Glück gehabt. Unsereins verbringt sein Leben damit, den Röcken nachzujagen, und Ihnen schneit ein Mädchen geradewegs ins Haus. Geradezu unverschämtes Glück.«

Robin murmelte etwas. Der Auktionator versetzte ihm mit dem Klemmbrett, das er in der Hand hielt, einen kurzen Schlag auf die Schulter.

»Das ist nichts als Neid. Ich bin gewissermaßen grasgrün vor Neid.«

Er machte sich pfeifend auf den Weg in die Versteigerungsarena. Robin löste die Halterungen am Heck des Anhängers und ließ die Rampe herunter. Die beiden unfruchtbaren Kühe musterten ihn traurig durch die Lattenabtrennung hindurch, hinter der sie standen. Eine von ihnen war ihr ganzes Leben lang kränklich gewesen, ein schwächliches Kalb, dann ein mickeriges Jungtier und jetzt eine Kuh mit eingesunkenen Augen und schwachen Lungen, an deren großer feuchter Nase immer Schleimfäden hingen. Er hätte sie nicht so lange behalten sollen, hätte sie nicht so weit kommen lassen dürfen, aber wenn man ein Tier einmal aufgezogen hatte, war es hart, ihm nicht noch eine weitere Chance zu geben, nicht zu hoffen, daß eine neuerliche Behandlung mit teuren Antibiotika ihre Wirkung tun würde. Im Grunde war es der Tierarzt gewesen, der das Schicksal der Kuh besiegelt hatte; er hatte gesagt, sie müsse gehen, solange noch etwas von ihr übrig war, bevor sie Sommermastitis bekam und wirklich krank und damit völlig wertlos wurde.

»So etwas nennt man größere Verluste vermeiden, indem man kleinere in Kauf nimmt«, sagte der Tierarzt.

»Ich weiß«, sagte Robin. »Das habe ich mein Leben lang ständig getan.«

Außer in einer Hinsicht, in diesem speziellen Moment. Er getraute sich kaum, darüber nachzudenken, weil er sich so daran gewöhnt hatte, daß auf ein Problem unerbittlich das nächste folgte, aber jetzt schien ihm ein Bonus zuteil geworden zu sein, ein Geschenk, fast ein Preis für klagloses Ertragen und stilles Ausharren. Als er an dem Morgen, nachdem Zoe das erstemal mit ihm ins Bett gegangen war, wach wurde, hatte er im klaren Licht der Dämmerung dagelegen und sie eine ganze Weile mit Entzücken, Erleichterung und Verwunderung betrachtet. Er hatte sich selbst immer und immer wieder sagen müssen, daß da tatsächlich eine Frau in seinem Bett lag, eine warme, atmende nackte Frau, und daß sie die ganze Nacht dagewesen war und sich, als er aus einem obskuren Gefühl der Schicklichkeit heraus gefragt hatte, ob sie nicht in ihr eigenes Zimmer zurückkehren wolle, geweigert hatte, ihn zu verlassen.

»Weshalb?« fragte sie. »Weshalb? Was hast du zu verheimlichen?«

Dann war sie so unbeschwert neben ihm eingeschlummert, als schliefe sie schon seit Jahren dort, und als er hastig den Wecker abgestellt hatte, weil er fürchtete, sie könnte davon aufwachen, hatte sie sich nicht gerührt. Er hatte sich auf einen Ellenbogen gestützt, um sich über sie neigen und ihr Gesicht sehen zu können.

»Nett«, hatte sie gesagt, nachdem sie sich geliebt hatten. »Wirklich nett.« Dabei hatte sie gelächelt. Etwas von dem Lächeln steckte noch in ihrem Schlaf, jetzt, sieben Stunden später. Er beugte sich nieder, um ihr Ohr mit seinem Saum aus silbernen Ringen zu küssen, und dachte, als er sich zur anderen Seite aus dem Bett schwang, daß das Aufstehen aus seinem eigenen Bett, in dem eine Frau schlief, an einem ganz gewöhnlichen Werktagsmorgen etwas war, wovon er nicht einmal in seinen wildesten Träumen geglaubt hatte, daß es ihm passieren könnte.

Aber es war passiert. Es war in dieser Nacht passiert und der nächsten und allen folgenden Nächten. Zoe bewahrte ihre spärliche schwarze Garderobe auch weiterhin in ihrem Zimmer auf, aber sie schlief in seinem. Es schien ihr nicht das geringste auszumachen, gähnend und in ein feuchtes Handtuch gewickelt aus dem Badezimmer zu kommen, seine Kissen einzudellen, sich an ihn zu drücken, es sich bequem zu machen und sich friedlich mit ihm zu unterhalten.

»Velma ist stocksauer«, hatte er am Vorabend zu ihr gesagt.

Zoe war in der Badewanne gewesen und hatte einen Fuß über Wasser gehalten, um die Länge ihrer Zehennägel zu inspizieren.

»Das war zu erwarten, nicht wahr? Für sie bin ich die Verkörperung großstädtischer Verderbnis. Ich bin Gift. Ich korrumpiere dich.«

»Zweifellos«, sagte Robin und lächelte sich in dem Spiegel über dem Waschbecken an. »Ich glaube, sie hat es überall herumerzählt. Gareth gibt sich leicht respektvoll, und Debbie will mich nicht ansehen. Was ist mit Mum?«

Zoe zog den Fuß wieder ins Wasser und hob den anderen heraus.

»Was soll mit ihr sein? Und mit den anderen Leuten?«

»Sie werden ihre Ansichten haben«, sagte Robin. »Und uns mitteilen, was für Ansichten das sind.«

»Stört dich das?«

»Nicht meinetwegen …«

»Meinetwegen etwa?«

»Du«, sagte Robin, wendete sich ihr zu und küßte sie auf den Scheitel, »kannst auf dich selbst aufpassen.«

»Stimmt. Über wen machen wir uns dann Sorgen?«

»Es sind nicht eigentlich Sorgen …«

»Wir tun niemandem weh«, sagte Zoe. »Keiner von uns nimmt den anderen jemandem weg. Es sind keine Kinder im Spiel.«

»Du bist ein Kind.«

Zoe stand in der Wanne auf und streckte die Arme nach einem Handtuch aus.

»Ich bin so alt wie die Berge. Zerbrich dir nicht den Kopf darüber, was andere denken. Das ist ihr Problem. Wir sind nicht verantwortlich für die Spinnereien anderer Leute.«

Robin wickelte das Handtuch um sie und hob sie aus der Wanne.

»Ich habe gesagt, ich werde verschwinden«, sagte Zoe, »wann immer du es willst. Dabei bleibt es.«

»Ich will aber nicht, daß du verschwindest.«

»Gut.« Sie stand da und wartete darauf, daß er sie abtrocknete. »Mehr brauchen wir nicht. Das werde ich Velma sagen, wenn du es möchtest. Es macht mir nichts aus, mit ihr zu reden. Ich mag Velma. Sie hat ein Recht auf ihre Meinung und wir auf unsere, aber sie kann nicht erwarten, daß wir uns ihrer Meinung anschließen, selbst wenn sie uns erklären könnte, warum sie sie hat, was sie nicht kann.«

Er küßte sie auf die Schulter.

»Halt den Mund.«

Sie sah ihn an.

»Ich habe ja nur geredet.«

Er sagte: »Über Velma. Ich möchte nicht über Velma sprechen.«

»Du hast damit angefangen.«

Er ließ das Handtuch fallen und schlang die Arme um sie.

»Und jetzt reicht es mir.«

Zoe hob die Hände und legte sie an die Seiten seines Gesichts. »Ich nehme an, die ganze Nachbarschaft redet seit Jahren über dich. Stimmt's? Und nun, nach allem, was passiert ist, und nach den Beerdigungen, reden die Leute ein bißchen mehr. Und über mich reden sie besonders ausgiebig. Aber du brauchst nicht zuzuhören. Oder? Es ist dein Leben, Robin. Vielleicht zum erstenmal in deinem Leben ist es dein Leben, also weshalb lebst du es nicht einfach eine Zeitlang?«

War es wirklich das gewesen, was der Auktionator gemeint hatte, als er so jovial über Neid gesprochen hatte? War es der Anblick von jemandem, der nicht nur etwas für sich selbst tat, sondern der außerdem die Freiheit hatte, es zu tun, was ihn bewogen hatte, Robin einen Glückspilz zu nennen? Robin war es nicht gewohnt, frei zu sein. Gewiß, er war seine Unabhängigkeit gewohnt, aber Unabhängigkeit schuf ihre eigenen Gesetze, ihre eigenen Strukturen und Forderungen, so daß man in gewisser Hinsicht nie frei war von der eigenen Last, von den Konsequenzen der eigenen Entscheidungen, von dem Pfad, dem zu folgen man sich vorgenommen hatte. Er kletterte die Rampe hinauf und betrachtete die Tiere auf dem Anhänger, die, wie sie es ihr ganzes Leben lang getan hatten, darauf warteten, daß ihnen die nächste Sache widerfuhr, die nächste Entscheidung getroffen wurde von jemand anderem, auf den nächsten Pferch oder Anhänger oder Stall. Vielleicht war er jahrelang genauso gewesen, hatte sich daran gewöhnt, zu warten, zu reagieren, die Zähne zusammenzubeißen und weiterzumachen, gedankenlos zu gehorchen. Eines der Kälber bewegte sich in dem Stroh zu seinen Füßen und sah ihn an, vierzehn Tage alt, gezeugt aus einem Röhrchen ohne Berührung und Paarung, ohne Sex. Robin betrachtete es mit echtem Mitgefühl.

»Armes Kerlchen«, sagte er laut.

»Sie können das Putzen selber erledigen«, sagte Velma. »Wird ohnehin höchste Zeit, daß Sie es lernen.«

Sie warf einen Packen Staubtücher auf den Küchentisch, um ihren Worten Nachdruck zu verleihen.

»Der Staubsauger steht unter der Treppe. Die Mülltonne wird freitags geleert.«

»Okay«, sagte Zoe. Sie betrachtete die Staubtücher. Dilys würde ihr bestimmt sagen, was man damit tat. Oder Debbie.

»Robin kann mir meinen Lohn bringen, wenn er vorbeikommt. Er schuldet mir zwei Wochen.«

»Ich werde es ihm sagen«, sagte Zoe. Sie hob die Staubtücher auf und legte sie fünfzehn Zentimeter weiter entfernt wieder hin, wie um die Verantwortung anzuerkennen, die ihr übertragen worden war. »Werden Sie einen anderen Job bekommen?«

»Natürlich«, sagte Velma.

»Hier in der Gegend? Oder müssen Sie nach Stretton?«

»Was geht Sie das an?«

»Nichts«, sagte Zoe. »Ich möchte nur nicht, daß Sie Probleme bekommen. Sie brauchen nicht von hier fortzugehen.«

»Ach, wirklich?« sagte Velma mit vor Entrüstung geweiteten Augen. »Brauche ich das wirklich nicht?«

»Nein«, sagte Zoe. »Das brauchen Sie nicht. Robin möchte nicht, daß Sie gehen. Niemand möchte es. Was hat sich denn geändert?«

»Sie haben vielleicht Nerven«, sagte Velma. »So eine Unverschämtheit, einfach dazustehen und mich das zu fragen!«

Zoe sagte gelassen: »Aber ich werde Robin doch nicht heiraten. Ich bin einfach hier. Und ihm geht es besser. Das sieht man doch. Auch wenn Sie mich nicht ausstehen können, müssen Sie doch sehen, daß es Robin bessergeht.«

Velma ging zu der Stelle neben der Küchentür, wo sie immer ihren Anorak aufhängte. Sie trug ihn jeden Tag, sommers und winters, weil es, wie sie sagte, auf dem Fahrrad kalt war und sie die Kälte selbst an den heißesten Tagen spürte.

»Ich gehe«, sagte sie. »Mir reicht es.«

Zoe blieb am Tisch stehen.

»Ich werde es Robin sagen. Und auch, daß er Ihnen Ihr Geld bringen soll.«

Velma kämpfte sich in ihren Anorak. Zoe konnte ihr Gesicht kaum sehen, aber etwas an ihren wütenden, ruckartigen, konfusen Bewegungen machte auf sie den Eindruck, als sei Velma den Tränen nahe.

»Ich wollte, Sie würden es nicht tun«, sagte Zoe. »Ich wollte, Sie würden nicht gehen ...«

Velma bohrte den zweiten Arm triumphierend in seinen Ärmel.

»Ich bin froh, das hinter mir zu haben«, rief sie. »Ich bin froh, daß ich gehen kann. Ich bin froh, hier herauszukommen.«

Und dann gab es einen Wirbel von Plastiktüten, und die Tür wurde geöffnet und hinter ihr zugeschlagen, ohrenbetäubend und endgültig. Zoe betrachtete den Tisch. Neben den Staubtüchern lag Robins Post, auf Velmas Art der Größe nach sortiert, und daneben ihr letzter Lunch für ihn, natürlich nur für eine Person, ein hartgekochtes Ei in Wurstbrät, in der Mitte durchgeschnitten, und eine Handvoll eingelegter Zwiebeln. Zoe hob den Teller auf. Das Essen kam ihr so fremdartig vor, daß sie sich einfach nicht vorstellen konnte, für wen es gedacht sein sollte. Sie löste die Plastikfolie ab, mit der es zugedeckt war, benutzte sie wie einen Handschuh, um die Zwiebeln aufzuheben und in den Mülleimer zu werfen. Dann fand sie ein Messer, zerschnitt damit das Ei in ganz kleine Stücke und trug den Teller hinaus in den Garten, den Caro einst angelegt hatte und der von frischem Unkraut völlig überwuchert war, um das Zeug den Vögeln zu geben.

»Wo ist Dad?« fragte Robin.

»Draußen. Mit einem von den neuen Leuten. Der hat nicht viel Ahnung, aber er ist bereit zu lernen. Die Gerste sieht nicht sonderlich gut aus.«

»Ich weiß«, sagte Robin.

Dilys hatte abgenommen. Als sie da am Küchentisch saß, umgeben von den Büchern der Farm, die sie sich immer in der letzten Woche des Monats vorzunehmen pflegte, betrachtete Robin ihre Hände, die sich langsam zwischen den Papieren bewegten, und sah, daß die Ringe an ihren Fingern auf- und abrutschten und dabei leise klirrten wie aneinanderstoßende Münzen.

»Wir müssen darüber nachdenken, eine Hilfe auf Dauer einzustellen, Mum.«

Sie sagte nichts. Robin ließ sich auf dem Stuhl ihr gegenüber nieder und legte die Ellenbogen auf den Tisch.

»Wir müssen eine Versammlung abhalten, Mum, jetzt, wo Lyndsay zurück ist. Wir müssen miteinander reden.«

»Du hast keine Anteile«, sagte Dilys, ohne aufzuschauen.

»Nein. Aber ich bin dein Sohn. Außerdem leite ich praktisch diese Farm, neben meiner eigenen.«

»Das tun wir«, sagte Dilys. »Genauso, wie wir es immer getan haben.«

Robin sagte sanft: »Nein, Mum. Nicht mehr so wie früher. Das weißt du.«

»Dad geht es wesentlich besser. Er war gestern vier Stunden draußen.«

»Aber er hat nicht viel getan, stimmt's? Er kann es nicht.« Robin schwieg einen Moment. Er dachte daran zu sagen: »Er ist nicht mit dem Herzen dabei. Und du auch nicht.« Aber er ließ es bleiben.

»Wir werden deine Versammlung abhalten«, sagte Dilys. »Auch wenn es nicht das geringste ändert. Wie könnte es das? Was kann Lyndsay schon tun?«

»Wir müssen sie fragen. Sie hat Anteile. Joes Anteile gehören jetzt ihr.«

Dilys warf ihm einen raschen Blick zu.

»Du hast Lyndsay verstört.«

Robin wartete.

»Gott weiß, was sie erwartet hat«, sagte Dilys, »aber du hast sie gewaltig verstört.«

»Sie wollte meine Unterstützung«, sagte Robin, »und sie wird sie bekommen. Das weiß sie.«

»Und Zoe?«

»Was soll mit Zoe sein?«

»Weshalb regt sich Lyndsay wegen Zoe so auf?«

»Das weißt du doch, Mum. Tu nicht so, als wüßtest du es nicht.«

»Das tue ich nicht«, sagte Dilys. »Ich habe von Anfang an damit gerechnet, daß das passieren würde.« Sie bedachte Robin mit der Andeutung eines Lächelns. »Sie ist ein gutes Mädchen. Ich hätte nie gedacht, daß ich das jemals sagen würde, aber sie ist ein gutes Mädchen. Sie ist so geduldig mit deinem Vater, bringt eine wahre Engelsgeduld auf. Das kann Lyndsay natürlich nicht einsehen. Und Judy auch nicht.«

»Mit Judy habe ich noch nicht gesprochen.«

Dilys griff sich mehrere Rechnungen und klammerte sie zusammen.

»Frauen lassen nicht gern locker. Sie gewöhnen sich an die Männer in ihrem Leben, gewöhnen sich daran, sie um sich zu haben.«

»Ich bin nicht weniger anwesend, nur weil ich ...«

»Weil du eine Affäre mit Zoe hast.«

»Ja.«

»Aber so sieht es für Lyndsay nicht aus. Oder für Judy. Oder für Velma. Velma war gerade hier, in heller Aufregung. Sie ist heute morgen aus Tideswell hinausmarschiert.«

»Verdammtes Weibsbild ...«

»Wollte sich nicht von oben herab behandeln lassen«, sagte Dilys.

»Zoe würde niemanden von oben herab behandeln ...«

»Das brauchte sie auch nicht, sie brauchte es nicht einmal zu versuchen. Sie mußte nur in dein Schlafzimmer einziehen.«

»Mum«, sagte Robin, »was hat dich so abgeklärt gemacht? Ich dachte, du würdest mir wegen Zoe eine Standpauke halten.«

Dilys hob den Kopf und sah ihn an.

»Ich bin müde, mein Lieber.«

»Natürlich.«

»Nichts ist mehr so, wie es war, das Leben ist nicht mehr da, die Farben sind verschwunden.« Ihre Hand, die den Packen Rechnungen hielt, zitterte ganz leicht. »Wir müssen einfach aus dem, was noch da ist, das Beste machen. Habe ich recht? Wir müssen einfach tun, was wir können. Lyndsay eingeschlossen. Und du auch.«

Robin ging um den Tisch herum und trat dicht neben Dilys' Stuhl.

»Schick mir Zoe heute nachmittag herüber«, sagte Dilys. »Ich könnte sie brauchen, jetzt, wo die Kricket-Übertragungen im Fernsehen zu Ende sind. Dad wird heute nachmittag sehr müde sein.« Sie schaute zu ihm auf, fast lächelnd. »Vorausgesetzt, deine neue Haushälterin kann die Zeit erübrigen.«

Zoe war nicht im Haus. Die Küche wirkte irgendwie chaotisch, sogar abgesehen von den Stühlen, die in Winkeln standen, die keinerlei Beziehung zum Tisch hatten, und einem Turm von abgewaschenem Geschirr, das, riskant gestapelt, auf dem Abtropfbrett trocknete.

»Aus mit Gareth«, besagte ein Zettel auf dem Tisch. »Bald zurück. Tierarzt kommt halb vier. Velma ist fort. Tut mir leid.« Und dann drei Küsse und ein großes, schwungvolles Z. Robin warf einen Blick auf den Anrufbeantworter. Drei Nachrichten, eine von einem Futterhändler, eine von einem Berater für die alternative Nutzung von Ackerland, den er wegen Dean Place Farm angerufen hatte, und eine von Judy.

»Ich muß mit dir reden«, sagte Judy. Sie hörte sich sehr aufgeregt an. »Ich muß mit dir reden, wenn du allein bist. Ich glaube, du tust mir leid, aber ich weiß es nicht. Ich weiß es einfach nicht. Bitte, ruf mich an. Ruf mich heute abend an.«

Robin seufzte. Er tat ihr leid? Weshalb genau tat er ihr leid – dessentwegen, was er durchgemacht hatte, oder dessentwegen, was sie ihn hatte durchmachen lassen? Er setzte sich an den Tisch und hob Zoes Zettel auf. Die Küsse und das Z waren mindestens zwei Zentimeter hoch. Und alles, was Judy empfinden konnte, war Mitleid. Mitleid! Ausgerechnet Mitleid! »Bedauere mich, wenn es sein muß«, sagte Robin laut zu dem Geist von Judy in der leeren Küche. »Bedauere mich, wenn du willst. Ich kann dich nicht daran hindern. Aber eines muß ich dir sagen: Die beste Reaktion, die freundlichste und nützlichste Reaktion wäre es, wenn du, zum erstenmal in deinem Leben, die Dinge einfach akzeptieren würdest. Sie akzeptieren, ohne dich zum Richter aufzuspielen.«

# SECHZEHNTES KAPITEL

Lyndsays Vater hatte eine Liste von vier Häusern zusammengestellt, die für einen kleinen Schönheitssalon im Erdgeschoß geeignet waren und im Obergeschoß eine Wohnung enthielten. Eins von ihnen hatte einen Balkon, ein anderes einen kleinen, mit hölzernen Flechtpaneelen eingezäunten Garten mit einer schäbigen Rasenfläche, ein paar müden Blumenrabatten und einem Fliederstrauch. Lyndsays Eltern hatten gesagt, daß sie ihr mit dem erforderlichen Kapital aushelfen würden, bis sie sich finanziell von Dean Place Farm lösen könnte, und daß sie ihr außerdem mit dem größten Vergnügen mit den Kindern helfen würden, während Lyndsay ihr Geschäft in Gang brächte. Ihr Vater sagte außerdem, daß das Haus mit dem Garten zwar klein, seine Bausubstanz aber gesund sei und daß er immer noch genügend Leute in der Baubranche kenne, die den Umbau verläßlich und preisgünstig vornehmen könnten.

»Und wenn die Kinder einen großen Garten brauchen«, sagte Sylvia, »können sie in unseren kommen, stimmt's?«

Lyndsay hatte ein wenig gelächelt und genickt. Der Garten ihrer Mutter war vielleicht tausend Quadratmeter groß, das Fleckchen hinter dem Haus in Stretton ungefähr zwanzig Quadratmeter. Sie stand in der Wohnung im ersten Stock des Hauses in Stretton und schaute aus den Fenstern hinunter auf die Straße oder in den Garten oder, auf seiner frei stehenden Seite, seitlich auf die Ziegelsteinmauer des Nebenhauses, die sehr dicht davor aufragte und nur von zwei kleinen, mit Plastikjalousien verschlossenen Fenstern durchbrochen war. Alles wirkte sehr eng und luftlos. Sie dachte daran, wie sie die Kinder in einem der winzigen Schlafzimmer zu Bett bringen und sich dann an den Wochentagen in das kleine, nach vorn hinaus gelegene Wohnzimmer begeben und den Fernseher einschalten würde, wie sie es so oft in den beängstigenden letzten Monaten von Joes Leben getan hatte, nur der Gesellschaft halber.

»Gute Tischlerarbeit«, sagte ihr Vater und schlug mit dem Handrücken gegen einen Fensterrahmen. »Sehr solide.«

»Es ist ein bißchen klein ...«, sagte Lyndsay schwach.

»Das muß dir ja so vorkommen«, sagte Roy Walsh, »nachdem du auf einer Farm gelebt hast. Du kannst in der Mitte von Stretton keine Aussicht auf 16 Morgen Hafer erwarten. Das hier ist ein hübsches kleines Haus. Solide. Und eine gute Lage, ganz nahe an der Hauptstraße.«

Lyndsay lag die sinnlose Bemerkung auf der Zunge, daß Joe nie Hafer angebaut hatte, aber sie schwieg. Sie berührte eine der Wände, an der sich die Rauhfasertapete an einer Fuge ein wenig gelöst hatte und die grüne Binderfarbe darunter sehen ließ.

»Ist das den Kindern gegenüber fair?« sagte Lyndsay. »Ist es fair, sie vom Land wegzubringen und von ihnen zu verlangen, daß sie hier leben?«

»Natürlich ist es fair. Solange sie ihre Mutter um sich haben, ist es fair. Und bis zu uns und zum Park sind es nur zehn Minuten. Das ist weit mehr, als die meisten Kinder haben, weit mehr.« Er sah Lyndsay an. Sein massiges, freundliches Gesicht runzelte sich vor leichter Besorgnis, wie immer, wenn er sie ansah und feststellte, wie hilflos sie war und wie unvorbereitet und ungerüstet für diese Zeit, in der viele Frauen ihr Leben tatkräftig selbst bestimmten, ihr eigenes und das von allen anderen, die sie in die Hände bekommen konnten. Lyndsay war dazu nicht geeignet, sie war nicht geschaffen für das Dasein einer modernen Frau. Aber es blieb ihr nichts anderes übrig. Sie hatte einen Mann gehabt, der für sie sorgte, aber jetzt war er nicht mehr da, und sie mußte der Welt allein gegenübertreten.

Er sagte sanft: »Du kannst die Uhr nicht zurückdrehen, meine Liebe. Du kannst nicht so tun, als wärst du noch eine Ehefrau, denn das bist du nicht mehr. Du bist eine Witwe.

Eine Witwe mit zwei kleinen Kindern und vielleicht dreißig Arbeitsjahren vor sich.«

Sie hob das lockere Stück der steifen Tapete mit einem Fingernagel an.

»Du hast gesagt«, beharrte Roy, »daß die Versammlung in Dean Place Farm nicht gut gelaufen ist.«

Sie sagte: »So ist es. Sie wollten, daß ich ein Partner werde und weiter dort im Cottage wohne, damit die Farm in der Familie bleibt.«

»Und das willst du nicht?«

Sie sagte nichts.

»Lyndsay«, sagte Roy. »Wenn du nicht auf der Farm bleiben willst, mußt du etwas anderes tun. Begreifst du das nicht?«

Sie wendete sich von ihm ab und ging über den schmutzigen, mit Blumen gemusterten Teppich, den der letzte Bewohner zurückgelassen hatte, ans Fenster. Unter ihr, auf dem Gehsteig, lehnten zwei junge Frauen mit Kleinkindern in Faltkarren an einer Mülltonne und rauchten. Ein alter Mann ging vorüber, sehr langsam; er zog einen Einkaufswagen hinter sich her, und dasselbe tat, wesentlich schneller, eine Frau mittleren Alters in einem gestreiften Ladenkittel. Und dann war da der Verkehr. Personenwagen und Transporter und ein Kurier auf einem Motorrad. Wenn Lyndsay in den letzten sechs Jahren aus dem Fenster geschaut hatte, war ihr nie jemand vor die Augen gekommen außer dem Briefträger oder Rose in ihrem Kinderwagen, und der Verkehr hatte aus Joes Landrover, ihrem Wagen und dem des Fischhändlers bestanden, der einmal in der Woche vorbeikam. Manchmal hatte sie das gehaßt, hatte die Leere gehaßt und die schimmernde Eintönigkeit der Felder. Aber sie hatte nie daran gedacht, es gegen so etwas einzutauschen; es war ihr nie in den Sinn gekommen, daß, wenn sie die monotone ländliche Aussicht aufgeben mußte, dies die Alternative war.

»Ich habe dich etwas gefragt«, sagte Roy geduldig.

»Ich fürchte mich vor der Veränderung«, sagte Lyndsay.

»Aber die Veränderung ist bereits eingetreten, meine Liebe, daran kann niemand etwas ändern ...«

»Robin könnte es«, sagte Lyndsay wütend, obwohl sie nicht einmal vorgehabt hatte, seinen Namen zu erwähnen.

»Robin?«

»Er hat mich überredet, zurückzukommen«, sagte Lyndsay, weil es jetzt kein Halten mehr gab, »und jetzt hat er es mir unmöglich gemacht, dort zu bleiben.«

Roy wartete. Er hatte immer den Eindruck gehabt, daß Robin ein netter Kerl war, stiller als Joe, ein bißchen weniger umgänglich vielleicht, aber trotzdem ein netter Kerl.

»Wieso das?«

»Ich kann es nicht erklären«, sagte Lyndsay. Sie hob die Hände zu den Kämmen in ihrem Haar. »Er hat mich einfach im Stich gelassen.«

»Willst du damit sagen, daß er in eurer Diskussion für seine Eltern Partei ergriffen hat?«

Lyndsay schüttelte den Kopf. Das hatte er wirklich nicht getan. Er hatte nur gesagt, daß sie an ihre Zukunft denken müßten, daß sie sich jetzt, wo ihr Hauptverwalter und Arbeitspferd nicht mehr da war, Gedanken darüber machen müßten, wie sie mit ihrem Leben zurechtkommen sollten, einem Leben, von dem sie niemals auch nur vermutet hatten, daß es sich ändern könnte.

»Für sie ist es in gewisser Hinsicht schlimmer als für sonst jemanden«, hatte Robin zu Lyndsay gesagt. Seine Stimme war nicht unfreundlich gewesen, aber fest. »Weil sie zu alt sind für Veränderungen. Sie sind zu alt, um eine Zukunft zu haben, aber sie müssen trotzdem weitermachen.«

»Wenigstens haben sie noch einander!« hatte Lyndsay gekreischt.

Robin hatte sie kaum angesehen.

»Und du glaubst«, hatte er gesagt, »daß das etwas ist, was sie sich beide wirklich wünschen?«

»Er muß sich um seine Eltern kümmern«, sagte Roy jetzt. »Er ist alles, was sie noch haben. Genauso, wie deine Mutter und ich uns um dich kümmern. Du hast deine Familie, und Joes Eltern haben Robin.«

Lyndsay sagte törichterweise: »Robin hat eine Freundin. Sie ist jung genug, daß sie seine Tochter sein könnte.«

»Wirklich? Nun ja. Kann ihm nur guttun, wenn er ein bißchen Gesellschaft hat.«

Aber mir tut es nicht gut, dachte Lyndsay wütend, er hat mich im Stich gelassen, verdrängt. Sie rammte ihre Kämme wieder ein.

»Ich hatte das Gefühl, daß er überhaupt nicht an mich gedacht hat«, sagte Lyndsay. »Er hat sich nicht in meine Lage versetzt, er hat sich nicht konzentriert. Das ist alles.«

»Aber du mußt dich jetzt konzentrieren. Wirklich, meine Liebe. Du magst vor der Verantwortung zurückscheuen, aber du mußt sie übernehmen. Du mußt den nächsten Schritt tun.« Er bewegte sich schwerfällig vorwärts und schwang die Zimmertür vor und zurück, überprüfte die Ebenheit des Fußbodens unter ihr. »Sie verlangen 88 000 für dieses Haus, und ich nehme an, ich könnte es für 82 000 oder 83 000 kriegen. Und dann kommt noch einiges dazu für den Umbau unten und ein bißchen Renovierung hier oben, nachdem wir einen Antrag auf gewerbliche Nutzung des Hauses gestellt haben.« Er sah sie an. Es war kein sonderlich väterlicher Blick, eher der Blick eines gerissenen Spekulanten, als verhandelten sie über ein geschäftliches Angebot. »Also, meine Liebe«, sagte er. »Was meinst du?«

Oliver hatte wieder einmal einen schlanken Papierkegel mit Freesien bei sich und eine Flasche Neuseeland-Chardonnay. Er saß in dem Bus, der die Fulham Road hinunter zu Judys Wohnung fuhr, und hatte die Flasche aufrecht zwischen die Oberschenkel geklemmt und die Blumen vorsichtig darauf gelegt, damit sie nicht zerdrückt wurden. Er schwitzte ein wenig. Es war kein besonders heißer Tag, aber ihm fiel auf, daß seine Finger, wenn sie die Plastiktüte berührten, in der der Wein steckte, ein wenig abrutschten. Er nahm an, daß seine Nervosität daran schuld war.

Er war nervös wegen der Dinge, die er Judy sagen wollte und für die er in den letzten paar Wochen seinen ganzen Mut zusammengekratzt hatte. Er wollte freundlich sein, wenn er sie aussprach, aber gleichzeitig wollte er, daß keinerlei Zweifel daran bestand, daß er es ernst meinte. Er wollte ihr sagen, daß er sie liebte und daß sie sowohl Interesse als auch Beschützergefühle in ihm weckte, aber er wollte ihr auch sagen – und hier mußte er seine Hände von der Weinflasche lösen –, daß er, zur Zeit, nicht weiterhin eine Beziehung zu ihr haben konnte, keine Beziehung mit ständiger Gesellschaft und bereitwilliger sexueller Treue. Es gab keine andere, würde er sagen, das konnte er ihr versichern. Es war einfach so, daß er nicht damit weitermachen konnte, jemanden zu lieben, der ihn ständig hinabzog in den Sumpf seiner eigenen Persönlichkeitsprobleme, oder anders gesagt, er konnte so jemanden lieben, aber nicht mit ihm zusammenleben.

Er dachte, daß das Leben Judy übel mitgespielt hatte, aber nicht so übel, wie sie zu glauben schien. Natürlich war es hart, wenn man von der natürlichen Mutter aufgegeben wurde, aber wenn diese Mutter einen ganz offensichtlich nicht gewollt und das Aufgeben allem Anschein nach auch nie bedauert hatte, konnte man dann, sofern man nicht mit eigensinniger Starrköpfigkeit verlangte, glücklich gemacht zu werden, darauf bestehen, daß das Leben mit ihr besser gewesen wäre? Oliver hatte ein Foto von Judys richtiger Mutter gesehen und mehrere Geburtstagskarten mit leuchtendbunten südafrikanischen Blütenpflanzen, und er hatte den Eindruck, daß sowohl das eine wie auch die anderen grell und gefühllos aussahen. Wohingegen Caro ganz eindeutig keines von beidem gewesen war und sich außerdem ebensosehr gewünscht hatte, Judy zu haben, wie ihre Mutter sich gewünscht hatte, sie nicht zu haben. Und Oliver mochte Judys Vater. Sie hatte ständig über ihn hergezogen, besonders im Hinblick auf die Art, wie er ihre tote Mutter behandelt hatte, aber Oliver hatte den Eindruck, daß keiner ihrer Vorwürfe so recht zu dem Mann paßte, den er bei der Beerdigung ihres Onkels kennengelernt hatte. Auf der Rückfahrt nach London, nach der Beerdigung, war Oliver der Gedanke gekommen, daß ihre starre Einstellung gegenüber ihrem Vater nur ein weiterer von Judys Vorwänden war, sich nicht mit den Dingen auseinanderzusetzen oder sie einfach so hinzunehmen, wie andere Leute das taten. Und Oliver, mit dem Freesienkegel zwischen den Fingerspitzen, hatte Judys Vorwände gründlich satt.

Der Bus hielt nahe der Station Fulham Broadway, und Oliver stieg mit seinem Wein und seinen Blumen aus. Es war ein Zehn- oder Zwölf-Minuten-Fußmarsch von der Haltestelle bis zu Judys Wohnung, vielleicht Zeit genug, um noch einmal zu proben, was er sagen wollte und wie er es sagen wollte. Er wollte nicht darauf herumreiten, welche Auswirkungen ihr Defätismus auf ihn hatte, und auch auf keiner ihrer anderen Unzulänglichkeiten, aber er wollte sie zum Nachdenken veranlassen. Er wollte sie herausreißen aus den eingefahrenen Gleisen der Vorstellungen, die sie von sich selbst hatte, wollte sie erkennen lassen, daß, wenn sie so entschlossen war, immer nur ausschließlich sich selbst zu bedauern, niemand anders – und schon gar nicht die Leute, nach denen es sie verlangte und die sie brauchte – sie bedauern würde, und das aus stichhaltigen Gründen.

»Es ist nicht so, daß ich dich nie wiedersehen will«, plante er zu sagen. »Ich kann dich nur eine Zeitlang nicht wiedersehen. So lange nicht, bis du etwas hast, was du mir zurückgeben kannst.«

Er schluckte. Der Papierkegel mit den Freesien wurde feucht in seiner schweißnassen Hand. Seine Mutter, wurde ihm bewußt, hätte ihn bewundert für das, was zu tun er im Begriff war, hätte zu ihm gesagt, daß er mit Mut und nach Prinzipien handele. Das Problem ist nur, dachte Oliver, während er auf dem Gehsteig stehenblieb und das Haus auf der anderen Straßenseite betrachtete und die beiden Mansardenfenster von Judys Wohnzimmer, daß sie unrecht hätte. In beiderlei Hinsicht.

Zoe stand in dem Zimmer, das früher Caros Schlafzimmer gewesen war, und sah sich um. Sie hatte gehorsam ein Staubtuch mitgebracht, wie Dilys es ihr empfohlen hatte, und, auf Debbies Rat hin, einen feuchten Lappen. Sie hatte beides auf die Fensterbank gelegt. Dann war sie in die Mitte des Raums gegangen, in die Nähe des Fußendes von Caros Bett, und hatte sich umgeschaut, Gegenstände gemustert, die Atmosphäre zu schmecken versucht. Sie gelangte zu dem Schluß, daß es kein so interessanter und aufschlußreicher Ort war wie Caros Grab. Daß sie dieses Zimmer betrat, war ein bewußtes Experiment – sie wollte sehen, was sie darin entdecken konnte. Zwei Tage zuvor hatte sie Dilys in Joes Zimmer in Dean Place Farm angetroffen, die ohne eine Spur von Befangenheit sagte, daß sie jeden Tag hineingehe, ganz allein, nur um sich umzusehen. Zoe hatte sich gefragt, ob Leute, die einen geliebten Menschen verloren hatten, oft in sein Schlafzimmer gingen, weil Schlafzimmer die intimsten Räume waren, die Orte, an denen vielleicht noch kleine Essenzen oder Spuren vorhanden waren. Und das war vielleicht auch der Grund dafür, daß Schlafzimmer nach dem Tod ihres Bewohners häufig unberührt blieben, damit zerbrechliche Erinnerungen, die ihnen vielleicht noch anhafteten, nicht weggefegt wurden wie Spinnweben.

»Weshalb benutzt du Caros Zimmer nicht?« hatte sie Robin gefragt.

Er hatte seine Lesebrille auf und war in eine Zeitschrift für die Milchwirtschaft vertieft.

»Zu früh.«

»Für dich, meinst du? Hast du das Gefühl, daß sie immer noch darin ist?«

Er legte die Zeitschrift hin. Zoe konnte das Foto eines gelben Kalbes mit einer weißen Blesse am Kopf sehen, das sein Kinn an einem Zaun rieb.

»Zu früh für sie. Es war so lange ihr Zimmer.«

»Aber sie ist tot.«

Er sah sie kurz an, über die Oberkante seiner Brille hinweg, und griff wieder nach der Zeitschrift.

»Das macht den Dingen nicht unbedingt ein Ende.«

»Doch«, sagte Zoe, »für den Menschen, der stirbt.«

»Hör zu«, sagte Robin. »Ich will nichts mit diesem Zimmer anfangen. Ich will nicht darüber nachdenken. Ich habe genug, worüber ich nachdenken muß.«

Zoe begann, Teller zu stapeln.

»Farmdinge ...«

»Ja.«

»Aber nicht Menschendinge.«

»Nicht, wenn ich es vermeiden kann.«

»Warum nicht?«

»Weil es«, sagte er, und seine Stimme hörte sich traurig an, »so vieles gibt, was ich nicht ändern kann. Besonders, was die Vergangenheit angeht.«

Die Vergangenheit hatte dieses Zimmer jahrelang bewohnt, viele, viele Jahre lang, seit Caro aus Robins Schlafzimmer ausgezogen war, als Judy drei war. Das hatte er ihr erzählt, ganz offen. Zwanzig Jahre lang getrennte Schlafzimmer, fast Zoes gesamte Lebenszeit. Zoe umklammerte das Fußende von Caros Bett. Was hatte Caro gedacht, wenn sie allein hier lag? Was, wenn überhaupt etwas, hatte sie über Robin gedacht, der auf der anderen Seite des Korridors lag, gleichfalls allein, und ihre Entscheidung akzeptierte, weil er keine andere Wahl hatte und sie, jedenfalls in den ersten Jahren, liebte? Aber wen oder was hatte sie geliebt, wirklich geliebt? Judy vielleicht und dieses Zimmer mit seinem amerikanischen Quilt und den Gedanken, in einem Fleckchen Erde begraben zu werden, das einem niemand wegnehmen konnte? Aber Robin nicht, nicht wirklich. Robin hatte sich nicht als die Art Mensch erwiesen, den sie heben konnte, obwohl sie es vielleicht versucht hatte. In Zoes Leben gab es eine Menge Leute, die zu lieben oder zu mögen sie versucht hatte, ohne daß es ihr gelungen wäre. Es genügte nicht, es zu wollen. Da mußte noch etwas anderes im Spiel sein, irgendein Band oder ein Funke, etwas, was wirkliches Interesse auslöste. So wie jetzt bei ihr an Robin und, wie sie glaubte, auch bei Robin an ihr. Sie ging hinüber zur Fensterbank und holte das Staubtuch und den Lappen. Velma hatte gesagt, sie habe das Zimmer einmal in der Woche flüchtig saubergemacht, womit sie wohl andeuten wollte, daß Zoe das auch tun solle. Aber hatte es wirklich Sinn, in einem Zimmer Staub zu wischen, in dem niemand lebte und über das Robin nicht nachdenken wollte? Nein, entschied Zoe, überhaupt keinen. Sie machte auf ihrem Weg zur Tür ein oder zwei Tanzschritte, wobei sie das Tuch und den Lappen flattern ließ. Die Vergangenheit kann man nicht ändern, hatte Robin gesagt, und die logische Folgerung daraus war, daß man sie sich selbst überlassen mußte. An der Tür vollführte Zoe eine Pirouette und schwenkte das Staubtuch in Richtung Bett.

»Bis später«, sagte sie. »Mach's gut.« Und dann schlug sie die Tür hinter sich zu.

»Wir müssen uns damit abfinden«, sagte Dilys. »Stimmt's?«

Harry sah sie nicht an. Er lehnte mit dem Rücken an der alten Platane am Rande des Fünfzehnmorgenfeldes, das Joe mit Flachs bestellt hatte, und trank den Tee, den Dilys ihm gebracht hatte. Sie hatte ihm seit Jahren keinen Tee mehr gebracht, hatte sich nie die Mühe gemacht, von der Stelle aus, wo der Feldweg endete, eine halbe Meile den Rain entlangzuwandern. Er konnte das Dach ihres Wagens sehen, das in der schwachen Sonne funkelte, und dann die Felder mit Erbsen und Gerste, die sich bis zu dem Punkt erstreckten, wo Dean Place Farm an Tideswell grenzte, und die fernen, mit dicken schwarzen Plastikballen übersäten Wiesen, auf denen Robin dabei war, Silage zu machen. Er tat es in diesem Jahr allein mit Gareth, tagein, tagaus. In all den voraufgegangenen Jahren hatte Joe ihm natürlich beim Silagemachen geholfen, genauso wie Robin seinerseits bei der Ernte geholfen hatte.

»Wir dürfen uns nichts vormachen«, sagte Dilys. Sie saß in einiger Entfernung von ihm auf einem großen Stein, der aus der Hecke herausragte, in der die Platane wuchs, einem großen, uralten Stein, der aussah, als wäre er einstmals von Bedeutung für jemanden gewesen. »So wie jetzt kann es nicht weitergehen.«

»Wir kommen zurecht«, sagte Harry und versteckte sein Gesicht wieder in seinem Teebecher. »Wir schaffen das schon.«

Dilys beugte sich vor und wischte Grassamen von ihrem Rock. Dann sagte sie sehr leise: »Das tun wir nicht, und du weißt es.«

Er wartete.

Sie sagte: »In ein oder zwei Monaten werden wir nicht mehr das Geld haben, die Männer zu entlohnen und die Rechnungen zu bezahlen. Wir haben nie zuvor Lohn zahlen müssen. Wir brauchten nie für die Arbeit anderer Leute zu zahlen.«

»Sie taugen nichts, diese Jungs«, sagte Harry. »Sie taugen überhaupt nichts. Man kann ihnen nichts beibringen.«

»Und wir«, sagte Dilys, »können keine neuen Methoden lernen.«

Er warf ihr einen raschen Blick zu. Sie schraubte abermals den Deckel der Thermosflasche ab, geschickt, aber langsam. »Wir müssen uns damit abfinden. Wir müssen uns eingestehen, daß wir, wenn wir unser altes Leben beibehalten wollen, neue Methoden lernen müssen. Aber es hat keinen Sinn, sich das einzugestehen, denn das alte Leben gibt es nicht mehr. Es ist dahin. Wenn wir das nicht akzeptieren, halten wir uns nur selbst zum Narren.« Sie streckte ihm die Thermosflasche entgegen, und er hielt ihr stumm seinen Becher hin.

»Joe hat diesen Betrieb in Gang gehalten«, sagte Dilys. »Besser, als sogar wir wußten. Er hat ununterbrochen gearbeitet, sein ganzes Leben hineingesteckt. Ohne ihn können wir nicht weitermachen. Wir haben nicht die geringste Chance.«

Harry trank einen Schluck. Er sagte dickköpfig: »Robin ist doch da.«

»Das ist nicht dasselbe«, sagte Dilys, »und das weißt du. Er hat seine eigene Farm und seine eigenen Sorgen. Er war so gut wie Gold zu uns seit Joes Unfall, aber er kann keine Wunder bewirken, er kann nicht mehr als nur ein Mann sein, er kann nicht mehr als vierundzwanzig Stunden am Tag arbeiten.«

Harry stellte seinen Becher ab. Etwas Schweres und Dunkles ergriff von ihm Besitz, und er hatte Angst davor.

»Als ich aus dem Krieg zurückkam«, sagte er, »habe ich geglaubt, nie wieder etwas so Schlimmes durchmachen zu müssen. Ich dachte, das hätte ich ein für allemal hinter mir.«

Dilys legte die Hände rechts und links von sich auf den großen Stein.

»Wir müssen die Farm aufgeben.«

Harry sagte nichts.

»Ich möchte nicht diejenige sein, die das sagt, aber einer von uns muß es tun. Wir können sie nicht mehr bewirtschaften. Wir sind körperlich und seelisch nicht dazu imstande, und Lyndsay kann uns nicht helfen. Wahrscheinlich hätten wir sie nie darum bitten oder es von ihr erwarten dürfen. Aber wenn sie es nicht kann, dann ist niemand mehr da, und wir müssen uns damit abfinden.«

Es folgte ein langes Schweigen. Harry betrachtete die Aussicht, die er bis ins letzte Detail hätte beschreiben können, jeden Baum, jede Hecke, jede Bodenfalte, mit geschlossenen Augen. Er wußte, daß es kein reizvolles Land war, er wußte, daß es nicht mit den wunderschönen Farmen in Herefordshire zu vergleichen war, die Dilys und er einst während eines kurzen Urlaubs gesehen hatten, als sie mit dem Auto auf die dunklen Berge von Wales zufuhren. Aber es war Land, das er an jedem Arbeitstag seines Lebens berührt hatte, und es war ihm so vertraut wie sein eigenes Selbst, sein eigener Körper. Das Wort ›vertrieben‹ kam ihm in den Sinn und blieb darin hängen. Er schloß die Augen.

»Wo würden wir hingehen?« sagte er.

Er hörte sie seufzen.

»Nach Stretton vielleicht«, sagte sie. »Ein Bungalow in Stretton.«

Debbie hatte das *Farmers' Weekly* vor sich, die Seite mit den Stellenangeboten. ›Melker‹, lautete eine Anzeige, ›Betrieb mit 70 Kühen, freilaufend, Fischgrät-Melkstall. Cottage vorhanden. Mid-Surrey.‹ Darunter stand eine weitere: ›Gute Bezahlung und zentralbeheiztes Cottage mit drei Schlafzimmern geboten für tüchtigen Melker auf Farm mit

160 Friesen/Holsteinern. Erfahrung mit künstlicher Besamung erwünscht. Essex.‹ Sie kreiste beide Anzeigen ein und dann noch eine weitere, aus Oxfordshire, in der Erfahrung im Klauenbeschneiden gefordert wurde. Gareth konnte das. Gareth konnte all die Dinge, die in diesen Anzeigen verlangt wurden, und noch mehr. Einer der guten Aspekte des Arbeitens auf Tideswell Farm war, daß es bei der Betreuung von Kühen nichts gab, was Gareth nicht hatte lernen müssen, so oder so.

Aber jetzt lernte er nichts mehr. Er brauchte nicht länger für Robin Meredith zu arbeiten. Er war all seinen Loyalitätspflichten nachgekommen, als Caro krank war und dann nach ihrem Tod und dem von Joe. Gareth gehörte schließlich nicht zur Familie, er war nur ein Angestellter, und die Loyalität, die man von einem Angestellten erwarten konnte, hatte ihre Grenzen. Wenn er noch länger in Tideswell blieb, dachte Debbie, würde er dort hängenbleiben und nie vorankommen, es nie zur Arbeit mit einer größeren Herde bringen, in einem besseren Betrieb mit fortschrittlicher Technologie und automatischem Gülleabfluß. Er würde einfach vermodern, immer mehr in seinen eingefahrenen Gleisen steckenbleiben, und sie, Debbie, und die Kinder würden mit ihm vermodern, gefesselt durch seine Starrköpfigkeit und seinen Mangel an Unternehmungsgeist.

Debbie erhob sich vom Küchentisch und füllte am Ausguß den elektrischen Wasserkocher. Sie hatte damit aufgehört, Gareth anzuflehen, aufgrund ihrer instinktiven Ängste vor diesem Ort wegzugehen, weil sie festgestellt hatte, daß sie damit nichts erreichte. Er hatte ihr gesagt, sie sei abergläubisch, und er verabscheute Aberglauben und riß ihr die Zeitung aus der Hand, wenn er sie dabei erwischte, wie sie das Horoskop las. Also hatte sie ihre Taktik geändert. Sie hatte ihre eigenen Ängste nicht mehr zur Sprache gebracht und statt dessen von Gareth' Zukunft gesprochen und damit von der Rebeccas, Kevins und Eddies. Sie sagte, der Job in Tideswell wäre nur etwas für einen jungen, ledigen Mann, einen Anfänger, nicht für einen erfahrenen Vater von drei Kindern. Sie hütete sich sowohl, die Unsicherheit der Verhältnisse auf beiden Meredith-Farmen anzusprechen, als auch davor, Lyndsays Verschwinden nach Stretton zu erwähnen. Ganz besonders nahm sie sich in acht, kein Wort über Zoe zu verlieren.

Die Hintertür wurde mit der für Eddie typischen Verstohlenheit geöffnet, und er kam herein.

»Nun?« fragte Debbie.

Eddie legte ein Päckchen auf den Tisch, einen großen, auf der Rückseite mit Pappe verstärkten Umschlag.

»Was hast du da?«

»Bilder«, sagte Eddie. Er hatte sich auf Hippie-Art einen Stoffetzen um den Kopf gebunden.

»Was für Bilder?«

»Bilder von mir«, sagte Eddie. »Zoe hat sie gemacht.«

Er hob den Umschlag hoch, und mehrere Schwarzweißfotos glitten auf den Tisch. Debbie betrachtete sie.

»Hat sie sie dir gegeben?«

»Ja.«

»Muß ich sie ihr bezahlen?«

»Weiß nicht«, sagte Eddie. »Sie hat sie mir einfach gegeben.«

Er hievte sich auf einen Stuhl und lehnte sich schwer atmend über das aufgeschlagene Exemplar von *Farmers' Weekly*.

»Da«, sagte er triumphierend. »Du hast in diesem Buch gemalt. Man darf nicht in Büchern malen.«

»Das ist kein Buch«, sagte Debbie. »Es ist eine Zeitschrift.« Sie nahm eines der Fotos in die Hand. Eddie, der gerade auf ein Gatter kletterte, hatte sich umgedreht und über die Schulter in die Kamera geschaut. Es war hervorragend. Es war Eddie, wie er leibte und lebte. Wenn nicht Zoe es aufgenommen hätte, wäre Debbie begeistert gewesen.

»Ich finde, du hättest sie nicht annehmen dürfen.«

Eddie hörte nicht zu. Er hatte sich Debbies Filzstift gegriffen und kritzelte auf den Anzeigen für Schaf- und Schweinehirten herum.

»Ich werde dafür sorgen, daß Dad sie ihr zurückgibt. Er muß sie gleich morgen früh ins Haus zurückschaffen.«

Eddie malte einen dicken Klecks und dann einen weiteren dicht daneben. Er kicherte.

»Kuh-Jobs ...«

Debbie riß ihm den Stift aus der Hand.

»Verdammter Bengel. Wo hast du überhaupt den ganzen Nachmittag gesteckt?«

»Nirgendwo.«

»Wird Zeit, daß du in die Schule kommst«, sagte Debbie. »Zeit, daß du ein bißchen Disziplin lernst. Zeit ...« Sie verstummte. Eddie beobachtete sie. Etwas an ihr ließ ihn vermuten, daß das, was sie hatte sagen wollen, ihn betraf und deshalb das Aufpassen lohnte. Er betrachtete sie stetig, wobei er sie weniger musterte als anstarrte, als wollte er sie zwingen, das zu Ende zu bringen, was sie hatte sagen wollen.

Debbie warf den Kopf zurück. Was machte es schon? Eddie war schließlich erst fünf, und es würde eine Erleichterung sein, ihren Gefühlen freien Lauf zu lassen.

»Zeit, daß wir alle woandershin ziehen«, sagte Debbie.

Robin war sehr müde. Wenn er seine Schultern und seinen Rücken gegen den Fahrersitz des Landrovers drückte, konnte er spüren, wie die Knochen und Muskeln protestierend knackten und knarrten, steif von diesen endlosen Stunden des Mühens, tagein, tagaus, und das auf einer Maschine, die er schon vor vier oder fünf Jahren hätte ersetzen müssen. Als er bei Einbruch der Dämmerung Schluß gemacht und Gareth nach Hause geschickt hatte, war er ins Haus gekommen, um zu duschen und einen Becher Tee zu trinken, und dann hatte er zu Zoe gesagt, er müsse noch nach Dean Place Farm, um zu sehen, wie die Dinge dort stünden.

»Gut«, hatte sie gesagt. Sie sagte immer ›gut‹. Manchmal, wenn er ins Haus kam, war sie nicht da, aber sehr häufig saß sie zeichnend am Küchentisch oder ging gelassen ihren neu erworbenen und exzentrischen Methoden der Haushaltsführung nach. Aber sie schien nie auf ihn zu warten; sie war einfach da und lebte ihr eigenes Leben, bis sich die Gelegenheit ergab, es wieder mit seinem kollidieren zu lassen. In letzter Zeit war *sie* auf der Farm sehr brauchbar geworden, sie konnte jetzt den Gülletraktor fahren und die Melkmaschinen bedienen. Nur in die Nähe des Futters ließ Robin sie nicht kommen. Niemand außer ihm rührte das Futter an, nicht einmal Gareth. Zuviel hing von ihm ab.

Er steckte den Schlüssel ins Zündschloß des Landrovers und drehte ihn. Hinter dem erleuchteten Küchenfenster von Dean Place Farm zeichnete sich Dilys ab, die ihm nachwinkte. Früher hatte sie ihm nie nachgewinkt, und falls – wie es ihm vorkam – dieses Winken ein Zeichen dafür war, wie sehr sie sich verändert hatte, dann wünschte er sich, sie täte es nicht. Sie war ihm gegenüber überhaupt viel sanfter geworden, und das beunruhigte ihn; es war, als hätte sie einen Teil ihres Rückgrats verloren und suchte jetzt in ihm eine Stütze, genau wie Lyndsay es versucht hatte. Als Robin den Landrover vom Hof herunter auf die Straße lenkte, war er sich keineswegs sicher, ob er im Augenblick noch mehr Abhängigkeit verkraften konnte.

Dennoch hatte er, als er an diesem Abend mit seinen Eltern unter der grellen Deckenbeleuchtung gesessen hatte, genau gewußt, daß ihre Abhängigkeit unausweichlich war. Langsam, als rezitierte sie etwas auswendig Gelerntes, hatte Dilys ihm mitgeteilt, daß sie beschlossen hätten, die Farm aufzugeben. Allein konnten sie sie nicht mehr bewirtschaften, und angestellte Helfer konnten sie nicht bezahlen. Sie würden ausziehen, sobald der Besitzer der Farm einen neuen Pächter gefunden hatte, nach Möglichkeit noch vor Ablauf der sechsmonatigen Kündigungsfrist. Sie hatten angefangen, sich nach etwas in Stretton umzusehen, einem Häuschen, aber mit einem Garten, damit Harry ein bißchen Gemüse anbauen konnte. Vielleicht würde Lyndsays Vater ihnen helfen.

»Nie«, sagte Harry, »nie hätte ich gedacht, daß es einmal so weit kommen würde.«

»Nein.«

»Ich dachte, ich würde in meinem Bett hier sterben.«

»Also, Harry«, sagte Dilys, aber es lag kein Vorwurf in ihrer Stimme.

Wir machen weiter, dachte Robin jetzt erschöpft, wir machen weiter, weil wir im Grunde keine Wahl haben und uns nichts anderes übrigbleibt. Man kann nichts voraussetzen, nichts als gegeben hinnehmen, weil nichts mehr so sicher ist, wie es einst den Anschein hatte. In ein paar Monaten werden unser Leben, unsere Farmen ein anderes Gesicht haben und völlig verändert sein. Mum und Dad fort, Lyndsay fort, nur ich übrig, um zu tun, was auch immer ich zu tun glaube. Früher einmal habe ich gewußt, was ich tue, aber das ist lange her.

Er lenkte den Landrover durch die Pforte auf den Hof von Tideswell. Im Licht der Scheinwerfer tanzten winzige Mücken. In der Küche brannte Licht und auch im Badezimmer im ersten Stock, und er erinnerte sich mit einem plötzlichen, völlig unvermuteten Stich, wie es in den ersten Wochen und Monaten nach Caros Tod gewesen war, wenn er in ein dunkles Haus zurückkehrte, in ein leeres Haus, in dem ihm nur die Hauskatze ihre gefaßte und stumme Gesellschaft anbot. Er stieg steif aus dem Landrover aus, schlug die Tür zu, lehnte sich für einen Moment dagegen und sammelte sich. Dann bewegte er sich langsam vorwärts, öffnete die Hintertür und betrat das Haus.

Zoe stand am Herd und hielt mit beiden Händen einen Becher.

»Hi«, sagte sie. Sie lächelte. Sie löste eine Hand von ihrem Becher und deutete damit auf den Tisch, an dem Gareth saß, fremdartig in einem Freizeithemd und mit glattgekämmtem und gescheiteltem Haar. Er stand auf, als Robin hereinkam.

»Er wartet schon seit fast einer Stunde auf dich«, sagte Zoe, »er dachte, du würdest viel früher heimkommen.«

Robin sah Gareth an.

»Tut mir leid«, sagte Gareth. »Tut mir leid, daß ich so spät gekommen bin. Aber könnte ich …« Er brach ab und sagte dann mit Mühe: »Könnte ich kurz mit Ihnen sprechen?«

# SIEBZEHNTES KAPITEL

»Nein«, sagte Hughie.

Lyndsay legte ihm eine Hand auf die Schulter.

»Leg dich hin, Hughie. Leg dich hin. Es ist Schlafenszeit.«

Hughie rührte sich nicht. Er saß kerzengerade aufgerichtet im Bett des kleinsten Zimmers seiner Großmutter, seine Baseballmütze auf dem Kopf. An diesem Tag war er irgendwohin mitgenommen worden, wo es ihm nicht gefallen hatte, überhaupt nicht, und man hatte ihm gesagt, das wäre sein neues Zimmer. Er brauchte kein neues Zimmer, er hatte schon eins in seinem eigenen Haus, mit seinem Knautschsessel darin. In dem Haus, in dem er heute mit Granny Sylvia war, war das Zimmer, von dem sie erklärt hatten, es wäre seines, überhaupt nicht seines, weil Rose auch darin schlafen würde. Es ging nicht anders, weil in dem einzigen anderen Zimmer Lyndsays Bett stehen würde. Hughie sah ein, weshalb Lyndsay Rose nicht in ihrem Zimmer haben wollte, aber aus den gleichen Gründen begriff er nicht, weshalb man von ihm erwartete, daß er nichts dagegen hatte, seines mit ihr zu teilen. Er hatte sehr viel dagegen. Er würde nicht in diesem Zimmer schlafen, und er würde nicht in einem Raum mit Rose schlafen. Er würde überhaupt nirgendwo schlafen, bis er zum Schlafen zurückgebracht worden war, wohin er gehörte, in sein eigenes Zimmer.

»Nein«, sagte er abermals.

»Bitte«, flüsterte Lyndsay. Sie wagte es nicht, laut zu sprechen, damit ihre Eltern sie nicht hörten und Schlüsse zogen. Ihre Mutter hatte schon immer gesagt, daß sie glaubte, Rose wäre außer Kontrolle; jetzt begann sie anzudeuten, daß Hughie es gleichfalls war, was auf den Vorwurf hinauslief, daß Lyndsay schon jetzt bei ihrer Aufgabe – hart, hatte Sylvia gesagt, aber nicht unmöglich – versagte, die Kinder allein aufzuziehen.

»Legst du dich hin, wenn ich mich zu dir lege?« fragte Lyndsay.

»Nein«, sagte Hughie. Er drückte seine Robbe an sich.

»Du wirst sehr müde sein, wenn du nicht schläfst ...«

»Will daheim schlafen«, sagte Hughie babyhaft.

»Das können wir nicht.«

Hughie sagte nichts. Wenn Lyndsay anfing, so dumme und unvernünftige Sachen zu sagen, wie sie es getan hatte, als Daddy fortgegangen war, hatte er sich angewöhnt, nichts zu sagen, sondern einfach abzuwarten. Hughie war in letzter Zeit sehr gut im Warten geworden. Onkel Robin hatte gesagt, das müsse er, wenn er sich besser fühlen wolle, und Hughie hatte das Gefühl, daß das etwas war, was er tun konnte, solange alles so blieb, wie es war, solange er in seinem Haus war und Robbi bei ihm war und Lyndsay ihn nicht ins Auto steckte und ihm mit einer fröhlichen Stimme, der er mißtraute, mitteilte, er würde Granny Sylvia sehen. Er wollte Granny Sylvia nicht sehen, er wollte überhaupt keine Grannys sehen. Seit kurzem hatte er es satt, wie ein Paket herumgeschleppt zu werden und sich ständig sagen zu lassen, was er tun sollte. Wenn Rose angewiesen wurde, etwas zu tun, was ihr nicht paßte, dann brüllte sie. Hughie dachte nicht daran zu brüllen, er dachte nicht daran, irgend etwas zu tun, was Rose tat. Im Gegenteil, er würde überhaupt nichts tun, und er würde, wenn es sich irgendwie einrichten ließ, auch nicht dahin gehen, wo er nicht sein wollte. Er warf einen raschen Blick auf seine linke Schulter. Lyndsays Hand lag immer noch dort. Er konnte ihren Ring mit den blauen Steinen darin sehen und den schlichten goldfarbenen, den man bekam, wenn man heiratete. Hughie fragte sich kurz, wer einem den goldenen Ring gab, wenn man heiratete, und dann ruckte er seinen Kopf blitzschnell zur Seite und biß Lyndsay so fest er konnte in die Hand.

Bronwen war verlobt. Die ganze Redaktion der Zeitschrift wußte sich vor Begeisterung kaum zu lassen und drängte sich um sie, bewunderte ihren Ring – viktorianisch, mit

Perlen und Granaten – und trank perlenden Weißwein aus Pappbechern.

»Er hat gesagt, er wollte mit seinem Antrag eigentlich bis zu unserem Urlaub warten«, sagte Bronwen, »und dann konnte er es nicht. Er hat gesagt, er könnte es einfach nicht abwarten. Also werden wir einmal vor unserer Hochzeit Flitterwochen machen und danach noch einmal.«

»Mach das Beste daraus«, sagte die Chefredakteurin. »Das ist eine wundervolle Zeit, bevor die Wirklichkeit anfängt. Genieße sie.«

Tessa behielt Judy im Auge. Sie hatte festgestellt, daß Judy Bronwens Ring genauso bewundert hatte wie alle anderen und daß sie ihren Pappbecher mit Wein hatte und aussah, als wäre alles in bester Ordnung. Aber Tessa wußte auch, daß Oliver nicht mehr anrief. Judy nach dem Tod ihrer Mutter zu trösten war eine Sache gewesen, eine peinliche, sprachlose, unmögliche Sache, aber sie über den Verlust von Oliver hinwegzutrösten, war etwas völlig anderes. Das war ein Territorium, auf dem sich Tessa auskannte. Dafür, daß jemand den Laufpaß bekommen hatte, gab es eine Währung des Trostes, mit der Tessa umgehen konnte. Sie beobachtete Judy aufmerksam und bereitete sich darauf vor, ermutigende Was-macht-das-schon-Dinge zu ihr zu sagen, von Frau zu Frau, falls Judy so aussehen sollte, als würde sie sie brauchen, wenn der Anblick von Bronwens Triumph mehr war, als sie verkraften konnte. Tessa hatte selbst einen neuen Freund; sie kannte ihn jetzt seit drei Wochen, und er machte sich recht gut, wenn man bedachte, daß er jünger war als sie und vorzeitig kahl wurde. Aber vor ihm hatte es fast zehn Monate lang niemanden gegeben, und die Erinnerung an diese zehn Monate bewirkte, daß Tessa das dringende Bedürfnis hatte, nett zu Judy zu sein. Sie lehnte sich von ihrem Schreibtisch aus zur Seite und berührte Judys Arm.

»Geht's?«

Judy sah sie an und nickte. Sie sieht gut aus, dachte Tessa, zumal jetzt, wo sie ihr Haar ein bißchen länger wachsen läßt. Es war effektvolles Haar, dicht und funkelnd, nicht die Art, die man sich ganz kurz schneiden ließ, wie die halbe Redaktion es tat, sondern die, von der man mehr haben und die man ein bißchen verwildern lassen mußte.

»Ich dachte nur …«

»Es ist okay.«

»Möchtest du darüber reden?«

Judy trank aus ihrem Pappbecher.

»Da gibt es nicht viel zu sagen. Ich weiß nicht einmal, ob ich in ihn verliebt war, richtig verliebt. Ich mochte ihn, aber er war nicht – er war nicht …«

»Die große Leidenschaft«, sagte Tessa. »Die einzig wahre Liebe.«

»Nein.«

»Aber trotzdem gefällt es niemandem, wenn er abserviert wird.«

Judy sagte, zu ihrer eigenen Verblüffung: »Er hat es auf eine sehr nette Art getan. Irgendwie hat es mich nicht einmal überrascht.«

»Aber du mußt doch verletzt sein, du mußt …«

Judy bedachte sie mit einem flüchtigen Lächeln.

»Tut mir leid, wenn ich dich enttäusche«, sagte sie, »aber das bin ich nicht. Jedenfalls nicht sehr.«

Tessa war entschlossen, ihr Bedürfnis, Mitleid zu zeigen, nicht ungenutzt zu lassen, und sagte: »Und das so bald nach deiner Mutter …«

Judy holte einen Stift aus ihrem Stiftebecher und balancierte ihn vorsichtig auf dem unteren Ende.

»In der Beziehung war Oliver sehr gut. Er hat mich dazu gebracht, daß ich über sie rede. Er hat mich dazu gebracht, daß ich in ihr einen Menschen sehe und nicht nur meine Mutter.« Sie ließ den Stift fallen. »Er hat mich dazu gebracht, über eine Menge Dinge nachzudenken.«

»Möchtest du ihn nicht umbringen?« sagte Tessa. »Möchtest du nicht seinen Wagen demolieren und ihm die Karriere verderben und seine sämtlichen Hosen zerschneiden?«

»Ist es nicht komisch?« sagte Judy. »Aber das alles möchte ich nicht. Ich hätte gedacht, ich würde es wollen, aber ich tue es nicht. Es gibt Leute, die ich umbringen möchte, aber Oliver gehört nicht dazu.«

Tessa sah sich betont verstohlen um.

»Und die sitzen hier …«

Judy sagte: »Ich überlege mir, ob ich hierbleibe.«

»Was!«

»Ich weiß es noch nicht, aber ich denke darüber nach. Ich bin mir nicht sicher, weshalb ich hier bin, wenn du verstehst, was ich meine, ich bin mir nicht sicher, ob es irgendeinen Sinn hat.«

Tessa leerte ihren Becher und zerquetschte ihn zwischen den Händen.

»Es ist ein Job wie jeder andere. Die Bezahlung ist okay, die Arbeitsbedingungen sind okay, die Leute sind ziemlich lausig, aber was kann man bei so einer Zeitschrift schon erwarten? Und du bist gut in diesem Job. Ich habe nicht vor, das jeden Tag zu sagen, aber du bist besser als Bron und ich. Dir fällt mehr ein.«

»Meist völlig sinnloses Zeug«, sagte Judy. »Ich werde einfach das Gefühl nicht los, daß dieser ganze Kram hier sinnlos ist.«

Tessa warf ihren zerquetschten Pappbecher in einem schwungvollen Bogen in Judys Papierkorb.

»Versuch nicht, mir weiszumachen, daß du ein soziales Gewissen hast, nächste Haltestelle Greenpeace-Aktivistin …«

»Das nicht«, sagte Judy. »Aber das hier auch nicht. Nicht diese Art von Leben, mit dem man einfach die Zeit totschlägt.«

Tessa wurde es langweilig. In einem gebrochenen Herzen steckte ein beachtliches Potential an Gesprächsstoff, aber in einer Diskussion über den Sinn des Lebens nicht das geringste. Sie gähnte ein wenig.

»Dann gib mir Bescheid«, sagte sie, »wenn du weißt, was du willst.« Und dann stand sie auf und schlenderte hinüber zu Bronwens Schreibtisch, um sich in dem Grüppchen, das ihn nach wie vor umdrängte, auf seine Kante zu setzen und Bronwen zu fragen, ob sie, wenn sie heiratete, vorhabe, den Namen ihres Mannes anzunehmen.

Eine kleine Baufirma, die Roy Walsh kannte, hatte Lyndsay ein Angebot für die Umwandlung des Erdgeschosses in dem Haus in Stretton in einen Schönheitssalon unterbreitet. Es war Platz für eine Rezeption, zwei Kabinen, eine Toilette und einen abgeschlossenen Raum im hinteren Teil für eine Sonnenbank. Die Umbaukosten, dachte Roy Walsh, hielten sich in Grenzen. Es war die Ausstattung, die teuer werden würde, die Sonnenbank, die verstellbaren Behandlungsliegen und das elektrische Gerät zum Schlankwerden, mit seinem Steuerpult und den Unmengen von pastellfarbenen Drähten. Roy wollte, daß Lyndsay sich zu ihm setzte und mit ihm die Kosten durchging, mit ihm ausrechnete, wie lange es dauern würde, bis sich die anfängliche Investition amortisiert hatte, und ob es Sinn hatte, ein Mädchen einzustellen, das das Telefon bediente, Kaffee machte und die Maniküre besorgte. Aber Lyndsay wirkte zögerlich. Sie stimmte einer Menge Dinge zu, die er vorschlug, aber mit einer Fügsamkeit, die wenig ermutigend war.

»Sie ist noch nicht soweit«, sagte Sylvia zu ihm. »Es ist noch zu früh, als daß sie mit dem Herzen bei irgend etwas dabeisein könnte. Und die Kinder machen ihr Sorgen.«

Die Kinder machten auch Roy und Sylvia Sorgen. Rose hielten sie für sehr unweiblich, ein alles überwältigendes Kind, beinahe brutal. Und was Hughie anging – nun, Lyndsay hatte nicht gewollt, daß sie erfuhren, daß er sie gebissen hatte, aber wie hätte es ihnen entgehen sollen? Sie hatten gehört, wie sie vor Schmerz und Überraschung schrie, und als sie hinaufgeeilt waren, um zu sehen, was passiert war, hatte er es noch einmal versucht. Ins Bett machen und dann auch noch beißen. Natürlich, er hatte seinen Vater verloren, der arme Junge, aber er war erst drei und konnte die Realität dieses Ereignisses noch nicht wirklich begreifen. Es war eher so, da waren sie ganz sicher, daß Hughie auf Lyndsay reagierte, auf ihre Unsicherheit und ihre Unfähigkeit, Entscheidungen zu treffen. Sie bewirkte, daß er sich gleichfalls unsicher fühlte, das konnte man sehen, sie machte ihn nervös. Je früher sie in die Wohnung über dem Salon zogen, desto besser; erst dann würde die Ordnung wieder einkehren, die die Kinder so dringend brauchten.

»Ich werde sie zur Unterschrift drängen«, sagte Roy. »Sie wird mich für hartherzig halten, aber ich werde es trotzdem tun. Schließlich geschieht es zu ihrem eigenen Besten. Sie muß der Zukunft ins Gesicht sehen. Immerhin ist sie ja nicht mittellos – in dieser Hinsicht ist sie eine sehr glückliche junge Frau.«

In seiner Stimme lag eine Spur von Ungeduld, die Sylvia vertraut war. Sie erinnerte sich an die Erleichterung, die sie beide empfunden hatten – aber nicht in Worte fassen mochten –, als Lyndsay verkündete, daß sie Joe heiraten würde. Es war nicht so, daß sie beide Lyndsay nicht innig liebten oder daß sie ihnen nicht leid tat, aber sie hatten so sehr gehofft, daß die Zeit der Elternschaft für sie zu Ende war, daß sie, nachdem alle drei Kinder ihren eigenen Haushalt und ihre eigenen Kinder hatten, endlich ein bißchen Freiheit genießen und all die Dinge tun konnten, für die sie, solange sie sich um Kinder und Geschäft kümmern mußten, keine Zeit hatten. Sylvia hatte an einen Frühlingsausflug nach Holland gedacht, um die blühenden Tulpenfelder zu sehen, und Roy hatte sich eine neue Angelrute zugelegt und vom örtlichen Golfclub gesprochen. Aber wenn Lyndsay in Stretton war, würden sie sich um die Kinder kümmern müssen, zumindest zu Anfang. Natürlich würden sie es tun, sie würden es gern tun, aber sie konnten nicht umhin, daran zu denken, daß es nicht das war, was sie geplant hatten.

»Ich muß sie drängen«, sagte Roy. »Meinst du nicht auch? Ich möchte es nicht, aber es geschieht zu ihrem Besten. Ich muß sie zur Unterschrift drängen, damit wir alle weitermachen können mit dem, was getan werden muß.«

Zoe parkte den Gülletraktor unter dem schrägen Dach aus verwittertem Wellblech, wohin er gehörte. Inzwischen konnte sie recht gut mit ihm umgehen, und ihr war aufgefallen, daß die Männer, die mit dem Bagger gekommen waren, um die neue Güllegrube auszuheben, die Arbeit unterbrochen hatten, um sie zu beobachten. Sie hatte eine kleine Schau für sie abgezogen, ein paar Schlenker gemacht, wie eine Frau auf dem Rücken eines Zirkusponys. Es bereitete ihr eine gewisse Befriedigung, daß sie gut war mit etwas, was ihr sechs Monate zuvor noch völlig unbekannt gewesen war, zumal sie nicht einmal Auto fahren konnte. Aber Kameras und Traktoren – mit denen konnte sie jetzt umgehen.

Sie kehrte ins Haus zurück und wusch sich gründlich am Ausguß in der Küche. Velma war immer stocksauer gewesen, wenn sich Robin oder Gareth am Ausguß gewaschen hatten, nachdem sie draußen bei den Kühen gewesen waren, aber Velma war nicht mehr da, und deshalb brauchten sie keine Rücksicht mehr darauf zu nehmen, was ihr gefiel oder mißfiel, und Zoe machte es nicht das mindeste aus, genau wie die Männer den Ausguß für Hände und Gesicht ebenso zu benutzen wie für Teller und Töpfe. Sie schnupperte an ihren Händen, um festzustellen, ob auch die letzte Spur von Kuhgeruch verschwunden war. Sie rochen nach Spülmittel. Dann zog sie ihre Jeans und das T-Shirt aus – es hatte keinen Sinn, dazu erst nach oben zu gehen, wenn man dann die verdreckten Sachen doch gleich wieder herunterbringen mußte – und warf sie in die Ecke, in der sich die schmutzige Wäsche friedlich in einem ungeordneten Haufen angesammelt hatte.

Oben in ihrem Zimmer, in dem sie immer noch ihre Sachen aufbewahrte, zog Zoe weniger abgetragene schwarze Jeans und ein sauberes graues T-Shirt an. Als sie sich in dem in die Tür des Kleiderschranks eingelassenen Spiegel betrachtete, hatte sie den Eindruck, daß sie anders aussah, weniger mager und kaputt, weniger wie etwas, was man zu lange im Feuchten und Dunkeln gehalten hatte. Sie war nicht eigentlich dicker geworden, ihre Sachen paßten ihr wie zuvor, aber ihr Gesicht und ihr Körper wirkten glatter, weniger kantig, und auf der Nase und den Wangen hatte sie ein paar Sommersprossen. Die hatte sie früher gehaßt, aber jetzt, auf einer Haut, die nicht mehr so grünlichweiß war wie gewöhnlich, sahen sie irgendwie nicht mehr so schlimm aus. Sie trug ein bißchen Lippenstift auf und gönnte sich ein oder zwei Spritzer von dem Kölnischwasser für Männer, das sie am liebsten mochte, hergestellt, wie es auf dem Etikett hieß, aus karibischen Limonen. Dann ging sie nach unten und hinaus auf den Hof.

Gareth' Cottage war ungefähr 400 Meter vom Farmhaus entfernt, von ihm durch ein flaches, mit Mais besätes Feld getrennt, in dem man einen Pfad ausgespart hatte. Diesen Pfad ging oder radelte Gareth täglich ein halbes dutzendmal entlang. Zoe konnte seine Stiefelabdrücke in der Erde sehen und die Reifenspuren seines Fahrrads und, wenn sie den Blick hob, die glatte Fassade des Cottage aus roten Ziegelsteinen mit seinen funkelnden Fenstern und der Satellitenschüssel, die wie eine große weiße Untertasse an einer Seite montiert war. Zoe hatte Robin gefragt, warum das Cottage, wenn er schon eins habe bauen wollen, so häßlich sein müsse. Robin war leicht verblüfft gewesen.

»Häßlich?«

»Ja. Sehr. Farben, Proportionen, Lage, alles.«

»Aber es funktioniert«, sagte Robin. »Es tut das, wozu es da ist.«

Genau wie sein Wagen, dachte Zoe, und seine Kleidung und sein armer, vernachlässigter Garten, in dem die Rosen, die Caro gepflanzt hatte, jetzt unter den unerbittlichen Ranken der Winden erstickten. Die Dinge mußten funktionieren, das tun, wozu sie da waren, und sich ihren Unterhalt verdienen; Schönheit, falls überhaupt in irgendeiner Form vorhanden, war ein Zufall.

Zoe kam aus dem Maisfeld in den kleinen Garten, den Debbie ums Haus herum angelegt hatte. Sie sah einen mit blaßfarbenen Steinplatten gepflasterten Weg und eine Reihe von mit Petunien und Studentenblumen bepflanzten Schalen und Kübeln. Außerdem lagen etliche Dinge aus Eddies Arsenal herum, Plastikpistolen und -schilde und etwas, was wie eine Rakete aussah. Kevin, hatte Gareth gesagt, interessierte sich überhaupt nicht für dieses Kriegsspielzeug, das tue nur Eddie, und man könne ihn nicht davon abbringen, ganz gleich, wieviel Mühe man sich gebe.

Zoe ging ums Haus herum, an der nie benutzten Vordertür mit einer Spitzengardine hinter einer Glasscheibe vorbei zur Rückseite. Die Tür zur Küche stand weit offen, auf der Stufe waren ein Eimer und ein Schrubber abgestellt, und eine Matte war zum Lüften herausgelegt worden. Zoe steckte den Kopf hinein.

»Debbie?«

Keine Antwort. Zoe wartete. Ein oder zwei Minuten später erschien Debbie aus dem Wohnzimmer, in einem ärmellosen rosa T-Shirt und einem kurzen Jeansrock. Sie starrte Zoe an.

»Was wollen Sie denn hier?«

»Ich wollte Sie besuchen«, sagte Zoe.

»Weshalb?«

»Ich wollte Sie etwas fragen.«

Debbie bewegte sich ein Stückchen näher heran und legte die Hände auf die Lehne eines Küchenstuhls.

»Dann sollten Sie vielleicht hereinkommen ...«

»Das ist nicht nötig«, sagte Zoe. Sie lehnte sich an den Türrahmen. »Ich bin hier gut aufgehoben.«

Debbie zuckte die Achseln. Sie hob die Hände zu ihrem Haar und zog es straffer durch das Gummiband. Dann strich sie ihren Rock glatt.

»Also?«

»Es geht um Gareth.«

»Was ist mit Gareth?« fragte Debbie scharf.

Zoe lehnte sich fester an den Türrahmen und steckte die Hände in die Taschen ihrer Jeans.

»Er hat gekündigt ...«

»Und was geht Sie das an?«

»Nichts. Aber es ist schlimm für Robin. Im Moment ist alles schlimm für Robin, ich verstehe kaum die Hälfte davon, aber ich weiß, daß es das Geld ist und seine Eltern und Lyndsays Weggehen und die Farmen. Und jetzt Gareth.«

»Gareth muß an sich selbst denken«, sagte Debbie rasch. »Gareth hat Verpflichtungen, er hat eine Familie …«

Zoe musterte sie einen Moment, dann fragte sie: »Haben Sie gewollt, daß er geht?«

»Nein.«

»Es hätte ja sein können«, sagte Zoe. Sie beugte sich vor, als wollte sie die Kappen ihrer Stiefel inspizieren.

»Es wurde Zeit, daß er einen besseren Job bekommt«, sagte Debbie. »Es wurde Zeit, daß wir von hier wegziehen.«

Zoe sah sie nicht an.

»Aber warum gerade jetzt?« fragte sie und blickte auf ihre Stiefel.

Debbie sagte nichts. Sie betrachtete den Küchentisch, auf dem die ersten zwei Bewerbungen von Gareth darauf warteten, abgeschickt zu werden.

»Wenn ich verschwinden würde«, sagte Zoe und hob ihren Blick von ihren Stiefeln zu Debbies Gesicht, »würde Gareth dann bleiben? Nur noch eine Weile, bis Robin wieder zurechtkommt? Würde er das?«

Debbie keuchte ein wenig.

»Ich weiß nicht …«

»Ich dachte mir, daß es sein könnte«, sagte Zoe. »Ich dachte mir, daß es meinetwegen sein könnte. Der Tropfen, der das Faß zum Überlaufen bringt.«

»Nein«, sagte Debbie. »Ja.«

»Aber würde Gareth es sich anders überlegen?«

Debbie betrachtete die Briefe. Sie umklammerte die Stuhllehne.

»Nein«, sagte sie. »Das würde er nicht.«

»Und Sie auch nicht?«

»Nein«, sagte Debbie, »es ist zu spät.« Sie warf Zoe einen raschen Blick zu. »Was man für andere Leute tun kann, hat seine Grenzen.«

»Das weiß ich«, sagte Zoe. »Das weiß ich sehr gut. Es ist nur, daß dies für Robin eine so schlimme Zeit ist …«

»Sie ist für uns alle schlimm!« rief Debbie. »Es ist schon seit einer Ewigkeit schlimm, schon seit vielen Monaten, lange bevor Sie gekommen sind!«

Zoe löste ihren Rücken vom Türrahmen.

»Ja.«

Debbie bewegte sich plötzlich. Sie ging zur Arbeitsplatte, auf der der Toaster stand, und griff nach einem großen Umschlag, der dahinter lehnte.

»Hier.«

»Was ist das?«

»Das sind die Bilder. Die Bilder, die Sie von Eddie gemacht haben. Er hätte sie nicht nehmen dürfen ...«

»Aber sie gehören ihm«, sagte Zoe. »Es sind Aufnahmen von ihm. Wem sollten sie sonst gehören? Für andere Leute sind sie völlig nutzlos.«

»Wir wollen sie nicht haben«, sagte Debbie.

Zoe nahm den Umschlag. Sie sagte langsam: »Weshalb sind Sie so wütend?«

Debbie sagte nichts.

»Ist es der Sex?«

Debbie machte eine kleine Handbewegung.

»Das geht Sie nichts an«, sagte Zoe. »Es betrifft Sie nicht, es hat nichts mit Ihrem Leben zu tun.«

Debbie schloß die Augen.

»Viel Glück«, sagte Zoe.

Sie machte kehrt, und Debbie hörte, wie sie fortging, den kleinen Pfad entlang, an den Blumenkübeln und den Plastikpistolen vorbei auf das Maisfeld zu. Sie öffnete die Augen. Die Briefe lagen immer noch da, zwei weiße Rechtecke mit Gareth' bemühter, ungeübter Handschrift darauf, bereits frankiert. Sie hob sie auf. Sie hatte zu Gareth gesagt, daß sie sie einwerfen würde.

»Wenn du willst«, hatte er gesagt.

Sie kehrte ins Wohnzimmer zurück, die Briefe immer noch in der Hand. Durch das große Fenster, das sie stets so gewissenhaft putzte, konnte sie Zoe noch sehen, die ohne eine Spur von Eile durch den grünen Mais wanderte. Debbie stellte sich vor, wie sie Gareth von dem Besuch erzählen, wie sie ihn ausschmücken, wie sie ihre eigenen Reaktionen erklären und rechtfertigen würde. Dann fragte sie sich, ob sie Gareth überhaupt davon erzählen sollte.

»Morgen früh«, sagte Lyndsay. »Ich muß darüber schlafen.«

Ihr Vater seufzte.

»Morgen früh wird es dasselbe sein ...«

»Ich kann es nicht«, sagte Lyndsay. »Jedenfalls jetzt noch nicht. Ich bin müde.«

Roy warf einen Blick auf seine Frau. Sie saß in ihrem gewohnten Sessel und bestickte einen Feuerschirm. Sie beschäftigte sich schon seit mehr als einem Jahr damit, und Roy begriff nicht, weshalb ihre Hingabe an diese Arbeit ihn so irritierte. Aber sie tat es.

»Hilf mir, meine Liebe.«

Sylvia sagte, während sie ihre Nadel einstach und wieder herauszog: »Lyndsay, wir versuchen doch nur, dir zu helfen. Dein Vater hat das alles nicht für sich selbst getan, sondern für dich.«

»Ich weiß.«

»Es hat doch keinen Sinn, wenn du die Unterschrift immer wieder hinausschiebst. Der Vertrag muß auf dich lauten, wegen des Geschäfts. Wenn ich ihn für dich unterschreiben könnte, würde ich es tun, aber das kann ich nicht.«

Lyndsay stand auf. Sie sagte mit einer Stimme, die fast wütend war: »Ich habe gesagt, daß ich es morgen früh tun werde.« Sie funkelte sie an. »Ich bin schließlich kein Kind mehr.«

Schweigen.

Roy nahm seine Lesebrille ab und legte sie auf den nicht unterschriebenen Vertrag. Er sagte: »Dann hör auf, dich wie eines zu benehmen.«

»Indem ich tue, was du sagst?«

Er schaute wieder zu Sylvia hinüber, aber die war mit einer Aurikel beschäftigt und wollte seinen Blick nicht erwidern.

»Nicht unbedingt«, sagte er verdrossen, »aber indem du überhaupt etwas tust. Wir haben diesen Plan nur für dich ausgearbeitet, weil du keinen eigenen hattest.«

»Noch nicht«, sagte Lyndsay wütend. »Noch nicht. Joe

ist erst seit sechs Wochen tot. *Sechs Wochen.* Weshalb sollte eine Frau irgendwelche Entscheidungen treffen müssen, wenn ihr Mann erst seit sechs Wochen tot ist?«

Sylvia stach ihre Nadel gewissenhaft in den Stramin, zog sie wieder heraus und faltete ihn dann zusammen.

»Kein Grund, so aufgebracht zu sein …«

»Aber ich *bin* aufgebracht«, sagte Lyndsay. »Natürlich bin ich aufgebracht. Ich werde wahrscheinlich noch viele Jahre lang aufgebracht sein, wie du es nennst. Ich weiß es nicht. Niemand von uns weiß es. Aber manchmal weiß ich, was ich tun kann, und ich kann diesen Vertrag nicht unterschreiben. Nicht heute abend.«

Sylvia stand auf. Sie sah Lyndsay nicht an.

»Dann warten wir bis morgen früh.«

»Aber«, sagte Roy, »morgen früh muß es sein.«

Lyndsay musterte sie beide. Sie öffnete den Mund, um etwas zu sagen, dann machte sie ihn wieder zu. Anstatt etwas zu erwidern, ging sie zur Wohnungstür und öffnete sie.

»Gute Nacht«, sagte sie.

Sie warteten darauf, daß sie sonst noch etwas sagte, daß sie sagte, es tue ihr leid. Aber sie tat es nicht.

»Gute Nacht, meine Liebe«, sagte Sylvia.

Oben schlief Hughie auf vier Kissen auf dem Fußboden. Es war sein Kompromiß, was das Sich-Hinlegen betraf. Lyndsay wußte, daß Sylvia das mißbilligte, aber ihr machte es nichts aus. Es machte ihr auch nichts aus, daß Hughie sie gebissen hatte. Es war erschreckend, aber sie war nicht verletzt, schon gar nicht in ihren Gefühlen. Im Gegenteil, als Sylvia und Roy ins Zimmer gestürmt gekommen waren, hatte Lyndsay Hughie in einer Weise angesehen, die an Bewunderung grenzte.

Jetzt setzte sie sich neben ihn. Er sah aus, als hätte er es scheußlich unbequem. Er war halb von dem wackeligen Kissenberg heruntergerutscht, den er selbst gebaut hatte, seine Baseballmütze war in dem Winkel, in dem er lag, nach oben gekippt, so daß der Schirm steil aufragte und sein blondes Haar hochgeschoben hatte. Lyndsay war froh, daß er schlief, so unbequem es auch sein mochte. Nur wenn er schlief, konnte sie sicher sein, daß er nicht von all den Dingen erdrückt wurde, vor denen er Angst zu haben beschlossen hatte.

Aber hatte er es wirklich beschlossen? Während sie ihn jetzt betrachtete und Joes Farben sah, wenn auch nicht seine Züge, bezweifelte sie stark, daß sich Hughie irgend etwas einbildete. Wenn er vor irgendwelchen Dingen Angst hatte, dann hatte er gute Gründe dafür – diese Dinge ängstigten ihn. Genauso, wie die schwarzen Gespenster in seinem Leben Joe geängstigt hatten. Lyndsay hatte es möglicherweise unterlassen, Joes Schatten zu sehen, oder sie hatte nicht an sie geglaubt, wenn sie es tat, aber bei Hughie war das nicht möglich. Hughie war ihr Kind und im Moment, was seinen Glauben ans Leben anging, völlig von ihr abhängig. Und jetzt rebellierte er gegen sie, weil er es ganz einfach mußte, um überleben zu können. Er war nicht ungezogen, er war ehrlich. Es war fast so, als versuchte er auf seine kindlich instinktive Art, sie zu der Erkenntnis zu zwingen, daß das, was zu tun sie im Begriff stand, für sie ebenso falsch war, wie es das für ihn sein würde. Er liebte sie. Obwohl er noch so jung war, wußte Lyndsay, daß noch niemand in ihrem Leben sie so geliebt hatte, wie Hughie es tat, und daß sie, sogar falls er sich, wenn er älter wurde, zeitweise dafür schämen sollte, doch nie die Intensität dieser Liebe vergessen würde und das grenzenlose Vertrauen, das er in sie setzte. Sie streckte eine Hand aus und ergriff seinen Fuß. Sie wußte, daß sie Joe auf irgendeine Art im Stich gelassen hatte. Sie hatte es nie gewollt und hätte alles getan, was in ihrer Macht stand, damit es nicht dazu kam, aber sie hatte ihn, aus welchen Gründen auch immer, im Stich gelassen, weil sie nicht an ihn herankommen konnte. Aber an Hughie konnte sie herankommen, weil er es ihr gestattete, weil er sie einließ auf eine Weise, wie Joe es nie gekonnt hatte. Und wenn er sie einlassen konnte, dann mußte sie dafür sorgen, daß sie sich als vertrauenswürdig erwies, damit er, als Erwachsener, auch imstande war, jemanden einzulassen und nicht wie Joe an den Rand einer tödlichen Isolation getrieben wurde. Das durfte sie keinesfalls vergessen, einerlei, welche Entscheidung sie am Morgen treffen würde. Sie hatte die Chance, Hughie jetzt, da er sie brauchte, nicht im Stich zu lassen, und sie mußte sie ergreifen.

Sie hatten den ganzen Abend kaum miteinander gesprochen. Robin war spät hereingekommen, müde und verschwitzt, war hinaufgegangen, um zu duschen, und hatte ihr dann, als er wieder herunterkam, im Vorbeigehen den Kopf gestreichelt, als wäre sie ein Hund, den er sehr gern hatte, bei dem er sich aber darauf verlassen konnte, daß er nichts sagte. Sie stellte Suppe und ein Sandwich vor ihn hin, und während er aß, arbeitete er sich durch den Stapel Papiere hindurch, die sich in letzter Zeit auf dem Tisch angesammelt hatten, beschwert mit einem kleinen Schraubenschlüssel, der zufällig herumlag. Bei den Papieren handelte es sich fast ausschließlich um Rechnungen, und zwar über Beträge, die Zoe unwahrscheinlich vorkamen, viel zu hoch, und für Dinge, die verschwunden oder aufgebraucht worden waren, Futtermittel und Tierarztbesuche, Medikamente und Maschinenreparaturen. Robin ging die Posten stetig durch, immer und immer wieder. Sie beobachtete ihn eine Weile, dann richtete sie den Blick auf den Fernseher, der eingeschaltet war, aber mit so niedriger Lautstärke, daß die Leute auf dem Bildschirm stumm die Münder bewegten, wie Fische in einem Aquarium. Robin tat Zoe sehr leid, aber es gab nichts, was sie für ihn tun konnte, nicht auf diesem Gebiet. Sie hatte es am Nachmittag versucht und war damit gescheitert – letzten Endes wegen der Wirkung, die die Hilfe, die sie Robin auf einem anderen Gebiet hatte sein können, auf alle anderen Leute hatte.

»Kaffee?« fragte sie.

Er schüttelte den Kopf. Sie stand auf, nahm seine Schüssel und seinen Teller und brachte sie zum Ausguß. Draußen auf dem Hof war es immer noch ziemlich hell, und über der Scheune stand der Neumond, klein und dünn wie eine scharfe, gebogene Klinge. Sie betrachtete ihn eine Weile. Ein oder zwei Minuten später wurde ihr bewußt, daß von irgendwoher noch ein weiteres Licht kam, ein Licht, das sich von der Straße auf die Auffahrt zubewegte. Es war ein Wagen, und er näherte sich langsam, als wüßte er den Weg nicht. Sie beobachtete ihn, bis er auf dem Hof wieder zum Vorschein kam und anhielt. Drinnen saßen der Fahrer und eine Person auf dem Rücksitz.

»Ein Taxi!« sagte Zoe.

Robin, der gerade dabei war, Zahlen auf ein Stück Papier zu kritzeln, grunzte hinter ihr. Zoe beugte sich vor und umklammerte den Rand des Ausgusses. Eine Frau stieg aus dem Taxi, eine hochgewachsene junge Frau in Schwarz, die eine Reisetasche hinter sich herzog, eine dieser großen, weichen Taschen mit Rädern und Segeltuchriemen.

»Robin«, sagte Zoe, und ihre Stimme bebte ein wenig. »Judy ist da.«

# ACHTZEHNTES KAPITEL

Alles ist spät dran in diesem Jahr, dachte Harry. Er betrachtete den Flachs und stellte fest, daß er gerade erst zu blühen begann. Zuviel Regen zuvor und jetzt nicht genug. Und seit Wochen immer wieder ein warmer, böiger Wind, der alles austrocknete. Er legte die Arme auf das fünfriegelige Gatter, durch das man auf das Feld gelangte, und spürte, wie die zusammengefalteten Papiere in seiner Tasche knisterten. Er hatte gesagt, er würde sie lesen. Er hatte Dilys versprochen, daß er es tun würde.

»Aber allein«, sagte er. »Draußen. Ich kann sie nicht lesen, wenn du mir dabei zusiehst.«

Die Papiere waren die detaillierten Angebote für zwei Bungalows in Stretton, die Dilys aus einem großen Packen ausgesucht hatte, den ihr der Makler geschickt hatte. Auf den ersten Blick schien es, als glichen sie nicht nur einander, sondern auch jedem anderen Bungalow, den Harry je gesehen hatte. Es war so schwer, sich Gedanken darüber zu machen, wo er leben sollte, wenn er nicht hier leben konnte, und sehr schwer, wenn nicht gar unmöglich, sich ein Leben nach Dean Place vorzustellen. Er hatte das Gefühl, daß das ganz einfach kein Leben sein würde. Das war auch der Grund, weshalb er noch nicht an den Grundbesitzer geschrieben und die Pacht von Dean Place gekündigt hatte. Dilys hatte ein Schreiben aufgesetzt, aber er konnte sich nicht dazu überwinden, es zu unterschreiben. Es kam ihm vor, als unterzeichnete er damit sein Todesurteil. Dilys sagte, er sei starrköpfig. Das war er vermutlich, aber es steckte noch mehr dahinter. Zum Beispiel die Überzeugung, daß er bereits so viel verloren hatte, daß niemand von ihm erwarten konnte oder durfte, daß er noch mehr verlor. Und ganz sicher nicht die letzten Fetzen seiner Freiheit.

Er zog die zusammengelegten Papiere aus der Tasche

und entfaltete sie langsam. 67 Otterdale Close und The Lindens, 20 Beech Way. ›Besserer Garten‹, hatte Dilys auf die eine Offerte geschrieben und ›Sonnenzimmer und größere Küche‹ auf die andere. Welche Rolle spielte das? Was sollte er mit einem Garten anfangen? Und Küchen waren Dilys' Angelegenheit, genau wie Sonnenzimmer, was immer das sein mochte. Sonnenzimmer! Schon das Wort allein ließ ihn an Seniorenausflüge in Bussen nach Llandudno denken. Er faltete die Angebote ungeschickt wieder zusammen und stopfte sie in die Tasche. Sollte Dilys entscheiden. Ihm war es völlig gleich und ihr, wie er argwöhnte, im Grunde auch. Aber sie sollte trotzdem entscheiden, und er konnte dann murren.

Er kletterte wieder in die Kabine des Traktors und ratterte lärmend den Weg zum Haus entlang. Er glich einem mürrischen alten Gaul, dieser Traktor, mit steifen, knarrenden Gelenken, voller Schmerzen und Widerborstigkeiten, aber vertraut. Er hatte sich immer geweigert, an einen Ersatz für ihn zu denken, hatte den exorbitanten Preis für einen neuen als Gegenargument ins Feld geführt und seine häufigen Zusammenbrüche mit verstohlenen Basteleien verheimlicht, am Abend, wenn Joe nach Hause gegangen war. Nun ja, jetzt brauchte er ihn nicht mehr zu ersetzen. Er und der Traktor würden zusammen aufs Gras geschickt werden, nur daß es kein Gras sein würde, sondern irgend so ein verdammter Vorortgarten um einen Bungalow herum. Er hatte nicht übel Lust, den Traktor mitzunehmen. Er würde zu Dilys sagen: »Also gut, 67 Otterdale Close ist es, sofern auf der Auffahrt genug Platz für den Traktor vorhanden ist.« Er hatte gesagt, er würde Dilys seine Antwort beim Abendessen geben, aber jetzt, begeistert von dem Gedanken, den Traktor mitzunehmen, beschloß er, es ihr gleich zu sagen.

Auf dem Hof stand ein Wagen. Es war, zu seiner Überraschung, Lyndsays Wagen. Er hatte gedacht, sie wäre in Stretton, unterschriebe den Vertrag für irgend so einen Schönheitssalon, von dem ihre Eltern wollten, daß sie ihn einrichtete. Harry hatte für Lyndsays Eltern nicht viel übrig. Nette Leute, aber nicht sein Fall. Er war einmal in ihrem Haus gewesen, weil Dilys darauf bestanden hatte, in Joes und Lyndsays Verlobungszeit, und er hatte noch nie ein Wohnzimmer mit so viel Nippes gesehen. Unmengen von Krimskrams auf jeder freien Fläche. Dilys hatte ihn in einen Sessel befördert und angewiesen, sich nicht von der Stelle zu rühren. Sie hatte Angst gehabt, er könnte etwas zerbrechen.

»Überraschung, Überraschung«, sagte Harry, in die Küche stapfend.

Lyndsay saß am Küchentisch, Rose auf den Knien, die schwer atmete und mit aller Kraft einen Klumpen von Dilys' Brotteig knetete, der auf dem Tisch lag. Lyndsay hatte ihr Haar mit irgend etwas zurückgebunden und sah deshalb ganz anders aus als sonst, ein bißchen älter, tatkräftigen An der anderen Seite des Tisches malte Hughie große rote H auf einen alten Samenkatalog.

»Hallo«, sagte Lyndsay. Sie lächelte Harry an, aber so schüchtern wie damals, als Joe sie zum erstenmal mitgebracht hatte.

»Nett, dich zu sehen, meine Liebe«, sagte Harry. Er beugte sich über Hughie. »Einen Kuß für Grandpa?«

Gehorsam hielt ihm Hughie sein Gesicht hin.

»Mmm«, sagte Rose eindringlich und lehnte sich über den Tisch, um der gleichen Aufmerksamkeit teilhaftig zu werden. »Mmm, mmm, *mmm.*«

Harry ging zu ihr.

»Nah!« sagte sie und wich vor ihm zurück.

»Rose. O Rose.«

»Laß sie nur.«

»Sie ist so fürchterlich. Meine Eltern ...«

Dilys stellte den Kindern zwei Gläser mit Fruchtsaft hin.

»Mach dir nichts draus, meine Liebe.«

Hughie zog sein Glas zu sich heran und kippte es seinem Mund entgegen, ohne es vom Tisch zu heben. Er beobachtete Lyndsay über das Glas hinweg.

»Ich – ich bin in Ungnade gefallen«, sagte Lyndsay zu Harry. »Ich wollte es Dilys gerade erzählen ...«

Harry ließ sich auf seinem gewohnten Stuhl nieder.

»Bei wem?«

»Bei meinen Eltern.«

Harry wartete. Rose machte sich daran, erst mit der einen Hand und dann mit der anderen auf den Brotteig einzuschlagen.

»Ich habe mich geweigert, den Vertrag zu unterschreiben«, sagte Lyndsay. »Für das Haus in Stretton.«

»Vielleicht«, sagte Harry, nicht sicher, worauf das hinauslief, »war es nicht das richtige.«

»Nein, das war es nicht. Aber das richtige gibt es überhaupt nicht. Die ganze Idee war nicht richtig, die ganze Idee mit Stretton.«

»Nein«, sagte Harry mit Nachdruck. Er dachte an die Bungalows.

Hughie stellte sein Glas wieder aufrecht hin, sehr still. Dilys hatte sich neben ihn gesetzt, und auch sie schien sehr still zu sein, ungewöhnlich still. Nur Rose machte ein Geräusch, sie patschte auf dem Teig herum.

»Ich habe meine Meinung geändert«, sagte Lyndsay. Sie schaute hinunter auf die Rückseite von Roses Lockenkopf und ihren stämmigen kleinen Körper in der grüngepunkteten Hose. »Ich habe meine Meinung geändert, und ich gehe nicht nach Stretton zurück.« Sie warf Dilys einen schnellen Blick zu. »Ich bleibe hier.«

»Ja«, sagte Harry.

»Ich will versuchen, die Farm zu bewirtschaften. So, wie Joe es getan hat.«

Dilys und Harry wechselten einen Blick.

Dilys sagte, sanfter, als es sonst ihre Art war: »Aber du hast keine Ahnung davon, meine Liebe. Du hast dich nie dafür interessiert. Du würdest nicht einmal wissen, womit du anfangen solltest.«

Lyndsay sagte nichts, sondern starrte nur auf Roses Rükken.

»Das Farmen ist heutzutage ein riskantes Geschäft«, sagte Harry. Als sie ihre Absicht verkündet hatte, war Hoffnung in ihm aufgewallt, aber er wußte, daß das unsinnig war. Lyndsay als Farmerin! Eine Frau, die eine Farm wie Dean Place übernehmen wollte, eine Frau aus der Stadt mit weichen Stadtgewohnheiten, die nie imstande gewesen war, etwas allein zu unternehmen! Er konnte nicht umhin, stolz auf sie zu sein, weil sie daran dachte, durfte aber trotzdem nicht zulassen, daß sie es tat. »Es ist nicht mehr so, wie es früher einmal war. Es ist nur Papierkram und Subventionen. Man kann nicht mehr Dinge zum Essen anbauen, wie wir es früher getan haben. Früher war alles ganz anders.«

Lyndsay schaute über den Tisch hinweg zu Hughie.

»Ich könnte einen Verwalter einstellen. Zumindest für ein paar Jahre, bis ich gelernt habe, was zu tun ist.«

»Den würdest du bezahlen müssen.«

»Ich weiß.«

»Und wie willst du das anstellen?«

Lyndsay holte Atem.

»Wenn ich hier wohnen würde«, sagte sie, »könnte ich Mieter aufnehmen. Oder Leute, die hier Ferien machen. Ferien mit ihren Kindern. Oder etwa nicht?«

Harry hörte, wie Dilys aufkeuchte.

»Hier wohnen ...«

»Ja«, sagte Lyndsay. »Hier. Ihr geht doch nach Stretton? Kauft euch einen Bungalow?«

Harry schloß die Augen.

»Du willst hier wohnen.«

»Mir gehören jetzt eine Menge Anteile«, sagte Lyndsay. »Und ihr wollt ausziehen.«

»Wir kündigen den Pachtvertrag«, sagte Dilys. Ihre Stimme klang so schwach, als könnte sie sich nicht erinnern, wie man sie benutzt.

»Das könnt ihr nicht«, sagte Lyndsay. »Nicht ohne meine Einwilligung. Stimmt's? Ich habe mich entschieden. Deshalb bin ich gekommen, um euch das mitzuteilen.« Sie sah Dilys an. »Ich dachte, ihr würdet euch freuen.«

Dilys nickte, sprachlos.

»Wir sind platt«, sagte Harry.

»Menschen lernen«, sagte Lyndsay. Sie schien sich ihrer

Sache fast sicher zu sein. »Oder etwa nicht? In ihrem Leben tritt eine Veränderung ein, und dann lernen sie etwas anderes, weil sie es wollen oder weil sie es müssen. Also, für mich gilt von beidem ein bißchen. Vielleicht werde ich keinen Erfolg haben, aber ich will es zumindest versuchen.«

»Warum?« fragte Dilys plötzlich. »Für wen?«

»Das brauchst du nicht zu wissen«, sagte Lyndsay. Sie sah Hughie an. »Das brauchen nur wir beide zu wissen.«

»Was ist mit unseren Anteilen?«

»Könnt ihr sie nicht behalten? Oder sie, wenn ihr sie nicht wollt, an jemand anderes verkaufen?«

Dilys lehnte sich über den Tisch.

»Sag du es ihr«, forderte sie Harry auf. »Sag ihr, daß sie es nicht schaffen wird. Sag ihr, daß es nicht funktioniert.«

Er betrachtete sie einen Moment, dann sah er Hughie an, der sehr still dasaß, und dann Rose, die jetzt ihre Finger in den Teig bohrte und die Löcher betrachtete, die sie gemacht hatte.

»Tut mir leid«, sagte Harry.

»Was soll das heißen, es tut dir leid?«

»Das kann ich nicht«, sagte Harry. »Das kann ich ihr nicht sagen.«

»Warum nicht?«

»Weil ich«, sagte er und schloß die Augen wieder, nach Worten suchend, »im Grunde meines Herzens nicht glaube, daß sie einen Fehler macht.«

Vom Garten von Tideswell aus konnte Judy Zoes roten Kopf sehen, der sich, hoch über der Hecke, auf dem Gülletraktor auf dem Hof vor- und zurückbewegte. Judy hatte in ihrem ganzen Leben noch keinen Traktor gefahren, hatte es nie gewollt; zumindest in all den Jahren, während deren sie heranwuchs, hatte sie es nie gewollt. Sie fragte sich, ob Zoe es absichtlich tat, um sich aufzuspielen. Doch wenn das der Fall war, das mußte selbst Judy zugeben, war das die einzige Form von Angeberei, die sie bisher gezeigt hatte. Im Gegenteil, sie hatte sich seit Judys Rückkehr vollkommen unaufdringlich benommen, war sehr ruhig gewesen und hatte sich still beschäftigt. Am allerersten Abend, als Judy, beleidigt und voller Ressentiments, auf dem Korridor gelauert hatte, war Zoe voll angezogen aus Robins Schlafzimmer gekommen und wortlos an ihr vorbei in ihr eigenes Zimmer gegangen, hatte die Tür hinter sich zugemacht und Judy in einer Stille zurückgelassen, die ihr jegliche weitere Aktion unmöglich gemacht hatte. Sie hatte eine Ewigkeit dort gestanden, unter der kahlen Deckenbeleuchtung vor Robins Schlafzimmertür, und das Verlangen nach einer Szene, gekoppelt mit dem Wissen, daß es, jedenfalls in diesem Moment, nichts gab, was eine Szene gerechtfertigt hätte, machte sie rasend. Zoe war ihr zuvorgekommen. Judy war zurückgekehrt, also hatte sich Zoe aus dem Bett von Judys Vater zurückgezogen, und sie stand nun wütend und mit leeren Händen da.

Judy bückte sich zwischen die Rosen und ergriff ein weiteres zähes und flexibles Büschel Winden. Es löste sich mit verdächtiger Leichtigkeit, mit einem Gewirr spinnwebartiger weißer Wurzeln, sicher in dem beruhigenden Wissen, daß noch mehr von diesen Wurzeln in der Erde steckten, als Judy je herauszuziehen hoffen konnte. Sie hatten etwas an sich, jedenfalls in Judys gegenwärtiger Stimmung, was sie an Zoe erinnerte, mit ihrer Aufdringlichkeit und Gesetzlosigkeit und Unberührbarkeit. Zoe konnte man nichts anhaben, man konnte nicht bewirken, daß etwas sie bekümmerte. Wenn man sie zur Rede stellte, würde sie einem einfach in ihre eigene Welt entgleiten und Beweise für den Schaden verlangen, den angerichtet zu haben sie beschuldigt wurde. Natürlich richtete sie keinen Schaden an, außer bei Judy, und an dem Schmerz, den sie ihr zufügte, war Judy selbst schuld. »Ich hasse diesen Ort«, hatte Judy zu Zoe gesagt. »Ich will nicht hier sein.« Aber Zoe hatte ihn nicht gehaßt, und sie hatte Judy nichts weggenommen, was diese für sich hätte haben wollen. Das heißt, bis jetzt. Judy riß ein weiteres Büschel rankendes Unkraut heraus. Jetzt war alles ganz, ganz anders. Es war so anders, daß Judy im Augenblick keine Ahnung hatte, wie sie reagieren sollte.

So hatte sie, um damit anzufangen, keine Ahnung, wie sie mit Robin umgehen sollte. Er war überrascht gewesen, sie zu sehen, aber freundlich, auf eine zurückhaltende Art. In ihrem Zorn hatte sie gedacht, er wäre so zurückhaltend, weil er verdammt gute Gründe dafür hatte; schließlich schlief er mit Zoe. Aber sie erkannte bald, daß er deshalb nicht im geringsten befangen war, ebenso wenig wie Zoe; er war zurückhaltend, weil er nie mit ihr zurechtgekommen war, nie gewußt hatte, wie er mit ihr umgehen sollte, nicht einmal, als sie noch ein kleines Kind gewesen war. Sie hatte zeitlebens keinen Zweifel daran gelassen, daß er, soweit es sie betraf, alles falsch gemacht hatte, und nun wartete er nur darauf, daß er wieder etwas falsch machte und sie wie immer beleidigt darauf reagierte. Aber jetzt verspürte sie zum erstenmal ein wenig Ehrfurcht vor ihm. Sie war nicht imstande, ihn zur Rede zu stellen. Sie versuchte, sich zu sagen, es wäre Zoes Schuld, aber sie wußte, daß das nicht stimmte. Sie wußte, daß die Veränderung nicht in Robin oder in Zoe vorgegangen war, sondern in ihr.

Sie bückte sich, um die Winden vom Gras aufzuheben, und warf das große, leichte Bündel in die Schubkarre. Es war ein bewölkter Tag, aber heiß und stickig. Sie machte sich mit der Schubkarre auf den Weg zu der Ecke, in der Caro einen Komposthaufen angelegt hatte, und dann ließ sie sie dort stehen und ging ins Haus, um ein Glas Wasser zu trinken. Robin war in der Küche und riß seine Post mit dem Daumen auf.

»Oh …«

Er schaute auf.

»Was ist?«

»Ich dachte, du wärst unterwegs …«

»Ich war es. Und ich werde es in einer Minute wieder sein. Stört dich das?«

»Nein«, sagte Judy. Sie spürte, daß sie rot wurde. »Nein. Natürlich nicht.«

Er sagte nichts. Sie ging zum Ausguß und drehte den Kaltwasserhahn auf.

»Dad ...«

»Ja?«

»Darf ich dich etwas fragen?«

»Natürlich.«

Sie drehte sich um, in der einen Hand ein tropfendes Glas, während sie mit der anderen in ihrer Hosentasche herumtastete.

»Ich war in Mums Zimmer. Ich weiß nicht, warum, aber ich bin hineingegangen und habe in die Schubladen und Schränke geschaut ...«

Robin wartete, den Daumen in einem halb aufgerissenen Umschlag.

»Und da habe ich das hier gefunden.«

Sie hielt ihm ein abgenutztes dünnes kleines Kuvert hin.

»Ja.«

»Weißt du, was das ist?«

»Es ist ein Flugticket«, sagte Robin.

»Ja, aber was für eins?«

»Es ist der Rückflugschein des Flugtickets, das deine Mutter 1971 geschenkt bekommen hat, damit sie nach England fliegen konnte.«

»Den sie nie benutzt hat ...«

»Nein.«

»Aber du hast davon gewußt?«

Er zögerte. Dann legte er den Umschlag hin, den er in der Hand hielt.

»Ja.«

»Hast du auch in ihre Schubladen geschaut?«

»Nein«, sagte er, »aber sie hat ihn mir gezeigt.« Er schwieg einen Moment, und dann sagte er leise: »Oft.«

»Oft?«

»Judy«, sagte Robin, »ich will keine Szene, aber die Wahrheit ist, daß sie das Ticket – dieses Ticket – jedes Jahr mehrere Male hervorgeholt und mir gezeigt hat.«

»Aber es war doch nur sechs Monate gültig ...«

»Ich weiß.«

»Dad«, sagte Judy, »hat sie gewissermaßen die ganze Zeitlang gedroht, dich zu verlassen?«

Er sah sie kurz an, unglücklich, sagte aber nichts.
»Und sie hat es nie getan ...«
»Nein.«
»Ihr gefiel einfach die Idee.«
»Mag sein«, sagte Robin. »Aber das spielt jetzt keine Rolle mehr.« Judy sagte, und es war fast ein Aufschrei: »Das tut es! Für mich spielt es eine Rolle!«
»Weshalb?« fragte er vorsichtig.
»Weil ich sie nicht gekannt habe! Ich habe nur die paar Brocken gekannt, die sie mich wissen ließ!«
Er senkte den Kopf.
»Sie konnte hier nicht heimisch werden«, sagte Robin, »und sie konnte auch nicht weggehen. Vielleicht gab ihr das Ticket die Illusion, daß sie es konnte.«
»Oh, Dad ...«
»Es ist okay«, sagte Robin.
»Aber sie hat dich verhöhnt ...«
»Nicht verhöhnt.«
»Hat es dich nicht wütend gemacht?«
Er wendete sich ab und begann, in dem Chaos auf dem Tisch herumzuwühlen.
»Mit der Zeit habe ich mich daran gewöhnt.«
Judy warf das Ticket ungefähr in die Richtung des Mülleimers, und dann bewegte sie sich näher an Robin heran. Zögernd streckte sie eine Hand aus und berührte seinen Ärmel.
»Dad«, sagte sie und wurde sich bewußt, daß ihre Stimme kaum mehr war als ein Flüstern, »Dad, es tut mir ja so leid. So leid.«

»Bist zu jetzt zufrieden?« fragte Gareth. Er starrte Debbie lange und bitter an. »Hast du jetzt, was du wolltest?«
Debbie hielt den Wäschekorb auf der Hüfte. Er war voll mit frischgewaschenen Sachen, die sie eben aufhängen wollte, als Gareth zu ihr kam. Er hatte einen Brief in der Hand, und als er sie sah, warf er den Brief in den Korb auf all die feuchten T-Shirts und Socken und sagte: »Lies das. *Lies es.*«

Der Brief kam aus der Nähe von Melton Mowbray in Leicestershire, und in ihm wurde Gareth, vorbehaltlich eines Vorstellungsgesprächs, ein Posten in einem Vier-Mann-Team angeboten, das für 400 Kühe verantwortlich war. ›32-Stationen-Vieleck‹, hieß es in dem Brief, ›Boxenhaltung, automatische Güllebeseitigung und Futtermischanlage. Ein hervorragendes, modernes Haus steht in der Nähe Ihres Arbeitsplatzes zur Verfügung. Wir benötigen natürlich zwei Referenzen.‹

»Du hast bereits ein hervorragendes, modernes Haus«, sagte Gareth. »Und ich bin mein eigener Herr, nicht Teil eines Teams. Aber wenn es das ist, was du willst ...«

Debbie nickte stumm. Gareth war nur selten wütend, und wenn er es doch einmal war, beunruhigte es sie. Aber trotzdem dachte sie nicht daran, das Terrain aufzugeben, das sie gewonnen hatte.

»Wenn du mit anderen Leuten zusammenarbeitest, bist du nicht so einsam ...«

»Ich bin nicht einsam«, sagte Gareth.

Sie stellte den Wäschekorb auf die Erde.

»Damit stehst du nicht allein da.«

Gareth nahm den Brief wieder an sich.

»Hör zu«, sagte er, »es ist derselbe lausige Lohn.«

Sie sagte dickköpfig: »Aber es ist ein größerer Betrieb, mit mehr Technik, moderner ...«

»Du gibst nicht auf, stimmt's? Du hast es dir in den Kopf gesetzt, und damit hat es sich.«

Sie biß sich auf die Unterlippe. Sie hatte es sich in den Kopf gesetzt. Ihre instinktiven Befürchtungen hatten sich zu einer Entschlossenheit verhärtet, die nichts ins Wanken bringen würde. Nichts.

»Also«, sagte Gareth, »reißen wir die Kinder aus einer Umgebung heraus, an die sie sich gewöhnt haben, aus der Schule ...«

»Sie werden sich wieder eingewöhnen«, sagte Debbie. »Und wir auch.«

Gareth trat ein, zwei Schritte vor und brachte sein Gesicht dicht an das ihre heran.

»Du hast bei alledem die Schmutzarbeit nicht erledigen müssen, stimmt's? Ich war es, der zu Robin gehen und ihm diesen Unsinn über eine gemeinsame Entscheidung auftischen mußte. Was es nicht war. Es war einzig und allein deine Entscheidung. Und ich bin es, der eine Arbeit aufgeben muß, die er kennt – Arbeit, die mir gefällt –, und in dem verdammten Leicestershire von vorn anfangen. Du bestehst darauf, daß ich das tue, aber du selbst tust überhaupt nichts. Du läufst einfach hinterher.«

Debbie murmelte mit gesenktem Kopf: »Für das, was ich tue, gibt es gute Gründe.«

»Das bildest du dir nur ein«, sagte Gareth. Er holte Atem. »Wir werden dastehen wie die letzten Idioten«, sagte er. »Idioten. Hier kommt alles wieder ins Lot. Ich hätte mich nie auf diese Sache einlassen sollen.«

Sie warf ihm einen scharfen Blick zu.

»Was meinst du damit?«

»Lyndsay ist wieder da. Velma hat sie gesehen. Und Judy ist nach Hause gekommen.«

»Welchen Unterschied soll das machen?«

»Vielleicht sind sie für immer gekommen. Um zu bleiben.«

Debbie schnaubte verächtlich.

»Daß ich nicht lache. Wozu sollen die beiden nutze sein? Von der ganzen Familie sind diese beiden die nutzlosesten, und außerdem sind Robin und Judy nie miteinander ausgekommen.« Sie bückte sich und hob den Wäschekorb wieder auf. »Wenn die wieder da sind, wird das Chaos hier noch größer werden als vorher. Du wirst es erleben.« Sie schwieg einen Moment, und dann sagte sie mit Nachdruck zu Gareth: »Und dann ist da immer noch diese Zoe, oder etwa nicht?«

Zoe saß in ihrem Bett. Sie hatte ein abgelegtes kragenloses Flanellhemd von Robin an, das sie auf der Suche nach einem alten Handtuch zum Haarefärben hinten in einem Schrank gefunden hatte. Das Hemd war riesig und abgetragen, und sie hatte die Ärmel aufgekrempelt, so daß die

Manschetten an ihren Ellenbogen dicke, weiche Wülste bildeten. Sie hatte die Nachttischlampe auf den Boden gestellt, und ihr Licht verwandelte das Zimmer in ein unheimliches Relief mit riesigen, kantigen Schatten und einem gespenstischen Leuchten an der Decke. Sie hatte die Knie angezogen und einen Zeichenblock gegen sie gelehnt. Sie zeichnete aus dem Gedächtnis mit einem weichen Bleistift den Kopf einer Kuh.

Es war lange nach Mitternacht. Die Atmosphäre am Abend war angespannt gewesen, wie an allen Abenden seit Judys Rückkehr. Wenn Zoe Judy beobachtete, hatte sie den Eindruck, daß Judy kurz vor einem Ausbruch stand, daß es sie drängte, etwas zu sagen oder zu fragen, daß sie es aber gleichzeitig unterdrückte. Zoe dachte nicht daran, ihr zu helfen. Zumindest dachte sie nicht daran, etwas zu sagen, was Judy helfen würde, bis sie mit Robin ins reine gekommen war. Sie hatte keine Ahnung, wann das geschehen würde. Man konnte Robin nicht zur Eile antreiben, man konnte ihn nicht in eine Ecke drängen und darauf bestehen, daß etwas ausdiskutiert wurde. Man mußte warten, auf eine Art, die Zoe an das Warten auf einen Wetterwechsel erinnerte, darauf daß der nichtige Augenblick kam, wie die Phasen des Mondes.

Sie setzte sich etwas anders hin und hörte gleichzeitig das Knarren der Dielenbretter draußen auf dem Flur, ein leises, fast verstohlenes Knarren. Sie hielt den Atem an. Sie hörte noch einen Schritt und dann ein Klopfen, kaum mehr als ein Antippen, an ihrer Tür.

»Komm rein«, sagte Zoe.

Die Tür wurde lautlos geöffnet, und zum Vorschein kam Robin in dem Schlafanzug, um dessentwillen sie ihn aufgezogen hatte, blau gestreift und schuljungenhaft.

»Hi«, sagte Zoe. »Ich dachte, es wäre Judy.«

Robin machte die Tür leise zu.

»Hat sie mit dir gesprochen?«

»Kaum«, sagte Zoe, »obwohl es sie drängt, es zu tun. Ich warte ab.«

Robin setzte sich auf die Bettkante und betrachtete sie.

»Du siehst aus wie zehn.«
»Das sagen die Leute immer. Ich bin älter als ihr alle.«
Er grinste.
»Ich weiß.«
Sie nahm ihren Block und ihren Bleistift und lehnte sich zur Seite, um sie neben der Lampe auf den Fußboden zu legen. Dann drehte sie sich um, bis sie auf den Knien lag und ihm die Arme um den Hals legen konnte.
»Robin ...«
»Ja«, sagte er und drückte sie an sich.
»Robin, ich muß fort.«
Es folgte eine winzige Pause, und dann sagte er: »Ich weiß.«
»Ich wußte es von Anfang an«, sagte Zoe. »Schon als ich herkam, wußte ich, daß ich wieder fortmuß. Und du hast es auch gewußt.«
Er hielt ihre Hand.
»Bis jetzt war es richtig«, sagte Zoe, »aber für immer würde es nicht richtig sein.«
»Das weiß ich. Aber ich möchte nicht, daß es vorbei ist.«
»Es ist vorbei. Es ist anders geworden. Es ist schon jetzt anders geworden. Es hat sich an dem Tag geändert, an dem Judy kam.«
»Sie hat ihre Stellung aufgegeben«, sagte Robin mit dem Gesicht an Zoes Schulter.
»Das dachte ich mir. Das ist gut.«
»Und sie hat mich geküßt.«
»Ja?«
»Und sie hat gesagt, es täte ihr leid. Ich weiß nicht recht, was sie damit gemeint hat.«
»Alles«, sagte Zoe.
»So etwas hat sie in ihrem ganzen Leben noch nie zu mir gesagt.«
»Vielleicht hat sie es nie empfunden.«
»Zoe«, sagte Robin, drehte das Gesicht und küßte sie auf die Seite ihres Halses, »du warst wie ein Urlaub.«
»Wann hast du zum letztenmal Urlaub gemacht?«
»Noch nie.«

»Und wirst du wieder einen haben?«

»Vielleicht. Aber nicht gleich. Für die nächste Zeit brauche ich keinen.«

»Gut.«

Er schob seine Hände unter ihre Arme und hielt sie ein Stück von sich fern.

»Wo willst du hin?«

»Nach London«, sagte Zoe. »Zurück nach London.«

»Und was wirst du dort tun?«

»Dasselbe wie vorher. Aber mehr. Und dann werde ich reisen. Ich werde losfahren und Dinge finden, an die ich früher nur gedacht habe, und sie mir ansehen und Fotos von ihnen machen.«

»Dich treiben lassen …«

»Nein«, sagte Zoe. »Das nicht. Das ist mir klargeworden. Ich weiß, daß ich mich noch nicht irgendwo niederlassen kann, aber mich treiben lassen kann ich auch nicht. Ich werde Menschen finden, die mich brauchen.«

»Glückliche Menschen.«

Sie zupfte leicht an seinen Ohren.

»Und du, hast du vor, jetzt vorwärtszugehen?«

Er nickte.

»Ja. Ich weiß zwar noch nicht recht, wie, aber ich werde es tun.«

Sie beugte sich vor, immer noch seine Ohren haltend, und küßte ihn.

»Es hat mir gefallen«, sagte Zoe. »Es hat mir wirklich gefallen. Hierzusein, bei dir.«

Judy hörte, wie die Tür von Robins Zimmer geschlossen wurde. Und dann Stille. Das ganze Haus war plötzlich von Stille durchtränkt. Während er in Zoes Zimmer gewesen war, schien es ihr, als hätte sie Gemurmel gehört, stetiges, leises, privates Gemurmel, aber sie war sich nicht sicher. Vielleicht hatten sie gar nicht geredet. Vielleicht hatten sie … Hör auf damit, wies sich Judy an, hör auf. Das geht dich nichts an. Genau das hatte Dilys an diesem Tag zu ihr gesagt, ganz offen heraus. Judy war verblüfft gewesen.

»Es ist das Leben deines Vaters«, hatte Dilys gesagt, »und du bist kein Kind mehr. Du hast, schon als du noch ganz klein warst, keinen Zweifel daran gelassen, daß du nichts mit ihm zu tun haben willst, und wenn du jetzt deine Meinung geändert hast und feststellst, daß dir nicht gefällt, was vor sich geht, dann ist das dein Problem. Nicht seines.«

Judy war fassungslos gewesen. Sie war nach Dean Place gefahren, um ihnen zu erzählen, daß sie ihren Job in London aufgegeben hatte und nach Hause gekommen war, und sie hatte mit einem Willkommen gerechnet, das einer verlorenen Tochter angemessen war. Aber sie waren traurig und in Gedanken versunken gewesen und hatten ihr gesagt, daß es nichts gab, was das Nachhausekommen lohnte.

»Wir ziehen aus«, sagte Dilys. »Wir ziehen nach Stretton. Lyndsay hat uns gesagt, daß sie hierherziehen will. Hat gesagt, daß sie die Farm übernehmen will. Ich weiß nicht, was dein Vater dazu sagen wird.«

»Er wird nicht viel sagen«, erklärte Judy gehässig. »Dazu ist er viel zu beschäftigt.«

Dilys hatte sie scharf angesehen.

»Wenn du Zoe meinst ...«

»Die meine ich.«

»An Zoe ist nichts auszusetzen«, sagte Dilys.

»Sie hat ihn verändert ...«

»Sie hat ihm wieder ein bißchen Mut gemacht«, sagte Dilys, »wenn es das ist, was du meinst.« Dann stieß sie ein kleines Lachen aus, ein kurzes, bellendes Geräusch, als wollte sie dem, was sie zu sagen gedachte, die Schärfe nehmen. »Mut«, sagte sie. »Davon könnten wir alle hier ein bißchen gebrauchen.«

Jetzt drehte sich Judy auf die Seite. Sie hatte die Vorhänge nicht ganz zugezogen und konnte deshalb ein Stück vom frühsommerlichen Nachthimmel sehen, düster, aber nicht völlig dunkel. Da draußen waren der Hof und die Kühe, ein Teil von ihnen in der Scheune, die jungen auf der Weide unterhalb des Hauses, und dahinter stand das Haus von Gareth, der jetzt vielleicht ebenso wach im Bett lag und über seine Zukunft nachdachte, sich fragte, ob er richtig handelte, Angst hatte vor der Veränderung.

»Ihm ist nichts anderes übriggeblieben«, hatte Robin gesagt. »Er wollte nicht von hier fort, aber Debbie wollte es. Er hat es nie ausgesprochen, aber es war offensichtlich. Er wollte nicht wegziehen.«

Aber er zog weg, und Gran und Grandpa zogen weg, und auch Lyndsay zog erstaunlicherweise weg von der Abhängigkeit, in der sie immer gelebt hatte, weg davon, auf jemanden zu warten, der für sie die Entscheidungen traf, sogar weg von einigen Banden der Vergangenheit, einschnürenden Banden, die ebenso viel Schaden wie Gutes bewirkt hatten. Genau wie ich, dachte Judy, genau wie ich. Wenigstens muß ich versuchen, dasselbe zu tun.

# NEUNZEHNTES KAPITEL

»Komm hier herein«, sagte Lyndsay.

Sie stieß die Tür auf, und Hughie sah ein großes Zimmer mit Fenstern und einem Bett. Er blieb an der Schwelle stehen und betrachtete den Raum. Es waren Fotos an den Wänden, sehr viele, und ein Schrank stand darin, und eine Biene summte um die Fensterbank herum. Hughie konnte Bienen nicht ausstehen.

Lyndsay ging an Hughie vorbei in das Zimmer und begann, langsam darin herumzuwandern. Hin und wieder blieb sie vor einer der Wände stehen und betrachtete ein Foto. Sie sahen alle so aus, als wären sie voller Reihen von Leuten, immer eine Reihe hinter der anderen, mit den kleinsten in der vordersten, genau wie auf dem Foto von der Weihnachtsaufführung im Kindergarten.

Hughie hielt seine Robbe im Arm und wartete.

Lyndsay betrachtete weiter die Fotos. Sie ging sehr langsam im Zimmer herum, sehr leise, und ihr Rock schwang ihr um die Beine. Er war blau.

Hughie wußte, wie er sich anfühlen würde, wenn er nach seinen Falten griff, genauso wie Rose es, bevor sie für ihren Vormittagsschlaf ins Bett gesteckt worden war, gerade getan und dabei an einer Seite einen Schmierfleck hinterlassen hatte. Rose hinterließ immer Schmierflecke. Ihre Hände hatten vorher immer in etwas anderem gesteckt.

»Komm und sieh dir das an«, sagte Lyndsay.

Hughie kam ganz langsam näher.

»Leg Robbi hin.«

Hughie umklammerte ihn.

»Nein«, sagte Lyndsay. »Leg ihn hin. Ich will dir etwas für einen Jungen zeigen. Einen richtigen Jungen.«

Hughie zögerte.

»Robbi ist für die Schlafenszeit da«, sagte Lyndsay.

»Nicht für den ganzen Tag. Dafür werden in Zukunft andere Dinge dasein.«

Hughie machte kehrt und begann, zur Tür zurückzugehen. Lyndsay wartete, bis er sie fast erreicht hatte, dann sagte sie: »Hier ist ein Foto von Daddy. Ich glaube, er war damals ein bißchen älter als du, aber nicht viel. Er hat einen Kricketschläger in der Hand.«

Hughie blieb stehen, rührte sich aber nicht.

»Dieses Zimmer war früher Daddys Zimmer. All die Jahre, als er ein Junge war. Erst ein kleiner Junge und dann ein größerer Junge. Daddy ist auf all diesen Fotos.«

Hughie drehte sich so weit um, daß sie sein Profil sehen konnte.

»Das hier kann dein Zimmer sein«, sagte Lyndsay. »Deins ganz allein. Du kannst all die Fotos von Daddy haben, und du kannst auch deine eigenen Fotos hier aufhängen. Du kannst dieses Bett hier haben.«

Hughie betrachtete es. Es kam ihm sehr hoch vor, und es hatte schwarze Beine, und die Überdecke war aus Raupenzeug gemacht.

»Oh«, sagte Lyndsay. »Wir können auch dein eigenes Bett aus dem Cottage holen und es hier hereinstellen, und dieses Bett stellen wir irgendwo anders hin.«

»Jag die Biene weg«, sagte Hughie.

»Bitte.«

»Bitte.«

Lyndsay öffnete das Fenster, das der Biene am nächsten lag, und scheuchte sie mit einer raschen Handbewegung hinaus.

»Sie ist weg. Sie war sehr schläfrig.« Sie sah Hughie an. Er schwankte leicht, als dächte er angestrengt nach.

»Gefällt dir dieses Zimmer?« fragte Lyndsay.

Er schwieg.

»Ich werde nebenan sein. Ich werde in Grannys altem Zimmer schlafen. Ich werde mein Bett hineinstellen. Und Rose bekommt das Zimmer neben dem Bad.«

Hughie trat vor die nächste Wand und schaute hoch. Da hingen vier Fotos, vier Blocks von Männern in Rugbysachen. Sie sahen alle gleich aus. Hughie konnte nicht erkennen, welcher Joe war, aber er war auf dem Foto, er war ein Rugbymann gewesen wie all die anderen. Neben den Fotos war ein Fenster, ein großes Fenster, vor dem es kein Gitter gab wie vor seinem jetzigen, kleinen. Das Glas in diesem Fenster sah sehr sauber aus. Er drehte sich um. Lyndsay stand ganz still da und beobachtete ihn. Er ging rasch zu dem Bett und kletterte auf den Stuhl, der daneben stand, einen kahlen Holzstuhl ohne Sitzkissen. Als er auf dem Stuhl kniete, zögerte er, nur einen Augenblick lang, dann streckte er die Hand aus und legte seine Robbe hin, auf das Kopfkissen. Dann kletterte er wieder von dem Stuhl herunter und rannte aus dem Zimmer auf den Flur hinaus.

Zoe war beim Packen. Ihre Sachen, ihre paar Kleidungsstücke, lagen in dunklen Häufchen auf dem Boden, und sie kniete vor ihnen, holte vergessene Gegenstände aus der Tiefe ihres Rucksacks, Socken und Reservefilme und einen nicht mehr gültigen Busfahrplan, bevor sie alles wieder hineinstopfte.

»Oh«, sagte Judy.

Sie stand mit zwei Bechern Kaffee an der Tür.

Zoe kam hoch und setzte sich auf die Hacken. Sie sagte ohne jedes Ressentiment: »Bist du gekommen, um mir zu sagen, daß ich verschwinden soll?«

Judy schluckte.

»Ja.«

»Wie du siehst, bin ich gerade dabei.«

»Ich wollte dich nicht auffordern zu verschwinden. Ich wollte dich darum bitten. Ich habe gedacht ...«

»Was?«

»Ich habe gedacht, daß wir nicht mehr so zusammenleben können. Jetzt, wo ich zurückgekommen bin.«

»Nein«, sagte Zoe. »Das war mir klar. Das habe ich schon vor dir gewußt.«

»Hab doch nicht immer recht«, sagte Judy leicht gereizt. »Bitte.«

»Ich habe nicht immer recht. Ich bin nur flexibler.« Sie

sah Judy an. »Willst du immer noch deinen Vater haben, wenn ich fort bin?«

»Halt den Mund ...«

»Also, willst du?«

Judy stellte beide Becher auf die kleine Kommode neben dem Bett und verschüttete dabei etwas Kaffee. Sie gewann ihre Beherrschung zurück und sagte vorsichtig: »Es gibt vieles, was ich nicht gesehen habe.«

»Du hast verdammtes Glück«, sagte Zoe, »überhaupt einen Vater zu haben.« Sie streckte die Hände aus, ergriff eine Handvoll T-Shirts und stopfte sie in den Rucksack. »Du bist«, sagte sie mit einer Stimme, der ihre übliche Gelassenheit fehlte, »überhaupt verdammt glücklich dran. Du bist ein verdammt glückliches, verzogenes Gör.«

Judy ließ sich auf die Bettkante nieder, ohne etwas zu erwidern.

»Ich habe dir nichts weggenommen«, sagte Zoe, und ihre Stimme war immer noch rauh. »Ich habe gesagt, das würde ich nicht tun, und ich habe es nicht getan. Aber das bedeutet nicht, daß ich etliche Dinge nicht gern gehabt hätte. Dinge, die dir gehören. Dinge, die ich nie besitzen werde. Du kannst dir einreden, du brauchtest diesen Kram nicht, diesen Familienkram. Du kannst dir einreden ...« Sie brach ab, drehte sich abrupt um und legte einen Arm über die Augen.

»Zoe ...«

»Sei still«, sagte Zoe. »Mach es nicht noch schlimmer, indem du versuchst, mir zu sagen, es wäre alles in Ordnung.«

»Das will ich nicht«, sagte Judy. »Aber es tut mir leid ...«

»Natürlich tut es dir leid, natürlich. Du hast nie gewollt, daß so etwas passiert. Ich auch nicht. Und dein Dad auch nicht.« Sie verlagerte ihr Gewicht, um ein Papiertaschentuch aus der Tasche ihrer Jeans zu holen, und putzte sich die Nase. »Aber es ist passiert, und jetzt müssen wir zum nächsten Punkt der Tagesordnung übergehen.«

Judy beugte sich vor.

»Hast du Geld?«

»Nein«, sagte Zoe, »aber das spielt keine Rolle. Geld ist mir gleichgültig. Ich werde mir welches beschaffen ...«

»Du kannst die Wohnung haben, wenn du möchtest«, sagte Judy schüchtern. »Ich habe sie mit einem Monat Frist gekündigt. Die Miete ist bezahlt. Du kannst also, wenn du willst, einen Monat dort wohnen. Und – also, deine Reiher sind dort. Und deine Steppdecke.«

Zoe hob ein graues Sweatshirt auf und hielt es sich vor die Augen.

»Danke.«

»Und ich kann dir ein bißchen Geld geben ...«

Zoe schüttelte den Kopf.

»Das hat Robin schon getan.«

Judy schloß die Augen.

»Liebst du ihn?«

»Vermutlich«, sagte Zoe. »Ich weiß es nicht. Ich habe nichts, woran ich es messen könnte.«

»Nein.«

»Er war gut zu mir. Ich war gut zu ihm.«

»Ja.«

»Und es ist schwer, das alles hier zu verlassen.« Sie schaute wieder zu Judy auf, und ihr Gesicht war klein und hager. »Aber ich verschwinde.«

Später bot Judy ihr an, sie zum Londoner Bus nach Stretton zu bringen, aber Zoe sagte, danke, das wäre nicht nötig, Gareth würde sie hinbringen. Robin lieh Gareth den Landrover, weil ohnehin verschiedene Dinge in Stretton abgeholt werden mußten, und er würde Zoe am Busbahnhof absetzen. Wenn er bis zum Nachmittag nicht zurück wäre, sagte Robin, dann würde er, Robin, selbst mit dem Melken anfangen. Robin hatte Judy angesehen, als überlegte er, ob er sie um Hilfe bitten sollte, hatte sich aber eindeutig dagegen entschieden. Dann war Judy ins Haus zurückgekehrt, damit sie sich voneinander verabschieden konnten, ohne daß sie daneben stand und zusah.

Als sie den Landrover vom Hof fahren hörte, ging sie hinauf in Caros Zimmer, so daß sie sehen konnte, wie er den Feldweg entlangfuhr und dann nach links in Richtung Dorf und anschließend auf die Straße nach Stretton abbog. Sie verspürte keine Erleichterung, als sie ihn verschwinden sah, nur einen merkwürdigen kleinen Schmerz und ein Gefühl, daß sie Zoe mehr schuldete, als sie zugegeben hatte, daß es jetzt zu spät war, das, was passiert war, wieder rückgängig zu machen und die Heftigkeit ihrer Reaktionen zu mildern.

Sie drehte sich vom Fenster weg und betrachtete Caros Bett mit seinem rot-weißen amerikanischen Quilt. Es war einfach ein Bett. Erstaunlich, daß das Bett, in dem Caro geschlafen hatte und so krank gewesen war, nach all diesen Jahren der Besessenheit nun einfach ein Bett geworden war und nicht mehr. Vielleicht, dachte Judy, werde ich darin schlafen. Vielleicht werde ich hier hereinkommen, sämtliche Möbel umstellen und hier schlafen. Falls Dad – falls Dad nichts dagegen hat.

Unten läutete das Telefon. Robin hatte offensichtlich den Anschluß neben seinem Bett nicht eingestöpselt. Judy wartete und zählte das Läuten. Anscheinend hatte er auch den Anrufbeantworter nicht eingeschaltet. Judy machte einen Satz vorwärts, rannte die Treppe zur Küche hinunter und nahm den Hörer ab.

»Hallo? Hallo? Tideswell Farm …«

»Judy? Bist du das?« fragte Velma.

»Velma …«

»Du bist also daheim?«

»Ja.«

»Für immer?«

»Ich bin erst seit drei Tagen hier«, sagte Judy. »Bisher habe ich noch nicht mit Dad gesprochen.«

»Nicht, während sie da war«, sagte Velma. »Die Madam.«

»Was?«

»Ich habe gewußt, daß sie wieder verschwinden würde«, sagte Velma. »Ich habe es gewußt. Ich habe gerade vor drei Minuten gesehen, wie Gareth mit ihr weggefahren ist. Fährt sie nach London zurück?«

»Ja. Ja, ich nehme es an …

»Und kommt nicht wieder?«

»Velma«, sagte Judy, »das geht Sie wirklich nicht das geringste an.«

»Ich wollte sowieso nicht mit dir reden«, sagte Velma. »Ich wollte deinen Vater sprechen.«

»Er ist draußen auf dem Hof …«

»Dann richte ihm etwas aus«, sagte Velma. »Tust du das? Sag ihm, ich komme morgen wieder wie üblich. Wie vorher.«

»Oh …«

»Sag ihm das«, sagte Velma. Ihre Stimme troff vor Selbstzufriedenheit.

»Tut mir leid«, sagte Judy.

»Was soll das heißen?«

»Das soll heißen, daß die Stelle nicht mehr frei ist«, sagte Judy. »Das soll heißen, daß es kein ›wie vorher‹ gibt, zu dem Sie zurückkommen könnten.« Sie holte tief Atem und schloß die Augen, stellte sich Zoe vor, wie sie im Bus nach London saß und aus dem Fenster schaute. »Sie sind weggegangen«, sagte Judy mit Entschiedenheit zu Velma, »und jetzt können Sie wegbleiben.«

»Dad?«

Robin drehte sich um. Im Dämmerlicht der Scheune konnte er sie nicht deutlich sehen, zumal sie sich nur als Silhouette vor dem Hellen abzeichnete.

»Hallo.«

»Dad, ich habe gerade etwas getan. Ich habe Velma hinausgeworfen.«

»Velma!«

»Sie hat gesehen, wie Gareth Zoe wegbrachte. Daraufhin hat sie sofort angerufen und gesagt, sie würde zurückkommen, und ich habe gesagt, das würde sie nicht.«

Er lächelte.

»Gut gemacht.«

»Du hast nichts dagegen?«

Er schüttelte den Kopf.

»Ich werde tun, was sie getan hat.«

Er lächelte abermals.

»Was niemand getan hat …«

»Dad«, fragte Judy noch einmal, »geht's dir einigermaßen?« Er bückte sich und hob den Hammer auf, der vor seinen Füßen im Stroh lag.

»Es wird gehen.«

»Ich weiß nicht, ob jetzt der richtige Moment ist, dich zu fragen, aber …« Sie brach ab.

»Ja?«

»Darf ich – darf ich dich etwas fragen?«

»Natürlich«, sagte er. Er streckte die freie Hand aus und ergriff Judys Arm. »Komm mit nach draußen. Wo es hell ist.«

»Eigentlich darf ich dich das gar nicht fragen. Ich habe nicht das Recht dazu …«

»Was ist es?«

Er führte sie hinaus auf den Hof, an die überdachte Stelle neben dem Futterschuppen, wo Gareth immer sein Rad abstellte.

»Darf ich bleiben?«

Er starrte sie an.

»Bleiben?«

»Ja. Hier leben. Mit dir zusammen.«

Er ließ die Hand von ihrem Arm sinken und hob sein Gesicht für einen Moment zum Himmel, bevor er sagte: »Judy, meine Liebe, ich muß die Farm verkaufen.«

»Sie verkaufen …«

»Ja«, sagte er. »Sie verkaufen. Ich hoffe, ich kann sie verkaufen und dann pachten. Und die Milchquote übernehmen. Ich weiß nicht, ob das geht, aber ich muß es versuchen.« Er warf Judy einen raschen Blick zu, dann sagte er: »Ich kann es mir nicht leisten, Gareth durch einen anderen Mann zu ersetzen. Und die Schulden sind – besser, man denkt gar nicht darüber nach. Die neue Güllegrube ist nur ein Detail. Ich habe das alles kommen sehen, und gleichzeitig habe ich es verdrängt. Ich wollte es nicht sehen. Ich muß wieder dahin zurück, wo ich angefangen habe, das

Melken selbst besorgen, von morgens bis abends. Anders geht es nicht.« Er schaute wieder zum Himmel empor. »Wenigstens gibt das Grandpa Gelegenheit, zu erklären, er hätte es mir ja gleich gesagt.«

Judy lehnte sich gegen die warme graue Mauer des Futterschuppens und drückte beide Handflächen dagegen.

»Ich hatte ja keine Ahnung …«

»Nein. Woher auch?«

»Ich hatte einfach angenommen, daß du zurechtkommst, daß du immer zurechtkommen würdest, daß hier eine Art Dauerhaftigkeit wäre.«

»Dauerhaftigkeit gibt es heutzutage nirgends mehr«, sagte Robin.

»Wenn du verkaufst«, fragte Judy, »könntest du dann irgendwo anders hingehen?«

»Ich will nicht irgendwo anders hingehen.«

»Wegen der Kontinuität? Wegen der Veränderung?«

»Es gibt nicht viel hier«, sagte Robin. »Aber das bißchen, was es hier gibt, habe ich selbst geschaffen. Und …« Er schwieg einen Moment, dann sagte er: »Und ich kenne es.«

»Obwohl es so hart ist. Obwohl es schon immer so hart war …«

»Ja.« Er bückte sich und riß ein Büschel Unkraut aus einer Spalte im Beton. »Ich glaube nicht, daß es noch härter werden wird, in gewisser Hinsicht. Körperlich wird es das natürlich, weil ich älter bin, aber in anderer Hinsicht, da werde ich – da werde ich vielleicht weniger falsch machen.« Er schleuderte das Unkraut in eine Ecke. »Ich möchte jetzt nicht mehr anders leben. Vielleicht muß ich es eines Tages, aber ich werde erst in der allerletzten Minute aufgeben.« Er drehte langsam den Kopf und sah Judy an. »Für dich ist immer Platz hier, Judy. Oder wo auch immer. Das weißt du. Aber es ist kein Geld da. Farmer zahlen sich ohnehin nie Lohn, und ich könnte auch dich nicht bezahlen.«

»Angenommen, ich will das gar nicht …«

Er lächelte sie an. Es war ein müdes, abwesendes Lächeln.

»Denk darüber nach. Überstürze nichts. Sinneswandel ...« Er verstummte.

»Ja?«

»Sinneswandel können berauschend sein.«

»Es ist mir ernst.«

»Ja.« Er beugte sich vor und küßte sie, ganz leicht, auf die Wange. Seine eigene Wange war rauh. »So, und jetzt muß ich weitermachen, Judy«, sagte er. »Ich habe zu tun. Du weißt ja, wie es ist.«

Lyndsay hatte eine Karte von Dean Place Farm auf dem Küchentisch im Cottage ausgebreitet. Die Felder, unregelmäßig geformt und aufs Geratewohl miteinander verbunden, waren in Morgen und Hektar eingezeichnet und dazu ihre Gatter und Zaunübergänge. Die Zaunübergänge waren Teil des örtlichen Systems von Wanderwegen, aber Joe hatte keine Spaziergänger und keine Wanderwege gemocht und deshalb alles getan, um Wanderern und Spaziergängern sowohl die Wege als auch die Übergänge auf subtile Art zu verleiden, ohne sie direkt zu sperren. Es hatte ein oder zwei Schlachten darüber gegeben, Leserbriefe in der Lokalzeitung und eine Kraftprobe mit Gebrüll zwischen ihm und zwei streitbaren, mit Gesetzbüchern und Drahtscheren bewaffneten Frauen. Aber Joe hatte gewonnen, mit der Verbissenheit von jemandem, der an Ort und Stelle war und außerdem sein Denken gegen jeden Sinneswandel verschlossen hatte. Als Lyndsay jetzt die doppelt gepunkteten Linien der Wanderwege auf der Farmkarte betrachtete, dachte sie daran, sie wieder zugänglich zu machen und vielleicht sogar einen speziellen Wanderpfad für Farmbesucher anzulegen. Vielleicht würde Robin sich anschließen und seine Kühe zu einem Bestandteil davon machen. Schließlich konnte man sich nicht vorstellen, daß es für Besucher sonderlich befriedigend war, wenn sie nichts zu sehen bekamen außer Feldern mit Gerste und Flachs.

In der Küche war es still. Rose schlief oben, und Hughie war, zum ersten Mal seit Wochen, wieder im Kindergarten. Er war sogar ohne seine Baseballmütze gegangen und ohne seine Robbe. Robbi lag auf Hughies Bett, liebevoll in seinen Schlafanzug eingewickelt und, wie Lyndsay hätte schwören können, mit einem Ausdruck unverkennbarer Erleichterung auf seinem Plüschgesicht. Sie hatte daran gedacht, ihn in die Waschmaschine zu stecken – er hatte es dringend nötig –, es dann aber doch gelassen. Hughie kroch vorwärts, Zentimeter um Zentimeter, und sie durfte ihn nicht, nur aus einem sinnlosen Verlangen nach Hygiene heraus, wieder zurückreißen.

Draußen fuhr ein Wagen vor. Sie hob den Kopf von der Karte und sah aus dem Fenster. Es war Robin. Sie hatte ihn seit Wochen nicht mehr gesehen, auf jeden Fall nicht, seit sie nach Dean Place zurückgekommen war. Sie richtete sich auf und wartete am Tisch auf ihn, beobachtete, wie seine schattenhafte Gestalt durch die Ornamentglastüren der Veranda kam und dann in die Küche. Er öffnete die Tür, ohne anzuklopfen.

»Hallo«, sagte er.

Sie nickte.

»Schön, dich zu sehen«, sagte Robin. »Ich freue mich, daß du zurückgekommen bist.«

Er trug ein altes kariertes Hemd mit abgeschabtem Kragen und eine Cordhose.

»Judy ist auch zurückgekommen«, sagte Robin.

»Ich weiß.«

»War sie schon bei dir?«

»Nein ...«

»Sie wird bald kommen«, sagte Robin. Er sah sich um. »Keine Kinder?«

»Rose schläft«, sagte Lyndsay. »Und Hughie ist im Kindergarten.«

»Und du zählst deine Morgen?«

»Ich versuche es.«

Er kam um den Tisch herum, stellte sich neben sie und betrachtete die Karte. Er sagte: »Was willst du mit dem Land machen, für das du keine Subventionen bekommst?«

Eine winzige Pause.

»Ich weiß es nicht.«

»Bäume?«

Sie sagte nichts.

»Nicht ratsam«, sagte Robin. »Vieh?«

Sie sagte nichts.

»Zu kostspielig. Du würdest Arbeitskräfte brauchen. Weideland?«

Sie sagte nichts.

»Wäre wahrscheinlich die beste Lösung. Ich könnte dir sagen, an wen du dich wenden kannst.«

»Ich werde damit anfangen, daß ich einen Verwalter einstelle«, sagte Lyndsay angespannt.

»Der wird einen Anteil wollen ...«

»Das weiß ich. Ich weiß zwar nicht viel, aber ich bin schließlich nicht blöde.«

»Ich auch nicht«, sagte Robin.

Sie rückte ein Stückchen von ihm ab.

»Wie meinst du das?«

»Ich bin nicht so blöde«, sagte Robin, »daß ich nicht wüßte, weshalb du kaum mit mir sprichst.«

Sie legte die Hände flach auf die Karte, stützte sich auf sie und schaute unverwandt nach unten.

»Zoe«, sagte Robin. »Stimmt's?«

Es folgte eine Pause, und dann sagte Lyndsay: »Es hat bewirkt, daß ich mir so einsam vorkam ...«

»Du warst ohnehin einsam«, sagte Robin. »Und ich war es auch. Wir sind beide einsam. Wir müssen es sein, jedenfalls eine Zeitlang.«

Sie nickte ganz leicht mit dem Kopf.

»Ich dachte – also, ich glaube, ich dachte, du würdest für mich dasein, du könntest ...«

»Nein«, sagte Robin sanft. »Wem würde das helfen?«

Sie richtete sich auf und strich sich das Haar über die Schultern zurück.

»Hughie geht es ein bißchen besser. Er ist heute ohne seine Robbe in den Kindergarten gegangen.«

»Gut.«

»Meine Eltern reden kaum mit mir ...«

»Sie werden es bald wieder tun«, sagte Robin. »Es ist hart, wenn man Hilfe anbietet, die dann abgelehnt wird ...«

Lyndsay sah ihn an, zum erstenmal, seit er hereingekommen war.

»Aber war es wirklich Hilfe? War es das beste für sie oder das beste für mich?«

Er zuckte die Achseln. Es war etwas an dem Achselzukken, etwas Humorvolles und Rührendes, was Lyndsay veranlaßte, plötzlich zu sagen: »Oh, Robin, es tut mir so leid, es tut mir ...«

Er streckte eine Hand aus. Er lachte.

»Fang du nicht auch noch damit an.«

»Womit?«

»Zu sagen, daß es dir leid tut. Zuerst Judy und nun du. Sie will ständig sagen, daß es ihr leid tut, und zwei von der Sorte ertrage ich nicht ...«

»Angenommen, es ist uns ernst damit«, sagte Lyndsay entrüstet. »Angenommen, es tut uns wirklich leid.«

»Wenn es so ist, werde ich es wissen«, sagte Robin. »Meinst du nicht? Ich werde es wissen. Falls ich glauben sollte, daß einer von euch beiden wirklich einen Grund dafür hat. Falls ich nicht der Ansicht bin, daß wir alle, auf die eine oder andere Art, unsere Gründe hatten.« Er steckte die Hände in die Taschen. »Judy will hierbleiben.«

»Zu Hause? In Tideswell? Du und sie?«

»Ja.«

»Großer Gott«, sagte Lyndsay.

»Und sie will das genau in dem Moment, in dem ich versuchen muß, die Farm zu verkaufen.«

»Mußt du?«

»Ja.«

»Oh, Robin ...«

»Vielleicht an die Besitzer von Dean Place. Ich weiß es nicht. Und sie dann zurückpachten, in deinen Pachtvertrag mit einsteigen.«

Sie sagte unsicher: »Das würde mir gefallen.«

»Wirklich?«

»Es ist so beängstigend, das alles übernehmen zu müssen ...« Sie schwieg einen Moment, und dann sagte sie: »Joes Schulden, diese Darlehen. Er hat nie ein Wort davon gesagt ...«

»Nein«, sagte Robin. »Das war auch nicht zu erwarten.«

»Die Bank hat es auch nicht gewußt. Sie hat die Darlehen fürs erste übernommen, aber natürlich nicht für immer.«

Robin grunzte.

»Ich werde einen Abendkurs in Buchführung belegen«, sagte Lyndsay.

»Tüchtiges Mädchen.«

»Bitte«, sagte Lyndsay, »rede nicht auf diese Art mit mir.«

»Entschuldigung. Alte Gewohnheit.«

»Mit den alten Gewohnheiten ist jetzt Schluß«, sagte Lyndsay. Sie verließ den Tisch und trat ans Fenster, schaute über die Kühlerhaube von Robins Landrover hinweg auf das große abfallende Feld, auf dem Joe vor so vielen Monaten Gerste ausgesät hatte, das Feld, das er unbedingt an ihrem ersten gemeinsamen Weihnachten hatte düngen müssen, während sie wartete und wartete, frustriert und machtlos und, wie es ihr heute vorkam, fast lächerlich, in einem roten Samtkleid, an einem Tisch, auf dem Kerzen brannten und der mit Efeuranken geschmückt war. »Es sind keine alten Gewohnheiten mehr da. Wir müssen uns neue zulegen.« Sie drehte sich vom Fenster weg und sah ihn direkt an. »Wir müssen uns unsere eigenen Gewohnheiten zulegen.«

# ZWANZIGSTES KAPITEL

Es war, dachte Dilys, nichts an dem Zustand auszusetzen, in dem Debbie ihr Haus hinterlassen hatte. Als Robin und Lyndsay das erstemal vorgeschlagen hatten, daß sie und Harry in Gareth' Haus ziehen sollten, war sie entsetzt gewesen; mehr als entsetzt – beleidigt. Daß sie und Harry von Dean Place Farm in das Haus eines Melkers umziehen sollten, kam ihr vor wie eine Schmach. Sie konnte es nicht einmal in Erwägung ziehen, weil es einfach undenkbar war. Und dann hatte Harry die Sache noch schlimmer gemacht, weil er sich auf die Chance gestürzt hatte. Sie hatte ihm an dem Küchentisch gegenübergesessen, an dem seit mehr als vierzig Jahren alle Farm- und Familienangelegenheiten erörtert worden waren, und beobachtet, wie sich sein Gesicht bei dem Vorschlag aufhellte. Es war nicht zu übersehen. Er sah, nicht mehr und nicht weniger, aus wie Rose, wenn man ihr einen Keks anbot. Hingerissen.

Zuerst hatte sie gesagt, das komme überhaupt nicht in Frage, die Idee sei völlig absurd und dürfe nicht wieder zur Sprache gebracht werden. Und dann war etwas noch Bestürzenderes passiert. Lyndsay – ausgerechnet Lyndsay – hatte gesagt, daß für den Kauf eines Bungalows in Stretton ohnehin kein Geld vorhanden sei, und da hatte Harry ausgesehen, als wäre er am liebsten von seinem Stuhl aufgesprungen und hätte sie umarmt.

»Die finanziellen Verhältnisse dieser Farm«, sagte Lyndsay, ohne einen von beiden anzusehen, »sind ein einziges Chaos. Für den Kauf eines Bungalows ist kein Geld da.«

Dilys starrte sie an.

»Unsinn.«

»Nein«, sagte Lyndsay. Ihre Stimme war tonlos, als rezitierte sie etwas Langweiliges. »Das ist kein Unsinn, sondern die Wahrheit. Eine Tatsache. Joe steckte in Schulden, tief in Schulden. Geld, von dem ihr nichts gewußt habt,

Geld, das nicht durch die Bücher gegangen ist, heimliche Darlehen.«

Dilys verkrampfte die Hände ineinander.

»Wieviel?«

Lyndsay sah sie zum erstenmal direkt an.

»Wieviel es ist, brauchst du nicht zu wissen. Das einzige, was du wissen mußt, ist, daß nicht mal genügend Geld da ist, um einen Kaninchenstall zu kaufen, geschweige denn einen Bungalow.«

Daraufhin war Dilys nach oben gegangen. Sie ließ sie zurück, ging die Treppe hinauf, saß in der hereinbrechenden Dämmerung am Schreibtisch in ihrem Zimmer und wartete darauf, daß einer von ihnen – Lyndsay oder Robin, Harry oder Judy – heraufkommen, sie hier finden und sich bei ihr entschuldigen würde. Aber niemand kam. Sie saß da, aufrecht, mit entschlossen im Schoß gefalteten Händen, und dachte an die vielen Stunden, die sie über den Farmbüchern verbracht hatte, Stunden über Stunden, mit ihren ordentlichen Zahlenkolonnen, ihrer Hingabe ans Detail, ihrer Willfährigkeit gegenüber Joes fortschrittlichen Wünschen. Die Idee, daß sie all die Jahre im Irrtum gewesen war, daß Joe letzten Endes doch nicht gewußt hatte, was er tat, war empörend, unvorstellbar. Und daß sie ins Haus eines Melkers zogen, kam überhaupt nicht in Frage. Sie mußte mehr als eine Stunde so dagesessen haben. Die bis ins letzte Detail vertraute Landschaft vor dem Fenster versank in Dunkelheit, und sie konnte nicht mehr sehen, wie die Mehlschwalben herumflogen, die so getreulich unter den Dachtraufen des Hauses genistet hatten. Schließlich war sie wieder hinuntergegangen und hatte sie alle noch dort vorgefunden, immer noch redend, immer noch entschlossen. Judy hatte sie angelächelt, ein Lächeln, das, vermutete Dilys, Sympathie angesichts des Unvermeidlichen ausdrükken sollte. Aber Dilys war nicht bereit für derartige Sympathie. Sie hatte den Wasserkessel aufgesetzt, lautstark und demonstrativ, Tassen auf den Tisch geknallt und mit Löffeln geklappert.

Doch trotz alledem war sie jetzt hier, in dem Zimmer,

das früher Gareth' Eddie gehört hatte, und befreite das Fenster von Kampfsport-Aufklebern. Debbie hatte das Zimmer makellos sauber hinterlassen, aber die Aufkleber waren noch da und außerdem irgendwelche sehr alten Vorhänge, die aussahen, als hätte jemand Bleichmittel darauf gespritzt, und zwei Sorten Tapete. Debbie hatte offenbar eine Vorliebe für Tapete. Überall war welche geklebt, sogar im Badezimmer, ein Muster aus Muscheln und Seepferdchen, unpraktisch und schrullig. Doch trotz all der Tapeten und der Aufkleber war es Dilys unmöglich, das Haus nicht zu mögen. Sie hatte es versucht und nicht gekonnt. Sie hatte sich sehr angestrengt bemüht, zu empfinden, daß sie zwar gerettet worden waren, aber auf eine völlig falsche Weise – aber auch das war ihr nicht gelungen. Auf irgendeiner Ebene ihres Bewußtseins hatte sie sich gewünscht, fühlen zu können, daß aus dem Verlust von Joe nicht das geringste gerettet werden konnte oder sollte, und dieser Wunsch, der in ihrem Herzen den größten Raum einnahm, war am allerwenigsten in Erfüllung gegangen.

Sie legte die Aufkleber in einer Reihe auf die Fensterbank. Vielleicht würden sie Hughie gefallen. Aber andererseits sollte man ihn vielleicht nicht ermutigen, sich für etwas so Häßliches und Gewalttätiges zu interessieren. Schließlich hatte Hughie nichts an sich, was auch nur im entferntesten gewalttätig war. Ganz im Gegenteil. Oft, wenn Dilys abends nach Dean Place hinüberging und Hughie in Joes früherem Zimmer vorlas, überkam sie das unerklärliche Gefühl eines Friedens, den sie früher nie gekannt hatte. Triumphe hatte sie gehabt, Befriedigung, das Empfinden, etwas geleistet zu haben, Siege, aber keinen Frieden. An Hughies Bett zu sitzen und ihm die komischen kleinen Geschichten vorzulesen, die er liebte, von Maulwürfen und Tigern in Schuhen und Schals, die ihrem von Zwischenfällen heimgesuchten, aber letzten Endes doch immer sicheren, vermenschlichten Alltagsleben nachgingen, vermittelte ihr unbestreitbar Frieden. Dort empfand sie Stille, Freiheit von jeder Beunruhigung, seelische Ruhe und Gelassenheit. Es gab keine Erklärung dafür, aber es war da, umgab sie und Hughie, der in Joes Bett saß, wie ein stilles Wasser oder ein schneebedecktes Feld, stumm und unangetastet.

Sie schraubte den Deckel von der Spiritusflasche, die sie mit heraufgebracht hatte, und befeuchtete einen Lappen damit, um die Klebstoffreste zu entfernen, die die Aufkleber an der Scheibe hinterlassen hatten. In zwei Wochen würde Lyndsays neuer Verwalter in Joes und Lyndsays ehemaliges Haus einziehen, ein junger Mann, der bis vor zwei Jahren ein Landwirtschafts-College besucht hatte, mit einem Dreijahresvertrag. Er hatte keine Frau, aber er lebte mit einer Freundin zusammen, die auch im Farmgeschäft war, allem Anschein nach eine Spezialistin für den Salatanbau. Früher, dachte Dilys, hätte sie ganz entschieden ihr Veto eingelegt gegen ein Paar, das nicht verheiratet war – aber jetzt nicht mehr, nicht seit Zoe, nicht seit sie diese eigenartige Ruhe überkommen hatte, die bewirkte, daß es sie weit weniger als in der Vergangenheit drängte, gegen irgend etwas ihr Veto einzulegen.

Dort, hinter dem Maisfeld und direkt in ihrem Blick, lag Robins Haus. Sie hatte seit fünfundzwanzig Jahren nicht in Robins Nähe gelebt und das Haus nie ohne das mißbilligende Gefühl betrachtet, wie anders es unter ihrer Obhut aussehen, wie unterschiedlich sie es instand halten würde. Dieses Gefühl hatte sie jetzt nicht mehr. Robin führte Verhandlungen, es zu verkaufen und mit ihm das Land und das Haus, in dem sie sich selbst befand, gerade in diesem Moment, und sie wünschte sich von ganzem Herzen, daß es ihm gelingen würde. Die Aussichten schienen gut, aber sicher konnte man nicht sein. Wenn die letzten sechs Monate Dilys überhaupt etwas gelehrt hatten, dann die Tatsache, wie töricht es war, sich der Zukunft sicher zu sein.

Dilys packte ihre Putzsachen zusammen und sah auf die Uhr. Zehn vor zwölf. In zehn Minuten würde Harry zum Lunch hereinkommen, ein verwandelter Harry, der in all den Jahren, seit sie ihn kannte, immer strikt gegen Viehhaltung gewesen war und sich jetzt voller Begeisterung auf die Kühe gestürzt hatte. Er war zu Robins rechter Hand geworden, wanderte jeden Tag ein halbes dutzendmal durch das Maisfeld und kehrte immer mit diesem Ausdruck schläfriger Befriedigung zurück, den sie seit Jahren nicht mehr auf seinem Gesicht gesehen hatte. Er hatte all die Arbeit, die er wollte, und keine der Sorgen. Robin war es, der die Sorgen hatte. Robin, dachte Dilys jetzt, hatte immer die Sorgen gehabt, sein ganzes Leben lang. Aber auf die merkwürdige Art, wie sich die Dinge entwickelt hatten, würde er vielleicht auch ein paar Belohnungen dafür erhalten, nicht zuletzt durch Judy, die ab September das Landwirtschafts-College besuchen würde, zur Hälfte von der Bank und zur anderen Hälfte von ihrer Tante Lyndsay finanziert. Was hätte mein Vater davon gehalten, fragte sich Dilys, während sie vorsichtig die Treppe hinunterging, was hätte er davon gehalten, wenn er diese Frauen – diese *Frauen* – auf einer Farm gesehen hätte? Judy in einem Overall, Lyndsay, die davon sprach, sich einen Computer anzuschaffen …

Dilys betrat ihre kleine Küche. Die Sonne fiel durch das Südfenster ein und beleuchtete den Topf mit Petersilie, den sie auf die Fensterbank gestellt hatte, die frisch gespülten Marmeladengläser und das zusammengefaltete Wischtuch. Sie hatte noch nie ein Küchenfenster nach Süden hinaus gehabt, nie in einem Raum gelebt, in den die Sonne hereinschien, ein Faktor war. Sie drehte den Wasserhahn auf und wusch sich langsam die Hände, träumerisch, schaute hinaus über die hohen, raschelnden Maishalme auf das Dach von Tideswell, die Scheunen und die anderen Gebäude. Veränderung und Verlust, sagte sie zu sich selbst, Veränderung und Verlust, wie eine Litanei, immer und immer wieder, das Leben trägt einen davon, trägt Dinge von einem fort, und dann bringt es etwas zurück, irgendeine Kleinigkeit, nach der man nicht Ausschau gehalten hat, von der man nicht gewußt hat, daß man sie braucht, bis man sah, daß sie herangespült worden war, vor den Füßen wartete. Veränderung und Verlust. Und Wachstum. Wachstum, wo man es nie gesucht, nicht einmal ans Suchen gedacht hatte.

Weil man nicht bereit dazu war. Weil man den Verlust nicht kennengelernt hatte. Dilys drehte den Wasserhahn zu und trocknete sich sorgfältig die Hände ab, polierte ihren dünnen, alten rötlichgoldenen Ehering. Dann begann sie, Schränke und Schubladen zu öffnen, auf der Suche nach dem Schneidebrett, einem Laib Brot und einem Messer.